U0450781

顾明道 著

珍·藏·版

民国武侠系列丛书

荒江女侠

肆

山西出版传媒集团
北岳文艺出版社·太原

第六十九回

曲巷去采花头陀铩羽
龙潭来盗锤妖道丧生

望着侧脸正是怪头陀,心里不由奇怪起来,暗想:怪头陀离了丽霞岛却跑到这里来化缘吗?闻得这头陀非常好色,那么这些采花的案件也许就是那厮犯的了,我既已遇见了他,岂可轻易放过?遂也追入小巷去。

怪头陀朗声宣诵佛号,正在前面一步一步地走,剑秋恐防自己被怪头陀瞥见,恰巧旁边有一壁高墙的嘴角伸出在巷口,剑秋便隐身墙角边偷看怪头陀的动静。

只见怪头陀忽然立停在一家门前,手里敲着木鱼,抬起了头,不知在那里瞧些什么,遂探出头来。跟着向上面看时,原来这人家前面是短垣,垣内有一座小小红楼,楼窗开着,正有一个十七八妙年华的小姑娘,伸出了半身在窗口晾衣,所以那怪头陀瞧得呆了。小姑娘把衣服晾好,听得街头木鱼声,向下面看了一看,把手掩着面,说声:"怕死人也!"立刻把窗关上,不见了苗条倩影。怪头陀又对那家门口凝视了一下,方才敲着木鱼走向前面去了,那巷是很短的,怪头陀又拐弯过去。

剑秋瞧得清楚,就走到那家门口前去视察一番,门上悬着一块"马君常痧痘幼科"的医牌。那小姑娘不知是马家的什么人，大约是姓马的掌珠了，果然生得美丽，楼头娇容，虽如惊鸿一瞥，可是已深深地留在怪头陀的脑海里了。剑秋暗想：倘然外面宣传的采花案件是怪头陀犯的，那么今天晚上怪头陀十有八九要到马家来采花了，他方才不是向楼窗上瞧得馋涎欲滴吗？见了这样韶年玉貌的女郎，他如何放得过呢？我不撞见他也罢，既已瞧见了，今晚我必要到此等候那怪头陀前来，杀他一个不防，也救了一条性命。剑秋如此想着，便回身走出小巷，返至客寓憩息。

到得晚上，他暗暗带了惊鲵宝剑，出了客寓，跑到马家，要想觅一个藏身之处；恰见背后一座风火山墙，下面有一道横脊，正好隐身，他遂从旁屋上跃登，伏在横脊后。黑沉沉的又是月黑夜，人家决不会瞧见这地方有人的，而自己望出去，前面几重屋顶都在眼底，尤其是女郎的小楼上，十分清晰，里面还有灯光射出呢。

他静伏了良久，不见有些影踪，暗想：怪头陀若然不来，自己不是变做痴汉等老婆吗？一会儿楼上的灯光也已熄灭，大约楼中人也已熟睡了，他等候得好不心焦！正想立起身来吐口气，忽然眼前似乎瞧见有一条黑影，从左面飞到小楼上去，忙定睛看时，果见一个黑影站在小楼屋顶之上，好似向四周察看一下。但是自己这地方是十分隐秘，来人决不能瞧到的。然而怪头陀的飞行本领真使人佩服，怎样上来的，自己也没有觉察呢，今晚我倒要好好地对付一下了。一边想，一边见那黑影手里横着一件东西，大约是禅杖，三步两跳地到了屋檐前边，使一个蜘蛛倒坠式挂身在檐上，向里面窥视。

剑秋乘此机会一跃而起，拔出惊鲵剑，蹑足跑至黑影处去，正一剑劈下时，那黑影已觉得有人赶来，一缩身早已翻起，把一枝禅杖护住头顶，剑秋的剑正砍在禅杖上，啪的一声，给那禅杖挡住。剑秋方欲收回剑时，敌人的铁禅杖已乘势横扫到他的胸前。剑秋忙向后一跳，退了数步，才让过禅杖，喝一声："贼头陀！你在这里采花害人吗？可认得你家岳爷。"

怪头陀听出剑秋的声音，也说道："好小子，前番便宜了你，此刻却来寻衅，一定不肯轻饶你了。"怒吼一声，把手中禅杖使一个泰山压顶，向剑秋头上打来。剑秋舞剑迎住，二人在屋面上各奋神勇，拼命决斗。剑秋的剑虽已化作一道青光，上下飞舞，可是怪头陀的禅杖也使得神出鬼没，一步紧一步，没有松懈，但听一片叮当之声，辨不出谁胜谁负。此时楼中人大半惊觉，喊声四起，有人高举着灯笼出来照看。

怪头陀知道近几天官中正在加紧缉捕自己，一旦露了真脸，此后将存身不得，于是虚晃一杖，跳出圈子便逃。剑秋岂肯舍弃，也随在后面紧追。怪头陀出了马家，一直往东飞奔，见剑秋紧跟不舍，便在小东溪桥边接住剑秋，又狠斗了四十多回合，方才跑回灵官庙来。他的意思无非想把剑秋诱入庙中结果了性命，外间便没有人知晓了。

因为怪头陀自从在丽霞岛为了荒江女侠和程远别了一口气，就此不别而行，在杭州虎跑寺盘桓多天，然后跑到嘉兴来。无意中遇见了他的江湖朋友钟大椿，却在这里灵官庙内做了茅山道士，是出于他意想不到的。因为钟大椿以前在豫、皖边界是一位杀人不眨眼的大盗，犯案累累，怪头陀也在他处聚了数月，方到丽霞岛的。

后来钟大椿杀死了河南巡抚的胞侄，官军大举进剿，接战不利，他遂散伙南下。一到了嘉兴，遇着旧时的伙伴在灵官庙做了茅山道士，劝他一同出家在此忏悔前孽。钟大椿一时无路可走，遂听了伙伴之言，暂戢野心，做了道士。然而他哪里肯真心修道呢？背地里常瞒着庙中人到别处去劫掠财物，变成独脚强盗。又从人家得来一种秘制的迷人烟，放在他特制的一对鸳鸯锤头之内，遇到劲敌当前、力难取胜时，他就把双锤一碰，透出这种迷人的香烟，把对面人迷倒。所以他每次出去，无不得利而归。

他的伙伴知道了秘密，虽然有些不赞同，可是畏他凶猛，不敢说什么。不久他的伙伴病故，钟大椿便做了庙中之主，把旧人逐出，另收了两个小道童，教授他们武术，将来可作自己的羽翼。他这样在嘉兴倒很逍遥的，没有人知道他是个巨盗呢。

自从怪头陀到了庙中以后，他心里以为多了一只强有力的膀臂，谁知怪头陀的目标与他不同，专在妇女上用功夫，暗中出去采花。仗着他的本领高大，一般捕役不放在他的眼里，每天他借着化缘为名，出去物色娇娃。只要瞧见了美貌的妇女，他就记好了门径，夜中便来采花，所以被他蹂躏过的妇女很多，而始终没有破案。

这一次他到马家采花，却不料和剑秋狭路相逢，他遂把剑秋诱至庙内，让钟大椿上前动手，方将剑秋擒住。他本欲立刻结果了剑秋的性命，只因钟大椿要吃人心，便让剑秋多活一天，岂料屋上有人窥探，一乘间隙，便把剑秋救了出去呢。

剑秋陷身庙内，做梦也想不到救他的人却是程远和慕兰，不但前嫌捐弃，心里甚是愉快。当夜大家不敢多说话，以避人疑。将近天明时，剑秋辞别二人，从屋上跃出，回到自己客寓里去。用过早餐，便付去房饭钱，迁到二人寓中来，开了一个房间，遂走到程远室中，和二人密谈如何去破案的方法。

他们不愿意去报官，因知怪头陀和那道士武艺高强，官中若去搜捕，必成漏网之鱼，徒劳无益！反不如仍由他们去下手较为稳妥。不过那茅山道士的一对鸳鸯锤能够施放黄色之烟，把人迷倒，这是最难对付的。据慕兰的意思，最好先把那茅山道士的鸳鸯锤盗去，然后大家用真本领对敌，那就不怕他们了。但是那锤在茅山道士的身边，当然放得很秘密，此间没有时迁、朱光祖一流人，怎样去盗来呢？

剑秋想了一想，对二人说道："我们倘要把那鸳鸯锤盗取到手，那么非有烦慕兰姑娘前去不可了。"慕兰一怔道："我的本领很是微薄，你们二位都较我高强，为什么要叫我去呢？若我也像岳先生那样的失了手，你们也能来救我的吗？恐怕他们闹过了一回岔儿,第二次不肯再疏忽了,我这一颗心却不舍得送给那妖道作醉酒汤呢。"

剑秋笑道:"我并不是叫姑娘勉为其难,不过我也有一种计划的。"程远道:"剑秋兄有何妙计,请你指教。"剑秋道:"那怪头陀既然荒淫好色,茅山道士和他同党也未必不好色的,我们何不以色为饵,借此下手,把他的双锤盗去就是。请慕兰姑娘今天一人赶至灵官庙中去进香求签,假意在那里逗留,倘然他们要慕兰姑娘兜搭时,慕兰姑娘不妨便在庙内和他们厮混一阵,乘机盗取双锤。挨到晚上,我与程兄同来援助,里应外合,不难翦除丑类了,所以我要请姑娘去走一遭。"

慕兰听了剑秋这样一说,便欣然道:"此计甚妙!我就立刻前往,但你们在晚上必要赶来的,否则孤掌难鸣,我可要吃他们的亏了。"程远笑道:"姑娘,你请放心,我们二人决不会使姑娘上当的。"剑秋道:"事不宜迟,午饭后姑娘即可前去,稍迟时也许他们要出外的。"慕兰点头答应,于是三人又坐着说话。剑秋问起韩小香,慕兰不好意思完全告诉出来,只说和她因有了意见,负气他去了。

不多时已到午刻,大家用过午膳,慕兰换了一件深青的衫子,淡扫蛾眉,薄施脂粉,鬓边插着一枝红花,妆饰得比较昨天更觉明艳。程远在旁瞧得出神,剑秋看了,心里也不由想起女侠来,待到此事解决了,决定赶到苏州去找寻她。

慕兰妆毕,又把一块绣花手帕系在襟上,暗地里带了袖箭,以防万一,遂对程远说道:"此刻我一人前去,伪托进香,却不能携带武器。少停你们来的时候,千万不要忘却了我的双刀,必须带来,好让我酣斗一场。"程远道:"姑娘放心,我一定带上。"于是慕兰又和二人说一声"再会",姗姗地走出店去了。

她在途中购得一些香烛、纸锭,表示进香虔诚,循着昨夜的途径,走到东城灵官庙门前,见庙门大开,她就信步走将进去。大殿上正有两个男子在那里烧香膜拜,那个茅山道士立在一边招待，一见慕兰步入，见她携有香烛等物，知是来烧香的，连忙走过来说道："大姑娘辛苦了，请坐请坐。"一个小道童早端过一张椅子，请慕兰坐下，接过她手中的香烛去点在神像之前，又把纸锭等物放在庭中冲天炉内焚化。

慕兰瞧着王灵官的神龛，不免暗暗好笑！又见那两个烧香的男子拜过神像，却不回身退出，在殿上逡巡不走。一个颔有短髭的，年纪已有五十开外，精神饱满，目光锐利，向茅山道士问讯数语，然后走出殿去，由茅山道士陪着到一边去坐吃茶。

慕兰只见道士不见头陀，心中有些失望，虽有道童立在一边，却不便询问。道童见慕兰没精打采地望着，遂请她去神前膜拜，慕兰只得走至拜台前跪倒，口中喃喃地虔诚祝告。她祝告些什么呢？原来她说道："大盗匿居，犯案未破，神庙竟作匪窟，神若无灵则已，神而有灵，今日今夜，妖道淫僧共受诛，毋使漏网。"小道童岂知其中玄妙呢。

慕兰拜祷毕，立起身来，恰巧那茅山道士已回至殿上，忙过来招呼道："方才给那两个汉子厮缠住，不能来陪姑娘，很是抱歉！这里灵官庙的签是非常灵的，姑娘可要求签？"慕兰见茅山道士肯和自己来兜搭，正中其怀，遂微笑道："好的。"于是慕兰又求了一签，乃是上上签，题名是"信陵君窃符救赵"，慕兰暗喜！

茅山道士又要领慕兰到庙内各处去随喜，她便跟着他走到一处处去，顺便察看形势，默记途径。少停，那茅山道士又把慕兰引到后面一间精室里去坐茶，那地方十分幽静，外人足迹难到，因为那门是开在隐藏之处的。坐定后，茅山道士对她笑嘻嘻地说道："听姑娘的口音不是本地人，可是从远方来的吧，我在昨天似乎在路上见过姑娘和一个少年走在一起的，不知姑娘尊姓，何以到这里来烧香？"

慕兰听茅山道士向她盘问，自己早有准备，所以很镇静地说道："不错，我姓萧，是河南人氏。此番跟随我的表兄南下投亲。不料那亲戚又迁至别处去了，我要回乡而表兄不肯，二人意见不合,争闹了一场,他竟抛弃了我不别而行。茕茕弱女子,作客他乡,举目无亲,身边又没有多钱,怎能回转家乡?因此心中忧闷非常。听得此间人说东城灵官庙神佛很灵的,所以特地虔诚跑来,祷于神前,求神保佑我早回家乡才好。"

茅山道士又问道:"你家中可有什么人呢?"慕兰道:"我是自幼儿父母双亡的,本来靠着婶母度日,只因婶母待我不好,我遂暗暗跟了表兄出门的。不料我的表兄没良心,中道相弃,竟使我进退两难呢。"慕兰说到这里,低下了头,将手帕去拭目,似乎很是伤心的样子。

茅山道士见了这般情形,信以为真,遂说道:"如此说来,姑娘的身世是可怜的,孤零零的一个人怎样回乡呢?我们出家人慈悲为怀,这里尚有空屋,姑娘倘无居处,不如就请住在这里。贫道本也是朔方人,出月将有一道友赴豫,姑娘倘然必定回乡的,贫道也好托道友护送姑娘同行。不过姑娘家中既已无人,婶母又不可依,回去也是徒然啊!"

慕兰黯然道:"不回乡又怎样是好呢?"茅山道士道:"那么现在请姑娘暂住此间可好?"慕兰听茅山道士这样说,遂顺水推舟地说道:"你们这里可能留居女客吗?恐怕不方便的吧!"茅山道士笑道:"姑娘放心,这里自贫道主持以来,无人能来干涉庙中事情的,姑娘不必顾忌,只要姑娘方便便了。"慕兰于是点点头,表示允意。

茅山道士不由大喜,正在这时,室外忽然跳进一个人来,一把拉住了道士说道:"好,你们竟敢暗藏妇女,胆大妄行,跟我到官里去吧。"慕兰起初不由一怔,及至抬头看时,见一个头陀,形容丑恶可怖,头戴金箍,双目外凸,满布血筋,短髭绕颊,恰如刺猬,必然是怪头陀了。她假作惊奇之状,对茅山道士说道:"你们这里不都是道士吗?怎么来一个头陀,吓死人也!"

茅山道士忙道:"姑娘不要惊恐,这是我的朋友法喜头陀,因路过这里,在此暂时借住的。"怪头陀听了慕兰的话,便嚷道:"小姑娘,你不要怕,我的面貌虽然丑陋,但我对于妇人女子却是很温和的。小姑娘你从哪里来的呢?怎会和我这位大椿兄在此喁喁细语?所以我胡乱喊了一声,不过开开玩笑,你不要见我害怕,来来来,我伴你去喝酒,好不好?"

道士见怪头陀和慕兰兜搭起来,便过去一拉怪头陀的衣襟道:"你跟我到外边去,我有一句话要通知你。"怪头陀遂跟着茅山道士,一掀门帘走到外面庭心中去讲话。

慕兰轻轻掩至窗前窃听他们讲些什么,只听茅山道士对怪头陀说道:"你夜夜到外边去采花,玩得还不够吗?这个雌儿难得她自己送上门来,请你让我享受一下子吧!"怪头陀道:"你一向说不近女色的,怎么现在也动起心来呢?"茅山道士微笑道:"这个'色'字魔力很大,英雄难逃美人关,此后我也不再笑你好色哩。"

怪头陀道:"既然你动了心,那么你放心吧,我决不来夺你所爱,妄思染指的。只是这个美人儿虽然艳丽异常,可是我瞧她眉目之间隐泛杀气,倒像谙武艺的样子,你也不可不防啊!"茅山道士说道:"你不要多疑,她这样温和美丽,岂有什么本领?即使懂些拳术,我们又非无能之辈,却怕这样一个弱女子吗?"

怪头陀道:"我就是因为昨夜捉住了剑秋,忽然有人将他救去,所以心中惴惴不安了。"茅山道士又笑道:"休说一个剑秋不怕什么,便是荒江女侠前来时,也逃不脱我的鸳鸯双锤。他若再来时,我们立刻捉住杀却,也不再想喝什么醒酒汤了。你不要心里不安,便是面前放着千军万马,我们也要杀他一个落花流水哩。"

慕兰在窗畔,起初听了怪头陀之言,心里也有些担忧,恐防被他们窥出破绽,后来又听茅山道士托大自夸的话,方才放心。一会儿茅山道士回身入内,怪头陀不知到哪里去了,慕兰假作余悸未定之状,说道:"这个奇怪的头陀在哪里?我见了他,不知怎样的,心头便要跳起来,我不要住在此间吧,我还是往别处去。"

茅山道士一怔道："萧姑娘，你不要害怕，他形容虽丑，却是不惹人的。既是姑娘怕见，我不使你们再见面如何？他现在又出庙去了，我领姑娘到我房里去坐坐吧。"慕兰一听，正中其怀，便道："好的。"茅山道士遂向左边壁上轻轻拍了两下，便露出一个小小门户，说道："姑娘请随我来。"慕兰壮着胆跟他走进门去，乃是一个布置精美的房间。

茅山道士指着窗前一张椅子说道："姑娘在此坐一会儿，我要到外面去照料，此间断没有人来的，姑娘放心。姑娘倦时，不妨在我榻上睡一回，少停我再来引导姑娘往他室去住。"慕兰答应一声："很好。"茅山道士回身走出，壁上复合不见门户了，慕兰知道这是道士暗设的机关。她虽在虎口，也不恐惧，镇定心神，注视室内牙床锦衾，虽极富丽，却只有一样东西使她特别注意，就是茅山道士所用的一对鸳鸯锤了，就挂在床栏杆上。自己此番冒险前来，目的就是此物，不由自然地走过去细细注视。

见那两柄锤头上都有两个小小弹簧似的东西，下面有几个线香小盒紧合着，大约彼此磕动时，弹簧一缩，那迷人的烟便从小眼里喷出来了。然而使用的人自己也要闻到的，怎么不迷倒呢？无疑地此物必有解药的了，大概使用的人，自己鼻孔里先涂上解药，那么不愁被迷哩。

她此刻见了她心上想窃取的东西已在手边，很想便在这时盗了双锤，偷出而去，岂不省力？这样一想，她从床头取下双锤，握手里顿一顿，觉得也有七八十斤重，再一思量，又觉这样盗了去是不妥的。一则自己出去要遇到了他们，动起手来，反被他们包围；二则即使被我乘间逸去，他们觉察之后便有预备，也许遁走他方，岂非打草惊蛇吗？我还是忍耐些时吧，好在那厮已入我彀中，不怕他怎样了。想定主意，仍把双锤挂在床头。

刚回身走到床上，只见壁上一移动时，那个茅山道士已走了进来，手里托着一盘糖果食物，笑嘻嘻地对慕兰说道："姑娘可觉寂寞吗？这里没有好东西吃，请随意用一些。姑娘住在这里，要什么只管说，不必客气。"慕兰点点头道："谢谢你了。"茅山道士把盘放在桌上，那小道童又送上一壶香茗、两个茶杯来，立即退出。茅山道士遂斟满了一杯茶，送到慕兰面前说道："姑娘请用茶。"慕兰欠身答谢。

茅山道士便有一搭没一搭的和慕兰闲谈，他本是个粗莽之辈，现在虽然十二分的留着心，装出斯文的态度来敷衍慕兰，而在慕兰的眼光里，总觉他有一股牛悍之气，便假意向他道："那个可怕的头陀呢？"茅山道士道："他到街上闲逛去了，姑娘放心，少停决不使姑娘再和他见面便了。"慕兰听了这话，暗想：你叫我不要和他见面，谁知夜里我倒偏要和他见见哩。

不多时，暮色来临，茅山道士又回身出去，一会儿掌了一盏明灯前来，室中登时光亮，他对慕兰带笑道："姑娘难得屈驾于此，庙中没有什么款待，我只预备得一些浊酒粗肴，愿陪姑娘同博一醉，不知姑娘可能赏饮吗？"慕兰听了，正是求之不得，遂含笑说道："不敢当的，我理该奉敬主人一杯。"茅山道士听了这句话，早已得意忘形，哈哈笑道："难得难得。"便至窗边一拉绳子，说道："我叫他们搬进来吧。"隔了不多时候，便见那个小道童和一厨役送进一壶酒和四个碟子来，端来一张圆桌，齐齐放在桌上，又安放下两副杯箸，立刻退去。

茅山道士便将灯移至圆桌上，向慕兰一招手道："姑娘请过来喝一杯可好？"慕兰谢了一声，便走过来坐下，先斟了一杯酒，双手献给茅山道士道："我先来敬三杯。"茅山道士一边口说不敢不敢，一边早已接在手里，一饮而尽。慕兰说："喝得爽快。"又斟满一杯敬过来，茅山道士又接过喝一个干，接着慕兰的第三杯又敬到了，他又凑到嘴边，咕的一声喝下肚去。茅山道士已喝了三杯，遂还敬慕兰一杯。慕兰想要用酒灌醉了他，以便盗取双锤，好让程远、剑秋二人来时，妖道淫僧一齐授首，所以自己也不能不喝一些。

不料饮得数杯时候,壁上"叮零零"地响起来,茅山道士连忙放下酒杯,对慕兰说道:"姑娘,委屈你独坐些时,我到外边去去就来。"一边说一边从身边掏出一个小瓶,去了盖,倒出一些白色的粉末,敷在他自己的鼻上,跑向床头去,取下两个鸳鸯锤来。

慕兰暗想:不好?唉!他们来得太早了,叫我怎样摆布他呢?于是立起身子,把茅山道士的衣袖一把拖住,假作惊惶之状说道:"你拿了兵器跑去做什么?"

茅山道士笑道:"姑娘有所不知,现在外边时世不好,常有盗劫,不由人不严密防备。今夜大概外边又到了什么歹人,因此我必须自己出去抵抗。"慕兰道:"你去了,丢我一人在此,强盗来时如何逃避呢?"茅山道士道:"你不要惊慌,藏身在这里,包管无人知晓,我去去就来的。"慕兰把足一蹬道:"不成,我要跟你去看看。"茅山道士道:"好姑娘,你耐性坐一会儿吧,我打退了强盗即来。"

慕兰把粉颊贴到茅山道士的胸前,娇声说道:"你不依我吗,不让我跟你走吗?"这时候一阵粉香直扑到茅山道士的鼻管里,茅山道士情不自禁把双锤捧在右手,腾出左手向慕兰颊上摸了一下,说道:"姑娘必要跟出去时,我也只好依你了。"遂又用手向壁上一按,现出门户,慕兰见那小瓶正在桌上,便道:"这瓶倒很好玩的。"顺手拿在手中,茅山道士急于出去,无暇顾及,没有注意。

他拉着慕兰同走,黑暗中转了几个弯,早听得外边金铁相击之声,二人来到庭院中,早见那个怪头陀舞着镔铁禅杖,正和两个人斗在一起。小道童执着灯笼,正在旁边呆看,一见茅山道士跑来,高声喊道:"师父来了。"茅山道士便叫慕兰隐身在廊后观看,休要声张,自己一摆双锤,跳过去说道:"原来是你们吗?飞蛾扑火,自来送死,待我来收拾你们便了。"

慕兰仔细一看,认得那两人就是自己日间到此进香之时,在殿上遇见的香客,不料他们也是同志,但不知是何许人,自己起初以为程远、剑秋来了呢，然而出了这个岔子，不要误了我的事吗？她一边想一边暗暗把那小瓶里的粉末倒出一些在手掌里，敷在自己鼻子上，觉有一股辛辣之气直钻入鼻，但她的意思却为防备那茅山道士的双锤，也只得忍受了。

这时怪头陀已专斗一人，茅山道士挺起双锤，正和那老者接住厮杀。那老者手中使一口单刀，舞得上下翻飞，神出鬼没。茅山道士的双锤如何抵敌得过，虚晃一锤，向后退下。那老者挺刀逼来，茅山道士便把手中双锤往外一磕，即有一道浓烟向老者面上直喷过去。老者一闻这股烟气，立即撒手掉刀，跌倒在地。同来的汉子一见老者跌翻，发了急，将手中钢铁短棍格开怪头陀，跳过来想要搭救时，茅山道士又将双锤迎着他一磕，一股烟气直透出来，那汉子也照样跌下，毫无抵抗能力。慕兰在后边看着，暗想：好厉害的家伙，今夜我怎样能够得到手呢？一边想一边暗从怀里取出一件小小东西，藏在手中，仍是静静儿地站着。怪头陀见二人跌倒，便要结果他们的性命，茅山道士又拦住道："且慢。"

怪头陀道："昨晚我们已将姓岳的擒住，本待把他一杖打死，偏是你要留下他做什么醒酒汤喝，以致被他漏网逃去，今晚何必再蹈前辙。方才我因没有出去，十分无聊，在庭中散步，忽见墙上有人影一闪，知道有人来了，以为又是那姓岳的哩，连忙取了禅杖出来，他们已跳下庭心，正在摸索，我一边吩咐小道童拉铃告警，一边拦住他们厮杀。不过这样一来，有误你好事了。"说罢，一声冷笑。

茅山道士道："我并非不欲杀死他们，因为这二人是不认识的，不知道他们是否官中的人来此找线索的呢，还是那姓岳的同伙。倘然是姓岳的同伙，那么昨天姓岳的稳是被他们救去，然而今晚为什么姓岳的没有同来呢，岂不使人有些疑惑？所以我想把他们弄醒过来，问明白了再行动手杀却。"怪头陀给茅山道士这样一说，也就无话可讲了。

茅山道士正要吩咐道童取冷水来，偶回头见慕兰正向自己姗姗地走来，连忙说道："啊呀！我只顾厮杀，忘记了你。姑娘，你不要怕，现在强盗捉住，已无事了。"一边说一边带着笑脸走到慕兰身边去，想要安慰她几句，不料慕兰右手向他往上一抬，便有一点寒星，照准他的咽喉射去。

茅山道士做梦也想不到慕兰会有这么一着的，猝不及防，无可闪避，大叫一声，向后而倒。慕兰见袖箭果然出其不意地把茅山道士打倒，好不快活。

怪头陀在旁瞧得清楚，不由大吃一惊，连忙跳过来指着慕兰骂道："你这贱人，怎么暗箭伤人，你究竟是哪里来的奸细？吃我一禅杖。"说罢，早将手中禅杖对慕兰头上呼的打下。慕兰疾忙侧身跳开，便在地下拾起了老者放下的单刀，回身向怪头陀冷笑一声，说道："贼头陀，你家姑娘特地到此歼灭你们这些恶人的，末日已至，还能逞强吗？"怪头陀大怒，又是一禅杖向慕兰胸前捣来，慕兰便将单刀迎住，二人在庭中狠斗起来。

怪头陀愤恨在心，一枝禅杖使急了，呼呼呼的风雨之声只向慕兰身上紧逼。慕兰本领虽强，却觉怪头陀如疯虎一般，自己一口单刀又不得手；久战下去，恐防要吃的他亏，程远等如何还不来呢？心中正在焦急，忽听屋面上叱咤一声，一道人影箭一般飞下庭心。

当先来的正是剑秋，大喝道："贼头陀！昨晚遭你们暗算，这一遭恐怕你性命难逃了。"怪头陀见剑秋到临，分外眼红，大吼一声，丢下慕兰，接住剑秋拼命决斗。

慕兰见剑秋已至，而程远未来，心中不免有些疑讶，又不好询问，遂过去将小道童擒住，夺去他手中的宝剑，喝道："你快替我拿些凉水来。"那道童战战兢兢地答应一声，被慕兰押着走到后面去，取了一大碗凉水出来。慕兰接在手里，含了一口水向地下迷倒的二人脸上喷去，又把瓶中的白药倒在二人的鼻子上。二人各打了一个喷嚏，醒了过来，立刻从地上爬起，见怪头陀正和剑秋大战，那茅山道士已横卧地上，倒弄得有些不明不白。慕兰便把单刀还给老者,说道:"我们快快共捉淫僧,不要放走了这个采花杀人的大盗。"老者说一声:"是。"便接过单刀和慕兰分左右向怪头陀包围,共助剑秋抢攻。那汉子也从地上拾起短棍,使动棍子上前助战。

此时怪头陀力敌四人,手里禅杖兀自不懈。剑秋见一时不能胜他,心中愤怒,咬紧牙齿,只顾上下左右地劈刺。慕兰和那老者也各施展平生本领,伺隙而进,又斗了三十余合。剑秋得个间隙,一刀直劈进去,喝声:"着!"看看已至怪头陀的头上。怪头陀的禅杖正被慕兰的剑、老者的刀逼住,不及收回抵挡,急避时,左肩上着了一刀,狂吼一声,霍地将禅杖向外猛扫,险些击中慕兰的手腕。慕兰急跳过一边,怪头陀乘势便向屋上一跳,已登屋顶,想要逃走。剑秋等人怎肯被他逃生,一齐飞身跃上,随在后边追赶,那汉子也跳上屋来同追。

怪头陀负伤奔逃,正逃至墙边,想要跳出之际,不防前面屋上伏着一人,突然跃起,一剑扫去。怪头陀忙把铁杖来格时,剑锋已到,削去了三个指头,大叫一声!一枝禅杖早已抛了出去。那黑影身手非常敏捷,飞起一足,正扫在怪头陀的足踝上,怪头陀立脚不住,一个翻身早已跌到墙外去了。

第七十回

妙计忽然生山岭入伙
芳踪何所觅水上交兵

这黑影是谁呢？当然是踏雪无痕程远了。他本和剑秋一同来的，但当他们到得灵官庙时，听得里面已在厮杀，二人皆不由一怔！伏在屋上偷瞧，起初见那怪头陀和茅山道士正和一老一少酣战，他们顾忌着茅山道士手中的一对鸳鸯锤，不敢下去冒险，又不见慕兰的影踪，难道慕兰不在这里吗？还是慕兰已被他们识破秘密而遭害吗？怎么非但双锤没有盗得，人也杳如黄鹤呢？

尤其是程远心中非常惊疑！及见二人被迷香迷倒于地，他们仍不敢鲁莽下去援救，后来见慕兰的倩影突然出现，一袖箭把那茅山道士打倒，二人心中都觉喜出望外！于是剑秋忍不住先跳下去对付那怪头陀。程远在屋上看得清楚，知道他们二人足够取胜，自己不必下去，恐防那怪头陀或要乘机逃跑，所以他忖度形势，隐伏在出入要处。

果然怪头陀向这边逃来，他遂出其不意，一击而中！怪头陀既跌至墙外，程远便和剑秋等众人一齐跳下。怪头陀虽然受伤，还想跃起挣扎，程远早上前把他一脚踏住，想生擒他。剑秋把手中的宝刀一挥，白光一闪，怪头陀早已身首异处。程远赞声："爽快。"那汉子却在背后说声："可惜！"剑秋等本不明白这二人有何来历，遂回身询问。

那汉子挂着棍答道："小可姓赵名兴，乃是此间捕头，只因城内外时时发生采花案件，县太爷限期缉拿。叵耐采花贼本领高强、无踪可得，小可自问武艺平常，难捉大盗，于是赶到黄山去请我师父李文威来相助。"

赵兴说罢，把手指着老者道："他就是我的师父，当我回来时，又闻城中马家在夜间来了采花贼，和一不知姓名的少年在屋上猛扑一番，然后逃遁。那少年也跟踪去，不知下落。我听了很是奇异，再向马家的人细问，方知那采花贼乃是一个丑恶的头陀，把事情告知我师父，师父遂说：'赶紧向各处庙和寺院来察访，或可水落石出。我又经人报告，前几天街上常见有一个奇形怪状的头陀到处化缘，目光灼灼如贼，我遂疑心必然是一人了。

"于是到茶肆中去探问，有人说曾见那化缘头陀打从东城灵官庙里出来的，所以我邀李师在日间一同至此察看动静，恰见那茅山道士形容凶恶，已瞧科了数分，决定夜里来此捕那头陀。不料那头陀武艺好生了得，又有那茅山道士的鸳鸯锤，忽有迷烟发出，失了知觉，险些丧命！幸有这位姑娘救我们苏醒，又蒙二位拔刀相助，使大盗授首，真是感谢不浅！未知三位是否一起来的，何以知道他们的底细？"

剑秋不肯直说，只把约略情形相告，且也不说出真姓名来。程远道："原来你们是官中来破案的，现在二贼已死，但没有一个生捉，不能问口供了，所以你方才要呼可惜哩！"剑秋道："我看还是死得好，因为那怪头陀本领端的高强，不在我们之下。他生平不知犯过多少血案没有破过，也没有人能够把他擒获，今晚授首，合我们数人之力方能取胜，也非易事！若然让他活着，由赵捕头送入官里去，势必拘禁牢狱，鞫问口供，一时不会诛戮。难保他不能越狱而逃的，所以我毅然把他斩了，好在有尸体在此，可以作证，也是一样的。"

李文威道："这样最是稳妥。"于是，他们数人依旧跳入庙内，回至原处，见茅山道士的尸骸横在那边，颈上不住地流血，而那个小道童不知去向了。赵兴道："啊呀！我不该跟你们追头陀，却被那小子逃走了。"

慕兰道："我们搜寻一下子看。"大家走到殿上，剑秋看见神龛底下有一团黑影，索索地抖动，忙过去伸手一搜，拖出一个人来，正是那小道童，双膝跪倒在地，哀求道："这不干我事的，请爷们饶了我吧。"

赵兴走上前说道："你可放心，我们只寻为首作恶之人，你快快实说庙中可有余党。"小道童道："只有我师父和那怪头陀，现在师父死了，庙里还有一个道童正卧病以外，有一烧饭的，大概他睡在后边，尚未知道。"赵兴道："你师父平日做什么的？快快实言！"

小道童道："我师父每年出外几趟，回来时带了不少金银珠宝，大概他是做江湖独脚大盗的，还有那怪头陀是新近来的，他在晚上常常出去，听说城中闹的采花案件都是那怪头陀犯的。有一次，他带了一双绣花小红鞋回来给我师父摩挲玩赏呢。其他我不知道。"赵兴点点头道："很好，明天你见了县太爷也要照样直说，我可以超脱你无罪。"道童闻言，连连叩头，剑秋遂放了他起来。

慕兰对众人说道："你们跟我来，看看里面的密室吧。"遂教小道童掌着灯，当先引路，众人跟着走到了茅山道士的密室中来。程远见桌内残肴未撤，美酒尚存，遂对慕兰微微一笑道："你就在这个地方陪那妖道喝酒吗？"慕兰脸上一红道："可不是嘛，险些儿大事不成。喝不到数杯酒，警铃大鸣！那妖道便挟着他的家伙出外应敌了。我还错怪你们不该早来呢，谁知道是他们两个不约而同也来了。我不得已使用袖箭给那厮一个冷不防！总算侥幸得手，真是险极啊！"

于是赵兴在室内搜索一过，搜出不少财宝，剑秋在室中搜出自己宝剑,不胜之喜!慕兰又把自己来此烧香、计诱妖道的事告知程、岳二人。李文威旁听得明白,知道他们都是大侠,只不肯吐露行藏而已。剑秋等三人因怪头陀已伏法,采花案件已破,自己的目的已达,不欲多留,遂向赵兴、李文威告别。赵兴要想留他们去住一天,稍尽款待,但是三人坚不肯允;赵兴只得和李文威送至庙外,目见三人行走如飞,掉头不顾而去,不由惊嗟不已!

三人回旅店,神不知鬼不觉,各将兵器放好,慕兰的双刀曾经剑秋借用着呢。时已四鼓,大家解衣安寝。次日早上起身,便听店中有人在那里讲灵官庙赵捕头破得采花要案的事,慕兰对程远说道:"我们此来,倒是大有助于赵兴,否则,他们师徒俩也不免有杀身之祸呢。"程远道:"为地方除去了二害,总算是一件快事,那怪头陀作恶多端,也有一天末日到临,真是天网恢恢,疏而不漏了。"

剑秋因在嘉兴耽搁了数天,急于找寻女侠,想要立即动身,把自己的意思告知二人。慕兰道:"以前我听信韩小香片面离间之言,得罪女侠,思之愧悔。现在我们可以跟岳先生一同去苏访问,或可会见一面。"程远当然赞同。剑秋得二人为伴,更是欣慰,三人遂在嘉兴请了一艘民船,从水道赶至苏州。

剑秋一心在女侠身上,也无心游览山水,既到了吴王台畔,只是到城内各处乱走,想要找寻着一些端倪,却是毫无影迹,也没有像杭州北高峰上的留言,未免使他们失望。

剑秋暗想:难道女侠不曾到苏州来吗?何以毫无踪迹?一连走了两天,心中十分忧闷。恰巧窗门外正演兽戏,程远见剑秋因为找访不着女侠,坐在客寓里长吁短叹,无法安慰,所以请他一同去看看兽戏,聊解忧烦。剑秋不得已随着二人前往,却不料场子里闹出了一幕虎噬人头的惨剧,观众大乱。剑秋恐怕猛虎伤人,遂拔剑而前杀了那头野性勃发的大虫;更不料因此而与夏听鹏晤面,这真是无巧不成书了。当时剑秋和程远、慕兰跟随夏、周二人到得枣墅夏家,时已不早,夏听鹏吩咐厨房快快预备丰盛筵席为三位侠客洗尘。"

剑秋急于知道女侠的消息，坐定后又向夏听鹂追问。夏听鹂不敢再瞒，便把自己如何陪伴女侠游山，如何在旅店内闻得太湖中盗贼劫人之事，女侠如何留柬独行，自己如何追踪至西山访寻，得遇史兴夫妇，方知女侠独探横山，遇险难脱，已投水自沉。

剑秋突闻噩耗，一番希望都成虚幻，心中说不出的悲痛，不由大叫一声，晕倒于地。夏听鹂和周杰连忙将他扶起，唤了数声，剑秋方才醒转，酸辛之泪从眼眶里如泉水涌出，仰天叹道："今番玉琴孤掌难鸣，性命休矣！"程远和慕兰在旁听着，也觉十分凄惶，一洒同情之泪。隔了一会儿，慕兰道："女侠投水也是传闻来的消息，不知是假是真，也许陷身在盗窟中。如今之计，我们既已来，得知这个情形，还是想法到横山去歼灭丑类，一探究竟。"

剑秋点点头道："我也这样想，最好玉琴被他们擒住，反可有一线希望，她若投水，那么湖水浩荡，她是不熟水性的人，一定已与波臣为伍，没有生还之望了。"说着话，又回头问夏听鹂道："夏兄可知太湖众盗的底细，不妨见告一二。"夏听鹂和周杰遂将他们所知晓的情形告诉一遍。剑秋道："原来有白莲教的余孽雷真人等在此，当然很有组织的，声势不小，莫怪官兵奈何他们不得。玉琴一人独往，怎能成功呢？唉！她也过于冒险了。"这时，下人已摆上酒席，夏听鹂邀请入席。剑秋拭着眼泪，和众人共商捣破横山之策。

程远说："凭我们三人之力，诛一雷真人也不算一回事。只是一则地理不熟，二则我们都不通水性，横山又在太湖中，四边是水，未免棘手一些。"夏听鹂道："那西山史兴夫妇曾载女侠去过的，都有很好的水性，我们若要上横山，非得他们相助不可。"剑秋道："我们不妨仍请他们载我们前去，并且我也要亲自问问史兴呢。"慕兰道："我以为要破横山，最好里应外合，方可成功。"剑秋被她一句话提醒了，他想起一事，却不敢说。下人献上一道一道的菜来，夏听鹂殷勤劝饮后，而剑秋此时精神上大受打击，如何再喝得酒呢？程远和慕兰也觉十分不快，勉强吃一些，已至二更时分，剑秋等三人遂告辞回寓，约定明日再来商议。

这天夜里，剑秋只是悲悼玉琴，虽然睡在榻上，通宵未曾合眼。想以前自己和玉琴南北东西作汗漫之游，不知闯过了许多龙潭虎穴。有时我去救援她，有时她来救我，终能化险为夷，反败为胜的。此次她独入太湖，身逢劲敌，想不到一世英名，竟死于此地，埋香无骨，恨海难填。若令一明禅师、云三娘以及许多故人闻知这个噩耗，谁能不为之痛哭呢？

次日清早，剑秋起身后，程远、慕兰见他双目红肿，知他夜来曾哭泣过。唉！多情的剑秋，一旦失了知心的伴侣，钿劈钗分，琴亡剑在，无怪其然了。二人遂用话相劝，一同吃过早饭，程远对剑秋道："我们今天早些到夏家去吧，谅他们正在盼望了。"

剑秋道："请你们先陪我往招商旅馆去走一遭。"慕兰道："岳先生不忘记昨天那个兽戏团吗？他们的事与我们没甚关系，何必去耽搁时候呢？"剑秋道："我早已答应那个姓韦的今天相见，也许我们有用他之处，且去看看他们的情景再说。"程远、慕兰听剑秋如此说，遂跟着剑秋走出店门，跑到渡僧桥边招商客寓来。

早见韦虎正立在旅馆门口盼望，一见剑秋等到来，十分喜欢，忙请三人入内座谈。剑秋觉得他们很是忙乱，失去了团主，自然没得主意了。那个十岁左右的童子站在门边向三人看着，一手掩着嘴唇，笑嘻嘻的，天真可爱，剑秋将手向他招招，那童子便走到剑秋身边，问道："昨天那只咬死我们团主的大虎，就是先生杀掉的吗？"剑秋道："正是。"遂握着他的手问道："你叫什么？"童子道："我姓吕名云飞。"

剑秋又道："你几岁入团跟他们走江湖的？"吕云飞道："我是自幼儿便被余德收养的。余德是我的干爹，至于我自己的生身父母，我都不知道，但听干爹说我的父亲曾被仇人杀害，那时我只有三岁呢。"剑秋道："你可知你双亲的仇人是谁呢？"吕云飞道："余德告诉我说是一个和尚，那和尚名唤空空僧，是峨嵋山金光和尚的门下，剑术高强。此时我的本领浅薄，还不能去复仇呢。"剑秋点点首道："很好，你且待后来吧。你的身世也是很可怜的，你的武艺却很好，是不是余德教授你的？"吕云飞道："一半是我干爹教导，一半还是我干爹的朋友指点的。"剑秋和他一问一答，韦虎已和昨天所见的红衣女、青衣女手中托着茶走进室来，请他们喝茶。

剑秋请韦虎等也坐了，然后问道："你们昨日遭逢了这个大变，此后将预备作什么？"韦虎道："昨日的事真是不测风云，今天我们要待地方官相验以后，再把团主安殓。有人推举我继任团主，将来再作道理。但我对于此种生涯有些厌倦了，团主已死，往后事情难办，所以决计不干。"云飞指着韦虎道："虎哥哥若然不愿意干，我们也不高兴干了。大家散伙儿吧。"

剑秋微笑道："你们散了伙，预备去哪儿去呢？"吕云飞被剑秋一问，倒怔住了！韦虎叹道："我们流落江湖，天涯何处不为家，只是年华渐长，自觉一无成就，前途茫茫，不知如何归宿了。"剑秋点点头道："你很有感慨，好男儿确乎不可无志，你若不愿再干此生涯时，我倒有一个地方想介绍你去，也许将来有个出头之日。"韦虎大喜道："岳先生能够提携，可使我不胜快活！请你快说出那地方来，我要立刻前去。"

剑秋道："现在恕我慢慢儿发表，因在此间，我们尚有一件要事拜烦你们。"韦虎道："什么事？请你说了，我若能相助，决效死力。"剑秋便将女侠独探太湖、投水自沉的事轻轻告诉他们听。韦虎惊叹道："可惜可惜，女侠有了一身好剑术，却殒命在盗匪手里，我听得这个消息，十分悲愤！无怪岳先生要誓复此仇，你老如有差遣，万死不辞！"

剑秋道："横山盗匪众多，地势险要，若无里应，恐难把他们扫尽歼灭。我想，你们这伙人来此作兽戏，他们是不防的，而且大虎咬死团主，这件事闹得满城皆知；你们此去只说团主已死，无心再作营业，闻得横山招聚天下豪杰，故来相投，请求他们收入伙中。你们倘然带了许多野兽同去，他们决不会起疑心。"韦虎道："这样很好，我愿为女侠报仇，待我向同伴问讯一过，然后再给你老回音，我是无论如何肯去冒险的。他们万一不能同意，我一人也要往。"

剑秋道："很好，你们若去时，我再叫一位同志指导你们。"说罢，回头对程远、慕兰说道："你们看此计好吗？据我个人的意思，他们一伙儿前去还嫌力量不足，所以我想请程远兄引导他们，乔装为团员之一。好在程远兄在别处露脸甚少，横山盗匪必不会认识你的。你们到了那边，探听明白，倘然女侠尚在，更是幸事；否则约好日期，我和慕兰姑娘、夏听鹏等捣其前，他们必然空寨来迎，你们便可在山上杀起来，可以大破横山了。此番不必在夜间举事，不妨在白昼下手，不让他们漏网。因在日间对于不明地理的人容易下手，不知程远兄可愿冒险走一趟吗？"

程远道："岳兄之言甚是，小弟愿听差遣。雷真人等虽然横行江湖上，以我视之，如釜底游魂而已。"剑秋喜道："那么，我们可以走到了西山，与史兴晤见后，然后前去。此刻我们可以去见夏、周二人了，这里让韦虎和团中人商定了再说吧。"剑秋说时，又指着红衣女、青衣女向韦虎道："这两位姑娘是谁？"韦虎道："红衣女姓梁名红绡，是余德的义女，以前余德做主，早已许配于我了，所以她当然跟我走的。"红衣女在旁听着，低倒了头，粉腮微红。韦虎又道："那青衣女姓孙，名映雪，是团员孙刚的女儿。"剑秋道："二人都能武艺吗？"韦虎答道："略有本领，但不甚精。"剑秋点点首道："很好，不过你们对于此事须严守秘密，慎之又慎，在外面切勿提起，否则反足坏事。"韦虎答应道："是。"

于是剑秋等三人别了韦虎，走出招商旅馆，又到枣墅来。夏、周二人欢喜迎入，分宾主坐定。夏听鹏便问剑秋如何决策，剑秋将自己的意思奉告，二人听了，都很快慰。

夏听鹏道："前次女侠独行，是出于我们意料的，未能同往，心中非常歉疚！所以此番追随侠士之后，为女侠复仇，否则人家真要笑我们吴人无胆了。"剑秋道："我们此去也必须仰仗二位之力，好去见见那史兴夫妇，只是今天不能成行，请二位代我们雇好两艘船只，明天早晨我们便可动身了。"夏听鹏道："这里枣墅上的船户我都熟识，况且到西山去可以遵命，若教他们到横山时就不成功了。"剑秋道："我们到了西山再说，倘得史兴夫妇为助，不足虑矣。"于是大家纵谈尽欢，夏、周二人留剑秋等在家中吃过午膳，又陪着同至宝带桥一带去游览，回转金昌时，已万家灯火了。

剑秋等五人一齐到招商客寓里来看韦虎，那时余德的尸身已安殓，暂居在苏城外培德堂，兽戏已不再表演。韦虎已和他们商量过，有一半人愿意散伙他去，有一半人仍随韦虎同进止，童子吕云飞和红衣女梁红绡当然仍和韦虎一起，那青衣女孙映雪却随她的父亲孙刚动身到江北去了。许多野兽都由韦虎掌管，暂留在此。韦虎告诉了剑秋，剑秋道："如此很好，你们一行人带了野兽、行李等物，在明天早晨都到枣墅上，夏听鹏先生在府上相见，然后一同下船。"说着话便指了夏、周二人介绍韦虎认识，并教他务须谨守秘密，韦虎惟惟应诺。剑秋在寓中坐谈了一刻，然后告别。夏听鹏又同剑秋、程远、慕兰三人在酒楼饮酒用菜，直到二鼓时分，方才各自别归。

次日清晨，剑秋等人付了店宿资，带了行装，跑到枣墅夏家。夏、周二人早已一切预备妥当，二人各带上宝剑一口，要随剑秋同去复仇。一会儿韦虎等众都来到，剑秋、夏听鹏招呼着众人把野兽都舁到船上去安置。好在夏听鹏已雇定两艘大船，在河边等候了，运物竣事后，大家下船。剑秋和夏听鹏陪着韦虎、吕云飞等合坐一船，周杰同着程远、慕兰合坐一船，挂上两道大帆，向前驶去。剑秋在舟中和韦虎等谈谈说说，看着两岸风景，甚为娱目，不多时已入太湖。

剑秋等也是第一遭到此水云乡里，觉得这太湖真是伟大，也是个富庶之区，却不想反被盗匪盘踞，为行旅之害；地方官兵，坐视不剿，真是参茸无能、徒縻料理了。薄暮时已抵西山，舟子落下布帆，便停泊在西山之下，夏听鹂便请剑秋等登岸。剑秋吩咐众人都守在舱中，不可轻动，自己只和程远、慕兰、韦虎跟着夏、周二人上岸。

夏听鹂、周杰欣然前导，一路行来，已至史家柴扉之前，篱落间忽窜出一条黄狗，向他们狂吠。夏听鹂正要叩扉之际，而门里早已钻出一个人来，只见前胸披一件青布短衣，赤着双脚，手里拿着一只大酒杯，口里咕着："哪里来这许多人。"夏听鹂早喊道："史兴史大哥，我们来了。"史兴定睛一看，认得是夏、周二人，便高声嚷道："夏先生，周先生，我们天天盼望你们二位前来呢。"一边说，一边向剑秋等众人端详。

夏听鹂道："我们一直想来，只是没有机会，现在好了，请你引我们进去，我再告诉你知道。"史兴点点头道："诸位请随我来吧。"遂一拉左手，让众人走进，关了柴扉，当先引众人入屋。那黄狗兀自在一边叫着，史兴道："咄，快些退去！"黄狗便一声不吠地跑到外边去了。史兴又喊一声："双喜，客人来了！"这时众人踏进屋子，天已黑暗，便见有一个妇人掌着灯从后面走出来。身穿一件青花衫儿，脸上涂着一些胭脂，半爿儿尽是青色，骤睹之下，使人一惊！鬓上插着一朵芍药花，下面一双大脚踏着草鞋，说道："酒鬼，来的什么人？"

史兴没有答话时，夏听鹂早上前招呼道："史大嫂，别来无恙，是我们在此。"史大嫂见是夏听鹂，便把灯放在桌子上，带笑说道："好，你们果然来了，我那酒鬼天天吵着要代女侠复仇去，我说：'且莫性急，夏先生等必要再来的，我们可以一同去。'他说：'不知等到何年何月何日？'我说：'快要来哩。'你们今晚果然来了。"

夏听鹂道："是啊，复仇之念没有一天忘却，只因我们二人自问力量薄弱，未敢冒昧从事，所以迟迟至今。现在告诉你们夫妇俩一个好消息，就是荒江女侠的同门师兄岳剑秋先生寻访女侠到此，我们遂一同来的。"史兴听说，把手中的酒一饮而尽，当的一声，将酒杯抛在桌上，跳起来道："哪一位是岳爷？请你快快指点给我认识。"夏听鹂便代剑秋等一一介绍过。

史兴瞧着剑秋道："岳爷，今天使我得见，真是非常快活！因我前闻女侠说起你怎样神勇，只恨未见一面，现在岳爷来了，怎不使我快活？但是，我告诉你，请你不要悲伤。因为女侠陷身盗窟，闻已投水而死，我们跟她同去的，不能救她出险，真是惭愧得不能见人。一直想要复仇，只恨匪党甚是厉害，恐怕我们不中用。现幸岳爷等前来，我们二人愿随岳爷同去，把那些狗盗一齐杀掉，方快我心。"

剑秋点点头说道："这些事夏先生告诉过我了，真是令人痛心切齿！我们此来，不但为女侠复仇，且为地方除害。闻贤夫妇精通水性，湖上形势又很明了，所以还要仰仗二位相助一臂之力。"史兴道："我们愿听差遣，虽死不恨！"这时，史大嫂已献上茶来，请众人宽坐，众人遂挨次坐下。史大嫂听了，心里也十分快活，站在一旁静听。剑秋请她也坐，史大嫂遂和史兴并肩坐在一处，目光霍霍向众人四射。

剑秋遂把自己如何设计请程远等先到横山去卧底，以便里应外合，共歼巨盗的意思告知史兴夫妇，史兴只是点头说好。剑秋道："但他们前去必须有船只相送，而因各处船户胆小如鼠，不敢到那边去，不得不有烦你们代为想法。"史兴想了一想道："我们可送去，但那狗盗蔡浩认得我的，未必相信。在这里我有一个结拜弟兄，姓杜名五郎，也是水上渔哥儿，他的入水本领很不错，胆子也大，性情虽和我一样粗鲁，却是忠实可靠，待我去和他商量，请他代我前去走一遭，决无破绽。"

剑秋道："很好，少停即烦你去商恳他，最好明天上午便能动身前往，因为我们一行人不便在此多作逗留。"史兴道："他此刻大约和人家赌钱，黄昏后我到他家去，必能相见，有我向他说了,他决不能推辞。"剑秋道:"如此很好,这件事我们拜烦你了,此刻我们回船去,明天再见。"

史兴忙立起身嚷道:"岳爷等难得来此的,且请喝几斤酒再去不迟,怎么便要回船,不要走,我叫我浑家去沽美酒。"史大嫂也立刻道:"待我便去。"剑秋道:"并非有负盛情,只因我们人多,船上尚有许多人要照料,好在我们尚须在此耽搁数天,相聚之日正多,不必定要今夕的。"夏听鹂也这样说了,史兴只得护他们回船,代他们点上一盏灯笼,交与夏听鹂。夫妇二人送至门口,说声:"明天会。"兀自站在门外看着那灯笼影儿远了,方才进去。

剑秋等回到船上,休息一回,便叫舟子煮晚饭。剑秋与程远等谈起史兴夫妇,交口称赞不置。当他们正在舱中进餐的时候,忽听岸边有人嚷道:"岳爷等在船上吗?"一听声音,正是史兴。剑秋和夏听鹂探身出舱时,见一个黑影立在岸边,手里提着东西,剑秋说一声:"我们在此。"史兴早已跳到船头上来,左胁下挟着一个大酒坛,右手提着一只敞篮,篮里约莫有几条黄金色的大鲫鱼,剑秋连忙请他进舱。

史兴见他们正用晚餐,遂将酒坛、鱼篮放下说道:"我特地送酒来,预备陪诸位痛饮,这坛酒是山上钱万昌的远年花雕;这鱼是我日间在湖上打得的活鱼,可以制汤喝,你们不肯在我家里喝几杯,我就赶上你们这里来了。"说毕,哈哈大笑。

剑秋等忙向他道谢,请他一同坐下,吩咐舟子把鱼拿去煮汤,又把酒坛开了舀酒去烫。那舟子提起篮子,一见这几尾又活又大的鱼,便啧的一声道:"好鱼好鱼,若非湖中,哪里去网得。"走向后艄去了。此时剑秋、程远、慕兰、夏听鹂、周杰、韦虎、吕云飞、梁红绡以及史兴一共九位,团团儿坐定一桌,挤得舱中都满,舟子烫上酒来,大家开怀畅饮。

史兴夹七夹八地讲些山上及湖中风景,一回儿又讲起蔡浩来,剑秋恐防被旁人听得,便叫史兴莫谈这事。鲫鱼汤烧好了端上来,大家吃着鲜鱼,别有风味。剑秋又见史兴一碗一碗的酒尽自灌向肚中去，暗想：这厮如此贪吃杯中物，莫怪他妻子要唤他酒鬼，假令师叔余观海和闻天声在此地，大可对喝三百杯了。

他忍不住向史兴说道："史大哥，你约莫喝了二三斤酒哩，少停还有点事情要烦你去商妥的，不如明天再喝罢。"史兴笑道："岳爷怕我醉吗？再喝上这些也不会醉倒的。不过我带来的酒不多，不能让我一个儿独喝个光，你既然吩咐我不要喝了，我就不喝如何？"说罢，便将杯中余滴喝干，又用舌在酒杯四围舐了一下，放过一边。

剑秋道："很好，将来我必请你痛饮一番，舟子盛饭来吧。"于是大家也就吃饭，史兴一连吃了四大碗，丢下碗筷，唱个痛快道谢。剑秋道："我们要谢你送酒送鱼来哩。"史兴站起身来，将衣袖抹抹嘴，脸也不要洗，说道："这个时候我要去看我的弟兄了，明天会吧。"向众人点点头，回身钻出舱去，剑秋和夏听鹏送至船头，史兴早已跳到岸上，口里唱着："夏侯渊武艺果然好，可算将中一英豪，将身且坐莲花宝，营外为何闹吵吵。"向黑暗中走去，声震林木。

剑秋不觉叹道："渔哥儿中有这等人物，真是令人可爱。"回到舱中，又和众人略谈一刻，各自安睡。但剑秋在船上想起玉琴，心头的悲哀怎能消释？以前，自己和玉琴奔走天涯，常在一起诛恶锄强、屡蹈虎穴。想不到普陀清游归来，在海面上和海盗高蟒厮杀一阵，遂至分散。今日我到了太湖，而玉琴已作水上孤魂，不可再见，而今而后我更无意于人世了。想到这里，不禁低唤："琴妹，琴妹。"哪里有人答应呢？舱外一片风水声送到枕边，好似助他的太息。剑秋思潮起伏，辗转难眠，直坐到四鼓后，方才睡熟了一歇。

醒来时东方已白，程远等都已起身，连忙一骨碌坐起身来，洗面漱口，用罢早餐。程远道："史兴此时还不前来，不知他的弟兄能不能答应。"剑秋道："昨晚他说很有把握的，决不会使我们失望。"

二人走到船首去看时，只见东边有数艘渔船飞也似的划来，船头上立着史兴夫妇，还有一个二十多岁的健男儿，朝天挽着一个髻；身披一件白短衫，赤着双腿，紧着短裤，手中拿着一根哨棒，船到近处一齐停住。史兴夫妇和那个健男子都跳到这里船上来，彼此点头叫应。史兴遂介绍那人相见，就是他的把弟兄杜五郎。

剑秋带笑道："有劳有劳，史大嫂也来了吗？"史兴道："我已同我的弟兄说妥了，别人不敢去，只有他船上三个人肯去，所以向人借了两艘渔船。我又恐怕人少不济事，所以叫我浑家跟着同去，她和那些狗盗没见过面的，决无妨碍。我吩咐他们送到后瞧瞧形势，然后一同回来。"剑秋道："很好，有劳史大嫂了，我还有一句话要请你们到舱里来谈的。"史兴点点头，便和史大嫂、杜五郎跟着剑秋等钻入舱中，又和程远等相见一过。史兴便问："岳爷有什么话吩咐？"

剑秋道："我想他们到横山上去，都是陌生的，以后必须有个人往来传信，方可通得内外消息，此事非请你的结拜弟兄杜五郎担任不可了。"杜五郎在旁早说道："史大哥一切都叮嘱过我了，我既然答应送你们前往，凡事听凭差遣便了。"剑秋说道："这样很好了，至于史大嫂可在送到后和其他摇船的回来。杜五郎请你跟他们暂留山上吧，他日破得横山，不忘你的大功。"

杜五郎道："说什么功劳不功劳，我只知道相助你们去干，若要立功，我不会投到官兵方面去吗？不过那些酒囊饭袋的官兵，我就不愿意听他们的指挥呢！"剑秋道："快人快语，事不宜迟，请你们便去吧。"遂又对韦虎说道："你们此去，一切要听程先生的话，见机行事，你再去暗暗叮嘱他们各人自己谨慎，在匪窟中更不可露出一些破绽，等程先生约定了日期，我们从外边杀入，一同下手，方能取胜。"韦虎道："我都理会得，请你放心就是了。"

剑秋遂请程远率领韦虎等一行人下渔船，把那些熊虎等野兽都搬到船上去，虽有几个乡人来瞧看，他们却诡称到湖州去卖艺的，人家也不疑心有他。程远又和慕兰说了几句话，遂同韦虎等众人坐着渔船而去，这里只剩剑秋、慕兰、夏听鹏、周杰和史兴五人了。

剑秋因为这事须有数天耽搁，遂和史兴商量了，将自己坐来的船退回，好让他们回去。船资由夏听鹏照付，另外赏了他们二三两银子，欢欢喜喜地驶还苏州城去了。剑秋等四人便借住在一家客寓里，也是史兴介绍的，所以招待格外周到。日间无事，便由史兴伴着到山上各处去邀游名胜。次日下午，史大嫂和三只渔船一齐回来，大家欣然向她问起他们到山上以后作何光景，史大嫂答道："我们舟至横山小港里，便有匪船前来拦住查问，我们回答说是投奔山上入伙的，有几个匪党不甚相信，先到我们渔船上来搜查，见了许多野兽和物件，遂不疑了。引导我们到了山下，将舟泊住，便把野兽等运上岸去。我跟了程先生一同走进匪窟去见蔡浩，瞧见山上首领甚多，其中还有一个道人和一个道姑，向程先生、韦虎二人细细盘问后，都很满意，便留我们住下。今天早上韦虎等在蔡浩面前献了几套技艺，蔡浩十分欢喜，对于韦、吕二人大为激赏。程先生要求蔡浩收录入伙，蔡浩和那道人商量了，一口允许，于是打发我们回去了。恰巧逢着顺风，所以到得较早，报个信给你们知道。"

剑秋听了，对夏听鹏说道："山上如何又有道姑？"夏听鹏道："不错，蔡浩那里是在传教，沿太湖一般愚拙的乡民纷纷入教，官中禁止不得。那道人就是我说过的雷真人，本领很大，至于那道姑却不知晓了。"史兴道："他们传的是白莲教，也曾诱惑我们渔人去信教，但我们西山的渔哥儿却没有人相信那邪教的。"剑秋听了，点点头道："很好，有劳史大嫂辛苦一趟，现在我们且待程先生送信到来，然后前去下手，把他们一齐歼灭，才称我心。"

这天晚上，史兴夫妇预备了一些酒菜，要请剑秋等在他们家里痛饮数杯,剑秋见他们十分诚恳,遂答应了。天气十分暖热,史大嫂摆了一张桌子放在庭心中,史兴打从外面去添了一些牛肉、熏虾、花生、豆腐干、盐鸭蛋、酱螺蛳等下酒物来,陪着剑秋等四人一起喝酒。史大嫂在厨房忙着烫酒煮菜,非常高兴。

酒至半酣,史大嫂捧上一盘醋溜鱼来,剑秋道:"史大嫂辛苦了,你且坐一会儿,我们慢慢儿吃喝不妨。"史大嫂要想推辞时,慕兰早拖过一张白木矮凳来,按住她肩头,叫她坐下,史大嫂只得偏着身子坐了。

史兴笑嘻嘻地代她斟上一杯酒,史大嫂道:"酒鬼,你今晚有黄汤饮,又该快活哩,不要自己贪喝,敬敬客人。"史兴笑道:"不劳吩咐,我都敬过了。"于是大家又喝了一杯,史兴代各人斟上,他想起女侠席间舞剑的一回事来,告诉了众人,剑秋心中更是不胜悲感。慕兰道:"女侠之死,是听盗匪口中传说的,也不能完全凭信。你想女侠一生蹈险,每能逢凶化吉,绝处逢生,也许这回事尚有生还之望。"

剑秋道:"玉琴陆地本领在我之上,一身是胆,不畏强梁;但她对于水性是一些不通的,投身在这茫茫大湖里,安得不从三闾大夫游呢!况且这事迄今已有好些时候,假令玉琴尚在人世,为何不见影踪呢?所以此番她一定凶多吉少,没有重见之日了。"剑秋说到这里,凄然下泪。

慕兰又道:"天下事是不可知的,闻岳先生谈起你在丽霞岛战海盗的事,你不是堕身入海,又受了镖伤,必死无疑,但后来却遇着非非道人救你性命吗?要知女侠或者会有同样的遭遇呢。"剑秋道:"难了,难了,这种巧事天下罕遇的,岂可恃以为例。"夏听鹂道:"我始终情愿女侠有万一生还的可能,且待我们破了横山,详细查问,或可知晓一二。"

史大嫂不欲伤剑秋的心,遂说道:"你们喝酒吧,莫谈伤心话,我还有菜要烧给你们吃,失陪了。"说着话,起身离座,走至厨下去了,少停捧上一盆雪里红竹笋炒肉丝来,又有一大碗虾米蛋汤。剑秋道："我们吃够了，不要多劳史大嫂。"周杰道："我们酒已尽量，可以吃饭吧。"于是史兴夫妇遂到厨下去盛出饭来，大家吃毕，洗过脸，史兴又去烹了一壶好茶前来，大家座谈。

史大嫂要留慕兰在她家里住，说道："萧姑娘，你一人跟了他们去宿店，恐不大方便的，不如在我们家中胡乱宿几宵吧，里厢房正有一榻空床呢。"史兴说："慕兰姑娘如不嫌肮脏，即请住在我家。"慕兰觉得史大嫂的话不错，遂带笑应，剑秋等三人谢了史兴夫妇，回转客寓，各自安寝。

次日一早，剑秋先醒，想想昨宵慕兰说的话虽然是一种理想，自己却很希望这理想不是空幻的，最好能够成为事实，如果成功了，那正是不幸中之大幸了。自己在此等候程远消息，甚为无聊，今天不如就请史兴摇一小舟到湖上去探探动静，访问近处的村民渔户，可能知道女侠的下落，万一真个身死，必有尸身在远远发现的。

现在别人都不敢到湖中，只有史兴才能够胜任，他想定主意，立刻披衣起来；见了夏、周二人，便把自己的意思告知他们。他们也想同往，剑秋道："此去访问女侠是我私人的事情，不宜人多，只消我和史兴二人前去为妙。"夏、周二人听剑秋如此说，也就作罢。

三人用了早餐，走到史家来，史兴正要出去打鱼，剑秋把自己要到湖上去探问女侠遗骸的意思告知了他。史兴道："岳爷要去时，我可驾一小舟载你同往。"剑秋道："我正要仰仗大力。"慕兰得知后，便笑道："岳先生，我说的话，未尝不有几分道理，但愿你得些好消息回来，也好使我们快活。"剑秋叹道："不过聊尽人事而已！我自己也知道这是我的痴想，你们请在山上盘桓一天吧。"

史大嫂道："我同他们去游东山吃生果。"史兴道："也好，我们都出去，可叫我的狗守门，万无一失，好在贼骨头也不敢光临我史兴家里的。"于是史兴同着剑秋先走，剑秋带了宝剑，史兴也带了双叉,以防意外。

剑秋来到湖边,坐下一艘渔船,史兴把飞叉插在船中,操着两柄桨,划着渔舟向湖中去。剑秋坐在船头上远眺四围形势,上午到得几个乡村,剑秋都去询问最近湖中可曾发现一个北方姑娘的尸体,或是有人救得?但是全无下落。史兴道:"那些乡民因为湖上盗贼猖狂,不敢出去,难怪他们不知道的,我们不如到横山附近的各山头去探问,较有征兆可寻。"剑秋道:"史大哥说得有理。"

于是二人在村上农家借用了午饭,回到船上,向东北面摇去;早来到南岛山边的张村,二人上岸去询问,却有一渔翁说:"女子的死尸虽没见过,但是在半月以前,我出去到湖中打鱼时,在网中捞得一件东西,像是贵重之物。"剑秋忙问:"何物?"渔翁道:"是一把小小的翡翠剑,还不满三寸呢,村上唐先生见了,告诉我说这是宝物,可以拿到城里去卖的。"剑秋听了,跳起来道:"真的吗?快给我一看。"

渔翁遂从他身边的衣袋里摸出一个小纸包递给剑秋,拆开纸包一看,不是玉琴头上戴着的翡翠剑还有同样的宝物吗?想此一剑一琴,乃是以前得来的宝物,曾由师父云三娘为媒,将此二物作为定情礼品,互相交换的。玉琴常把它戴在头上,现在此物已有人发现,而玉琴不知下落,一定是葬身湖中了。想到这里,万分痛心!恨不得跃入五湖,追随芳踪于冯夷之宫。

史兴见了,也嚷起来道:"这个东西我曾见女侠戴在发上的,怎么到了人家手里去呢?唉哟!女侠一定,不……"他叫到"不"字,连忙缩住,剑秋叹道:"女侠总是不在人间了。"他问渔翁要收回此物,渔翁索价十金,剑秋给了他五两银子,渔翁欢欢喜喜地揣了银子而去。剑秋长叹一声,把翡翠剑和自己佩着的白玉琴一起藏在身边,遂同史兴下船,又向前划去。看看横山隐隐矗立在湖上,如一小青螺,剑秋意态索然,对史兴说道:"我们回去罢,他日我必要为女侠手刃仇人。"

于是史兴掉转舟身,向西南而行。忽然迎面来一扯着两道布篷的巨舟，其疾如矢，史兴对剑秋说道："岳爷，前面这只船像是盗船，这里没有芦苇，我们无处可以隐避。"剑秋道："不要管他是不是，我们只装若无其事地划去，他们未必会生疑的。"史兴听了，依旧划上前去。

转瞬间，那巨舟已渐渐驶近，只见船首坐着四个人，正中一个乃是黄冠道袍的道人，右边坐着一个风流艳装的道姑，左边踞坐着一个大汉，手里握着一对五股托天叉；在大汉下首又坐着一人，剑秋认得他便是以前在韩家庄漏网而去的海底金龙孟公雄。史兴见了，便将手指着那大汉说道："那个携叉的大汉就是横山匪魁混江龙蔡浩，我们今天忽然遇见他们，休要睬他，看他们怎样？"

但同时，蔡浩等在大船上也已注意到那渔船，孟公雄一眼瞥见剑秋，连忙回顾蔡浩、雷真人，告诉他们知道前面船里来的正是荒江女侠的同门师兄岳剑秋。雷真人道："那姓岳的也是我们白莲教的仇敌，听说风姑娘和瑞姑、祥姑、霞姑等三姊妹都死于他们之手的。现在玉琴已死湖中，姓岳的又送上门来，这遭不结果他的性命，更待何时？"蔡浩也点头说道："我们快快动手，不要放走了那厮，背后摇船的人是西山渔哥儿史兴，前番我吃过他的亏，今日可一并杀却。"

孟公雄闻言，胆子一壮，他第一个先站起来，向腰间掣出一支软鞭，大声喝道："姓岳的，你前年杀我兄弟，此仇未报，今日胆敢到湖上来作奸细，狭路相逢，岂肯轻易饶你！你可知道，你的同伴荒江女侠早已死于湖中吗？荡荡大水，便是你们归宿之所，看你们尚能逞强吗！"

孟公雄言犹未毕，剑秋已怒不可遏，拔出惊鲵宝剑，指着孟公雄骂道："草寇，安敢狂言，我今日特来代女侠复仇，把你们一齐诛掉，死在头上，还敢强硬吗？"说罢，手中一道青光，舞剑径奔孟公雄，两船接近，孟公雄使鞭迎住。史兴见了蔡浩，便拔起飞叉，说道："来来来，姓蔡的，我与你较量一下，也好为女侠复仇。"蔡浩咬牙切齿地骂道："你这厮不肯入伙，反倒去做姓岳的走狗，看你家老子今天要你的命。"史兴冷笑一声道："前次便宜了你，现在决不轻饶！"说着话，一叉刺向蔡浩面上，蔡浩闪过，还叉进攻，两人叉对叉地斗在一起。

孟公雄武艺虽高，终不是剑秋的敌手，雷真人瞧其真切，便跳过来道："公雄，你且退后，待我来对付他。"孟公雄虚晃一鞭，让开一边，雷真人早将剑使成一道白光，转向剑秋头上。剑秋回身迎住，青白光盘旋飞舞于顶首，叮当有声，战到七十余回合，不分胜负。

那道姑在旁见剑秋果然厉害，也就掣出宝剑，一道白光直奔剑秋的下三路，剑秋不慌不忙力战二人。孟公雄又挥动软鞭来助蔡浩，共战史兴。这样又酣斗了二十余回合，史兴被蔡、孟两人缠住，渐渐叉法散乱，想要到水里去取胜，却又不得脱身。

剑秋也被二人剑光紧紧围住，虽然奋勇抵御，但是对手方面的剑术都是十分了得的，久战下去难免失败，心中正在暗暗发急，四面是水，程远、慕兰等都不在这里，无人援助，莫之奈何！

这时候，恰巧南面水波上又有一艘帆船，势如奔马而来，船头上立着两个女子，向这边凝目而望。剑秋和史兴见了，不知是哪里来的，是不是横山盗党，忽闻为首一女子娇声喝道："剑秋，不要惊慌，盗匪安敢猖獗，我来助你一臂之力。"即闻豁喇一声响，有两个银丸，夭矫如游龙，光芒如流星一般飞到雷真人的顶上来。

在此千钧一发之际，剑秋突然瞧见了那两个银丸，心中大喜！精神陡增，剑光霍霍，更是猛力进刺，反守为攻。

那女子的船也已靠拢在一处，道姑一见女子，脸色陡变！咬紧牙齿，丢了剑秋去战那女子。那银丸闪闪的，只在她们二人顶上飞翔，又有一女子也掣剑奔向蔡浩身边来，孟公雄慌忙回身敌住。雷真人见来了劲敌，难以取胜，一面抵抗，一面向蔡浩打个暗号，预备兔脱。蔡浩口里呼哨一声，第一个跳出圈

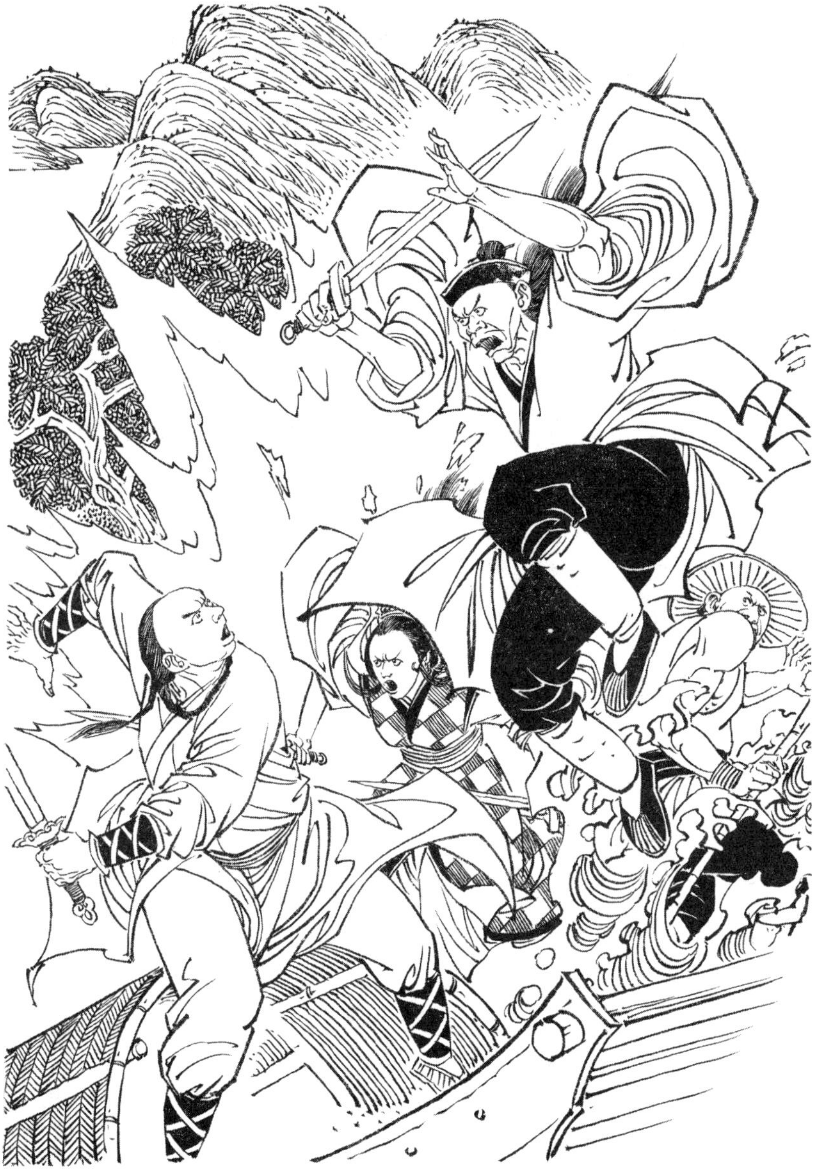

外,雷真人等各人乘机退后,他们坐的巨舟便飞也似的遁向横山去了。

剑秋抱着穷寇莫追之旨,各将手中剑收住,剑秋跳到大船上,向那当先的女子拜倒道:"我师从哪里来?弟子一直思念芳范,今日幸蒙我师前来解围,更是感激!"原来这两个女子中发飞银丸的当然是昆仑剑侠云三娘,同来的乃是三娘的侍婢桂枝。当时云三娘一摆手,请剑秋立起,微微一笑,说道:"剑秋,你怎么在这里?玉琴现在何处,她不是要我找你吗?"

剑秋道:"不错,我师何由知道,我师在哪里见过玉琴?"云三娘道:"怪呀!我若是已见过玉琴,此刻还要问你做甚?实因此番我带了桂枝,从岭南坐海船动身到浙江的宁波,上岸先游了雁荡山及浙东诸名胜之地,然后遨游杭州的西湖,忽然在北高峰发现了玉琴的留言,她的手笔我是一看便知道的。她不是教你到苏州去吗?但不知你们二人本在一起,怎样失散的呢?我常常悬念你们,料你们二人中间必有一人在苏,所以也赶到苏州来了,你没有见过玉琴吗?"

剑秋叹口气道:"我们本来和曾家庄毓麟弟兄以及窦氏母女一同南下游览山水的,后来他们得了家信,先行北返。我们两人又去游普陀山,遇着了海盗,琴妹被擒,我也受伤,幸我被人援救,但我们俩就此分散了。后来我破了海盗巢穴,方知琴妹已脱险他去,及至杭州,也在北高峰上瞧见琴妹的留言,遂跟踪到此,遍访无着。后遇夏听鹂,方知琴妹独探太湖,夜闯匪窟,孤掌难鸣,跳水而死了。这事情很长,一言难尽。"

云三娘听得玉琴已作珠沉,不由玉容惨淡!跌足说道:"啊呀!玉琴一生行侠仗义,孝勇双全,竟得到这样的悲惨结果吗?唉!可惜可惜,谁料到昆仑山上一别之后,我遂终身不能和她相见了。"说着话,酸辛之泪夺眶而出。桂枝听了,也背转身弹着珠泪。

剑秋的头渐渐低下,黯然无言!史兴却嚷起来道:"这不是天下最可恨的事情吗?那些狗盗真是可恶,今天又被他们逃去了，我恨不得向蔡浩身上打他一二百个窟窿，稍泄我愤！"

云三娘闻言，向史兴瞧了一眼，便问剑秋："此人是谁？"剑秋答道："他是西山的渔哥儿史兴，我们都唤他史大哥的，精通水性，为人很有血性，玉琴就是坐了他的船而到横山去探险的。"遂又对史兴说道："史大哥，我以前向你说起的昆仑剑侠云三娘，是我的师父，现在凑巧来了。"史兴方才见过云三娘的剑术高明，心中正在揣测，一听剑秋说是云三娘，连忙跑过来向云三娘扑地跪倒，一连磕了三个头，说道："你就是昆仑山上的云师父吗？想煞我了，女侠死得可怜，你到了这里快快代她复仇吧。"

云三娘双手将他扶起，点点头道："当然我要为女侠报仇，尽歼群盗的。"剑秋便问云三娘耽搁在何处，云三娘道："我到了苏州，不见你们二人踪迹，却闻湖匪猖獗非常，有什么白莲教的余孽在内，想你们也许要上横山去为民除害的，所以我要到太湖里来一探。谁知在苏请舟时，船户们一个都不肯去；后来我先到光福，想尽方法，出了重金，方才雇得这艘帆船到得湖上来。适逢见你们在这里和他们鏖战，便来相助，这真是再巧也没有的事了。

"方才那盗船上的道姑，恐怕你不认得，她就是白莲教四大弟子之一，名唤火姑娘。以前在云南柴家寨被她侥幸兔脱，原来她竟在这里，大约她授首之期不远哩。"

剑秋听了，方悟自己所以对付不下的缘故了，于是他就向云三娘说道："我师既然没有一定的住处，不如和弟子一同到西山去暂歇，夏听鹂等也在那里，我已安排计策去破横山了。"云三娘点头道："很好，我就跟你们去。"

史兴听云三娘肯去，异常高兴，便将自己的舟子用缆缚住在大船之后，跳到大船上，对舟子们说道："我来把舵，一起到西山去。"舟子们瞧他这样光景，慌忙让开一边，剑秋也跳到大船上来。这大船拖着舟子，向西山疾驶，到得山下，天已黑了。史兴和剑秋引导云三娘主婢上岸，史兴已向船上借得一盏灯笼点亮了，提着灯当先引导，打从小径里走到自己柴扉之前。

史兴在门上剥啄两下，便听门里有人跑出来说道："可是酒鬼来了，可曾找到女侠的踪迹？"门开处，史大嫂当门而立，一见他们虽然没有找到女侠，却领了两个又清丽又俊爽的女子来，不由一怔，忙问："这两位是谁？"史兴早将灯笼吹熄，往门后一挂，用力将他妻两肩一按说道："快些拜见这位立在岳爷右边的姑娘吧，你道她是谁？她就是岳爷的师父云三娘啊。"

史大嫂道："你不要骗人，云三娘怎会到这里来？"史兴跳脚道："谁来骗你？"剑秋点点头道："史大哥并不谎言，果然是我的师父到了，我来代你们介绍。"便对云三娘说道："这位就是史兴的妻子史大嫂，也是一位水上的怪杰。"这时史大嫂已向云三娘拜倒道："得见云师父，我心里真有说不出的快活。"云三娘把她扶起说道："不敢不敢。"但一瞧史大嫂的鸳鸯脸，险些儿笑将出来。

他们一行人关了门，走到里边，见客堂里灯光明亮，慕兰正和夏听鹏、周杰游罢东山回来，一齐坐在那里，等候剑秋可能带些好消息而归。史兴早叫道："你们快来见见，云三娘到了。"其中萧慕兰前在卫辉府客店里壁上飞镖，萧家庄席间献肉，曾和云三娘一度见过，夏听鹏也在官渡驿旅店会过面，惟有周杰还是闻名而未见面。剑秋便代他介绍过，又介绍桂枝和众人相见，说起自己在湖上大战盗匪彼此巧逢之事，大家当然十分敬重他们主婢二人。

云三娘见慕兰一同在此，心中倒有些不明白，一时也不便相问，大家坐下，这时已是用晚餐的当儿，史兴要叫史大嫂去预备酒菜，剑秋早和他说道："今天我们人多，时已不早，你们俩不要再去买什么，只要烧好些饭，菜肴可向镇上德源馆里去喊，他那里煮的菜很是可口，何必自己预备？"史兴道："这样也好，但我是不会点菜的，请岳爷点吧。"剑秋道："也不必点，你可去唤一桌中等的菜，也够吃了。"史兴道："我去我去。"

说罢，拔步便往外走，史大嫂跟出去关门。剑秋便将史兴夫妇二人的来历告诉云三娘，云三娘觉得这两个真是异人。剑秋又将自己跟随非非道人大破丽霞岛，以及到嘉兴访问采花奇案，力战怪头陀，遇见程远、慕兰援救，以及来苏找寻玉琴，观兽戏而巧逢夏、周二君以及韦虎等诸人，自己如何设计教程远、韦虎等去横山卧底，以便里应外合，共歼群盗，为玉琴复仇等经过向云三娘重新申说一遍。

　　云三娘听了，方才明了一切，这时史兴已喊了菜回来，胁下挟着一大酒坛，欣欣然对剑秋道："菜马上来了，酒已带得一坛在此，足有二十斤，可够喝吗？"云三娘道："我们都不会喝的。"史大嫂道："酒鬼，你该乐了，少喝几杯，不要放出狂态来惹人笑。"史兴笑嘻嘻地挟着酒坛到厨下去了。一会儿德源馆已挑着菜来了，史大嫂领着他们到厨下去预备，便在客堂中摆上酒席，史兴、剑秋请云三娘上坐。

第七十一回

绮障孽冤三女回故里
枪声剑影群侠破横山

众人挨次坐了,大家举杯畅饮,但剑秋和云三娘因为女侠已作珠沉,心中终觉得惨然不乐,酒也喝不下肚。只有史兴倒着酒一碗一碗地喝下去,史大嫂坐在一边,时常白着眼紧瞧他。

席间又谈起女侠,剑秋便对慕兰说道:"慕兰姑娘,恐怕你的理想不能成为事实。我到湖上去访问了一天,别的消息没有,但却寻得了女侠玉琴所佩翡翠剑,落在一个老渔翁手里,那么她人不是早与波臣为伍吗?"慕兰道:"这真是使人伤心的事,好在云师父也到了,我等必能为女侠复仇。"

云三娘道:"假使我早知玉琴死在那些狗贼手里,刚才我决不能容他们逃去的,现在只有等山上卧底的人回信到后,再去下手。但我料他们今天在湖上撞见了我们,知道我们既已来此,决不肯和他们干休的,必然要严加防备了。"

史兴道:"管他们防备不防备,那横山究竟不是铜墙铁壁,我们有了这许多人,且有云师父相助,岂怕妖道的厉害?我好歹必要活擒蔡浩,把他的心挖出来一祭女侠英灵。"说罢,举起大杯,咕嘟嘟的一饮而尽,夏听鹏道:"好,史大哥等着吧,我们必要仰仗你贤夫妇的力量，希望你到时努力杀贼，我虽没有本领，也要和周杰兄弟随你们同去。"

这时送上一道热菜来，乃是一只红烧蹄子，史兴举起筷子，向众人说道："请啊请啊，我们可以把这蹄子当作蔡浩的肉，大家吃它一个精光。"说着话，早把筷子向碗里去卷了大半张肉皮，向他嘴里一塞，张口大嚼，众人不由都笑起来。剑秋忽然想起什么事的，又向云三娘问道："记得弟子和玉琴重来昆仑山同侍师父左右，后来桂枝上山，请师父回岭南去的，一别多时，至今方得重见玉颜，但不知师父回去做什么？罗浮故庐是否不减当年风景？我师的婶母健康吗？弟子常悬念她老人家。"

云三娘被剑秋一问，面上顿时罩着一重愁云，眼眶中盈盈含有泪痕，摇摇头说道："老人家已不在人世了，罗浮故庐也不忍再居，此后漂泊天涯的我，也没有一定的家了。"剑秋听了这话，更觉惊奇，又问道："师父可是故乡有什么变端发生吗？她老人家怎样逝世的，可否垂告？"云三娘叹口气道："这是我的冤孽，不可解的，不过带累了他人，心中耿耿，很觉歉然。现在事已过去，也不必再提起他了。"剑秋听云三娘这样说，遂也不敢再问；又见桂枝低垂粉颈，红晕双颊，料想她们必有什么不得已的隐事不肯告诉，这个闷葫芦也只有怀疑入肚中了。

云三娘主婢的事，剑秋虽然不能知晓，可是读者大概不欲放过这个闷葫芦吧！著者现在趁他们在吃酒吃菜的时候，掉转笔头，补叙一下。原来云三娘的双亲虽已早故，可是当他们住在羊城的时候，云三娘的父亲有一个知己的朋友，姓邝名荣，是梧州人氏，云三娘的父亲曾经受过他的庇护。

有一次邝荣带了他六岁的独生子邝占鳌到羊城拜访老友，顺便游玩名胜，一住半个月。那时云三娘只有三岁，生得非常玲珑、美丽，邝荣非常喜欢她，便向云三娘的父亲代他儿子求亲，要云三娘将来做他的儿媳妇。云三娘的父亲因为邝荣是他的老友，又是受过他的恩惠的；邝家的家道也很富康，而见邝占鳌这个小孩身材魁梧，相貌雄壮，将来也许可成大器，所以一口应允。邝荣不胜欢喜，便特购一柄很贵重的翡翠如意作为聘礼，择一吉日，便在羊城文定。云三娘的父亲也取了一支小小的玉凤交与邝荣，作为允聘的证物，彼此交换庚帖，云三娘便算配与邝占鳌了。

但是云三娘小小的年纪，哪里会知道这件事呢？隔了数年，云三娘的父母相继逝世，家中只有一个婶母照料家务，抚养云三娘，当作自己的女儿一般看待。云三娘生有异禀，爱好武术，和寻常的女孩儿家不同。不久，她逢着了异人，便带她出去学习武艺，后来在昆仑山上和一明禅师等修道学剑。她的剑术进步得非常之快，昆仑派中人对于她异常看重，许为隐娘第二。

她从昆仑还到故乡后，绮年玉貌，明艳动人。那时候邝占鳌亦已长大，也学习得一身武艺，可惜所交的大都是江湖上鸡鸣狗盗之辈。他俨然以孟尝君自居，把家中许多金钱尽量散去，把所居的地方筑了一个小小碉堡，俨然作一方之霸。他父亲邝荣虽然很不赞成儿子这种行为，但因邝占鳌十分强硬，不尽孝道，老人家无可奈何，忧愤成疾而死，已有多年了。

邝占鳌以前因为云三娘不知下落，所以家中早纳下两个姬妾，现在闻得云三娘回乡的消息，想起了昔日的婚约，遂托人到云家来，要求择期来羊城迎接云三娘成婚。云三娘已成剑仙，看破尘俗，岂肯再谈婚嫁？况闻邝占鳌的行为宛如土豪，她正要想取消婚约，怎肯答应邝占鳌的请求？遂亲自出语来人，自己已立志不嫁，一心修道，要彼此掉回昔日的庚帖。

邝占鳌的使者不得要领，只得回到梧州去照实复命。哪知那邝占鳌自以为有了本领，听得云三娘不肯下嫁，很不服气，遂亲自邀同门客三人跑到羊城来，要见云三娘。但她早已抱定宗旨，无论邝占鳌怎么请求，她终是一口回绝，亲自和邝占鳌见面，毫无女儿家羞涩之态，邝占鳌遂要和云三娘比试武艺。

云三娘暗想：自己一切武术都臻上乘，像邝占鳌浅尝薄涉之辈，怎在她的心上？遂说道："若要比武，彼此倘有失手，或死或伤，却不要怪怨，须先写下生死状。"邝占鳌道："当然如此，大丈夫决无追悔之理。"当下二人遂写好一纸生死状，画了押，便到云家后面空地上去比试。

邝占鳌便问云三娘："比拳还是比武器？"云三娘微笑道："随你点戏便了。"邝占鳌主张比拳，脱下长衣，使个旗鼓，对云三娘道："来来。"云三娘却若无其事地走到中间，说一声："请。"邝占鳌因为云三娘悔婚，扫他自己的颜面，心里非常愤恨，希望把云三娘一下子打得半死半活，稍泄自己的这口气，所以使个叶底偷桃，一跃而前，向云三娘下部直捣进来。

云三娘轻轻一跳，却跳在邝占鳌右边，斜出一掌，打向邝占鳌脑后；邝占鳌扑了个空，说声："不好！"觉得背后一阵冷风，忙将身子一伏，使个海燕归巢，让过了这一掌，回身飞起一足，向云三娘胸窝踢来。这是他练就的一下杀手，名唤直捣黄龙，常常出奇制胜的，人家难于躲避。但云三娘却不慌不忙，反而迎上前去，骈两指向邝占鳌足踝上轻轻一点，娇喝一声："去罢！"但见邝占鳌翻身跌出丈外，爬起身来，羞得满面通红。

云三娘道："高低已分，算了吧。"邝占鳌想不到云三娘如此厉害！自己败于女子手里，更觉无颜，遂大声说道："这是我自己的疏忽，上了你的暗算，你敢与我比试武器吗？"云三娘冷笑道："姓邝的，你还不认输吗？好，若不给你一些薄惩，谅你不死心的。"

邝占鳌遂把自己带来的一根杆棒拈在手里，使一个旋风，说道："好歹教你吃我一棒，你用什么兵器，快快拿来！"云三娘道："我只用一双空手，已够取胜，何必用什么兵器？"邝占鳌道："你不要太骄了，须知我的杆棒共有八八六十四下，是武器中最难抵挡的家伙，此刻我不打倒你，也不是人咧。"云三娘抚掌笑道："你的本领我已见过了，请动手吧，不必客气。"邝占鳌大怒道:"我就打死你这贱人,以雪一跌之耻。"遂使个苍龙取水,向云三娘腰间打来。

云三娘摆动双臂,连蹿带跳地和邝占鳌战了数个回合,邝占鳌的杆棒没有一下不脱空的,休想近得云三娘的身。邝占鳌暗想:这贱人善于腾挪躲闪,自己必须用个诡计方可胜取,便假作一棒向云三娘足部扫去,等云三娘双足腾空,跳避这一下时,疾把手中的杆棒乘势收回,往上一挥,使个白鹤冲天式,径向云三娘的阴户猛捣。云三娘不防有这么一着,说声:"不好!"连忙将错就错,使个鲤鱼跳龙门,一翻身从邝占鳌头上跳过去,躲过了这一下。旁边观战的门客都说:"可惜,可惜!"

邝占鳌大失所望,回转身来,将杆棒使得车轮般旋转若飞,尽向云三娘要害之处进攻。云三娘得个间隙,早把邝占鳌的杆棒绝不费力地抢到手里。邝占鳌还想来抢回,却被云三娘顺势将杆棒向上一挑,正中他的右眼,将邝占鳌的一只右眼睛挑了出来。邝占鳌痛得蹲倒在地上,门客大惊,便扶了邝占鳌退去,求医诊治。因为大家写下生死状,也不能向云三娘说什么话,婚姻之事当然更是谈不到了。

原来云三娘不用兵器和邝占鳌对付,乃是她练就的一种空手入白刃,所以从容抵敌,起初她也无心伤他,聊作游戏,试试他究竟有几多本领。后来因邝占鳌连用杀手,自己险些儿吃了他的亏,遂抢了他的杆棒,抉去邝占鳌的右眼,好使他知道她的厉害,不至于再来缠扰了。

云三娘又厌羊城繁嚣,她去游罗浮山时,爱慕罗浮山水之胜,便托山上净慈庵中的妙清老尼在山中购得一亩多地,筑起数间瓦屋。屋后辟个小园,种些花木,凿石引泉,结构精雅,很是不俗。遂移家卜居在罗浮山中,隐遁山林。但她一年之中,常要到外边去住,在家里的时候不多,所以家事都由她的婶母照顾。她平生除了收得剑秋一个得意的门弟子外,其他只有在家里蓄得一个玲珑可爱的小婢桂枝了。

桂枝虽是婢女,然而云三娘对于她却另眼看待,暇时常教她武艺，桂枝也精心学习，很有进步。云三娘因她究竟根基浅薄，所以没有将剑术传授。

过几年，云三娘常在北方，离开家乡很久，却不料突然间家中发生了一幕惨剧。因为那邝占鳌前次求婚不遂，比武又遭败北，伤了一目，变成独眼龙，心头这口怨气如何能消？回去后长吁短嗟，只是要想报仇之策，只恨自己的本领还是幼稚，不是云三娘的对手，所以在家里练习一种连珠毒弩，想用这暗器取胜。数年之后，技艺大进，复仇之念刻刻记在心头，但因云三娘常在北方，难和仇人相见，迟迟未去下手。

云三娘因见邝占鳌那边多年没有动静，所以把这件事早已淡忘了。邝占鳌年来对于外来的门客格外留意，可有艺高胆大的英雄好汉作为自己臂助，然而投奔他的都是些下驷之材，至多和他差不多。这一天恰巧来了一个少年，姓秦名炎，是个能武之人，席间谈起往事，原来那秦炎就是被云三娘在桂林王将军衙门里比剑击败的少年，他在这数年中刻苦练习武功，以图报复，探知邝占鳌和云三娘有很深的怨仇，故来相见，共商报仇之计。

邝占鳌自然十分欢迎，引为同志，便差人到罗浮山去探听云三娘的踪迹。恰巧那人探问有误，回来报称云三娘正在山上，邝占鳌遂和秦炎带了随身武器，跑到罗浮山去找云三娘。他们仍恐难以取胜，在秦炎身上带得一种鸡鸣香，是江湖上大贼用的迷香，人家闻了会立刻失去知觉，一任摆布，他们便想用这样东西去下手。

白天到山上只算是游玩山景，看好了途径，夜间便到云三娘家里来。四周都是短垣，二人轻轻跃上，没有声息，蹑足走到一个上房，见里面有一点油盏火光。秦炎用手指在纸窗上戳了一个小孔，向里面张望，见床上有人睡着，因为帐子下垂，瞧不出是什么人，但瞧了床前放着的一双女鞋，以及室中的陈设便可知道正是云三娘的卧榻，床上睡的当然是云三娘了，二人心中大喜！

秦炎立刻从身边掏出鸡鸣香来。这香是装在燃烧的容器中，有一根小小的喷射管，可以从窗上小孔内通到里面，一点着香，便有一缕烟气喷到室中去，气味极为浓厚。二人自己早已闻上解药，等了一刻，见烟气满布于室，床上睡的人不见动静，料想云三娘此时被鸡鸣香所迷，没有抵抗能力了，于是二人喜孜孜地撬开纸窗，跃入室中。

秦炎将手中宝剑去挑起帐子一看，那床上睡着的虽然也是一个美女子，然而却非云三娘。秦炎便对邝占鳌道："奇了，明明是云三娘的房间，怎的不是她睡在这里呢？"邝占鳌仔细端详了一下，说道："我闻云三娘有一个心腹小婢，名唤桂枝，莫非就是此人？大约云三娘不在家中，那探听的人有误了，这样我们不是空跑一遭吗？"

秦炎本是见色生淫之辈，便笑道："既然如此，这婢子很有几分姿色，待我乐一下子再走。"邝占鳌点点头道："这样也好，玷污了这婢子，也使云三娘羞惭一下，我要到别处去找找她。"邝占鳌说罢，跳出窗去四面寻找，哪里有云三娘的影踪？当他走到云三娘婶母房里时，云三娘的婶母刚才一觉醒来，要想起来小解，忽见窗户自开，跳进一个汉子来，吓了一跳！连忙大呼："桂枝，有贼啦！"邝占鳌早拔出刀来，把她一刀砍翻在地。他得不到云三娘，怨恨难消，遂将他家里所有什物尽行捣毁，回到原处。

他见秦炎事毕，便相视一笑，又将室中捣毁干净。可怜桂枝心里虽然知道，但已中了迷香，身体一些也不能挣扎，受了贼人的奸污，眼看着他们二人扬长而去。直到天明方才苏醒，坐起身来，穿好衣服，想自己本是个处子，却被人家玷污了清白之躯，不觉哭泣起来；继而一想，老太太不知怎样了，遂开了房门，跑到云三娘婶母的房里看时，云三娘的婶母倒卧在血泊中，口里呻吟不绝。

桂枝走近细瞧，云三娘的婶母肩上被砍一刀，一只膀臂几乎断下来了。桂枝连忙把她抱到床上，云三娘的婶母迸出一声话来道："那姓邝的小子来杀人，我认得的。"说罢，晕了过去。桂枝忙跑出去请了净慈庵里的妙清老尼前来，因为她能够代人治伤的。但等妙清来时，云三娘的婶母因受伤太重，年纪衰老，经不起疼痛，已魂返瑶池了。

桂枝放声痛哭！她不但哭老太太，也是为了自己，所以哭得格外伤心。妙清老尼以为强盗在夜间来行劫的，不知底细，遂劝住桂枝的哭，向她询问。桂枝便把昨宵的事一一告诉，又说老太太曾说姓邝的杀人一句话。妙清叹道："孽哉！昨夜来的不是强盗啊，也不是采花贼啊，乃是你家小姐的仇人，否则他们为什么不取东西而反把家捣毁呢！况且老太太认识那人的，她虽然死了，有这一句话，足够作为证据了。"

桂枝对于云三娘以前和邝家的事情也有些知道的，听了妙清的话，益发深信不疑，遂说道："主人不在这里，家中闹出这样滔天大祸，叫我怎么办呢？"妙清听了桂枝这样说，遂代她出了主意，先托人一方面去报官备案，一面收拾家里残余的物件和洗净血渍。当日有官中派了件作子来相验尸身，认为确被强盗所杀，着令云家备棺盛殓；一面下令缉盗。然而鸿飞冥冥，哪里能够破案，不是一纸空文吗？

桂枝得妙清的相助，把云三娘的婶母安殓了，将灵棺停在家中，由妙清老尼念佛拜忏，超度亡魂。过了几天，妙清对桂枝说道："那姓邝的手段太辣，你的身体被他们糟蹋了，又把老太太害死，这个血海大仇岂可不报？你家小姐倘然知道了，不知要怎样地悲愤呢！可惜她不在这里，云游在外，未知何日回来，你不可不早些报个信给她知道！"

桂枝道："当然我也这样想，只是我主人没有一定的地方，叫我到哪里去找她呢？"妙清道："听说云三娘常在昆仑山上，你跑到那里去报信最稳妥，倘她不在山上，你可向她的师兄一明禅师探问消息，总可以知道的。"桂枝一听这话不错，遂把家中事托给妙清照管，自己离了罗浮，便上昆仑山来找她的女主人。适逢云三娘正在山上，桂枝因剑秋等众人都在一边，所以偷偷地把这事告诉了云三娘。云三娘非常痛心,遂立刻别了一明禅师等众人,重返故乡,也没有将这事告知琴、剑二人。

她回到了罗浮山,见了婶母的灵棺,抚棺大哭!在灵前宣誓,必报此仇,且向妙清道谢。妙清无话可讲,只得劝她暂休息数日,再到梧州找仇人。哪知云三娘悲伤过度,回家后芳体有些不适,次日竟生起病来,一卧旬日。经桂枝去山下请了一个医生前来代她诊治,服了数帖药,渐渐痊愈,又养息了多天,不知觉已近一个月的光景。

有一天云三娘叮嘱桂枝道:"今日我去找寻姓邝的小子,你好好在家静候佳音吧。你也很可怜,据你说奸污你的那个少年的面貌,也许就是以前和我比剑时被我击败的人,但他何必这样施行卑劣的报复手段呢?我到了那边便可知道究竟的。"桂枝道:"小姐一切当心。望你早去早来,手刃仇人之胸,以慰老太太在天之灵。"云三娘点点头,遂悄然下山。

她到了梧州,寻至邝家堡,一问起邝占鳌,真是谁人不知,哪个不晓,不过有许多人背地都说他恃强凌弱,行径很不正当。云三娘日间先在堡后偷看清楚形势,晚上她就施展飞行术,偷入堡中。恰逢当夜邝占鳌新纳一妾,在厅上欢宴许多门客,他和秦炎坐在一起,举着大觥畅饮。云三娘在屋上偷看动静,她认得邝占鳌同坐的少年,果然是自己猜中的那人,胸中怒气难忍!立刻将手一指,飞起两个银丸,射入厅中,众人突觉眼前寒光一闪。

邝占鳌出于不防,大叫一声!一颗头早已不翼而飞,离开了他的颈腔,手里还托着一只大酒杯呢。秦炎说声:"不好!"立刻跳在一边。此时云三娘已从屋上跃下,秦炎身边没有武器,抢了一张凳子抵挡。云三娘娇声喝道:"贼子胆敢污我侍婢,杀我婶母,毁我室庐,今日来取你的狗命!"秦炎心中发慌,无话可答,使开板凳,要想遁逃。云三娘又喝一声:"哪里走!"银丸飞向前去,秦炎的板凳如何抵御得住?白光在他身上绕住,一会儿早将秦炎断作两截。

那时候，众人以为有暴徒到临，大家都去取了兵刃前来，想将云三娘围住。云三娘只杀仇人，不欲多伤无辜；便把银丸四下一扫，白光到处，众人的兵刃逢着的一一削断。她趁势一跃，如雏燕出巢，早已到了屋上。大家没有见过这种奇才异能的女子，莫不乍舌惊异，哪里还敢追赶呢。

　　云三娘已如愿以偿，出了邝家堡，便在一家空屋里避了一宵。次日一清早离了梧州城，回至罗浮山，告诉了桂枝和妙清老尼。他们二人都很欢喜，桂枝蕴在心头的怨气也觉稍泄。云三娘不欲再居故乡，便将她婶埋葬在祖墓，把数间老屋锁闭了，带了桂枝，辞别妙清，离开罗浮山。先至浙东一带游玩，然后从杭州而到了苏州，恰和剑秋等在湖上相逢，听得女侠的噩耗，遂又欲为女侠复仇了。

　　那晚，他们在史兴家里重叙，散席之后，史兴又留云三娘和桂枝住在他家，特地把自己的房间让出，他和史大嫂睡在地上。云三娘见他们夫妇俩很是诚恳，所以就答应了。

　　次日，众人仍聚在史兴家中等候消息，剑秋又将宋彩凤和曾毓麟一段姻缘的结合告诉云三娘听。云三娘笑道："彩凤竟能下嫁一书生，此后他们的生涯行将更变，而双钩窦氏也可谓得一佳婿了。"

　　下午，杜五郎回转西山，剑秋等很是快慰！史兴见了他，便跳过来握住他的手，说道："杜兄弟，你辛苦了，可曾带得好消息来？"杜五郎道："近日山上戒备很严，今日我奉程先生之命偷下横山，泅水至近村，借得一艘小船回到这里。"说罢，便从身边摸出一封信来，已沾湿了，双手交与剑秋。

　　剑秋接过一看，信上写着道：

　　剑秋仁兄大鉴：
　　弟等上山后颇得蔡浩等信任，已伴作白莲教信徒，彼等以弟为无能之辈，毫不防备。前日来一女寇，名火姑娘，为白莲教四大弟子之一，蔡浩不胜欢迎。因之伴游湖上风景，相度形势，据闻彼等曾在湖中与兄相遇，一场鏖战；因有尊师云三娘为助，故败回横山，即日山前山后防备甚严，夜间尤甚！现在山前水道有数港宽阔之处，已用木筏阻塞，链以铁链，驻有步哨，如遇外人，必举警报，惟得两路可通矣。幸杜五郎知之，故遣其偷出通信，请兄等于后日前来，弟等当在内捣乱，以牵制其势而涣散其心。兄等既有云师同来，破贼必矣。惟闻女侠确已投湖而死，至可怜惜也。又兄等来时，万勿在夜间，因埋伏较多，地理不熟，易受其危耳。

远上

敛秋读完了程远的信，递给云三娘、慕兰等看后把信烧去。史兴夫妇听说后日要去大破横山，各自摩拳擦掌，准备厮杀。剑秋对众人说道："程远既已和我们约定日期，我们后日便当前去，不可迟延。但白昼前往，无异明攻，比较困难一些，差幸一则有彼等在内接应，二则有云师相助，当可使贼人授首。不过我们缺少船只，这件事又要拜托史大哥和杜五郎代我们想法了。"

史兴道："理当效劳，不知需要多少船只？"剑秋道："倘有四艘稳快的渔船，操舟的能水性便使得了。"史兴遂对杜五郎说道："杜兄弟，我与你去预备好不好？"杜五郎道："他们只要有酒肉吃，给我们一说，必可成功。"剑秋点点头道："很好，那么请你们二位尽力吧。"到了明天，史兴、杜五郎已预备好船只，且有七八个渔哥儿情愿同来，剑秋很觉欢喜。

在后日一清早，大家带了兵刃一齐下船，剑秋和史兴坐一船，云三娘主婢坐一船，慕兰和史大嫂坐一船，夏听鹂、周杰和杜五郎坐一船；扯起了布帆，向横山破浪前进。剑秋一船当先，他立在船头上，按剑远望，复仇心切，恨不得一阵风把自己的船立刻吹到横山。

这天天气阴霾，湖上的风很大，波涛汹涌，幸亏他们操舟的都是能手，所以风浪虽急，仍能安然驶行。到午时，已瞧见横山一抹的岚影，遥遥现出在水平线上，因有些云雾，不能十分瞧得清楚。剑秋便教史兴等在较近一个荒山边泊了造饭吃，大家在船上胡乱吃了一顿，遂又挂起布篷向横山进行。

将近横山时，见有数处港汊果然都被木筏遮断了，只得绕道而驶，史兴便让杜五郎的船打前，又恐被湖匪窥见，所以四艘船都下了帆。但是行不到一里许，前面忽有一只匪船在水面上巡逻，瞧见了来船，便喝令停止！史兴等如何肯听他们的话，依旧横冲直撞地过去，巡逻船上的盗匪一见形势不对，立刻回船报个信给木筏上防守的人，四下里锣声大鸣。

剑秋从腰间掣出那柄惊鲵剑来，回头对众人说道："我们准备厮杀吧。"史兴道："离开山上也不过三四里了。"于是大家一齐亮出兵刃来，四船鱼贯而进，转了一个弯，前边芦苇都已割去，水面较阔；只见对面有十数艘盗船，大的小的都有，分为三队，飞也似的迎上前来。

剑秋便吩咐自己这边的四船摆做一字形势，两边接近时，剑秋留心向盗船观察，见正中一队是雷真人和火姑娘率领，左边一队是蔡浩和孟公雄率领，右边的一队便有邓驹、邓骗、邓骏三弟兄率领。

蔡浩手里托着一柄明晃晃的三股托天叉，见了剑秋，大喝："姓岳的小子，我和你们无冤无仇，竟敢来太岁头上动土，自来送死，今天决不相饶了。"剑秋正要答话，史大嫂已舞起一对鹅翎铜刺，迎上去说道："你这贼子，以前被我丈夫打倒了，还不识羞吗？荒江女侠不幸被你们害死，我今特来捉住你，千刀万剐。"

蔡浩大怒，把钢叉一指道："哪里来的丑丫头，口出狂言，我混江龙岂惧你一个妇人，快快退下！"史大嫂骂他道："狗贼，你也不知道老娘的厉害呢！"一刺照准蔡浩胸口戳去。蔡浩把手中叉拦住，二人首先战在一起。孟公雄挥动软鞭，一船冲过来，史兴早跳到他的船上去接着厮杀。剑秋仗剑跳到邓氏兄弟那边船上去，说道："漏网的恶霸，却在这里吗？"邓骗和剑秋仇人相见，气愤填胸，一摆杆棒，跳过来接住剑秋狠战。

邓骏舞起双戟来助他兄弟，萧慕兰舞开双刀，上前迎住。邓驹跳到夏听鹏的船上，一锤打向周杰的头上，周杰将剑格住，夏听鹏挥剑相助，二人共战邓驹。桂枝见二人的武艺平常，邓驹的双锤很占优势，恐怕夏、周二人吃亏，便拔出宝剑，跳过来助阵。杜五郎也使一柄腰刀，过去助史大嫂猛扑蔡浩。

此时火姑娘也舞动剑来战云三娘，说道："你苦苦和我们教中人作对，是何道理？今天要与你一决胜负。"云三娘微笑道："往年柴家寨被你侥幸脱逃，今日重逢，是你末日到了。"便飞起两个银丸，直向火姑娘头上落下，火姑娘舞开宝剑，敌住银丸，叮叮当当地大战起来。雷真人知道云三娘的剑术精妙，恐防火姑娘有失，也就一船向前，挥剑来助。

云三娘独挡二人，从容刺击，但见那两个银丸如闪电，如流星，此起彼落，矫捷无比。若非雷真人、火姑娘都有上乘的剑艺，早已丧命了。

群盗把小舟围拢来，在旁助威，见今日前来的虽只有四船，但都是能人，远非那些酒囊饭袋的官军可比，各人心里不免有些恐慌。他们正在水面上狠斗之际，忽见横山上数缕黑烟冲起，接着烈焰腾空，隐隐望见火光，雷真人等一齐大惊，料想山上有变，不知是何缘故。接着便有数艘匪船前来报信，说山上被兽戏团中人放火纵烧，十分紊乱。雷真人等因为自己巢穴不稳，无心恋战，下令各船齐退。

但是剑秋等岂肯放走他们，邓骋手中的杆棒略一松懈，早被剑秋一剑扫去，削了半个头颅，倒在船上。邓骏见兄弟被害，眼圈一红，丢下萧慕兰，跳到剑秋身边来，向剑秋双戟齐下。剑秋冷笑一声，将剑架住，这时候匪心已乱，纷纷退下，忽听枪声轰然，有一弹横飞而来，正中邓驹脑袋，邓驹立刻仰后而倒。

夏听鹏等回头看时，见东边港湾里有一只小船如飞鱼般驶来。船头上立着两个人，一个少年男子，头戴轻笠，身穿一身猎装，手托着一枝洋枪，威风凛凛。身旁立着的一个少女，横着宝剑，又婀娜又刚健，不是女侠玉琴却是谁呢？不由欢呼起来道："女侠来了！"大家一齐瞧时，明明是荒江女侠，难道她真的没有死于湖中，尚在人世吗？

这时候，玉琴在那边小船上也已瞧见了众人，娇声喝道："你们莫要放走那些狗强盗，方玉琴来了。"船到近时，飞身一跃，如轻燕掠水一般，早到了蔡浩的船上。剑秋等惊喜交集，精神倍增，灭除小丑，大破横山，可说已到了最后成功的一幕。

第七十二回

怪杰逐白浪妖物就缚
将军来黑夜淫妇伏诛

  荒江女侠在那时候突如其来，宛似飞将军从天而下，双方的人都是出于意料不到的。人死岂有复活之理，难道女侠的芳魂不死，前来复仇吗？雷真人和蔡浩等更是惊慌骇异，山上的火势尤炽，匪众陷于进退狼狈之境，只得一面抵御，一面退下。

  玉琴的真刚宝剑已盘旋在蔡浩的头上，蔡浩见女侠不死，今天又加上了一个劲敌，心中说不出的愤怒，也把一柄钢叉使急了，拼着性命和玉琴狠斗。史大嫂和杜五郎得空便去追杀群盗，小船上枪声又响，雷真人右臂早着一弹，宝剑落水，银丸在他头上只一盘旋，雷真人早已伏尸舟中。火姑娘急救无及，只剩她一人独挡云三娘了。

  萧慕兰见邓骏和剑秋杀得难分难解。她手掌中拈着一枝袖箭，觑得间隙，一箭向邓骏的咽喉飞去。邓骏不及闪避，正中咽喉，翻身跌倒。剑秋挥剑割下他的头颅，提在手里，对准蔡浩的面门掷去，说道："看法宝！"蔡浩忙乱中以为有什么暗器到来，将手中叉去遮格时，恰巧邓骏的头颅被他刺在钢叉尖上。蔡浩骂了一声："可恶的小子！"剑秋早已跳过来，说道：

"琴妹，你尚在人间吗？我们快快扑杀此獠。"

于是琴、剑二人双斗蔡浩，两柄剑神出鬼没，蔡浩怎能抵得住，心慌意乱，要想乘隙跳入水中去逃生，然而二人的剑光已将他紧紧地裹住，休想可以脱身。剑秋一剑向他下三路扫去，蔡浩把叉又往下一压，正碰着剑锋，剑秋乘势往上一削，当啷啷一声，钢叉头已被削落。玉琴跟着使个白蛇吐信，一剑刺入蔡浩胸膛，鲜血直冒，大叫一声，立时毙命。

海底金龙孟公雄见蔡浩已死，心里只想逃生，将软鞭向史兴猛扫一下，史兴一闪身避去时，孟公雄已一跃入水。史兴哈哈笑道："你这小子想要从水里逃生吗？你家史大哥最欢喜到水中去，便是你逃到水晶宫，我也要把你捉将上来。"说着话，也跳到水中去。史大嫂见了，也纵身跳到水里去帮她丈夫捉贼。众人但见离开一丈多远的湖面上，怒浪涌起如山，翻翻滚滚，奔鲸骇蚪，料想史兴等在水底大战了。

不多时，见史兴夫妇钻出水来，史兴手里高高举着一人，正是孟公雄，身上鲜血淋漓，已被史大嫂的鹅翎铜刺伤了左臂，故给史兴生擒。史兴把他向自己的船上一掷，吩咐一个渔哥儿将他缚住。

火姑娘瞧着自己人死的死，擒的擒，形势大为不佳，若不逃走决难幸免。只苦四面是水，无处逃生。一面要抵挡云三娘的银丸，一面忙教摇船的盗党快快把舟逃入芦苇中去，但是群侠怎肯让她漏网？剑秋、玉琴、慕兰、史兴等四面围攻上来，火姑娘格外心慌，手中剑稍一松懈，云三娘的银丸在她颈上倏地一转，火姑娘早已身首异处了。

群盗既除，玉琴回过身来，跳到云三娘船上，向三娘下拜道："我师何以到此？"云三娘一边将玉琴扶起，一边带着笑对她说道："玉琴，玉琴，你不要问我怎样来此，我要问你一向在哪里？大家都说你投水身亡，原来尚在人间，真是快活煞我了。"剑秋也跳过来，握住玉琴的柔荑说道："琴妹，琴妹，你没有……"说了半句话，哈哈大笑起来，史兴夫妇也在旁边船上大嚷大叫。

玉琴将手指着横山道："现在且莫谈我的事,快去直捣贼巢,横山上不是火势甚炽吗?"众人被她一句话提醒,大家各回本船,向前追赶余党,玉琴也跃回自己的船上,和那猎装少年跟着他们一同向横山进发。到了横山之下,匪船四散,只见岸边有一行人飞奔而至,剑秋尚疑是山上的盗党;等到近时,却见为首一个少年手里挽着一颗女子的人头,大呼:"你们来了吗?雷真人等可曾诛掉吗?"乃是踏雪无痕程远。背后跟着韦虎、吕云飞、梁红绡三人,以及兽戏团中的人。

剑秋遂吩咐杜五郎等将舟傍岸,大家跳上岸去,程远、韦虎一见玉琴,都不胜惊讶。剑秋走上前对程远说道:"雷真人、蔡浩等一伙人都被我们杀得一个不留,好不爽快!女侠玉琴也来了,她没有死,我们到山上去吧,山上可有余党?"

程远答道:"自从雷真人等自湖上遇见剑秋兄等以后,山上戒备甚严,常恐你们来复仇。今日本为雷真人五十寿辰,但也没有庆祝,不过日间聚饮一番。方才闻得警报,雷真人、蔡浩等都出来抵敌,只留妖姬薛素英在山上,甚为空虚。他们以为我等没有什么本领,故未防备。我遂和韦虎跳到玉皇阁去找那妖姬。她的本领也不差,又有三头鹰飞出助战,但结果都被我们杀却。山上余党见我们动手,一齐惊慌,我们便扬言投降者免死。并放起一把火来,将匪窟焚烧,断绝他们的归路。"

剑秋道:"你办得很好,匪首已死,余众不宜多杀,我们且去扑灭这火。也可借这地方一聚呢!"程远答应一声,他遂领了众人回到匪窟,吩咐投降的匪众快快扑灭这火。大家奋勇灌救,一会儿已将火焰熄灭,但背后玉皇阁等一带房屋早已烧成了一片焦土了。程远和玉琴相见,彼此心里都是一半儿忸怩,一半儿疑讶,未便详询。剑秋又介绍程远等和云三娘相见,大家便在堂上坐定。程远因为今天山上备有很多的酒肴,尚未吃尽,便教人去监督他们去预备两桌丰盛的筵席,以便开个小小的庆功宴。

这里众人聚谈之时，最要紧解决的问题就是女侠已作珠沉，怎样没有死在湖中，尚在人间？而最巧没有的恰在这个时候一同前来，不期而合地大破横山，剿除湖匪，剑秋首先向玉琴叩问。

玉琴便介绍那猎装少年和众人相见，说道："这位先生姓魏，名志尚，是西鳌山人氏，别号神枪手，我若没有此人救援时，早已葬身湖中了。因为我那晚坐了史大哥的船到那里独探匪窟，恰遇雷真人等劲敌，不得已而退走。在慌乱之间，走错了路，被他们围困住，战得筋疲力尽，无路可走。这是我自己好勇太甚，喜欢蹈险之故，所谓自取其咎，我心里是明白的。只是不愿意落在贼子的手里，受他们的污辱，遂投入清波，也好死得清清白白。我既入水后，不会泅水，臂上又已受了伤，更是无力挣扎，只有紧握着自己的宝剑，随波浮沉，失了知觉。醒来时，却见自己在一艘人家的船上，竟没有死，救我的便是那位魏志尚先生了。"

玉琴说到这里，史兴早拍着手大笑道："这真是皇天有眼，不死侠义之人，好不令人快活！好姑娘，你若真是死在湖中时，我也觉得对不起你了，这位魏先生真是大大的救星。"说着话，立起身向魏志尚唱个爽腔。

魏志尚慌忙答礼道："不敢不敢，小的可是打猎为生的。这天凑遇和两个同伴到湖上来打鸟，在别的山头上耽误了时候，不能归去，夜间便将船泊在芦苇中，宿了一夜。

"天明时摇出芦苇，预备回去，这真是无巧不有的事。我立在船头上，一眼瞥见芦苇边沙滩搁着一个女子的身体，上半段缠在芦苇上，下半截还浸在水里，手中还握着一把明晃晃的宝剑，使我很是奇怪，大约是被波浪打到这里芦苇旁来的。遂和同伴停了船，赶紧救起，解开衣襟一摸，胸口微温，知道或者尚可救活。我们遂将她腹中的水设法呕了出来，又施用人工呼吸，经过了许多功夫，果然被我们救活了。一问姓名，又使我惊喜参半！

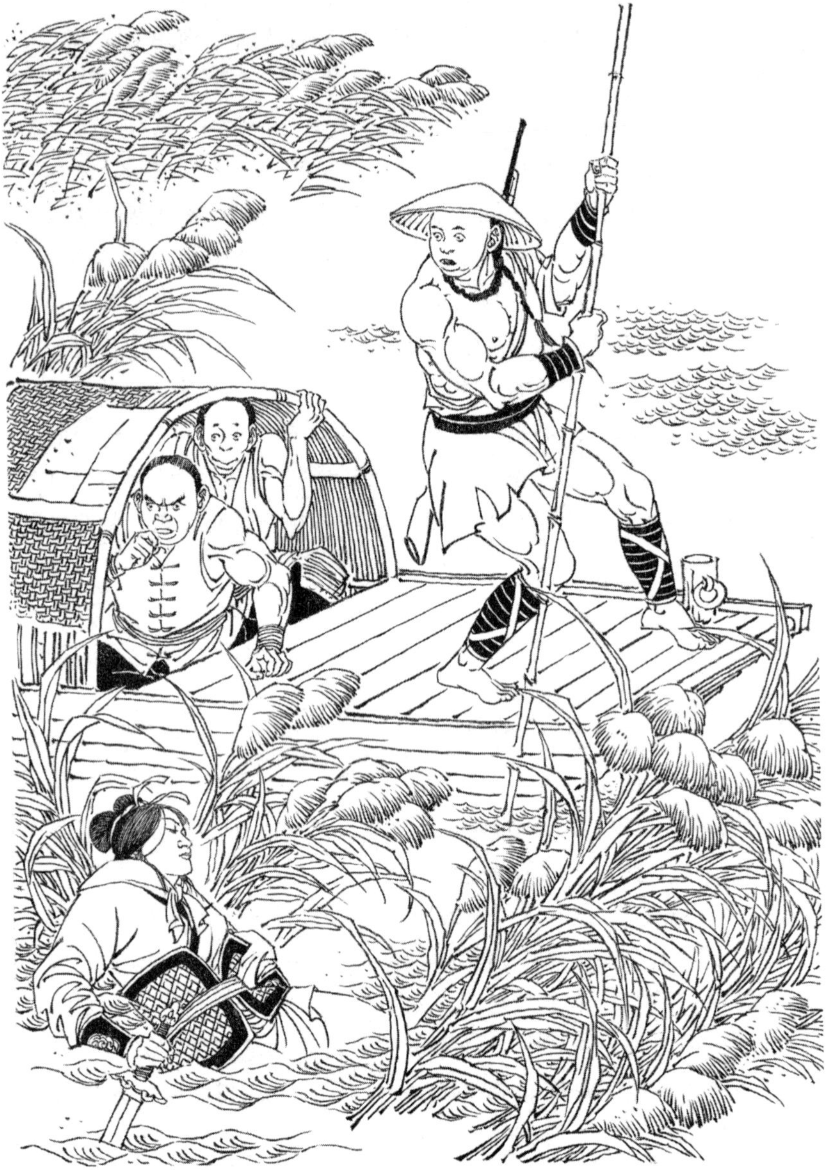

"因为我前年曾到过北方,早闻得江湖上有一位行侠仗义的荒江女侠方玉琴,心中很为景慕,只恨无缘识荆。想不到女侠在那湖上遇险,被我救得,其中真有天意,但不知女侠何以至此?因她刚才醒来,不复耗损她的精神,未便多问,遂把女侠载至西鳌山寒舍,让她到床上去睡息,略进饮食。舍间有老母、拙荆,他们能够伺候的。次日我向女侠询问,方知真相,可是女侠虽然获救,身体已是疲乏得很,臂上的创伤也很厉害,所以我留女侠即在寒舍静养的。"

魏志尚说到这里,略略顿住,女侠说道:"你们听了魏先生的报告,可以知道我怎样的绝处逢生了。此番我没有死,真是十分侥幸的事。但我在魏先生府上卧病了半个多月,承蒙魏老太太和魏先生的夫人都是非常殷勤,晨昏在榻旁照顾我,使我心中不胜感激。魏先生虽是猎户,却是个很有义气的好男儿,西鳌山的人没有一个不敬重他的。至于他的武艺也很好,尤其是枪法精妙,射击时百发百中。而他手里常用的一支火枪,是他以前在吴淞地方,有一个德国人赠送给他的。弹药十分厉害,不但能打飞鸟走兽,也可取人性命,易如反掌,所以他刚才枪击雷真人和邓驹,他们都不能抵挡了。"

剑秋听了,便向魏志尚说道:"原来魏先生也是一位湖上俊杰,承蒙援救师妹,鄙人也是非常感激的。"魏志尚又道:"不敢,足下的英名,我也是一向钦佩,尝闻女侠说起足下如何志高行洁,真不愧昆仑侠士。"剑秋道:"我们漂泊天涯,略助些人间不平的事,哪里敢称得剑侠,我师云三娘方足当此。"

云三娘笑道:"你们都不要客气,人要在世界上做些顶天立地的事,方不负天生我材。但因有许多人好行不义,不照公道行事,所以我们眼里看不过,少不得要过问了。即如蔡浩、雷真人等,他们本和我们无甚深仇,为什么我们不约而同地要来歼除呢?恐怕也是他们平常日子所行不仁不义之事太多了,无形之中足以召我们至此的,到底他们没有好结果,可知吾人在世何去何从了。"魏志尚听了云三娘这几句话,更是钦敬!

这时下人已摆上酒席，程远道："我们且饮且谈吧，雷真人的寿筵改作了我们的庆功宴，今日我们一伙人的遇合，可喜可贺！也非偶然，大家应该欢饮一下。"众人齐声说道："是！"公推云三娘上坐，其次是玉琴、剑秋、慕兰、程远、魏志尚、桂枝、夏听鹂、周杰、韦虎、吕云飞、梁红绡、杜五郎、史兴夫妇等，挨次坐定，剑秋、程远相继提壶敬酒。玉琴见群侠毕集，急于知道众人如何到此的经过，遂一一叩询。剑秋、程远、慕兰、韦虎都把自己由太湖里来的原因约略奉告；云三娘只说了湖上相逢的一段，对于她自己岭南的隐事依然不提。

　　玉琴听了这些离奇曲折的经过，津津有味，尤其是剑秋能和自己一样化险为夷。延津之剑复右，乐昌之镜重圆，心头快慰非常。遂又说道："我在魏先生家里休养多时，生活殊为闲适，魏先生有时伴着我到山上去打猎。他的枪术非常高妙，天空里的飞鸟，他说要打第几头时，枪为发后，果然第几头便被击落。我很想邀了他再上横山，但仍恐寡众不敌，不敢重蹈覆辙，但心里未尝一日忘怀。

　　"今天我约同魏先生坐船离了西鳌山，要到史大哥处来商量如何剿除蔡浩等计划，谁知舟到半途，远望横山火起，我们心中不胜惊异，暗想：莫非山上有了什么变端？遂把舟子驶近横山来，恰见你们在水上和蔡浩、雷真人等酣战，魏先生遂先发了一枪，如此相逢，岂非巧之又巧。现在横山已破，群盗伏诛，我的私仇也已得报。闻方才云师杀掉的道姑就是火姑娘，那么白莲教中的四大弟子风火云雷一齐被我们除却。白莲教在外的势力受到很重大的打击，而一般无知小民，不至于再受他们的愚弄了。"众人听女侠说了，觉得格外快活。

　　剑秋又问玉琴道："琴妹，可曾失去什么东西？"玉琴道："那柄小小翡翠剑我常常佩带的，却在湖中失去，真是非常可惜。"剑秋微微一笑，从他身边摸出一样东西来，绿如秋水，对玉琴说道："琴妹，你看此物。"玉琴一见，便道："呀，这翡翠剑正是妹物，怎样落在剑秋兄手里呢？"剑秋遂又将自己和史兴湖上访问,遇老渔翁收回此剑的事,说了一遍,且道:"妹剑无恙,珠还合浦,真是非常可喜的事,今日奉还琴妹吧。"说着话,双手奉上,玉琴接过,便插在她的秀发上,一颗芳心对于剑秋更感他的多情了。

云三娘微笑道:"这东西是你们订婚的纪念宝物,现在失而复得,物归原主,你们俩的婚姻可以早日成礼,也让我们多喝几杯喜酒。"云三娘刚才说到这里,史兴早嚷起来道:"原来岳爷和方姑娘不但是师兄妹,而且是一对儿的,我今天方才知道,更是使我快活了,我先干一杯,权当喜酒喝了。"史兴说罢,把一杯酒喝下肚去,向大家照着空杯,说道:"来来,我们大家喝个畅快,今天是贺喜的日子。"

剑秋笑道:"史大哥酒兴勃发了,很好。我以前允许你破了横山之后,可以有一个机会尽量狂饮;今天你不妨多喝些,醉了也不妨。你手里的小杯恐怕喝得不爽快,不如换个大杯来喝吧,我想史大嫂这一遭也决无异议的。"程远遂唤人去取了几只大杯来,云三娘道:"我们不能多喝,谁有酒量可以陪史大哥喝数杯。"玉琴指着魏志尚说道:"魏先生的酒量也不错,何妨凑个热闹。"史兴道:"我猜杜兄酒量不在我下,快用大杯来陪我喝一个畅快!"夏听鹏也说道:"周杰表弟也能喝酒。"于是程远便将大杯放在四人面前,个个斟满了,请他们喝。

史兴举起大杯,直着喉咙一口气喝下去,杜五郎、魏志尚、周杰都不甘示弱,一齐照干。史兴道:"我们狂喝,你们大家也要多喝数杯的。"程远和剑秋都说是,也各饮了一杯。程远教人把酒快快烫来,史兴把手摇摇道:"热的酒不能喝多,我和杜兄弟欢喜喝冷酒,只要冷的好了。"程远便叫人去抬一大瓮上等花雕前来,去了瓮泥,让史兴等舀着冷的吃。于是史兴放着胆狂饮起来,且和魏志尚等猜拳,十九是他输的,所以一杯一杯的灌下肚去。史大嫂因为今天是庆功,不便干涉,大家看史兴喝酒,十分高兴。

看看天色已晚,点上明灯。剑秋说:"今天我们一辈人总是不能回去了；好在匪首都已杀却，余众皆已归降，便在这里住一宵，现在的床铺很多，决没有意外之事的。"众人自然都赞成，大家饮酒谈心，史兴却喝得有些醉了，却只顾还要喝；剑秋又讲起方才史兴夫妇在水底活捉孟公雄的事，夸赞史兴夫妇水性精通，不愧为水上怪杰。

魏志尚忽然想起一事，便对众人说道："在我们西鳌山的附近湖中，有一数百年的老鼋，硕大无朋，每逢天阴时常到湖面上来兴风作浪，不知被它撞沉了多少船只，伤害了多少人畜。我们鳌山的人民处心积虑，要想除去这个巨害，无奈那老鼋十分狡猾，平居匿伏在鳌山北面的窟穴，轻易不出；等得出来时，风浪又大，人民近它不得，无法对付。他们见我善放火枪，遂要教我去帮助他们共除老鼋，我答应前去试试，倘能杀掉这畜生，也未尝不是一件好事。

"有一天天气恶劣，湖中风浪大作，有人来报说老鼋在水面出现了，我们便挑选了十数人，都是有水性能驾舟的，随我同去。果见那老鼋在水面上迎风吐吸，四面浪涌如山，我坐的船上下颠簸，几乎要倒翻，急切近它不得，我遂觑准了它，开了一枪，但因距离较远，风势又大，第一枪没有命中。第二枪虽然被我击着，可是只能使它受伤，不能取它的性命，反激怒了它，浪花益发大了。我的船顿时翻身，幸亏随我身边的人都谙水性，把我救回。那老鼋暂时敛迹，等到伤好了又出来为害，这几天听说在黄泥港那边出没，可惜没有人前去斩掉它。今日我见史大哥水中本领非常高强，若得他去除那老鼋，我想一定可以成功的，不知史大哥可肯为那边乡民出一些力？"

史兴听了魏志尚的话，便道："不错，我也听人说起西鳌山有个老鼋，常常作怪害人，魏先生既要我去斩它，我无有不允之理。"魏志尚见史兴慨然允诺，遂说道："我谨代鳌山乡人九顿首以谢，明日即请史大哥前往如何？"史兴点点头道："谨遵台命。"剑秋道："请史大哥去收服老鼋，这是很好看的。混江龙和海底金龙，史大哥尚且不怕，何况一老鼋呢，必能手到擒来。明日我们倒要一同去作壁上观,且助声势。"

史兴道:"要去时我们大家一同去,看我斩那老鼋。"于是魏志尚又代史兴斟上一大杯酒,说道:"请饮一杯,预贺明日史大哥胜利。"说着话,把自己面前一杯酒喝干。史兴也举起大杯,咕嘟嘟地喝下去,一瓮酒早已喝个罄尽,史兴又喊添酒,左右又抬上第二瓮来,开了再喝。

史兴约莫又喝了七八大杯,忽然跳起身来说道:"我们自从女侠探山遇险以后,以为她早不在人间,那天回去时,我的妻哭得好不伤心。我也恨不得立刻生擒蔡浩,把他碎尸万段,一直以复仇为念,无心捕鱼。后来幸亏岳爷等来了,我们遂同商复仇之计,直捣匪巢,而女侠竟出人意外在这个时候出来,怎不令人快乐!今天在这庆功宴上,我喝的酒也不少,但尚没有醉,不如当众一舞。"说罢,立刻跳到庭心中,张开双臂,左右起舞。

大家见他醉态可掬,而自己还说不醉,真是醉人的话,大家张着口笑。史大嫂道:"这酒鬼多喝了些黄汤,便要放出这种狂态,所以我不要让他多喝;他喝醉了,乱冲乱撞,什么事都做得出来。"玉琴道:"史大哥一片天真,就在这点上,令人敬爱,今日理该让他快活一番的。"只见史兴舞到分际,大嚷一声道:"我来一个狮子滚绣球给你们瞧瞧吧。"将身子扑到地下去,展动四肢,东滚西扑,果然活像一头雄狮。

众人看得非常有趣,史兴蓦地滚至史大嫂身边,倏地跳起身来,将史大嫂当胸一把拉住,说道:"你也应该舞给大家看看,我们一同来。"史大嫂脸上一红,说道:"酒鬼,快快滚开去,老娘不高兴和你同舞。"说着话,将史兴一推,史兴踉踉跄跄地退后数步,险些儿跌一跤,后又奔上来扭住史大嫂,且说道:"你不舞吗?我偏要你舞。"用力拉扯,史大嫂也还手把他扭住,两个人乱打乱喊,扭作一团,众人又是哈哈大笑起来。

史兴力气虽大,究竟醉了,和史大嫂走马灯般打了几个转,早被史大嫂打翻在地,把他紧紧按住,喝道:"酒鬼,今

1075

天老娘让你多喝了些酒,你就醉得这个样子,好生无理,还不与我去睡觉吗?"史兴被史大嫂按在地上,动也不动,一句话也不答。众人走近去看时,史兴早已闭目熟睡,鼾声如雷了。史大嫂松开两手,对史兴仔细瞧了一下,不由也笑道:"果然睡着了,待我负他去睡吧。"程远道:"好,我来引导你们去。"史大嫂遂伸手将史兴负起,背在她的背上,程远叫人张着灯,领着史大嫂去了。

这里众人也不再喝酒,各个用饭,撤去残肴,仍坐在一起饮茗闲谈。程远安置了史兴夫妇,回出来陪着众人谈话。玉琴因为自己和剑秋一样死里逃生,散而复聚,大家重又谈起别后的经过,絮絮不休,不觉已是夜更三鼓。程远说道:"诸位今天辛苦了,不如早些安睡吧。我已叫下人将睡榻安置,诸位尽可稳睡,由我和韦虎兄弟担任防备之职,大约可以平安无事的。匪魁已死,其他的人谁敢来惊动我们。"剑秋道:"很好,不过你们二人太辛苦了。"程远道:"我们没有做什么事,理该代劳。"于是仍由他引导众人去安寝。

云三娘、桂枝、玉琴一室,慕兰和梁红绡一室,剑秋、魏志尚、夏听鹏、周杰一室,吕云飞、杜五郎一室;大家因有程远、韦虎在外巡察,所以都放心入梦。次日早晨大家起身,相见后吃过早饭,魏志尚便要请史兴去湖上斩鼋,史兴已完全清醒,业已应许,自然要随他前往。剑秋等也都要去看看,魏志尚便请大家到西鳖山去一聚,程远和剑秋商量如何处置这里的事。

剑秋遂教人去里面将蔡浩等抢劫来的不义之财一齐搬出来,散给投降的匪党,教他们各自散去,安心谋个营业,永为良民,匪党自然不胜感谢。剑秋又抽出一份金银,一半犒赏给同来的渔哥儿,一半却赠送给兽戏团中人;又搜出雷真人造的信教者名册,把火焚去,免得事后累及无辜乡民。

史兴见剑秋等处理各事,想起他昨日生擒的海底金龙孟公雄,便道:"姓孟的是个作恶多端的盗匪,不如把他杀却,以除后患。我们又不要将他送去官中献功，留他无用，还是爽爽快快赏他一刀。"他说罢，就到后边去，要想拖出孟公雄来。因为他昨日曾交给他一个渔哥儿，把孟公雄禁闭在一间小屋里的，谁知孟公雄不知在什么时候自己用牙齿咬断了身上的绳子，偷偷地逃生去了。史兴大失所望，连嚷带骂地把那个渔哥儿怪怨了一番。

剑秋听说孟公雄脱逃，便对玉琴说道："那厮不死，真是侥幸，往年韩家庄一役，被他兔脱，今番在这里又做了漏网之鱼。"玉琴道："那厮虽逃，迟早必有再撞在我们手里的一日，那时决不轻饶了。"此时匪党带上一个少妇来，说道："这妇人是蔡浩掳上山来的，几番想要奸淫她，奈她抵死不从，向她家中勒赎时又没有确实回音，此刻如何发落？"玉琴见了，又道："呀，我倒忘了，此人莫非就是姚家媳妇？我就是听了她被湖匪掳去的消息而动独探太湖之念的，且喜此人无恙，我们可以送她回去，让她好和家人团聚。"

那少妇听了这话，含着眼泪，连忙向玉琴拜倒，玉琴将她扶起。夏听鹂道："这件事交在我的身上，现在可以先着人把她送到西山，然后待我们打从鳌山回来时再行送回便了。"剑秋道："夏兄说得甚是。"

剑秋又问："山上还有什么被掳的人？"匪党回答说："没有了。"剑秋便教匪党去把各处门户封闭，大众尽离横山，不日官厅得了消息，自然来办理善后。又说："我们不要管它，且去看史大哥斩鼋。"

韦虎说道："那么我带来的兽戏团中的人员以及许多野兽如何处置？"剑秋道："你前天向我说过不愿意再为团主，是我勉强邀你们到此相助的，现在你若果然决心不干，那么请你和我们同去鳌山一行，以后我再介绍你一个地方去，其余诸人让他们带着野兽散伙去吧。"韦虎道："岳先生说得正是，除掉红绡、云飞，其余的人不妨请他们先回苏州去。"商议已定，于是剑秋教一个渔哥儿把兽戏团众人送往苏州，又教一个渔哥儿把姚家媳妇送往西山，其余几个渔哥儿都愿意跟随他们到鳌山，匪党也即纷纷散去。

剑秋遣开他们去后，遂和玉琴、云三娘等众人一齐离开这个横山。下了船，跟随魏志尚至鳌山，恰又遇着顺风，下午时候已到了鳌山。魏志尚和玉琴领着众人，舍舟登陆，往山上走去。剑秋留心瞧看西鳌山上的人民，一半儿种田，一半儿行猎，所以有许多人家门前张挂着野兽的皮，风景却没有西山那样的佳妙了。众人走了一里多路，已到魏家门前，门墙粉饰尚新，一带短墙露出些花木，和史兴那里的竹篱柴扉又不同了。

魏志尚上去叩门，便有一个荆钗布裙的少妇开门出来，一见魏志尚领了许多人来，不胜惊异！玉琴便又代她和众人介绍，那少妇便是魏志尚的妻子孙氏。魏志尚把众人让到里面草堂上坐下，陈设也很雅洁整齐，玉琴便和孙氏到里面去请出魏老太太来相见。魏母年可五十许，鬓发微白，精神健旺，脸上一团笑容，和蔼可亲，听说玉琴等已将横山群盗剿除，额手称庆。

这时天色渐暮，魏志尚因众人在船上只略进些饮食，未免腹中空虚，且嘉宾到此，理当沽酒设馔相请，遂去邀了两个邻人到来，帮同杀鸡宰羊，且烧各种野味敬客。上灯时摆上酒席，众人又围着两桌，畅饮大嚼，魏母和媳妇也坐着相陪，直至夜阑方才散席。有一半人住在魏家，一半人住到船上去。

次日一早，魏志尚便差人去黄泥港探听，那人回来报告说："昨夜月色甚好，有人在黄泥港外见那老鼋曾浮出水面上，对着月亮吸吐精华，后见那老鼋泅向那港里去了，那么今天必定在港内。那边水面较狭，前去捕斩比较容易到手一些。"魏志尚点点头道："时不可失，我们必得请史大哥前往了。"史兴道："很好，我就去斩掉这畜生。"于是大家各挟着兵刃下舟去，魏志尚和几个猎户带着一头羔羊。

众人看史兴坐在一艘船上，两个渔哥儿代他摇着船，他已将身上衣服一齐脱去，露出一身黝黑的坚强肌肉来。手中挟着一对明亮的飞叉，赤着双足，站在船头上，气概豪壮，胜过了《水浒传》上的阮氏三雄。史大嫂也赤着脚，将裤脚卷起在腿弯里，握着鹅翎铜刺，和杜五郎同坐一船，准备在必要时下水相助。

那黄泥港离开鳌山不远，附近乡人听说魏志尚等去擒斩老鼋，胆大的都驾着船跟来看热闹，他们都带着大锣大鼓。预备到时敲起来，使老鼋闻声慌乱。魏志尚见了，遂向他们去借了三个大鼓前来，在自己面前放着一鼓，那两个却教人放在玉琴、剑秋之前。玉琴笑道："好，我们摇鼓助战吧。"

一会儿舟至黄泥港，湖面果然渐狭，远远地岸上也立着许多人来看。魏志尚便将船并作一字儿泊住。自己驾着一舟和史兴、史大嫂的船向前划去，不过数十步也就停住。魏志尚便把带来的羔羊用很长的绳子缚了，坠入湖中去，那羔羊起初还哀号着，后来便没声音。众人静静地向水里望着，只见远处水波忽然涌起，像有一物很快地过来。

魏志尚急叫人把那羔羊拖起，跟着水波分开，一样硕大无朋的东西映入众人眼里，乃是那头老鼋出来了。全身有一丈多宽阔，昂首怒目向小船扑奔上来，浪花四溅。魏志尚将坐船急退时，已险些儿翻在波心。玉琴、剑秋等所坐的小舟虽然距离较远，已颠晃得如摇篮一般，人也几乎立足不住。幸亏驾舟的都是精通水性的渔哥儿，众人也态度镇静，所以没有翻倒。

此时那老鼋吃不到羔羊，怒气发作，摆动四足，推动波浪向他们扑至。史兴觑个准，呼的一钢叉飞去，正中老鼋，它吃了一叉，便向水底一沉。史兴喊一声："不要走。"奋身跃入波心，只见相隔一丈多远处，白浪不断地涌起，如山头一样，水花儿飞溅到众人的脸上，众人知道史兴已在水中和那老鼋狠斗了。玉琴便首先举起玉手，摇起鼓来，魏志尚和剑秋也摇鼓相和，后面船上的众乡民一齐击鼓鸣锣，岸上的观众大声狂呼，真个声震天地。

此时已到了紧张的当儿，水波轰逐，奔鲸骇蚪。良久良久,不见史兴出水,波浪更是汹涌。史大嫂恐怕史兴有失,横着手中鹅翎铜刺,一翻身也跳入水里去。又隔了一些时候,岸上、船上齐发一声欢呼,便见那头老鼋四脚朝天地浮到水面上来,已是半死半活了;跟着史兴和史大嫂半身浮出水面,众人又是一声狂呼!

魏志尚便停了鼓,将一捆绳索抛到水中,史兴夫妇接着,便将老鼋的四足都用绳子缚住;他们带了绳子,踏着波浪,回到船上来,众人又是震天价喝一声彩!魏志尚向二人作揖道贺,于是大家返舟回鳌山,那头老鼋被史兴等拖在船后,再也不能挣扎了。

众乡人生平罕见过这样勇敢的人,大家摇着船跟到鳌山来,瞧瞧那头已死的老鼋和斩鼋的壮士,鳌山顿时热闹起来,魏家门前户限几穿。史兴夫妇到里面去换了湿衣,走到草堂上来,此时一批一批的观众蜂拥而来,指指点点,连玉琴等众人话也不能讲了。

魏志尚只得请他们退去,且把那老鼋悬挂在山前一株大树上,好让众人观看,于是众人又拥到那边去看老鼋了。魏志尚把门关上,大家齐向史兴夫妇道贺,称赞史兴夫妇的水性精通,为湖上除去一害,功德非浅。史兴不会说客气话的,双足蹲起在椅子上,翘着大拇指说道:"那老鼋真是不容易斩掉的,不但它的气力异常大,而又狡狯得很;我险些儿被它在腿上咬一口,幸亏闪避得快,但我的裤子被它撕去一条了。后来我的浑家也来助战,刺伤了它的前足,被我一叉刺入它的项中,于是那畜生死在我们手里了。"

剑秋道:"史大哥神勇绝伦,我在北方没有见过像你这样的水上英雄。古时有勇士古冶子,为齐景公斩鼋,河水倒流,人家都惊为河伯,现在史大哥也可说不让古人独擅于前了。"众人赞美了一番,史兴夫妇非常高兴,这一天众人仍住在西鳌山,晚上魏志尚又设宴款待,史大哥又喝得酩酊大醉,被史大嫂、杜五郎扶着回船去睡。

次日，剑秋等都要回西山去了，玉琴邀魏志尚同往西山一聚，魏志尚当然愿意随他们前往。玉琴便去向魏母和孙氏告别，彼此颇有恋恋之意，尤其是魏母很爱玉琴，不舍得她离去，然而也无可挽留，只得坚邀重来之期。女侠安慰了数语，说自己他日若到江南，一定要到鳌山来拜候起居，对于魏志尚援救之恩，当永远不忘的。

他们一行人遂离了鳌山，坐船回至西山，大家聚在史大哥家中，忙得史兴夫妇招待不迭。欢聚了一日，剑秋、玉琴等便要到苏州去，史兴夫妇和魏志尚也一齐随往。夏听鹂便留他们住在自己家中畅聚数天，一面派人送姚氏回家。

这时横山群盗歼灭的事已传扬出去。不过大家都不明了究竟是怎么一回事，略而不详，官厅方面也已派了兵前去收拾一切，预备向上峰去报功。剑秋等破了横山，心愿已偿，恐怕久留在苏州，容易被人识破行藏。大家要想动身，云三娘却想到江西庐山去一游，然后上昆仑访晤一明禅师。她很爱吕云飞年少聪明，是个可造之才，意欲收为弟子，把自己的意思告知剑秋。

剑秋甚为赞成，遂领吕云飞拜云三娘为师，这真是吕云飞求之不得的事，他心里怎不欢喜的。连韦虎和梁红绡也都十分快慰，以为吕云飞得着名师，是很难得的机缘呢。

吕云飞此后遂要跟着云三娘走了，剑秋、玉琴却要动身北上，回天津曾家村去，和毓麟、彩凤等重聚。程远要伴慕兰回卫辉府，愿意和琴、剑同行，至山东再行分手。

韦虎想起前日剑秋说的话，向剑秋询问，能够介绍他到什么地方去安身，剑秋遂答道："在河南洛阳地方，有一个剑侠名唤公孙龙，是我的朋友，他助着他的亲戚做洛阳府的，一向在那边声名很好，前程远大。我可以修书介绍你到那边去找个事做做，前途未尝没有希望。否则关外的螺蛳谷、塞外的龙骧寨，两处也可安身，不过路程远一些，听凭你喜欢到哪一处？"韦虎道："我愿往洛阳走一遭。"剑秋道："很好。"立即握笔作了一封书，和玉琴一同签上名，交给韦虎，韦虎和梁红绡早一日辞别众人，登程而去。

云三娘带着桂枝、吕云飞也走了，临行时还向玉琴催询婚期，玉琴却低倒了头，没有确切的答复。云三娘叮嘱他们回到了天津以后，不要多事，早些上昆仑山来，她和禅师当为他们完婚，同圆好梦，二人都答应了。云三娘去后，剑秋、玉琴、程远、慕兰四个人也要离苏，史兴夫妇再三苦留不住，魏志尚也觉有些黯然。夏听鹏和周杰又设宴饯行，大家洒泪而别，史兴夫妇和魏志尚也就回转太湖去了。

剑秋等四人离了吴下，到了镇江又去游北固山和金、焦二山名胜，玉琴瞧着长江里的风帆沙鸥，不禁又想起太湖里的史大哥、史大嫂和魏志尚这三个人，她在太湖里虽然逢到极大的危险，而得识那三怪杰，是第一可喜之事；自己和剑秋在丽霞岛失散之后，生死未卜，却能琴、剑重逢，别后无恙，是第二可喜之事；程远、慕兰以前和自己都是敌人，现在前嫌消释，变成了同志，是第三可喜之事；雷真人、火姑娘等邪教匪徒此番聚歼于横山，而悍如狮虎的怪头陀也已在嘉兴被剑秋等诛掉，这是第四可喜之事。可惜许多俊杰在湖中聚首之后，却又天南地北，各奔一方了。大江东去，浪淘尽古今多少英雄，胜景登临，却又令人感慨系之了。

他们在镇江游了两天，便渡江北上，又去游览扬州二十四桥的名胜。一路沿着运河而上，因为玉琴喜欢陆行，所以大家都不坐船。

这一天相近淮安二十多里了，天色渐暮，他们是雇着牲口行的，那地方十分旷野；见前面松林里露出一带黄墙，大约那边有个寺院，行近一看，却是一座半旧的关帝庙。剑秋指着庙宇，回头对玉琴说道："大概今晚我们赶不上淮安城了，不如暂向这庙中借宿一宵吧。"玉琴心里想赶至淮安，瞧着那衔山的红日，答道："我们再赶一程，也许来得及进淮安城，现在天尚未黑，何必急于投宿呢！"剑秋听玉琴这样说，也就不再勉强。四人催动坐骑，骡夫紧紧跟着，又跑了十里多路，天色已黑下来了，牲口也跑得筋疲力尽，估计到淮安尚有十多里路，骡夫说道："牲口跑不动了，这里黑夜不便行路，不如就此歇宿吧，前面恰好有一带人家，袅起缕缕炊烟。"玉琴听了骡夫的话，也就不再坚持，慢慢地跑到那里，见有一个小小客栈，墙上写着四个大字，名唤"平安旅店"。

剑秋和程远首先跳下坐骑，玉琴、慕兰跟着跃下，将牲口交给骡夫，四人跨入店堂，却见黑黢般的没有灯光。剑秋便高声问道："店里有人吗？"却没有人答应，程远也高声呼叫起来，里边方有一人照着烛台走将出来，乃是一个十二三岁的店徒，见了四人问道："客人可是宿店吗？"剑秋笑道："若不是来宿店，我们到此来做什么？你们店里怎么冷冷清清，弄得这个样子？里面可有上房吗？"店徒答道："有，有。"遂引导着四人入内。

剑秋见里面客房很少，只有靠左的一间稍觉宽敞，房中有两张床榻，勉强可以住宿。本来这种小旅店是没有什么贵客居住的，所以肮脏得很，四人只得委屈一些了。大家在一张桌子边坐下，将行李安放在一边，那店徒便把烛台摆在桌子上，窗上的纸已有几处小洞，风吹进来，吹得烛影摇晃。

剑秋对程远说道："这里的旅店比较苏杭一带旅店大不相同了。"店徒站在一旁，便问："客人可要用什么菜？"剑秋道："瞧你们店里的情景也没有什么可吃的了，你尽管把上好的酒菜拿来便了，外边那个骡夫，你可以开一个小房间给他住，牲口也要喂料。"店徒答应一声，退出去了。

隔了一歇，送上一壶茶四个茶杯进来，剑秋向他问道："你们店主在哪里，没有一个别的店伙吗？"店徒答道："店主正在卧病，这几天没有生意，有一店伙自己辞歇了，现在店中只有我和店主的老娘照管，店主的娘很会烹烧的，她已在杀鸡作黍了。"剑秋笑道："你们这个旅店真是十分凄惨。"说着话，从身边摸出二三两碎银子交给店徒道："你快些与我们去备些好的酒肴来，我们是不计算钱的，当重重赏赐。"店徒接着钱,高高兴兴地回身走出去了。

四人坐在房中,闲谈一切,约莫过了一炊许,仍不见酒菜上来,大家都有些饥饿了。剑秋和程远出去,摸索到厨房下,见一个五十多岁的老妪正忙着切牛肉丝,有两只冷盆是咸蛋和豆腐干,已放在一边,酒在炉子上烫着,那店徒正在灶边劈硬柴烧火。剑秋道:"酒已热了,先送来吧,否则我们要等到几时去呢?你们这店家,一个伙计也不用,让你年纪老的人去办,自然办不了啦。"

老妪回头答道:"客人休要见怪,我的儿子病了,不能出来招接,请你们耐心稍待,菜肴立刻上来了。"说罢,叹了一口气。剑秋道:"那么先将酒送上来给我们喝,你慢慢儿地煮菜吧。"老妪答应一声,剑秋、程远回转房里,告诉了玉琴和慕兰。玉琴道:"我们投着这家旅店,真是倒灶,早知如此,还不如听了剑秋兄的话,早一刻在那个关帝庙投宿了。"

四人说着话,店徒已将酒和盆子端上来,又添了一盆咸豆瓣,每人面前放一小小酒杯,然后退出去。剑秋拿起小酒杯,对他们带笑说道:"幸亏我们都不是善饮的人,倘然有史大哥在这里时,真不够他喝了。"程远遂提壶代各人斟酒,隔了一刻,店徒方才端上热的菜来,红烧鸡啦、肉丝豆腐汤啦、炒鱼片啦,虽不精美,味道倒也不差,那老妇的本领也着实不小了。

四人用过晚餐,骡夫在外边也吃过了,又座谈一歇,大家便脱衣安睡。程远和剑秋同睡一榻,慕兰同玉琴也合睡一榻,大家路途辛苦,一会儿各入睡乡。

但是剑秋的肚中忽然疼痛起来,把他痛醒,即觉十分便急,要想出去拉屎,恐怕惊醒他们,遂悄悄地翻身下榻;披上一件外衣,取了一张草纸,开了一扇窗,跳到外面,又把窗关上;遂走到那边厨房东边的坑上去出恭,因为他方才曾瞧见那边有个小小茅厕的。他蹲了好多时候,腹中宿货已去,肚里也不再痛了,立刻起身来,想走回房去,忽听前面一间房里隐隐有哭泣之声,剑秋心中不由一动,遂走到那边去窃听。

是有一个男子在那里哀哭，接着有一个老妇的声音劝告道："你的伤势未愈，不要哭了，又要吐血的；我但愿你的身体完全无事，我们依然开着这小店度日，媳妇既然不像人，我们也不必要她回来了。"剑秋听得这是店主老娘的声音，那个哀哭的男子当然是病倒的店主了，大概他们家庭中有什么不睦情形吧。

他刚才要走，又听店主在内恨恨地说道："这淫妇昧了良心，常常嫌我穷，丢下了我，却去和那关帝庙里的妖道姘得火一般热，竟不肯守在家里帮做事，时常到那庙里去寻欢作乐。好几天不回来，不瞒天地，人家知道了，都讥笑我是死乌龟，怎不令人气死！我几番想到庙中去和他讲理，怎奈庙中的那些妖道都是有本领的，我虽懂得一些拳脚，恐怕不是他们的敌手，所以不敢前去。

"前天我因店伙歇去，教她住在家里，不要再到庙中，她不肯听我的话，背了我的面，悄然一走。我忍不住这口气，追上前去，却见她和那个妖道并肩而行。我遂拦住她，要她回家，她出口就骂，那妖道便和我动起手来，我遂被他殴伤倒地，他们却扬长而去。我经人把我舁回来，现在天天吐血，不知能不能再活人世？这淫妇就此不回来了，好不狠心，我这口怨气如何能消？虽死也不瞑目，怎能有侠义的人出来代我报仇雪恨呢。"老妇仍用话安慰他，一边也痛骂她的媳妇。

剑秋听了室内店主的话，方才明白，又想起途中所见的那个关帝庙，大约就是妖道淫妇藏垢纳污的所在了；我何不在今天晚上到那边去一窥动静，把淫妇妖道一齐诛掉，也代店主出一口怨气。他想定主意，遂回到房中，听众人依旧鼾睡未醒，遂取了他的惊鲵宝剑，仍从窗里跳了出去。跃上屋面，越过一重屋脊，已到门前，飘身而下，循着道路，施展飞行术迅速跑去。将近三更时分，已到了关帝庙。

那夜正有月亮，远望明月挂在松梢，风吹松木，发出波涛之声，四下里十分冷静。剑秋走到庙前，刚才立定身躯，似乎见屋顶上有个黑影一闪,再看时便不见了,疑心是自己眼花,好在自己艺高胆大,也不去管他。自己到了这里,必要入内一探的。

遂相了一番形势,打从东边黄墙上跳了上去,里面是一个广大的庭心,就飘身跃下。四顾无人,只见对面大殿上有一扇长窗微微开着,里面黑洞洞的,谅没有人,便蹑足走到大殿后面;向左边回廊走去,转了一个弯,早来到一个小小庭院。对面有两间精美的上房,里面灯光映射出来,且闻有女子浪笑的声音,他暗想:店主家里的淫妇必在此间了。

遂悄悄地走到窗前,恰巧那边有一株梧桐树,正好遮蔽自己的身躯,他就隐伏在暗中,从窗隙里向室中偷瞧。见里面的陈设很是奢华,和旅店里的凄惨状况大不相同。正中放着一张桌子,有一个妖妖娆娆的少妇正坐在一个道士的身上,打情骂俏。那道士年纪不过二十多岁,面色白皙,身体很胖,手中托着一只酒杯,正在喝酒。

这淫妇却伸手过去夺下他的酒杯,道士不肯放下,眯着一对色眼,笑嘻嘻地说道:"你再让我喝两杯,少停便和你快乐。"淫妇道:"我不要,你是个酒鬼,天天要喝酒的,现在时已更深,还不要到床上去睡吗?谁高兴伺候你灌黄汤。"道士笑道:"你现在已跟我了,往后的日子正长,我总会使你欢乐,住在这庙里没有人敢来欺负的。"

淫妇道:"你不要说得这般嘴响,那天他被你打倒后,回去不知怎样的痛恨我呢。倘然他去报了官,城里官中有人出来代他出头时,我们便尴尬了,因此我很不放心。"

道士哈哈笑道:"我的娘子,你怎么这般没胆子,凭着我弟兄两人在这里,谁敢来捋虎须。万一官府方面有人来缠绕时,管教他们来时有门,去时无路。惹动了俺们弟兄怒火时,也不难略施小技,把淮安府的头颅取了过来。好在洪泽湖中的满天星周禄和俺是结义弟兄,他屡次请俺们到那边去,俺弟兄舍不得离开这里,还未答应。前天听说他那里来了两位英雄,一位是丽霞岛上的海盗，名唤翻江倒海高蟒，一位是太湖里横山上的头领，名唤海底金龙孟公雄，据说他们都被昆仑派的岳剑秋等杀败到此。但那洪泽湖形势险恶，外人不易进去，水寨里防备甚严，可无他虞。现在淮安府虽然请了官兵去征剿，可是被他们杀得大败而回，淮安府正急得没有法想，哪里有心来管俺们这边的事呢？你可放下一百二十个心。"

说罢，他搂住那个淫妇，连连在她的颊上吻了数下，淫妇却咯咯笑个不已。剑秋暗想：这妖道不知姓甚名谁，大约也有些本领，所以敢说这样满话。原来他又和洪泽湖的水寇勾通一气，孟公雄、高蟒等都在那边，我回去时倒要告诉了玉琴等三人，不怕多事，再到那边去除恶呢！现在我且将这妖道淫妇结果了性命吧！

这样一想，刚要拔出剑来动手时，忽听院子里脚步响，跑来一条很长的黑影，砰的一声！早将房门打破，跳将进去。剑秋借着灯光，仔细一瞧，不由心里一怔！因为进来的黑面大汉，虬髯戟张，头戴笠帽，身披战甲，手握一柄青龙偃月刀，明明是关帝座前的周仓将军。但周仓是木偶，怎会自己跑到这里来，不是一件奇事吗？

此时那妖道、淫妇也慌得手足失措，那大汉却高声喝道："我乃周仓将军是也，特奉伏魔大帝的命令，前来诛灭你们这一对妖道淫妇，免得污了庙宇清洁之地。"说着话，扬起青龙偃月刀来，刀光霍霍，影动四壁。

淫妇吓得周身发抖，爬向床底下躲避，早被周仓踏进一步，一刀劈去，淫妇的头已滚落地上，红雨四溅。那道士喊声："啊哟！"拉起他所坐的椅子，照准那周仓掷去，周仓急避时，那道士已夺门而出。剑秋瞧得清楚，恐要被他逃走，急忙跳过去飞起一足，照准他腰窝踢去；道士不防，怎避得及，说声："不好！"已跌倒在地。

第七十三回

逍遥店施技打骄兵
洪泽湖驾舟追水寇

这时候剑秋虽把那道人踢倒，自己仍伏在暗隅，潜窥动静。那位周仓将军也虎吼一声，跳了出来，手起刀落，早把那妖道劈作两段。横着刀哈哈大笑，遂一步一步走将出去。

剑秋很有些怀疑，便轻轻地随在他后面，转了一个弯，绕到大殿上，周仓跳进殿去。剑秋觉得好不奇怪，难道这真的是周仓将军显圣吗？隐在窗外偷瞧，见他已立在周仓神像之前，独自说道："俺借了你的东西，已把那妖道、淫妇杀掉，现在奉还你罢。"说着话，把青龙偃月刀插在周仓手里，脱下战甲和笠帽，仍穿在周仓神像身上，回身走出殿来。

剑秋躲在黑暗中，月光下瞧那大汉虬髯黑面，果然像个活周仓。不知是哪里来的侠士，假扮着周仓将军去杀掉那妖道、淫妇，可称我的同党，不要错过了他，待我上前向他问个明白吧。剑秋想定主意，正要露面，忽听殿后叱咤一声，跑出一个黑衣道人来，手握双股剑，状貌狰狞可怖，和方才那个妖道又不同了。

他见了虬髯大汉，猛喝道："你是哪里来的小子，胆敢杀死我弟，不要走，我与你拼个你死我活。"那虬髯大汉立定身子，从身边拔出一柄短刀来，说道："你们都是害人的妖道，待我索性杀了你罢。"那道人怒不可遏，挥动双剑，径奔大汉，一剑向他头上劈下。虬髯大汉横刀抵住，两个人在大殿庭心之中酣斗起来。

剑秋觉得那道人的双剑十分厉害，上下飞舞，如两条蛟龙，将那虬髯大汉紧紧裹住。大汉的本领也不弱，可是手中的是短刀，不免有点吃亏。两人一来一去的斗了五六十回合，那道人一心为弟复仇，愈战愈勇，大汉手中的刀法却渐渐散乱，久战下去，必失利。剑秋暗想：自己到这里来做什么的，那大汉已代我杀却妖道淫妇，不失为一侠义之士；现在又来了这道人，武艺高强，他已被围困，我理当相助一臂，救他出险。于是拔出惊鲵宝剑，一跃而出，青光一道，飞奔道人头上。

道人正要乘隙而入，伤大汉之命，不料蓦地里杀出一个人来，便退后一步，将双剑交叉架住，说道："你又是哪里来的人，跟祖师爷作对。"剑秋道："嘿，你等为何在此不守清规，强娶人家妇女，又和洪泽湖的水寇相通，自然是地方上的败类。我乃昆仑门下的岳剑秋便是，你们撞在我的手里，末日已至了。"

道人闻言，大怒道："姓岳的，不要口出狂言！我早听得你们专和我等江湖上人作对，别人见你惧怕，你家祖师爷却要和你见个高低。"遂舞起双剑杀将过来。

剑秋不慌不忙，将惊鲵宝剑架住。那大汉听得此人就是岳剑秋，前来相助，不由精神抖擞，也挥动短刀共战道人。这样又酣战了一百多回合，道人见剑秋剑术精妙，大汉又苦斗不休，心中未免有些焦躁，略一松懈，被剑秋一剑从后面刺到腰里来。急忙把右手的剑去格住时，剑秋迎着他的剑向上一削，只听当琅一声，那道人右手的剑早被剑秋削去一截，这便是惊鲵宝剑的威力了。道人喊得一声："啊哟！"连忙跳出圈子，向大汉虚晃一剑，飞身跃上屋面，向后面奔逃。大汉喝一声：

"哪里去？"跟着耸身跃上，紧紧追去，剑秋当然也上屋同追。

那道人逃到后面的围墙边，飘身而下，剑秋和那大汉一同跳下，追赶前去，大汉在前，剑秋在后。那道人见二人追赶不舍，回身将手一抬，便有一件小小东西向大汉头上飞来。剑秋眼快，急喊："妖道休放暗器！"大汉闻言，一低头让过暗器，那东西就向剑秋身前飞至；剑秋伸开左手，顺势一接，早接在手里，乃是一枚小小的金钱镖，遂向地上一丢，飞步追去。

前边正是一带松林，那道人已逃入林子里去了，大汉还想追去时，剑秋止住他道："林子里十分黑暗，那妖道又会飞镖，我们倘然追入林中，必要受他的暗算，不如由他去吧！所谓遇林莫追，便是这个意思。"那大汉回身答道："岳先生说得不错，但便宜这妖道了。"剑秋道："谅他总有恶贯满盈的日子，请问壮士，你从哪里来的，假扮周仓，斩掉那妖道淫妇，我都在黑暗中瞧得清楚，好不爽快！后来见那道人和你狠斗，恐你吃亏，故出来相助一臂之力。"

虬髯大汉答道："那黑衣道人果然厉害，幸蒙岳先生前来援助，方把他击退，否则今晚俺一定要失败在他的手里的了。岳先生是昆仑剑侠，俺一向很是景慕的。俺姓戴，单名一个超字，别号赛周仓，常在山东厮混。今番有事南下至京口，来时还在淮安城里逢见一个朋友，他是曾被这里的妖道欺负过的。他告诉俺说，在此间关帝庙里有两个妖道，乃是弟兄俩，长名永安，次名永宁，时常鱼肉乡民，强夺田地，霸占人家妇女，荒淫酒色，作恶多端，且和盗匪结识。

"俺起了不平之念，在夜间来此窥探，见了大殿上周仓将军的神像，便想起了俺自己的浑名，心生一计，把周仓的战袍披上了，拿了周仓手里的刀，到里面去把妖道、淫妇杀却，想不到岳先生在暗中早已到此。"

剑秋笑道："那个永宁妖道从房里逃出来时，曾被我踢了一脚，所以倒地。"虬髯大汉道："原来如此，岳先生的本领高强，俺竟没有觉察，真是惭愧极了！俺们后会有期，再见了。"

说罢,向剑秋深深作了一揖,回转身举步便走,剑秋见戴超走了,也就回转自己的旅店。

他从屋顶上飞身进去时,听得店主呻吟的声音,暗想:他睡在这里,还没有知道他的妻子已给人家杀死在庙中呢!其实这种淫妇与禽兽无异,杀却了没有什么可惜的。剑秋这样想着,回房时,见程远、慕兰、玉琴三人都已坐在那里,一见剑秋回来,大家就问他到哪里去的?剑秋遂把自己窃听店主母子说话,以及独探关帝庙,巧逢戴超,杀却妖道、淫妇的一回事告诉三人知道。

玉琴道:"那个戴超也是个草莽游侠,你没有问明他的底细,不知他到哪里去了?"剑秋道:"此人胆壮心粗,见了他便要使我想起宇文亮了。他说了几句话就走了,我因恐这事泄漏,所以没有邀他前来。"

程远道:"我一觉睡醒,见床上少了剑秋兄,连忙起身一看,室中没有你的影子了,我以为你出去便溺了,遂也从窗里跳出来,四处打了一个转,仍不见你,好不令人惊疑?于是我遂唤醒他们二人,说你突然失踪,大家十分奇怪,不知是怎么一回事。此间人地生疏,又在深夜,教我到哪里去找你呢?正在商议,恰喜剑秋兄已安然回寓,不知你忽然到了外边去做了这么一回事,真是凡事听在你的耳朵里,就不肯轻易放过的了。"

剑秋哈哈笑道:"我真喜欢多事,但今晚我若不到那里去时,那戴超虽然乔装周仓显圣,也许要失败在那两个妖道手里的。现在我去救援了他,心中觉得很是爽快,那淫妇是他代我诛却的啊。"大家谈了一刻话,将近五鼓,依旧上床去睡了一会儿。

天明时大家起身盥洗、吃早饭,忙得店徒和老妇屁滚尿流。剑秋付钞时,多赏赐了一点银子,老妇欢天喜地地亲自出来道谢。四人于是带了行李,骑着牲口,骡夫在后跟着,一齐向淮安城赶奔前去,午前已到了淮安。

那地方风俗闭塞,市面也不热闹,名胜之地更少,无可留恋。却见街道上三三两两的都是兵士,来来去去,挺胸凸肚,似乎十分威风。有一个商人模样的男子,手中提着一网篮的碗朝前走着,对面跑来两个兵士,他刚想避向道旁让路时,肩上已撞着个正着,一篮的碗都跌翻在地,砰砰嘭嘭的大半都已粉碎。那商人喊了一声:"啊哟!"兵士却大声嚷道:"谁教你眼珠子没有张开,走路撞到老子身上来,干我屁事。"说毕扬长而去。

那商人见兵士蛮不讲理,奈何他不得!只得蹲在地下,捡点没有破碎的碗盏,口里咕着道:"这些兵士在此横行无忌,只会欺侮良民,本来调他们去剿水寇的,反而被水寇杀得落花流水地败回来,一点不中用,却耀武扬威给我们小百姓看。今天我被他撞着,反骂我没有眼珠,真是我的晦气,活见鬼。"

剑秋听了,对玉琴说道:"你瞧见吗?那些兵士果然蛮横无理,试想教那些骑兵游卒去击猖狂的水寇,安得不败?"玉琴点点头说道:"现在清兵纪律很坏,吃了饷,反而滋扰地方,匪盗也无力征剿。一旦国家有了外侮,放着这些脓包,怎能守土御侮呢?"四人说着话,一路前走,因为街道狭小,所以都不坐牲口,只教骡夫牵着在后。渐渐走到大街上,见有一家酒楼,悬着"逍遥店"三个大字的横招,走出走进的人很多,程远对剑秋说道:"我们昨夜没有好的吃,现在快近午时,不如就在这里小酌稍坐,吃过午膳,然后再去赶路。"剑秋道:"也好!"四人遂教骡夫在楼下吃饭,他们走上楼去,见楼上陈设雅洁,饮酒的人很多,只有东边一个酒座空着,四人遂去坐下。

酒保上前伺候,剑秋点了几样菜,二斤酒,慢慢儿吃喝起来。不多时候,楼梯上跑上三个长大的兵士来,横眉竖眼地瞧瞧座上都满了,便大声喊道:"咱们是来喝酒的,快些教他们让出座位,不然咱们便不客气了。"酒保慌忙答道:"有,有!"一边说,一边向各个座位看时,一个兵士早已顿着脚喝道:"快一些。"

在剑秋等酒座的前面,有两个乡人在那里举杯对饮,酒保撮着笑脸走上去，对他们说道："对不起，现在来了三位军爷，没有座头，安排不下，只得请你们两位看在薄面，让到楼下去喝吧。"乡人听了这话，却有些不愿意的样子，一个就说道："大家都是主顾，怎么偏教我们让开？"酒保央求道："实在是没奈何的事，请你们起身吧，下回来时当特别优待。"

乡人还不肯走时，那三个兵士已大踏步来到座边，瞪着眼睛说道："喂，你们两个快快让开，咱们要喝酒了。"那两个乡人见了他们这种气势汹汹的模样，只得让到楼下去了。酒保添上一张凳子，三个兵士一同坐上，便教酒保烫酒来，酒保诺诺答应而去。一会儿摆上酒菜，他们便胡乱吃喝，口里唱着粗俗的山歌，旁若无人。

酒吃得很快，连连叫酒保添酒，其中有一个麻面的兵士，见玉琴和慕兰生得美丽动人，不像本地妇女，便和他的同伴指指点点地说些江湖上切口的话。剑秋等如何听不出来，大家心里便有些不快，玉琴便叫酒保盛饭，想吃了饭便离去，不愿意多管闲事。一会儿，那麻面的兵士将筷子敲着酒杯，唱起秽亵不堪入耳的《十八摸》淫曲来，那两个瞧着玉琴、慕兰哈哈大笑。

这时四人已在吃饭了，剑秋已怒到七八分，想要发作，恰巧那个麻面的兵士嘴里大嚷道："咱高大个子年纪一把，还没有老婆，见了美丽的姑娘怎不动心，谁来代咱做媒？"说着话，将手中一粒盐豆向玉琴脸上飞来。

玉琴早已瞧见，粉脸微偏，让过了那粒豆，正要说话；又有一粒豆飞向慕兰的头上来，慕兰接在手中，还手飞去，正中麻面的眼角，十分疼痛。他早已跳将起来道："你这女子，胆敢来太岁头上动土，不要走，今天你家老子不放过你们去的。"

玉琴也立起身，指着他们骂道："你们是不是国家养着的兵士，剿匪吃了败仗回来，却在这里横行不法，谁教你们先来惹人，须知我们不是好欺的，你们的眼珠子睁开一些。"

那麻面的兵士听了这话，怪叫一声，托地跳过来，伸手要拿玉琴。剑秋不待玉琴还手，早抢过身去，飞起一掌，正掴着那麻面的左颊，打得他踉踉跄跄地退后数步，抱着颊连说："反了，反了！"那两个同伴也呼喝着，奔过来向剑秋左右攒击。

剑秋挥拳迎住，麻面的吃了一掌，不服输，仍上前动手。剑秋哪里放在心上，玉琴等撑着腰立在椅上看斗，那些饮酒客人见了这一幕武剧，知道都是不好惹的，恐怕殃及池鱼，纷纷逃下楼去。这时候，剑秋已将麻面的一把抓住，高高举起，向窗口直掷出去。那窗是沿街的，下面正是石子铺的街道，麻面的跌下去，早已跌得头颅破裂，脑浆迸流，死在街心。

那个同伴见剑秋掷死了自己的弟兄，便指着剑秋说道："你不要走，看你怎么凶恶。"说罢，飞也似的跑下楼去了。

程远走到窗口一看，回头对剑秋说道："那厮已不活了，我们走吧，还是留在此间？"剑秋道："死了吗，虽然他们不是，但我已犯了人命官司，不妨少停见了官，直陈其事，看官府怎样发落？倘若不能免罪时，你们可以先走，我且坐几天牢监再行设法了。"

这时候，店主和酒保跑上楼来，战战兢兢地向剑秋说道："你们闯下大祸了！那个姓高的麻面兵士是李都司部下的队伍，被你掷死在街头了，他们大约去报信，一会儿众弟兄来时，我们这小店真不够他们打的，如何是好？"剑秋冷笑一声，答道："大丈夫一人做事一人当，决不连累你们店里，倘有什么损坏之处，我可赔偿，让他们来也好。"他们正说时，楼下喝声大起，店主们慌得躲避不迭！

玉琴向剑秋说道："这一回让我抵挡一阵罢。"剑秋道："也好，我和程远兄在后接应，你和慕兰姑娘守住这楼口，不要放他们上来。"玉琴欣欣然和慕兰便去站在楼梯前面，她是擅空手入白刃术的，凭着一双玉手尽够对付，慕兰也是精通武艺的人，怎把那些兵士们看在眼里？二人见楼下二十多名的兵士，手里各执兵刃，拥上楼来，口中大喊："拿住行凶的贼。"玉琴和慕兰略施其技，把他们一个个打下楼去，手中夺了不少兵器，都抛在后面楼板上。

那些兵士不料这两个美丽的姑娘有如此天大的本领，有许多跌得鼻青眼肿，一齐围在楼梯下面，面面相觑，没有人再敢上去，只是虚声呼喝！正在这个时候，远远地号筒声响，只听楼下齐声喊道："李大人来了，咱们不要放走这些狗男女，要代高大个子报仇。"

剑秋和程远不知李都司是怎样一个人物，忙跳上窗槛上，向下探望。见街上围着不少人，都向旁边让开，东边来了一小队兵士，各执着明晃晃的刀枪。一匹高头白马上坐着一位武官，身披战袍，手握大刀，背后一面旗上大书一个"李"字。在李都司的后面有十数个捕役，手里也带着铁尺、铁链，像是要来捕人的，簇拥着一顶绿呢大轿，将近店门前，一齐停住。轿中走出一位文官来，大约是淮安府了。

兵士们又呐喊一声，李都司在马上撑着腰问道："行凶的人在哪里？"有一个兵士将手一指楼上窗槛边立着的剑秋，说道："这个汉子就是掷死高队长的凶手。"李都司向上瞧了一眼，回头对淮安府说道："祝大人，你瞧这些人大胆妄为，必是江湖大盗，说不定也许就是洪泽湖里派来的奸细，我们且拿住他们再说。"淮安府点点头道："说得不错。"

这时候，剑秋在楼上对程远说道："这些狗官都来了，我们断难脱身，不如下去向他们说个明白，看他们怎样办法，若是不讲理的，我也不肯退让。"程远说声："是。"二人立即从楼窗上跳下地来，轻如飞燕，李都司见了，暗赞一声：好本领。

剑秋立定身躯，叉着双手说道："你们在此负守御地方之责，既不能除灭匪寇，绥靖四乡；又不能约束部下，纪律严明，都是些骄兵走卒，欺负良民。方才你们三个兵士在楼上吃酒，不该调戏妇女，悍然用武。那麻面的是我和他交手掷下楼头跌死的，与我同伴无干，你们前来，意欲如何？"

李都司刚要回答，淮安府早抢着说话，向剑秋长揖说道："原来是剑秋侠士到此，可还识得故人吗？"剑秋定睛细瞧那淮安府，正是前数年在黄村旅店内相逢的那个书生祝彦华，大破韩家庄后分手的，连忙说道："祝先生在此荣任太守吗？一别数年，可喜你已飞黄腾达了。"

祝彦华道："谬食廪粟，惭愧之至！不知女侠是否同在？"剑秋道："她正在楼上，哈哈！我们在此犯了罪，听凭贤太守如何发落吧。"祝彦华听了这话，便回身对李都司招招手。李都司跳下马来，祝彦华和他附耳低言，说了数语，李都司点点头，表示同意。祝彦华遂介绍李都司和剑秋等相见，方知这位李都司名冰，是从徐州派来剿匪的。剑秋也代程远介绍过，此时李都司遂教部下吹起号筒，收兵退去。

玉琴和慕兰依然立在楼梯口，不让兵士上来，忽听号筒声响，许多兵士都纷纷退出店堂去了，心里不觉有些奇异？又见剑秋、程远陪着两位官员徐步而来，更是奇怪？剑秋把手一招，请他们下楼，玉琴、慕兰不明所以然之故，一齐跑下楼来。

剑秋便指着祝彦华对玉琴说道："你瞧这位淮安府是谁？"祝彦华又向玉琴作揖道："女侠，别来无恙，祝彦华在此。"玉琴方才明白，这是自己救过他性命的祝彦华，遂含笑相见，剑秋又代慕兰介绍过，祝彦华便请他们同到府衙里去聚首，剑秋等自然答应。四人遂坐上牲口，带着骡夫，跟随祝彦华上府衙去。看热闹的人见两边忽然认起朋友来，一幕全武行的活剧这样终止，真是出人意料，议论纷纷，四面散去。大都称赞剑秋等四人的勇武，夸奖不止。那已死的高大个子已由李都司下令将尸首收去安殓。

剑秋等到得衙里，祝彦华以上宾之礼款待，因为他们刚才用过午餐，未便即行设席，故请他们在花厅上用茶点，叙谈一切。李都司在旁相陪，他方才听祝彦华告诉说，琴、剑二人是昆仑派的剑侠，半夜飞头，神勇无敌，专除贪官污吏、恶霸土豪，在北方是驰名遐迩的，所以他心中非常敬畏，骄气尽敛。

剑秋便问祝彦华做官的经过，祝彦华又向二人谢过昔日援救的恩德，然后告诉他们说："我南返时在天津遇见了一个朋友，他和某贝勒相识的，经他的说项，代我捐了一个小小前程。数年来办事认真，粗有政绩，屡次拔升，今春方升任淮安府。不料洪泽湖水寇猖獗，最近在淮安属下连劫三个乡镇，派兵去剿，水寇悍然抵抗，不能取胜。遂又向徐州王总兵处请兵援助，王总兵遂派李都司到来，但前天仍然失利而归，因此心里颇觉惶惧不安，无以对地方人民。"

剑秋听了祝彦华的一番报告，安慰了数语，又问方才打死骄兵的事怎么办？祝彦华遂和李都司商议以后，承认这是官兵的不守纪律所致，李都司情愿给一些抚恤金与高大个子的家属作为了事，剑秋等当然无罪了。剑秋遂说道："很好。"又把兵士撞翻商人碗盏的事告知李都司，且说治军必须纪律严明，否则骚扰民间，自己反为民物之患了，哪里可以卫国安民呢！李都司听了，非常惭愧，连说："是，是。"剑秋等本想动身，但祝彦华再三苦留，不放他们前去，剑秋等只得暂留一天。

当晚，祝彦华大排宴席，为剑秋等四人洗尘，邀请了当地文武官员以及绅士们一同相陪，在退思堂上排了三桌丰美的酒筵，请玉琴等上座。祝彦华又在众人面前盛称琴、剑等侠义之风，众人见玉琴、慕兰都是婀娜刚健的少女，更是钦敬。席间大家又谈起洪泽湖水寇猖獗的情形。

祝彦华忽然向剑秋说道："不才任职淮安府以来，眼见地方上寇氛不靖，商贾裹足怕劫，欲思闾阎安堵，故两次调兵往剿。无奈水寇凭着地势险要，武艺高强，所以先后失利，现在正是彷徨无策。难得侠士等到来，恐怕天诱其衷，水寇的末日已至。因此，不才想请诸位协助一臂之力，前去把那水寇荡平。那么，不但我祝彦华一人感激不忘，这里淮安人民也是感戴大德的，望侠士等切勿见却。"祝彦华说了，又有几个地方绅士也跟着吁请。

剑秋、玉琴、程远等一商量，便慨然允许，众人大喜，举杯相贺。席散后，祝彦华留他们在府衙里下榻，十分优待。

次日大家会面，祝彦华便请教剑秋如何领兵去剿匪？剑秋道:"倘然我们前去时,官兵不必同往,况且调兵派将不是我分内之事,那些官兵也没有什么战斗力量,徒然打草惊蛇!你只教李都司督率部下离城外十里安营,等候消息。我若要他们去时,他们方行开拔,一面不要再出外鱼肉良民。"祝彦华惟惟称是,又问道:"那么,侠士等四人怎样前去呢?"

剑秋道:"不论什么虎穴龙潭,我们都去过的,你不必为我们担心。不过,我们不明地理,是个欠缺之处。你只要挑选四名精明干练的捕役,以及八名精于驾舟的船户,预备四只小快船,略载些货物。我们扮作商人模样,冒险向湖中前去,诱他们出劫。他们若然出来时,最好便可以一鼓歼灭,否则我们也可见机行事,捣其巢穴。谅洪泽湖水寇不过平常之辈,不够我们几个杀的,我也微知内容了。"说到这里,遂又把前夜在关帝庙窃听得来的话告诉玉琴等知道。

玉琴喜道:"原来高蟒和孟公雄都在那边,我们正好前去诛灭他们。"程远也说道:"高蟒在这里吗?他在丽霞岛失败后,不做海盗,又为水寇,这个人真是没有觉悟的日子了。"于是祝彦华照着剑秋的吩咐,代他们一一安排好,又设筵送行。

剑秋等四人便在这天下午别了祝彦华,带了四名捕役,以及一些货物出得城外,在河边下船,四人各坐一船,摇向前去。晚间在一个乡村边泊住安歇,次日上午,早到了洪泽湖。大家瞧那洪泽湖怎及得太湖中风景清丽,有的地方湖面辽阔,白浪滔天,有的地方芦苇深密,污泥堆积;水道又是浅狭得很,连大舟都不能过去,果然形势险恶,是个险要之泽。他们的小船驶了好多里水路,不见有一艘船只,可知匪氛正炽,商人没有前来了。

有一个舟子对剑秋说道:"前面过去是龙门湾,水势更是险恶,稍一不慎,舟便倾覆,我们不如回转吧。"剑秋哈哈笑道:"我们倘然原舟回转时,又何必多此一行,不要被淮安城里的人民笑掉牙齿,说我们没有胆的吗?我既在祝知府面前夸过口,无论怎样险恶,必要前去冒险一探。你们壮着胆子,不要退缩，有我们四个人在船上，决不至于使你们吃亏，只要你们当心驾舟便了。"舟子听了剑秋话，自然也没得话说，依旧向前驶去，果然浪花愈大，小舟颠簸不已。

忽见前面白浪中有一艘小船飞也似的划向前来，船头上立着人，嗖的一声，飞来一支响箭，掠过船去。这就是水寇行劫时所发的暗号，叫来船停止，不得逃避，否则便要杀伤。剑秋等不睬不理，只顾向前驶去，对面的小船已近，只见船头上立着一个黑衣道人，相貌可恶。真是最巧没有的事，便是剑秋前夜在关帝庙内击走的那个永安道人。

剑秋遂指点给玉琴等观看，此时永安道人也已瞧见了剑秋，不由心里一怔，便指着剑秋骂道："原来是你这小子，我只道是什么客商过此，我与你们无冤无仇，前晚你们忽然到我庙里来有心捣乱，是何道理？你那虬髯黑面的同伴装神作鬼，刺死我的兄弟，我还没有报仇，你快教他来吃我一剑。"

剑秋哼了一声，道："你这害人的东西，作恶多端，逢着我们，死期已是不远，你可知我等是谁吗？"永安道人问道："你等好生无理，杀了我弟，又到这里来，真是不知死活的。"剑秋冷笑一声道："你家岳爷和荒江女侠，一向在江湖上锄强诛暴，济困扶危，今天特来除灭你们这些草寇，管教你们一个也没有命活！"道人闻言，十分愤怒，一声狂吼，舞起双剑，催动坐下船径奔剑秋。剑秋也挥动惊鲵宝剑上前抵住，两个人便在湖上酣战起来。

程远抱着百里宝剑，瞧那道人的双剑使得龙飞凤舞，本领不小，剑秋虽然抵挡得住，自己未免有些技痒，遂叫舟子把船迎上去，一摆宝剑，相助作战。玉琴和慕兰一个儿横着真刚宝剑，一个儿抱着双刀，各立在船头上观战，那永安道人剑术虽高，怎敌得过剑秋、程远两位生龙活虎的英雄？自己知道难以取胜，三十六着，走为上着，口里呼哨一声，回船便逃。程远喝声："妖道往哪里走？"催动他的小舟，首先追赶上去，剑秋也跟着同追，玉琴和慕兰也随着在后追上去。

四只小船鱼贯而行，看看已追进龙门湾。那道人的小舟划得十分快；程远心急，吩咐两个舟子努力摇舟，所以他的船不知不觉离去了剑秋的船，已有二丈多远。追了一程，前边湖面又稍狭，两旁有些芦苇。

　　剑秋见程远的小船忽然晃了两晃，一个翻身，船底朝了天，程远和捕役舟子一齐落水。芦苇中钻出一艘小船来，有几个水寇扑通跳下水去，将程远等四人从水里捉了起来。剑秋眼瞧程远被擒，大喝："匪盗快快放下了人！"那些水寇见剑秋船近，又是呼哨一声，把船划入芦苇中去了。剑秋追到程远失利的所在，见湖面上隐隐横着一条长索，知道这是水寇特地埋伏在此的，等到程远舟至，只消将绳子绞起，自然不免倾覆了。

　　这时玉琴、慕兰的船也已追到，玉琴忙问："怎的？"慕兰见程远失陷，玉容变色，心里异常发急。剑秋指着水里的绳子对他们说道："就是这个东西绊翻了程远兄的坐船，我们的船也难以过去，待我除去了这障碍物再说罢。"遂俯身横倒在船舷的一边，坐的船慢慢儿地凑上去，剑秋觑准了那绳子，把惊鲵剑向水中一挥，那长索早已断作两截。剑秋立起身来，下令前行，三舟安然而过。

　　慕兰说道："程远不知被他们拿到哪里去了，我们怎样想法去救他？"剑秋搔着头说道："匪船已入芦苇，我们不明白芦苇中的形势，倘若追赶进去，必蹈覆辙。"玉琴指着芦苇说道："这些东西着是讨厌，我们不如放把火烧了它，管教他们有舟难藏。"剑秋道："琴妹说得有理。"遂向舟子取得火种。各人手里燃上一个大火炬，将舟挨近芦苇去，四处燃上了火。这几天连日晴朗，芦苇十分干燥，风势又大，所以一着了火，顿时刮刮杂杂地烧将起来，烧得湖面上一片通红。风助火威，一路直烧过去，不多时早将那一片芦苇摧烧殆尽，但是却不见任何匪舟的影踪。

　　剑秋向慕兰说道："程远兄大约被他们载进匪窟去了，我们只有冒着险前去直捣巢穴，他们见了这把火，也必然要来厮杀的。"玉琴、慕兰都赞成这话,于是三只船仍向前进,约莫行了一里多水程,见前面来了四五只匪船。剑秋说道:"他们果然来抵敌了,迎上前去。"

却见对面的匪船上有人大骂道:"荒江女侠,前番在丽霞岛被你们侥幸逃去,姓岳的又把我弟杀害,此仇未报,一向抱恨,今日你们敢是来送死的吗?"琴、剑二人定睛看时,乃是高蟒,手中横着一对雪亮的钢叉,圆睁着一只独眼。

玉琴也指着他,骂一声:"狂寇。"舞动真刚宝剑,一飞身跳到高蟒的船上去,一剑刺向高蟒的心窝。高蟒急将钢叉拦开,知道女侠非常神勇,所以用了全副的精神,使开钢叉,迎住女侠狠斗。剑秋、慕兰恐防女侠有失,都将小舟泊拢去。对面又驶来几只较大的盗舟,当先有两个匪首,一个脸上点点麻疤,手里挺着一枝花枪,正是洪泽湖水寇的大头领满天星周禄;一个手横着雁翎刀,乃是从横山漏网逃到这里的海底金龙孟公雄。剑秋便去战住周禄,慕兰去敌住孟公雄,三对儿厮杀起来,捕役和舟子都吓得股栗不已。

其中要算周禄的本领最为平庸,不是剑秋的敌手,十数个回合后,枪法已是散乱;被剑秋迎着枪杆顺势一削,只听"咔嚓"一声,周禄的花枪早被剑秋的惊鲵剑削为两段。剑秋踏进一步,一剑劈去,周禄让避得快,左耳朵上已被剑锋带着,削去了一小片肉,鲜血淋漓,喊声:"啊哟!"一手捧着耳朵,吩咐坐船往后便退。高蟒见自己方面形势不利,便将钢叉向玉琴面上虚刺一下,一翻身跳入水中。

剑秋瞧得清楚,忙喊:"琴妹,当心水里!"果然高蟒在水中探出头来,伸手来掀这船。玉琴早奋身一跃,跳回自己的船上,同时又有几个水寇跳下水去,剑秋的坐船立刻旋转起来,剑秋忙将宝剑在舷边一挥,早砍落了数个手指。剑秋明知高蟒等敌不过自己,要在水中暗算,那么他和玉琴等都是不懂水性的,难以抵挡了。

幸亏坐船没有翻倒,忙招呼慕兰一同退下,三只船紧泊在一起，剑秋又吩咐各人留心，照顾船前船后，休要被他们近身。如有人来扳舟时，快将手中刀剑扫去，一面快向后退，这样三只船泊拢在一起，比较容易防备一些。一会儿，玉琴的船摇动起来，玉琴看准水里只顾把剑左削右劈，幸即停住。慕兰也十分留意注视，见近处一个黑脸钻出水面来，连忙发出一支袖箭，那黑脸就是高蟒，避得快，没有射中。左边又有一只手伸出来挡，慕兰又是一袖箭飞去，正中手掌。她发了急，把身边所带的袖箭一齐藏在衣袖里，见影即发，被她射中了几个，都逃回匪船去。孟公雄和周禄见剑秋等防备严密，不敢追赶。剑秋坐船渐渐退得远了，高蟒在水里暗算不着，险些儿吃着一袖箭，也就退回船去。

永安道人率领三船赶至，他是前夜被剑秋等杀败之后，料想此后关帝庙难以安身，故立即投奔这里来的。周禄本有意招他入伙，自然甚为欢迎，他新到这里，想立些功劳，遂驾舟出外；想不到又遇剑秋，众寡不敌，故意引诱，竟被他捉住程远。回寨后，又来接应。见周禄等不能胜利，他就主张以守为攻，借着湖面形势险要，四下里多设埋伏。剑秋等倘然再来，便以妙计取胜，所以他们一齐退回水寨去了。

周禄又吩咐水寇在要隘上好好把守，时时巡逻，夜间更要谨慎，看剑秋等怎样前来。永安道人便教左右推上被缚的程远，依着孟公雄的主意，便要把他一刀两段，以免后患，因为横山被破也是程远在内卧底所致。

但高蟒和程远以前本有亲戚关系，程远离开丽霞岛时，虽不该放走女侠，然而尚没有和他翻脸。所以高蟒见了程远，便责问他为何不能同心合力，反去附和仇敌？

程远笑道："人各有志，不可相求，我本来不愿意干这不人道的生涯，都是被你们兄妹诱上的；现在已觉悟前非，放下屠刀。你若是一个好男子，何不从此洗手，反来责问我做什么呢？"永安道人见程远倔强，便提剑奔过去要杀他。高蟒拦住道："我们不妨将他拘禁在水牢里，倘然他能够觉悟的，这是最好的事。不然,等到捉住了荒江女侠等,一齐把他们处死。"

周禄赞成高蟒的话,永安道人和孟公雄只得依从,教左右把程远推到水牢里去关禁,一面吩咐水寨内外严加防备。谅剑秋等日间虽然退去,晚间或要前来暗探;但是守了一夜,不见前来。那么剑秋等在这茫茫巨浪里到了什么地方去呢?

他们退下后,见高蟒等水寇虽不追来,心中却十分懊恼,玉琴道:"若得史大哥在此,我们破洪泽湖易如反掌了。"剑秋道:"他们防备甚严,我们不识水性,这里又无内线,要到水寨里去,却非容易的事了。"慕兰双眉紧蹙,低首不语,自有她的心事。

剑秋又道:"程远兄陷身匪窟,不知生死如何?我们不能坐视,况且我在祝彦华面前允许来此剿灭水寇的,无论如何危险困难,今晚我们必要到匪窟去走一遭。"玉琴也说道:"不错!"三人坐在一舟上,商议了好久,三只小船无目的地在湖上驶去。

忽见前面有一小小洲屿,上面树木甚多,临水有一古刹,玉琴指着对二人说道:"此地竟有一个庙宇,难道有僧人在内驻锡吗,事不奇怪?"剑秋看了说道:"倘然里面有出家人的,必然是有些能耐,否则怎敢大着胆子在水寇出没的所在住下呢!"他们正说话间,一个姓佟的捕头在船艄上答话道:"此地名唤白鹭洲,洲上有一座洗心寺,寺中的老和尚名唤什么'忘我'的。以前他到淮安城里来时,在一家小酒店里和我相逢,他是很健硕、很爽快的和尚,做了出家人,却一样喝酒、吃肉,好像《水浒传》上的花和尚了。我和他曾谈天过,且代他付过酒钞,因此认得。"

剑秋听得,点点头说道:"听你说来,这个和尚大概也非寻常之辈,我们既已到此,不如去访问他一遭,也许他或有相助之处。"遂吩咐坐船摇向洲边去,一会儿已在白鹭洲下旁岸泊住。

剑秋等一齐跳上岸去,且叫姓佟的捕役随着他们同去。佟捕役欣然从命，走了十数步，已到洗心寺前，双扉紧闭，寂静无声。佟捕役上前叩了两下，呀的一声，门开了，有一火工向他们问道："你们到此做什么的？"佟捕役道："忘我和尚在内吗，我们特来问候他的。"火工道："正在午睡，待我去通报。"一边说，一边让他们进来，把门关上，招接到一间小小的室中，坐定后，火工去了。

剑秋瞧这地方很小，也没有什么装饰，庭中却有一副石担，约有二百多斤重，从这东西上可知那和尚一定也是个能人了。

他们等候了一会儿，只听里面一声咳嗽，忘我和尚已徐步走来。众人瞧他相貌魁梧奇伟，紫棠色的面皮，双目开合有紫棱，这个脸儿又似乎哪里见过，但是毫不相识的。大家立起身来，忘我和尚手里拈着一串念佛珠，踏进室中，向他们当腰合十行礼，一见佟捕役，便开口道："佟捕役别来无恙，你是官中人，来此湖中做什么呢？"说话时，声如洪钟，响震屋瓦。

佟捕役见忘我和尚向他们询问来由，便答道："不瞒老和尚说，我今天是跟这几位英雄到洪泽湖里来擒拿水寇的。不料水寇都精通水性，地势又是险要，所以我们不能得利，反陷了一位程爷。退到这里，想起老和尚在此湖上驻锡，对于湖中形势必能明了，倘蒙相助，还请不吝指教。"忘我和尚听了这话，又对剑秋等熟视一下，点点头说道："这三位果然都是儿女英雄，老衲一见面便知道是有来历的，敢先请教尊姓大名？"

剑秋遂以实奉告，且说："我们是受人之托，想到此剪除小丑，不料他们的水寨不易进去，同伴程远兄反失落匪手。但我等不肯干休，誓将重入虎穴，搭救同伴，大破贼巢。此刻幸逢上人，敢请指示？"忘我和尚微笑道："原来是名闻天下昆仑派的荒江女侠等到此，失敬了，老衲如能相助，当可效劳，但恐怕老朽不中用了，且请坐下再谈。"剑秋道："上人幸勿谦让。"于是大家坐定，火工献上香茗，忘我和尚便向剑秋等问起昆仑、峨嵋两派交恶的近状。

剑秋答道:"本来是大家学道,无所谓仇,但因他们宗旨不正,行为怪僻,行为不义,与盗为伍,所以在江湖上两方面不免冲突起来,嫌隙日深。他们深深记下前事,不肯悔改,以致变成仇敌,言之痛心,上人也要笑我们自相残杀,近于不仁不智吗?"忘我和尚摸着他下颔的短髭,徐徐说道:"这是很难说的,老衲何敢妄加批评?但峨嵋派的金光和尚也是个有道的高僧,他自己的心术不错,可惜门下所收的一般子弟大都不能恪守清规,很多为人指摘之处。老衲但愿你们能够化除前仇,彼此一家便好了。"

玉琴道:"上人说得甚是,只要他们不来寻仇,我们也不肯妄行杀戮,不过耳闻峨嵋派今春将在万佛寺大集结,一面为金光和尚喜寿,一面共商怎样和我们昆仑派作对,不知他们集合后如何定夺,恐怕以后难免有一场恶斗哩。金光和尚自己是很规矩,然而已被群小包围,当然要听他门下的说话,向我们昆仑派来报仇的了。"

忘我和尚叹口气道:"歪机一动,杀心立生,真是不可说了。"剑秋又道:"我们冒昧进谒,想上人必然也是一位有来历的人,不知何以修道在此?倘蒙见告,极愿乐闻。"

忘我和尚叹道:"提起前尘,悔恨无已,今日说出来也觉惭愧!好在我皈依空门已有数年,忏悔以前的罪孽,戒除七情六欲,什么都忘怀了,不妨奉告一二。诸位可知道我以前是个什么人吗?哈哈,我也是北方江湖上一个杀人不眨眼的魔君,天天在外边干那盗贼生涯。我妻子也是性情强悍,常要杀人。虽有一个儿子,而不加管束,小孩子耳濡目染,自然也是暴戾非常,在外闯祸惹事。那时我们一些也不觉得自己的罪孽,到后来自己受着惨报了。

"有一天,我从外边归家,忽见我的妻子被人刺死在家里,而我的儿子也不知去向。我心里一悲痛,立刻觉悟起来,立刻丢下了家,也不去找寻儿子,跑到北京一个寺院里削发为僧,朝夕虔修,过了半载光阴,方才到外边来。到了这里,恰逢此间白鹭洲上有个庙宇，一位老僧奄奄病倒，他留我住下，要我继续他在此驻锡；因为在这个盗匪出没之区，别的僧侣都不敢来，我遂慨然答应。后来老僧死了，我又出去募化得了一笔钱，方把这院子重加修葺一番，本名普济寺，我更换了一个名字，唤做洗心寺；表示我要一辈子在此洗心革面，修道学佛了，我很不愿意说出我的真姓名来。"

剑秋听了忘我和尚的约略告诉的身世，虽然他还没有将真实姓名吐露，然而心里一动，蓦地想起一件事来，便向玉琴低低说了数语，玉琴连连点头。剑秋遂又向忘我和尚说道："不揣冒昧，请问上人的姓名可就是韦飞虎吗？"忘我和尚一听这语，脸上立刻变色，忙问道："奇了奇了，我和侠士等素昧平生，你们怎能知道老衲的贱名呢？"

剑秋道："我等倘然实说出来，还要请上人宽恕。上人一向不明白你府上的事，却不知当时我们恰到张家口，这件事是我们做下的，今日相逢，不敢隐讳。"忘我和尚不觉又是一怔，说道："那么，请你们见告罢。"剑秋遂将那时候女侠如何迷倒被擒，自己如何适逢花驴，赶到相救，手刃周氏等经过，告诉一遍，且诉道："上人，今日说你的仇人送到你的眼前，不知上人可能恕我等无罪吗？"

忘我和尚叹道："杀人者人亦杀之，这是我自己的一种报应，况且老衲的亡妻不该先起毒心，欲谋不利于女侠。侠士一则援救自己的同伴，一则除恶锄强，老衲怎敢记私仇而忘公义呢？请你们不要介怀，以前的事譬如昨日死，有什么宽恕不宽恕，老衲还要请你们勿笑死。不过犬子阿虎，不知他流落何方？能不能做个好人，以赎他父母的罪愆？然而老衲已是出家人，也顾不得了。"

剑秋听韦飞虎不忘父子之情，遂又将自己怎样在苏州观兽戏，恰逢韦虎，以及大破横山之后，自己介绍韦虎和梁红绡到洛阳去找事的一回事告诉他听。玉琴等也想着韦飞虎的面貌和他儿子相像，所以方才似乎有些面熟。韦飞虎听了这个消息，知道了儿子的下落，心头很是宽慰，又向剑秋道谢。大家谈了一刻活，彼此都已明白，重又讲起洪泽湖水寇的事来。

韦飞虎道："他那里的首领满天星周禄，知道老衲懂武术，常常到这里来的，向老衲请教，送酒送肴，对老衲十分敬礼。老衲也到他们水寨里去，有一次他劝老衲入伙，却被老衲以严词拒绝，反乘机劝他们不要长干这绿林生涯。周禄迷而不悟，不肯听从老衲之言。后来又到了一个姓高的，闻是丽霞岛上的海盗，他们狼狈为奸，最近附近各乡村又遭焚劫，老衲很不以为然的，无怪你们受人之托要来剿除他们了。你们既然失陷了一位姓程的侠士，待老衲明日前去，向他们索回，周禄瞧我的脸上，定能答应的。"

剑秋道："谨谢美意，可是我们此来，一则受友人祝知府之托，二则高蟒、孟公雄等都是漏网的巨盗，我们很想把他们一起除去，以免残害良民，骚乱地方。不入虎穴，焉得虎子，所以我们冒险到此。只恨我们都不懂水性，又不熟地理，故不能如愿以偿，还请上人相助。"

韦飞虎道："侠士等剑术精通，何用老衲臂助？"剑秋道："我们专诚奉访，无非要仰仗上人之力，为地方人民计，请上人千万勿却为幸。"韦飞虎道："这样说来；老衲不得不从命了，但不知你们将要我怎样相助？"剑秋道："现在我有一计，可破匪众，只要上人能够俯如所请。"韦飞虎道："那么请侠士等见告罢。"

剑秋道："上人既和周禄认识，谅他们决不知道我们会到这里来的，只要在明天清晨，请上人驾了一只小舟；假作前去拜访周禄；我们暗暗伏在舱内，如此可以渡过要隘，等他们察觉时，我们动起手来，他们便难抵御了。我们所怕的是在水面上交战，倘然到了水寨里，便不怕他们了，未知上人以为此计行得吗？"

韦飞虎道："这个果然是好计策，但周禄平日待我不薄，我却领着人家去杀他，不是卖友吗？"剑秋道："天下事当权其轻重缓急,上人倘然顾全了周禄,不过留了一个杀人放火的水寇,洪泽湖四围的人民,上人又将奈何,此事只得请上人牺牲私谊了。"韦飞虎点点头道:"以大义而论,老衲当然不值得回护一水寇,老衲决定照侠士所说的去做,但望诸位可能网开一面,饶了周禄一人的性命,其余老衲可以不管。"剑秋道:"当然可以遵命。"商议既定,慕兰的心中也微觉安慰,这天晚上,三人宿在寺里,韦飞虎端整了一些酒菜,陪他们吃喝畅谈至更深始睡。

次日众人在洗心寺饱食了一顿,剑秋便教他们的三只船留在这里,只带两名干练的捕役,跟随韦飞虎,坐着寺中的船一同前去。韦飞虎带了一根禅杖,他虽不愿意再开杀戒,而不得不带在身边作防护之用。众人下了船都伏在舱里,不让外人瞧得出;因为四面都遮住,只有数处隙缝,剑秋等在内可以向外张望的。韦飞虎叫火工摇舟,在舱顶上竖起一面小小黄旗,这是他往常时候到水寨里去所用的记号,他自己又盘膝坐在船头上,一路向水寨驶去。

过了龙门湾,港汊渐多,两旁芦苇中时时有水寇的巡船出入其间,见了韦飞虎的船,都说:"老和尚来看我们寨主的吗?"坦然无疑地放这船过去。绕了几个弯,前边已近水寨,都用粗大的竹木扎盖在水面上,上面插着鹿角标帜,宛似一座城池。水寨上有瞭望台,台上也有水寇把守。韦飞虎的船到了寨门之前,见寨门紧闭,不能进去,韦飞虎遂立起身来,高声叫唤,早有两个水寇认识韦飞虎的,便说道:"原来是洗心寺的忘我和尚来拜访我们的寨主了,寨主正想见你呢。"于是开了寨门,放韦飞虎的船进水寨去。

剑秋等在舱中瞧得很明,心里暗暗欢喜,过了这个要隘,前面又是一片水,水中有一个不大不小的洲,洲上就是周禄的匪巢了。

恰巧周禄和高蟒各架一舟,要出来巡视湖面,见了韦飞虎,周禄不胜欢迎,便说:"大和尚,今日何事光临?请到寨中去坐。"韦飞虎合十行礼,微笑道:"老衲久未奉访,今日特地送上一些礼物,请寨主晒纳。"周禄道:"啊呀,什么礼物,不敢当的,我们也好久没有送酒肉给老和尚吃喝了。"于是周禄、高蟒返舟引渡,一路过河,到得洲边一齐停住。周禄、高蟒先跳到岸上请韦飞虎上岸,韦飞虎徐步跨至洲上,又向周禄合十行礼道:"阿弥陀佛,老衲今天要对不起寨主等了。"

周禄闻言,不由一怔,正要问韦飞虎说的究竟什么意思?这时候打从韦飞虎的船舱中扑扑跳出三个人来,如飞鸟般跃到岸上。高蟒张着独眼看时,却见第一个就是仇人岳剑秋,一道青光已飞到面前,他不由大吃一惊,口里喊声:"不好!"正要举叉招架。剑秋大喝一声,一剑横扫而至,早削去了高蟒半个头颅,倒地而死。

周禄惊得呆了,玉琴和慕兰左右夹攻,周禄无处逃过。玉琴因韦飞虎有约在先,不欲伤他,遂飞起一足,把周禄踢倒在地,剑秋跳过来按住他,将他紧紧缚住,交给船上的两个捕役。这事是突如其来的,周禄等都没有防备,连高蟒也死得不明不白呢。

余党早已逃入寨中去报告,永安道人便和孟公雄杀出寨来,见了剑秋,大叫道:"姓岳的小子又来送死了,今日当和你拼一死活。"剑秋正要动手,玉琴早舞起真刚宝剑迎住,萧慕兰也接住孟公雄厮杀。

剑秋挂念着程远,便和韦飞虎闯入寨中去,有几个水寇上来抵挡时都被剑秋杀却。他擒住了一个水寇,问道:"昨天我们失去的同伴在哪里?快快直说,饶你的性命。"水寇战战兢兢地答道:"现正禁闭在水牢里,没有伤害他的性命。"剑秋道:"很好,你快领我们前去。"那水寇遂领着二人来到后面水牢里,四面是水,一座小小石屋,好像埋在水中一般,门上有铁锁锁住。

那水寇正要架起小小浮桥,剑秋摇手道:"不必了。"飞身一跃,早已越过水面,跳到水牢的门前,将惊鲵剑向那铁锁一劈，锁已断落。推开牢门，跳进去时，觉得阴风惨惨，见程远蹲在那边地下，手足都被铁锁紧紧缚住，闭着双眼，好像在那里打瞌睡。剑秋喊了一声："程兄。"程远抬头见是剑秋，不觉惊喜参半，正要问询，剑秋已走至他的身前，把宝剑割断铁索。程远跳起身来，舒展手足，先向剑秋道谢。

剑秋说道："随我来吧。"二人走出水牢，跳至原处。程远瞧见一魁伟的大和尚，横着铁禅杖，站在那边，不知是友是敌？心里一怔，剑秋已代他介绍和韦飞虎相见，略把来由说明，程远非常快慰，说道："这是小弟的侥幸了，现在水寇可曾歼灭？"剑秋道："还有两个正在寨门前恶战哩，我们且去一瞧，不要被他们漏网。"于是三人回出寨来，见玉琴等正是杀得难解难分，那永安道人的双剑使得如疾风骤雨一般，足抵得住玉琴。

孟公雄见剑秋等救了程远出来，心中未免有些慌张，又想逃生，向慕兰虚晃一刀，跳出圈子，往水边便奔。剑秋早已飞步上前，拦住他的去路，喝一声："水寇，今天还想逃走吗？"孟公雄硬着头皮来迎，剑秋卖个破绽，让孟公雄的刀砍入怀里来，他将身子一侧，孟公雄砍个空，身体向前一晃。剑秋的惊鲵剑早从他的后背刺入前胸，孟公雄大叫一声，跌倒在地，鲜血直流，眼见得不活了。

剑秋诛掉孟公雄，和韦飞虎、程远一同站着，看玉琴和那永安道人大战。慕兰想要上前相助，玉琴却摇头说道："不要有劳姊姊，看我一人力斩此贼。"慕兰也就和程远立在一起作壁上观。那永安道人见同党都死，劲敌在前，明知无幸，但他不甘束手受缚，愿作困兽之斗，所以如猛虎负隅一般，死力奋斗。

玉琴杀得性起，将一柄真刚宝剑舞作一道白光，把永安道人紧紧裹住，这样又斗到一百余回合。剑秋很想上前相助，早将那道人解决，但他知道玉琴的脾气，不敢孟浪。

永安道人见玉琴神勇难当，想用暗器取胜，只苦没有间隙。战到分际,他将左手剑抵住玉琴的剑光,右手剑向腰间一挂,腾出手来,从腰袋里摸出一支飞镖,藏在衣袖里。又和玉琴斗了数回合,等玉琴的剑向他下三路扫来时,他的身子往后退了两步,右手一抬,一支镖早向玉琴咽喉飞去,又准又快。只见玉琴仰后而倒,众人大惊,正要上前相救,永安道人已踏进一步,一剑向玉琴砍下,想要结果她的性命。不料玉琴忽然一跃而起,剑光到处,永安道人已倒在地上了,众人又是大喜,一齐上前细看真相。

玉琴张口一吐,当的一声,一支铁镖落于地下。慕兰忙问其故,玉琴笑道:"这妖道的本领果然不错,我同他约莫已斗到二百回合,那厮的剑法还没有散乱,后来我见他挂了右手剑,估料他必要用什么暗器来伤我了,故我也留心防备。当他飞镖到我咽喉时,我就一低头,张开口把那支镖咬住,将计就计,假作被他击中,仰后跌倒。他果然要来杀我,就出其不意地把他刺死了,这是我的饶幸。"

剑秋等听了很是快活,韦飞虎也说道:"老衲以前会过不少英雄好汉,今天见玉琴姑娘的剑术确乎已臻神化,不愧是昆仑门下的女侠,老衲非常佩服。"玉琴也谦逊了数语,大家带了生擒的周禄,又到寨里重行搜查一遍,程远将自己的宝剑、镖囊找到了,佩在身上。匪党早已大半四散逃避,也有情愿归顺的。

剑秋便对韦飞虎说道:"我等仰仗上人之力,破了水寇的巢穴,不胜感谢,现在大事又毕,我们便要归去,这里的事,可让官中来收拾吧。"韦飞虎道:"现在周禄被擒,诸位可能看在薄面,饶他一命,免得江湖上说老衲不义。"

剑秋忙道:"既有前约,敢不从命。"遂吩咐捕役将周禄推至,剑秋指着他说道:"你在此间盘踞了多年,伤害良民,为非作恶,今日被擒,本当将你杀却;只因看在忘我和尚面上,姑且饶你一次。须知丈夫在世,当做些光明磊落的事业,岂可干这种杀人放火的生涯,害了他人,又害自己。孟公雄、高蟒等都是最好的殷鉴,你都瞧在眼里的,你若然此去能够真心悔悟,做个良民,未尝不是你的幸事。倘再恶习不改,我们只饶你一遭,你的本领怎及得永安道人的高强,那时再见,一定不能饶你了。"周禄低倒了头,一声儿也不响,剑秋遂教捕役宽松了他的束缚,放他逃生,捕役遂牵着周禄出去了。

韦飞虎叹了一声,便要回去,剑秋道:"我们一同走吧!"遂留两个捕役和投顺的水寇在此看守,剑秋等仍坐了韦飞虎的船,回至白鹭洲。韦飞虎又请他们到寺里去吃了一顿饭,剑秋等方才向他道谢告辞,韦飞虎送至水边。

临行时,剑秋又对他说道:"上人在此忏悔前尘,一心学佛,真是有大智慧的人。江湖上多少绿林豪杰,怎及得上人的勇于回头!我们也是非常佩服的。此去若过洛阳,和令郎相见时,当将这个消息告知他,也好让他赶来拜见一面,父子重圆。"韦飞虎微笑道:"多谢侠士等美意,但老衲已做出家人,应当忘却了一切。犬子既能自立,只望他能够好好做人便是了,不必再见,萦绕心曲。愿侠士等前途珍重,多行仁义。"剑秋等四人遂别了韦飞虎,鼓棹而归,他们在舟上谈起韦飞虎的事,回望白鹭洲已隐没在水云之下,都不胜慨叹。

回至淮安,祝彦华大开正门欢迎他们。入内坐定后,剑秋遂将他们怎样前去剿灭洪泽湖水寇的经过,约略告诉一遍。祝彦华不胜之喜,便遣人去请李都司前来,一会儿李都司已赶到府衙,和剑秋等相见,闻得他们毫不费力地已将水寇歼灭,便作揖道贺。祝彦华遂请他去洪泽湖办理善后事宜,李都司欣然允诺,遂告辞出城,带了部下官兵,大模大样地杀奔洪泽湖去。其实水寇已灭,他们不过去耀武小百姓而已。

淮安地方的绅士,也得知了这个好消息,大家跑来拜谢,且在府衙前大放爆竹,阖城欢腾。晚上,祝彦华又大排筵席,款请剑秋等四人,感谢他们为民除害的莫大功德,直到夜阑散席。祝彦华又挽留他们住了两三天,玉琴等再也不肯住了,一定要动身北上。绅士们本要恭送剑秋等金银财物,但剑秋等坚不肯收,于是他们选购了四匹良马,送给他们作坐骑,而把雇来的牲口打发回去。剑秋等见他们诚意难却,只得接受。

临行前,祝彦华又送上程仪一百两纹银,剑秋推辞,祝彦华道:"昔年的恩德尚未报答,至今不忘,现在诸位大侠又热忱帮忙,除灭了水寇,使地方安宁,更是非常感激。这一些程仪是我聊表微意的,怎么还不肯晒收呢?"剑秋听祝彦华这样说,只得拿了。

四人遂在次日清晨和祝彦华告别,带了行囊,跨上坐骑,果然都是好马,出得淮安城,向北进发。恰逢李都司带兵回来,四人将马停在道旁,看李都司的兵雄赳赳地过去。李都司在后,一见四人,慌忙跳下马来,上前相见,剑秋等又在马上答礼。

李都司道:"诸位侠士破了洪泽湖,其功不小,怎么便要离去,请再回城一叙如何?"剑秋带笑答道:"多谢美意,我等急于北返,不能多留,洪泽湖水寇在我辈看来,妖魔小丑,不堪一击的,何以在地方上猖獗如此?都司食了俸禄,当负地方绥靖之责,此后尚望好好整顿部下,练成劲旅。倘然畏盗如虎,退缩不前,反而纵兵殃民,那么其罪难辞了。"剑秋这几句话,说得李都司脸红耳赤,惭愧异常,只说:"是,是。"剑秋遂一摆手道:"请都司回城去吧,我们告辞了。"遂一抖缰绳,四匹马向前跑去。李都司叹了一声,上马进城去了。

剑秋等离了淮安,早晚赶路,已到了山东境界,想起临城贾家庄的神弹子,剑秋便问玉琴:"此去正是顺路,可要再到庄上去盘桓一天?"玉琴道:"别的人都不在我心上,惟有贾芳辰和瞿英这一双小儿女,非常可爱,时时在我的心里。我们不知何日再到此间,不如去看看他们。"

第七十四回

古刹谒老僧前尘顿忆
征途逢响马诡计堪惊

程远和慕兰也闻得神弹子的大名，很愿一识荆州，所以四人便至临城去访问那位老英雄。玉琴、剑秋等是第三次到这来了，不用问讯，跑到庄上。庄丁见是玉琴、剑秋，连忙入内通报。贾三春大开正门，亲自出迎，让到后堂。

贾三春的夫人和瞿英、芳辰等一齐出见。玉琴见芳辰修饰得很是美丽，握着她的手，殷殷垂问。芳辰也拉着玉琴的衣襟，问他们西湖之游可乐？还有宋家等诸人为何不见？剑秋代程远、慕兰和贾三春等介绍过，大家坐定了谈话。剑秋便将他们南游所逢到的可惊可愕之事，约略告诉。瞿英、芳辰等听得津津有味，尤其是对剑秋、玉琴的绝处逢生，不胜欢喜。

剑秋也问起抱犊崮的情形，贾三春道："自从赵无畏等伏诛以后，山上现有良民在那里耕种，四乡甚安；不过山东道上济南以北，最近常有响马出劫，行路人因此咸有戒心。"玉琴叹道："贼盗如毛，真像野草般烧不尽的。卖剑买牛，卖刀买犊，这种好风气只有见之历史上了！"

晚上，贾三春命厨下端整一桌丰盛的筵席，请四人畅饮；

大家纵谈一切，彼此欢然。贾三春忽对玉琴、剑秋二人说道："二位奔走天涯，行侠仗义，令老夫非常拜服。关外正有人苦念你们，要想重见呢。"玉琴听了这话，便道："莫非是螺蛳谷的袁彪吗？"贾三春点点头道："正是。"

玉琴道："老英雄在何处和他们相见的？怎会认识？"贾三春道："你们南下以后，适因我有些事情到锦州去拜访朋友，回来时路过那里，想起了你们所说的话，遂独自冒险入谷去拜访袁彪。适逢解大元和一个复姓欧阳的义士在谷外巡逻，解大元便上前和我相见，我方知他和马魁已投奔这里安身了。很觉快慰，遂向他说明来意。他就说袁彪闻得大名，也极愿一见，便引导我入谷去。

"老朽在路上相度形势，果然险要非常。在螺蛳谷口已筑有一座土城，上面刀枪密布，把守严密；进了土城，又是曲折的山径。老夫不管高低，跟着他们前行，见有数座碉楼。到了山寨里，又见马魁，后来袁彪夫妇等众人都出来相见。那袁彪气宇轩昂，确是一位关东英雄，他夫人年小鸾也是一位女侠。

"我们一见如故，谈笑甚欢，他们遂留我在谷中住宿，且设筵款待。讲起了玉琴姑娘和剑秋兄，他们非常挂念，说自从在初探天王寺分手以后，久未会晤；后闻天王寺已被你们破去，他们渴望二位重至关外；但是你们却到江南去游山玩水，他们不胜羡慕呢！"

贾三春说到这里，玉琴瞧着剑秋微微一笑。贾三春又道："袁彪的志向不小，老夫和他畅谈以后，便知道他不是寻常的游侠者流。他在那里练得部下人强马壮，纪律严肃，四方英雄闻风归附的很多，山中粮草也堆积得富足，进可以战，退可以守。

"他很有兴汉灭满的革命大志，他对我说，他正暗中联络关外各处明白大义的胡匪，灌输民族思想。等到中原有变，他就要揭竿而起，夺取山海关和锦州一带要隘。那时北窥辽、吉两省，西向滦东各地，北京也立即受到威胁了。他深望我们关内的一般汉人能够觉悟到国势的危险，及早起来革命，努力自强，不再做他人的奴隶，同受神州陆沉之祸呢！"

剑秋听了，说道："袁彪夫妇都是有深心的人，还有塞北龙骧寨李天豪等也都抱着民族的思想，结识天下英雄，努力于革命事业的，但我们和他们暌违已久了。"程远和慕兰在旁听着，也觉得眉飞色舞，深表同情；直到更深，方才散席。剑秋等四人便在贾三春庄上住下。次日大家去游抱犊崮。剑秋指点着各处险要给程远、慕兰二人看，将以前大破抱犊崮的事告诉一遍，二人对于芳辰、瞿英更敬爱了。

四人在贾家庄住了三天，玉琴、剑秋二人便要告别，慕兰也要早返故乡，所以贾三春苦留不住，送出九胜桥，各道珍重而别。剑秋等离了临城，一路北上，又便道去游泰山，观日出；又至济南泛舟大明湖，纵眺千佛山。留意数天，方才向北赶路。

这一天渡过了黄河，在一个小镇上旅店里歇宿。他们投宿的时候已是天暗，店小二接住他们的坐骑，教人牵去上料，他掌了灯引导四人入内。里面有一个大院落，东西都是上房，左面的上房里已上了灯，有男子谈笑的声音，甚是洪亮。

当剑秋等踏进院落的时候，那边房门上挂着竹帘，帘子里有个人面向外一张，便缩了进去。剑秋等都没有留心，惟有玉琴瞧见窗边灯光下似乎有一个很苗条的人影，像是一个女子的模样，一闪便不见了。

店小二便指着右边一间大客房说道："朝东的已有客人住下，这一间很是宽敞，就请爷们歇下可好？"剑秋见房里还算洁净，遂道："好的。"店小二便将手中灯放在桌子上，向他们问了酒菜以后，退出去了。

这天天气很是燥热，玉琴遂把西首四窗一齐开了，说道："我们来迟一步，好房间已被人家占去，但是人家为什么窗也不开一扇呢？"剑秋笑道："也许他们南边也有个窗的，这些小事你去管人家做什么？"一会儿小二已将酒菜端上，四人遂在

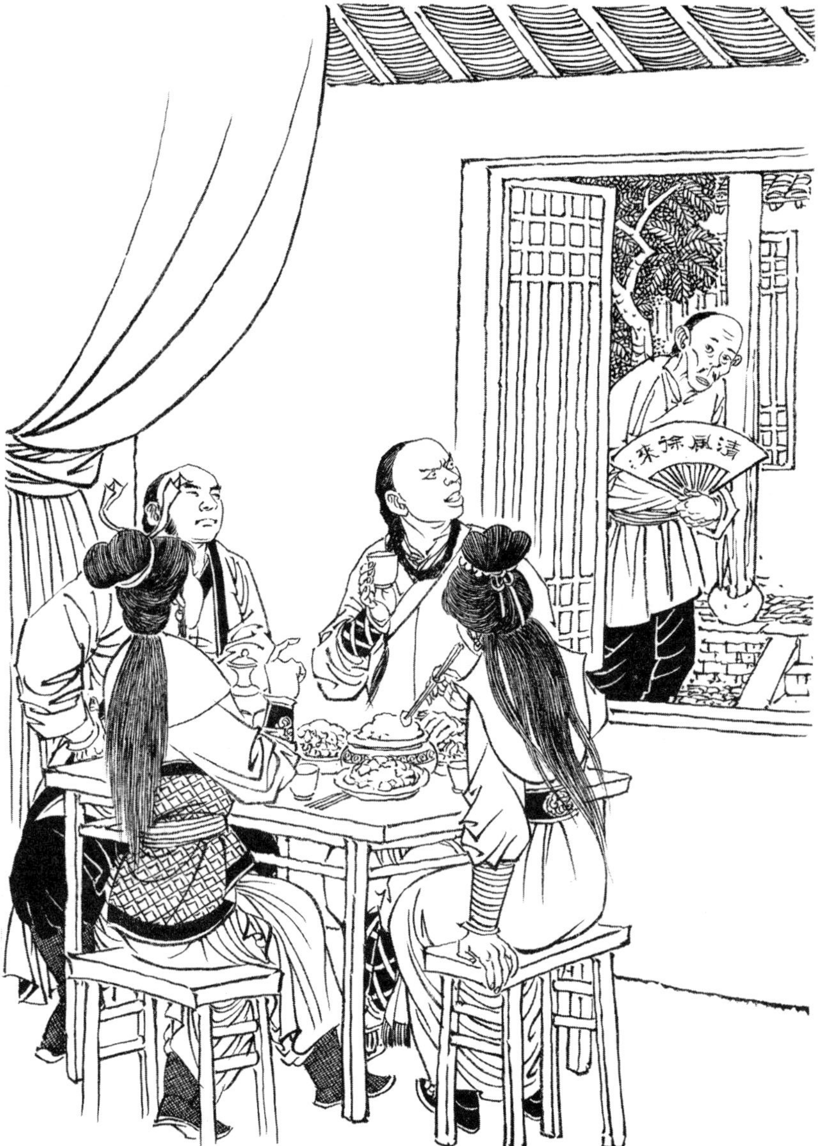
清風徐來

窗边一张桌子上坐下吃喝。

玉琴是朝外坐的，剑秋正和程远谈起贾三春的佚事，程远、慕兰都听得津津有味。玉琴忽然对剑秋努努嘴，说道："你瞧，背后窗那个人贼头狗脑地向这里窥探，恐怕不是好人吧！"

剑秋回头看时，见一个瘦子穿着短衣，手里拿着一柄扇，立在庭阶边，正向自己室中张望。那瘦子见剑秋等回过头来，便挥着扇子踱进那边房去了。剑秋道："这个人虽然瘦小，但我看他走路和挥扇，都像个会功夫的人。他向这里探望或是平常之事，不见得便有坏意，我们不妨坦然处之。"于是玉琴也不响了。

四人将晚饭吃毕，大家又坐着闲谈。剑秋偶然抬头看时，见庭心里又有一个白衣少年在那里向自己这边细细估量，剑秋立起身来，那少年便走进房去了。

玉琴道："他们又来窥探了，我以为这不是偶然的事吧，不知他们房间里有几个人，究竟何许人物，我们何不也去探一下？"剑秋道："这又何必呢，反显得我们不大方了。"说话时，又见对面窗子里的灯光已熄灭，接着关房门的声音，程远笑道："他们已睡觉了，真是不怕热的。"

剑秋想起贾三春的话，向玉琴等低低说道："管他们是坏人不是坏人，我们只要留心一些就是了。"玉琴说道："贾三春说山东响马怎样厉害，但是我却不怕！最好遇见两三个厮杀一回，舒展我的筋骨。"

慕兰笑道："在姊姊的手里不知杀却多少大盗，还嫌得不畅快吗？"玉琴笑道："以杀止杀，我只要杀坏人，至于好人，却一根汗毛也不敢伤他的。"说得众人都笑了。

他们谈了一会儿，已近三更，窗外一阵阵凉风吹来。剑秋说道："这时已起了风，明日气候或可凉快一些，我们可以睡了。"于是大家脱衣安睡。剑秋想起方才窗外两人先后窥探的情形，心里终有些放不下，所以一时没有入梦。隔了多时，睡魔催寐,渐渐睡去;然而耳边似闻窗子响,忙睁眼看时,桌上的灯仍亮着,但已被风吹得摇摇欲灭;接着又有一阵风声撼动窗门,发出格格的声音,风从窗隙中吹入,所以吹得残灯黯黯。

剑秋自笑多疑,闭上双眸,又要睡去;忽闻窗外鼠子唧唧之声,好似在那里相搏;他又想这鼠子叫得奇怪,莫不是那话儿来了吗?同时程远也已醒来,二人跳下炕去察看时,鼠子不见了,声音寂寂,不见动静。

剑秋和程远又开了房门,到庭中去小便,却见对面房里边是静静的,没有什么异动。仰视天上一轮明月,十分昏黄,四周罩着一重圆晕,也许天气要变了。二人悄悄地回到室中,玉琴和慕兰依然未醒,二人也没有惊动他们,仍然到炕上去睡,转瞬间也梦游华胥。

次日早晨大家起身,洗脸漱口,剑秋把昨夜的事告知玉琴,且说这是自己多疑所致,不见得在山东道上所遇的都是歹人,玉琴和慕兰也笑了。他们开了窗,望望对面客房里的客人早已去了,门窗都洞开着;店小二走进来时,玉琴问他昨夜对面房里住的什么人。

店小二答道:"两位男子和一位貌美的姑娘,都是这里的老乡,带了不少行李。今天东方初白时,他们便匆匆地赶路去了。也许是到天津去采办货物的客人吧!"玉琴听了,也不说什么。吃毕早餐,添购了一些干粮,以防急需,于是剑秋取出银子付去了店账,四人一齐上马动身。

行了一天,路上平安无事,仍在一个客店里歇下,次日再向前赶路。慕兰忽然要求玉琴和剑秋暂缓回天津,先和他们同到卫辉府去盘桓数天,见她的老父,消释前嫌;程远也再三邀请。琴、剑二人见他们一片诚意,只得应允,慕兰、程远都是不胜之喜。

这天天气阴霾,刮起大风来,黄沙扑面。上午他们行在官道上,见前面有些树林,隐隐有一座高大的山峰,如牛首一般，矗起在云端里，途中不见行人，过去将近德州了。四人想赶到那里歇宿，然后取道往卫辉府，所以纵马疾驰。忽见对面尘土飞扬，有两骑正向这边驰骋而至，剑秋的马在先，遂回头和三人说道："仔细着，响马来了。"

正说话时，那两骑已如旋风般跑到近身。四人留神瞧看，当先马上乃是一个瘦长的少年，穿着一件青布长衫，手握一条镶铁长枪，腰悬弓矢；背后一个硕大的汉子，满脸疤痕，相貌奇丑，穿着一身黑衣，腰里佩着一对醮金斧。各跨骏马，腾跃而过，一刹那间，已望不见踪影。

玉琴道："好马！我们的花驴、龙驹可惜都不在此，不然倒可和他们驰骋一下。"程远道："这两个很像是绿林好汉，不知到哪里去的？"剑秋道："人不犯我，我不犯人，由他们去吧。"大家说着，慕兰将手向后面一指道："你们试看，又来了。"剑秋瞧了一眼，说道："这不是好意吧，我们快快预备。"一边说，一边拔出惊鲵宝剑。

这时候两骑倏又从后到临，那青衣少年举起手中长枪，向四人喝道："你们这伙人就是荒江女侠臭丫头吗？不要走，吃俺一枪。"说毕，"呼"的一枪已向玉琴面门刺来，剑秋早已跃马上前，将剑架住。那个疤痕脸的汉子已抽出双斧杀上前，玉琴正要抵敌，程远已掣出百里宝剑抢前便斗。

四人四骑便在大道上树林外边，捉对儿厮杀起来；玉琴和慕兰都拔出兵刃，在旁观战。见那青衣少年使开长枪，上下左右都是枪花，如怪蟒翻江，十分骁勇。幸亏剑秋的剑术不比平常，化作一团青光，尽够抵挡得住。还有那个黑衣汉子的双斧，也是十分了得的！真是棋逢劲敌，杀得难分难解。玉琴觉得这少年枪法精妙，有良将之材，却在绿林中为盗，埋没天才，未免有些可惜了！

彼此斗到九十余回合，那少年见剑秋的剑术无懈可击，心里暗暗佩服。剑秋一心要想取胜，得个隙，乘少年一枪刺入时，把惊鲵剑迎着他的枪杆子一削，只听当的一声，那少年的枪已被宝剑削作两截；手中拿着的剩下半段枪杆，遂说一声："果然厉害。"将马一拉，跳出圈子，回头便走。那使斧的汉子也杀不过程远，跟着退下。

剑秋和程远追上去时，那少年把枪杆丢了，从腰际抽弓拈矢，回身觑准剑秋一箭射来。剑秋把剑一击，一支箭早已扑的堕落马前。接着弓弦响处，第二支又来，剑秋把头一偏，让过那箭，第三支箭又到。

这是少年擅射的连珠神箭，饶剑秋闪避得快；而马腹上已中一箭，那马直跳起来，把剑秋掀落于地。

玉琴大惊，慌忙上前援救，剑秋早已站起身子，说道："不要紧，我中了他的暗箭，幸没有伤。"玉琴已着了恼，挺着宝剑向少年追去，娇声说道："你不要放箭射人，敢和我荒江女侠斗三百回合吗？"

在这时，前面尘土又起，又有两骑飞奔而来。慕兰暗想：必是盗党来了，遂扬着双刀来迎；剑秋也挺着宝剑一同上前。只见前面来的两人就是前晚在旅店里所见的那个少年和瘦子。

剑秋喝道："你们是何方的响马？胆敢白昼行劫，须知我们不是好欺的。"

那少年早跳下马来，向剑秋一揖道："足下就是昆仑门下的侠士岳剑秋吗？还有这位荒江女侠，俺们都是久仰大名的，今日相见，三生有幸，俺们怎敢来劫夺呢？"

剑秋听这少年吐语温和，不像是来寻厮杀的，便问道："你们怎样认得我等？方才交手的是否你们的同党？你们若不是劫夺行人，为什么半途寻衅？"

少年笑道："这是兄弟们误会了，请岳爷莫怪。俺姓谭，排行第二，因善使铁棍，人家都称俺铁棍谭二，一向在此牛头山八里堡安居。他们都是俺知己的弟兄，聚在一起，虽然是隐身草莽，但也不是不仁不义的盗寇。

"前日俺自他处回乡，在旅店中逢见诸位侠士。俺常常听人传说荒江女侠和岳爷等如何状貌，便疑信是岳爷等了，又见店中水牌上写着姓岳、姓方等贵姓，益发相信，但尚不敢冒昧趋谒；又因急欲回乡，所以清晨动身便走。回到了八里堡，大家谈起，深悔那晚没有进见，遂先请两位弟兄骑快马相迎，我们随后也赶至。不料他们不听俺的吩咐，鲁莽从事，多多得罪，尚乞诸位侠士海涵勿责。"

这时候大家都已停手，那个射箭的少年和黑衣汉子也早跳下马来，走到剑秋的所在。铁棍谭二指着剑秋对二人说道："这位就是昆仑大侠岳剑秋。我教你们先来迎接的，怎么不问个明白，遽尔动手，除些儿自取其咎，现在快些赔罪吧！"

二人都微微一笑，向剑秋唱个肥喏。谭二遂代他们介绍，方知那放箭的少年姓陆名翔，别号小子龙；那个使板斧的黑汉子姓何，人家因他生得满脸疤痕，所以都唤他何疤痕；还有那个和谭二来的姓余，名自异，别号瘦猴。

剑秋也代玉琴、程远、慕兰等介绍。谭二又向萧慕兰说道："姑娘可是卫辉府中云中凤萧进忠老英雄的女儿吗？"慕兰答道："正是，请问你怎样知道我的底细？"谭二道："先兄谭邦杰数年前曾到萧老英雄府上拜访，相聚数日而归，曾和我说起你们父女两个的本领高强，非常钦佩。现闻芳名，所以一想便着，但不幸先兄已于去年病故了。"萧慕兰也闻得她父亲的朋友确有谭邦杰这人，也是江湖上一位豪杰，所以深信不疑。

谭二又向剑秋等说道："俺们和诸位侠士虽是萍水相逢，而一向景慕。前面正是八里堡，敢情诸位到俺庄上去一叙。我们敬请浊酒，愿为诸位洗尘，千乞勿却。"

剑秋听谭二说话很是恭敬，非粗暴俗子可比；自己若不答应前去，一则辜负了人家的美意，二则反被他们嗤笑我们胆小如鼠，不敢前去。遂向玉琴、程远等脸上瞧瞧，觉得他们并没有不赞成的模样，所以立即允诺。谭二等十分欣喜。

因剑秋的马已被陆翔射倒，所以陆翔的坐骑让给剑秋坐，他自己步行随后；谭二当先引导，众人按辔徐行。朝前行了一里多路，渡过一座石桥，沿着小溪向南湾，穿过一个林子；只见前面一带很高大的庄院，且有两座碉楼，形势十分雄伟。

一行人到得庄门前，跳下马来，有不少庄丁左右排列着，很恭敬地迎接。谭二吩咐将庄门开了，招请剑秋等人入内。

庄中很是宽敞，房屋富丽，大家到一个厅堂上坐下，左右献过香茗。谭二又对剑秋说些钦慕的话，剑秋也就问他们在这里的情形。

谭二道："人家都说山东道上响马怎样强暴，但是也有分别的。譬如我们在这里八里堡行侠仗义，结识天下豪杰，江湖上凡有穷困落魄的人，无不尽力援助。先兄谭邦杰在日，黄河以北很有贤名，所以我们并非那些啸聚山头杀人放火的土匪可比。

"我们杀的是贪官污吏，劫的是富商大贾；贫弱的非但不去害他，反而要周济他。因此附近四乡反较他处来得安宁，别的绿林中人也不敢觊觎了。我们久慕荒江女侠和岳爷的大名，常欲一见，而苦没有机会；今番凑逢在途中遇见，所以奉请诸位来此一聚，幸蒙诸位惠临，我们非常光荣的。"

剑秋听谭二如此说，也觉得他们不失为江湖侠义之流，想起了螺蛳谷、龙骧寨两处正在网罗豪杰，谭二等虽是绿林中人，却和乌龙山、抱犊崮、洪泽湖等草寇有上下之分。不如代他们联络联络，将来也可多几位同志。于是将袁彪、李天豪等伏处草莽，志谋革命等事告诉给谭二等众人听。谭二等表示赞成之意，愿意他日到关外去一行。

谈了一刻，庄丁早将酒筵摆上，谭二遂请四人上坐，谭二等四人坐在下首相陪。小子龙陆翔又夸赞剑秋的剑术神化，剑秋也称赞陆翔的枪法厉害，射术精娴。

谭二见剑秋等都不喝酒，他自己先举起杯来，一饮而尽，把空杯向剑秋一照，说道："诸位难得到此，请畅饮数杯，不要客气。"剑秋等见谭二先喝，知道没有什么坏意，所以也举起杯来喝酒，又吃了两道菜。

有一个庄丁把一壶烫好的酒送上来，谭二接过酒壶，代剑秋等又满满地各斟上一杯，说道："我们今日欢聚，真非偶然，我们再要敬诸位一杯，务请诸位赏脸。这酒是有名的郁金香，请诸位多喝一杯，醉了便在小庄里下榻也好。"

剑秋道："我们的酒量却是有限，所以不能多饮。"余自异说道："请诸位领情，干了此杯，我们都是快活。"陆翔也高举酒杯，再三劝饮，剑秋等难却盛情，遂各举起酒杯来，立喝了一个干。

庄丁又送上一道红烧猪蹄的熟菜来，剑秋正要拿起筷子去吃菜，忽然觉得这座厅堂摇摇摆摆起来，莫非自己头晕？又瞧玉琴的脸上满泛红霞，目光也发出奇异之色；程远和慕兰都把一手撑着头，自己不能做主起来。剑秋心里大为奇怪！

正在那时候，屏风后跳出一个女子来，手中握着三尺龙泉，不是别人，正是韩小香。剑秋知道不妙，方欲拔剑而起，韩小香却笑嘻嘻地指着剑秋四人道："倒也，倒也。"剑秋、玉琴、程远、慕兰都觉得眼前天旋地转的，脑海中一阵昏迷，一齐推金山倒玉柱地仆倒在地。

杯酒联欢，阴谋暗伏，剑秋虽然精细，却没有料到这么一着。此时他们四人已堕陷坑，仇人在前，更难幸免了。

第七十五回

漂泊江湖一镳谐鸳侣
困居陷阱四侠战强徒

大丈夫恩怨了了，是非分明。所谓睚眦之怨必报，一饭之德不忘，我们受了人家的侮辱，当然是要求报复而雪耻的。

像曹沫誓雪三败之耻，一怒而安国家；雍门子狄先死阵前，耻令越甲鸣吾君，而使越人兵退七十里；越王勾践卧薪尝胆，生聚教训，到底成功了他的昭吴之志；张良散家财，结死士，报韩国之仇，卒得大力士以铁椎击秦始皇帝于博浪沙中。这些人志复国仇，气吞河岳！他们的史迹，千载下读之，尤觉虎虎有生气；是民族之光，值得后人钦佩的。

他若豫让为智伯复仇，漆身吞炭，以谋狙击；荆轲为太子丹而入秦，易水萧萧，一去不返，也是不愧为任侠之徒。捐躯以报恩，急公以赴义，其人其事，可泣可歌；至于为了一家一身的私怨而互相报复，这是已失任侠的精神，而近乎野蛮时代残杀之风。

所谓推刃之道，复仇不除害，是下乎游侠，不足称道的了！而况莠草害马，猖獗山林；不辨是非，无端寻衅呢！因此，一饭之德当然不可忘怀，而睚眦之怨却是不一定要报复的。武侠之徒当为大勇，而莫为小勇，所做的事要求有益于国家，有利于社会。纯而无私，公而不偏，方才能使后人欢喜赞叹，馨香顶礼。

所以我书中的荒江女侠和韩小香辈，虽同擅越女之术，而他们的人格却不可同日而语。

韩小香自从在红莲村嫉妒慕兰和程远二人的婚姻，胸怀阴谋，暗下毒手，但都不能成功；自己也觉得无颜再见他们，所以悄悄地带着一个包裹出走。她已是无家可归的人，又不能再到萧家去，形单影只，走向哪儿去呢？想起自己父亲生前尚有几个朋友，不如去看看他们，暂作枝栖。

所以她遂匆匆北上，身边尚有盘缠，不致缺少旅费。有一天，她到了山东道上，恰巧经过牛头山八里堡，见山势雄峻，林木丛深，疑心这里必有什么响马，所以很戒备地走着。忽听嗖的一声响，有一支响箭从林子里飞了出来，在她头上飞过，她就知道响马来了，忙拔出宝剑，袖底又暗暗藏好一支毒药箭，等候厮杀。

果然林子里跳出几个大汉来，为首的一个却是一个白面少年，手持铁棍，瞧着韩小香，大喝一声道："你这小姑娘单身赶路，好大胆！"小香把剑指着他说道："你家姑娘若不是有本领的，怎敢单身独行？你们这伙草寇从哪里来的，打算要行劫吗？"少年冷笑道："我们是绿林好汉，不伤孤雁。你如有金银，献出了事。但你身带武器，口出狂言，俺却不肯轻易放过你，要试试你究竟有多少本领！"说罢，挥动手中铁棍，照准小香胸口猛捣。

小香将身一侧，让过铁棍，还手一剑往他头上劈来，他忙将铁棍架开。个个施展本领，用力狠斗，约莫有五十多回合，小香觉得那少年的棍法十分厉害，自己的一口剑有些抵挡不住，遂退后一步，将袖中毒药镖放出，飞向少年喉间去。那少年见小香把手一扬，知有暗器，急忙避让时，左肩已着。一阵疼痛，撒手弃棍，跌倒在地。

盗党慌忙向前救护。韩小香知道他已中了她的毒药镖，无论如何，在二十四小时内必定要断送性命，所以她回身便走，恐防还有余党再来缠绕。但她走得数十步路，听背后马蹄响，回头看时，见有一个瘦长的少年，挺着长枪，向自己直奔而来，口里大喝道："你这丑丫头，胆敢伤了咱们的人，便想逃走吗？咱却饶你不得。"说着话，一马已到身旁，"呼"的一枪向小香腰里刺来。

　　小香忙将剑架开时，那少年又是一枪向她头上挑来，小香低头让过这枪，便挥剑去刺他的马腹。他将马一拉，让过了，又是一枪刺向小香胸口，小香收还剑迎住。那少年使开长枪，有风雨之声，枪花有车轮般大，上下左右的尽往小香进刺；小香凭着一口短剑，又在步下，如何抵挡得住！

　　背后喊声起处，又有一伙人杀奔而来，为首一个满脸疤痕的大汉，高声大喊："不要放走了这丫头。"小香更是心慌，要想再发毒药镖，却给少年的枪紧紧逼住，不得偷空。少年见她剑法已乱，又把手中枪故意向她头上虚晃一晃。小香把剑往上招架时，少年突然变更手法，将枪杆倏地下坠，觑准小香腿上只一击，韩小香早已仰后而倒。

　　那满面疤痕的大汉把小香按住，夺去宝剑和镖囊，用绳子缚了，挟在腰里，对少年说道："陆兄弟，我们把她带回堡中去吧，看了谭二兄的伤势再说怎样发落。"少年点头说："是。"

　　于是一伙人带了韩小香，拔足便走；韩小香自知已无命活，但要看看盗窟中怎样的情景，所以她留心观察。到了一个偌大的庄子前，见有许多人在那里嚷着："谭二爷恐怕没救了，我们要把这丫头碎尸万段，以报此仇。"进了庄子，里面房屋很多，大汉把她丢在一间室里，关上门去了。

　　不多时候，便有方才擒她的那个少年和一中年妇人走进室来，小香想：他们要把自己来处死了，自己本来有些厌世，死了也好！但少年指着她问道："你用毒药镖伤了我们的堡主，其罪不小。现在堡主昏迷不醒，你若有解药，快些拿出来；只要能够把堡主治好,我们决不杀害你。"

那妇人也说道:"请教姑娘芳名,是何处人氏,谅也是个有来历的人,方能使用此种毒药镖。你若能救好我的叔叔,我们一定释放你回去。"韩小香见他们说话很有诚意,便道:"你们放了我起来,我再回答。"少年连忙俯身将她的绳子解开。

韩小香站起身来,拍了拍身上的灰尘,说道:"我姓韩,名小香,乃是苏州韩家庄韩天雄的女儿。只因我全家被荒江女侠等杀害,我恰巧在外祖云中凤萧进忠家里居住,所以虽然没有被害,可是已弄得无家可归。多年来漂泊江湖,一心想要找仇人,为我父复仇。今日路过此地,逢你们来行劫。我欲取胜,所以用镖打伤了你们的堡主;幸我身边带有解药,可以救治的,请你们放心。不过也要请你们详细告诉我,堡主是个何许人物?"

妇人笑道:"我名沈洁贞,我丈夫是谭邦杰,本为这里的堡主,雄霸一方,江湖上颇有英名。姑娘方才说你是云中凤萧进忠的甥女,莫非就是那卫辉府的萧老英雄吗?先夫在日也曾拜访过萧老英雄,叙谈甚欢;至于尊大人韩天雄,我们也是闻名的。如此说来,我们好像是一家人了。"小香点点头,那少年在旁听着微笑。

沈洁贞继续说道:"先夫逝世后,他的兄弟铁棍谭二做了堡主,和几位同道朋友行侠仗义,称霸绿林,在山东道上也有些威望。方才我叔叔得罪了姑娘,中了你一镖,药性发作,痛得昏晕过去。

"我们知道姑娘使用的必然是一种毒药镖,倘要到别地方去讨药救治,恐怕是时间不及,所以我想来问问姑娘。现在彼此既是一家人,望姑娘速速取出药来,救活我叔叔,我们决不难为你的。"说到这里,又指着那少年道:"这位就是小子龙陆翔,是堡主的好友。"

韩小香遂向陆翔点点头道:"陆君真好枪法,不愧小子龙之名。"陆翔道:"适才得罪姑娘,幸恕无礼。"韩小香又道:

"铁棍谭二现在哪里，我可去看看他，必能救活的。"

沈洁贞听了大喜，遂和陆翔引导着小香走出室来，往里间甬道中曲曲弯弯地走去。穿过了许多庭院，才到一间室前，门口两个大汉站着，见了韩小香，都向她怒目而视。沈洁贞一掀门帘，三人走到室中，见是一间卧室，收拾的很是洁净，陈设也很富丽，室中站着几个人，都是满面愁容。

陆翔对他们说道："这位姓韩的姑娘，原来就是云中凤萧进忠的外甥女。说起来大家熟悉的，她有解药可救堡主的性命。"众人听了，都转忧为喜。

沈洁贞引导小香走到里面炕边，见炕上睡着那个铁棍谭二，双目紧闭，脸色惨白，口里只是呻吟不绝，已昏迷不省人事。袒着左肩，露处镖伤之处，坟起如桃，淌出黑色的血水来，旁边有一个丫头用手巾代他轻轻拭去。

韩小香便教人拿一杯热水和一碗清水来，从她身边掏出两个小小银瓶，先倒出两粒赤色的药丸，研碎了化在热水里，教人把谭二的牙关撬开，将这一杯药完全灌了下去；又从一个瓶中倒出一些白色的药粉，自己先托着那碗清水，用手巾将谭二的创口洗拭干净，然后把药粉敷上，再用布层层扎缚好，便说："到今天晚上就可以止血停痛，明天便若无其事了。现在大家可退出去，让他安睡为妙。"众人听说，一齐退了出去，独有沈洁贞伴着小香到内室去座谈。

不多时天色已黑，沈洁贞陪小香吃晚饭，特辟一间精室留小香下榻。次日清晨，小香梳洗后，早有一个小婢捧上一碗莲心粥来请她用早点。她吃罢了粥，就见沈洁贞满面笑容地走进来对她说道："妹妹的药果然非常灵验，我叔叔已起来吃早饭，没有事了。他在外边要请姑娘去一见哩，我引导你去可好？"小香点点头，便跟着她一同走到外边一个小轩里，见铁棍谭二和陆翔等几个人都坐在那里。

小香走进轩时，款摆柳腰，向众人行了一个礼，大家一齐站起身来招呼，请小香和沈洁贞一同坐下。庄丁献上茶来，谭二遂向小香道歉，并谢她相救之恩，小香也告罪数语。

谭二指着旁边坐的满脸疤痕的汉子道："这一位就是何疤痕，是先兄的金兰之交。"又指着一个瘦子道："这位姓余，名自异，别号瘦猴，和陆兄弟都是我们的心腹。还有一位姓戴的弟兄，有事到南边去了，尚没有回来。咱们五人在这里八里堡齐心协力，专杀贪官污吏，劫掠富商大贾，不失侠义之行。姑娘难得到此，且请宽留数天！"

韩小香本来无处容身，见他们都很诚恳，遂答道："承蒙不杀，推诚相待，敢不如命。"沈洁贞在旁笑道："这叫作不打不相识了。"谭二大喜，便问起韩家庄的事。小香把她父亲的罪恶隐蔽，反说得荒江女侠等如何残暴不义，自恃是昆仑门下，专和江湖上人寻衅作对。

谭二等听着，都说："姑娘的仇人也就是咱们的仇敌，将来荒江女侠倘然经过这里，必要把她碎尸万段，以报姑娘的大仇。"这天谭二特设置丰盛的筵席代小香洗尘，尽宾主之欢。

小香一连住了几天，谭二等十分优待。一日黄昏时，小香独自室中，支颐静思，想起了慕兰和程远，心中说不出的恼恨。忽见沈洁贞走来，坐定后，便带笑问道："姑娘可曾许字人家？请你老实告诉我。"小香摇摇头道："自经家祸，漂泊天涯，大仇未报，尚不敢谈及婚姻之事。"

沈洁贞道："这样很好，我现在有一句冒昧的话，请妹妹不要见责。因为家叔谭二于去年遭逢鼓盆之痛，至今还未重续鸾胶，一向没有相当的人。今见妹妹武艺高强，容貌美丽，正合家叔的意思。所以他中了你的毒药镖，一些没有怨恨，反十分佩服，教我来做媒。倘蒙不弃，请妹妹允许，便是家叔之幸了！"

小香听了这话，粉颊微红，默然无语。沈洁贞又道："府上已是没有他人了，妹妹可以自己做主，请你答应了我的请求吧！大约这也是很巧的姻缘哩。"

韩小香近来很有标梅之感，眼看慕兰和程远订婚的成功，她的心里又妒又怨，燃起了青春之火，觉得自己一个人踽踽凉凉，好生没趣！现在无意中到这里遇见了铁棍谭二，那谭二的容貌虽及不上程远，但也是个五官端正的少年。所以经沈洁贞一说之后，心中不能无动，便说道："我是畸零的孤女，蒙你们相爱，十分感激，姊姊的说话敢不听从。"

沈洁贞听小香已允了，自然非常快慰，立刻去谭二那里报告喜信。谭二将得美妇，不胜之喜，便和他嫂子商量，择定吉日，赶紧要和小香成婚。

次日，这个消息传出去，众兄弟无不欢喜，预备大吃喜酒。谭二忙着布置新房，沈洁贞也尽力相助，把新房装饰得非常富丽，小香见了，颇觉快意。到了那天，悬灯结彩，远近绿林中的朋友都来道贺，见了小香貌美，都说谭二得此美妇，艳福不浅，足足热闹了三天方散。

谭二和小香结缡后，颇谐鱼水之欢。也是恰巧有事发生，小香要游泰山，谭二特地和余自异一同陪伴她去，不料在归途旅店内忽然逢见了荒江女侠等一行人。小香在门帘里首先窥见，恐被玉琴等瞧见，立即躲避开去，这就是玉琴等宿店时窗外望见的苗条人影了。

小香见不但琴、剑二人在一起，而且程远和慕兰也一同跟着女侠，竟使她有些莫名其妙，猜想上去，或是程远介绍的。现在这四人都是自己的仇敌，如何不想复仇！便告诉谭二和余自异说道："对面房里就是荒江女侠等众人。"

二人听了，便出来窥探一番。依着二人的主张，便想在半夜动手去行刺女侠；但韩小香知道玉琴等四人的厉害，自己只有三人，动起手来，决无便宜可占。她想来想去，想定了一条计策，和谭二等说了，二人也都赞成，因此这夜安然过去。

小香不欲被玉琴等瞧见，遂一早离开旅店，赶回八里堡。和陆翔、何疤痕见面后，又将旅店内相逢女侠等情形告诉他们听。

何疤痕忍不住大声嚷道："你们既和仇人相见，为什么不下手呢？"小香便说女侠等剑术如何高强，不易取胜。陆翔有些不服气，也说道："嫂嫂如何长他人威风，灭自己锐气。见了他们不动手，还有何日可能复仇呢？"

小香道："你们莫要心急，我有一条妙计，管教他们堕入彀中，一网打尽。"何疤痕道："嫂嫂有何妙计？"小香道："这里众人除了我以外，和他们都不相识，我已探知他们是北上的，那么必须路过此地。你们不妨上前去候见，却用甜言蜜语将他们诳到堡中，然后在酒中暗置迷药，请他们吃了，可以手到擒拿，不费吹灰之力；那时待我细细摆布他们，报仇雪恨。况且萧慕兰和我是表姊妹，她竟会甘心事仇，忘记了自己人，那个姓程的小子也和我有仇的，我也不肯轻恕他们。你们可以说起这里谭邦杰和我外祖父相识的事，更使他们深信了。"

小香说完这话，陆翔道："此计虽好，然而是个阴谋，胜了他们也是不武。万一他们不肯来时，岂非枉用心思。在我看来，他们未必是个三头六臂的人，怕他们做什么！不如同他们明枪交战，凭我们几个人的力量，也足够对付。何必鬼鬼祟祟，用这种诡计呢？"

小香听陆翔说她鬼鬼祟祟，心中有些不悦，便道："你不要自恃本领。我同他们交过手的，所以深知一切，动起手来时，我们没有把握的。还是我的计策稳妥，叔叔若然不信，必生后悔。"陆翔气得"啊哟哟"叫起来道："你们都怕荒江女侠，独有我小子龙陆翔却不佩服！你们请照计行事，我可单枪匹马，先去和他们拼个高低。"何疤痕道："我也愿和陆兄弟同去厮杀一阵。"

谭二见小香和他们意见相左，深恐彼此闹出不欢的事来，遂说道："你们都说得不错。陆、何二兄既然喜欢和女侠等决一雌雄，那么可让你们二人先迎上去，交起手来，我和余兄随后赶到。倘然你们可以得胜，这是最好的事；否则我们可以上前劝和，仍可进行小香所定之计。"陆翔听谭二这么说，也无异议，便和何疤痕带了军器，各跨骏马，离了八里堡，向南而去。

他们起先见了玉琴，要试试人家的动静，所以疾驰而过；后见女侠等十分镇静，不动声色，遂回马过来挑战。交手后，方知小香之言并非代敌夸张，自己本领虽大，也难取胜。后来谭二等来了，方照着小香之计，哄骗女侠等到堡中设宴款待，小香躲在屏后指挥。第一壶的酒没有放药，谭二先举杯畅饮，不料第二壶中已有迷药了！剑秋等虽然精细，怎难免中他们的诡计呢！

小香从屏风后跳出来，见四人一齐跌倒在地，这一喜真是非同小可。大家前去将他们身边带的刀剑和镖囊一齐摘下，然后唤庄丁把四人舁至土牢里去，将手足用铁索缚住，严加锁扃；料想这一遭他们没有羽党在外，一定不能幸免了。

依着谭二的意思，便要在今夜结果他们的性命，但因小香想后天是她父韩天雄的生日，所以要在那天特地安置灵座，遥遥致祭。将剑秋、玉琴二人在灵前跪祭，然后剖腹挖心，以报杀父之仇；同时也要将程远、慕兰羞辱一番，一并解决。谭二等见小香如此主张，因是她的仇人，大家没有异议，何疤痕却说："便宜这四个坏蛋多活一天了。"

这土牢是在堡的后面，十分秘密，外间人不易进去；上面都用大石盖成，只留着一扇铁门可以启闭，在土牢内可以说是暗无天日。他们四人中了迷药，昏昏沉沉地失去了知觉。

到了第二天，玉琴因为喝得最少，药性已脱，渐渐苏醒转来。张眼一看，四面漆黑，她凝神想了一想，方知中了山东响马之计，陷在仇人手中。但不知韩小香怎会在这里，大约都是她指使的了。现在不知被他们囚在什么地方，如何脱身呢？

她觉得手足都被铁索缚住，要想运气挣脱，但只断了脚上一根绳索，至于铁索却不能迸断。暗骂一声："狗盗。"竟用双重束缚，使自己无法摆脱。听了四下里没有声音，运用夜眼看时，见剑秋等三个黑影都横到一边，却辨别不清了。玉琴忍着一肚皮气，躺在地上，想不出方法来脱险，回忆昔日宝林寺中也曾堕入陷阱，卒能绝处逢生，然而今番在这里恐怕难免了！

她这样躺着，经过了不少时候，也不知是在白昼或是在黑夜，忽听身旁有微微叹气的声音，知是慕兰醒了，遂低声说道："慕兰妹，我们中了奸计，被他们监禁在这里。方才你可瞧见韩小香吗？"

　　慕兰道："是啊，我们和山东响马无冤无仇，必然是韩小香唆使的。她自从红莲村行刺不成，负气出走以后，竟会在这里和响马勾搭在一起。我们不幸遇见了她，如今都是她的仇人了，一定不肯放松。小香的心计狠毒，我悔不该以前和她相亲的。"

　　玉琴道："这些话不要说吧，我和你都醒了，但他们二人兀自沉沉地睡着，不知何时方醒。我一人已醒有多时，却不明白小香等为何不来下手，难道等什么好时候吗？我肚子里也觉得饿了，想趁他们没有下手之前，我们总要做最后之挣扎，以谋脱险。"

　　慕兰道："姊姊的话不错。只是我们手足都被铁链缚住，兵器也被他们取去了，如何是好？"玉琴道："我以前几次遇险，都能化险为夷的。在我身旁正有石壁，不如你我滚到石壁旁，把手上铁链用力向石壁上去摩擦，也许可以断的。"慕兰说一声："好。"于是二人滚至石壁旁，背着身子，将手腕上的铁索向粗糙不平的石壁去摩擦。

　　擦了好多时候，果然玉琴的手腕上有一端先断了。玉琴大喜，遂用力脱去手中的束缚，再将自己的足上的铁索松去，跳起身来，顿觉四肢活动。那时慕兰也如法炮制，磨断了铁索。两人都恢复了手足的自由，又过去将剑秋、程远的束缚解开，但二人还没有醒，无法可想。遂又向四边去摸索，摸到了一重石级，两人一步一步地走上去；上面有物碰着头顶，仔细一摸，乃是一扇很厚的铁门，紧紧盖着。

　　玉琴和慕兰一齐用力向上推动，但是休想推动得半点儿，玉琴道："倘然我的真刚宝剑在身边时，便好徐徐劈开了，现在却想什么法子呢！"二人不得已走下原处，坐在地上，正要商议怎样设法出这土牢,忽听上面铁门声响,玉琴对慕兰低声道:"不好,他们有人来了!我们快些睡下,假做昏迷,俟他们下来,见机行事;倘能夺得兵刃,就可以对付了。"二人连忙依旧睡下,玉琴张着一半眼向上窥时,见铁门慢慢地揭开来,有一些火光在风中闪动不已。再仔细看对方,见有一个虬髯大汉,一手执着烛台,一手托着一碗水,悄悄地从石阶上走下土牢来。他手中没有兵器,不像是来下手的;玉琴和慕兰亦假睡不作声,瞧那人的动静。

大汉走到地上,将手中的烛台向地下的四人照了一照,早瞧见了剑秋,便微叹一声道:"好一位昆仑剑侠,是人间的奇男子,却中了人家的诡计,死期不远了。我若不来救他,岂不可惜!"玉琴、慕兰在旁听得这话,方知这大汉是来援救的,幸亏自己没有动手,遂一骨碌坐起来。那大汉吃了一惊,退后一步,便说:"怎的怎的?"

玉琴道:"我们饮了人家的迷药,却比较清醒得早,正在想法出险。你是何人,是不是诚意来相救的?"

大汉点头道:"你们看我手里没兵刃,当知是来援救的,你们两位姑娘中间,哪一位是荒江女侠?"玉琴把手指着自己道:"我就是方玉琴。"大汉道:"闻名已久,今日幸得相见,果是奇女子!现在我先救醒了岳爷,再和姑娘细谈。"

他说罢,便喝了一口清水,看准剑秋面门喷去,一连喷了三口,又到程远那里去照样喷了。玉琴、慕兰都过来向二人身上摇撼了数下,剑秋和程远一齐苏醒,坐起身来,瞧见玉琴、慕兰蹲在身旁,对面又立着一个虬髯黑面大汉,不胜惊讶。

剑秋对玉琴说道:"方才饮酒时,明明见韩小香指着我们说:'倒也,倒也。'以后我遂昏迷过去,怎么又在这里?"

玉琴尚未回答,那大汉已向剑秋点头说道:"岳爷,你还认得我吗?"剑秋借灯光定睛一看,便道:"壮士,你可是在淮阴关帝庙相逢的赛周仓戴超吗?"

戴超点头笑道:"好!岳爷还认识我。此次铁棍谭二等向你们寻仇,都是韩小香一人的阴谋。我就是这里的弟兄。老实说,我们都是山东道上的响马,在黄河北岸是很有势力的。谭二为人尚好,小子龙陆翔等是绿林中豪杰之士。

"最近两个月,我有事情南下,好久不在堡中。前次和岳爷相遇后,我又在徐州逗留了多时,恰巧今天早上赶回来,他们把用计擒住你们的经过详细告诉我听。我方知谭二已和韩小香成婚,而韩小香是大盗之女,和岳爷等有杀父之仇,在旅店内恰巧相逢,小香恐力不足敌,遂想出这条毒计,引你们入彀的。

"明天是小香亡父生日,所以把你们紧闭在这里,预备明朝把你们剖心致祭。我听了,不觉暗暗吃惊,表面上随众附和,心里却细细思量,岳爷等都是当世侠义的英雄,倘然这样死于非命,岂不可惜!何况岳爷以前曾来援救过我,岂能相忘?不过我若救了你们,却又好像做了奸细一般,也有些对不起自己兄弟。左思右想,非常为难,此事不能两全,非牺牲一方面不可。想了好多时候,我遂决定先救了岳爷等再说,所以捱到这个黄昏时候,偷了钥匙,独自冒险到土牢里来救醒你们。却不料两位姑娘先醒了,使我快慰得多。"

玉琴听戴超说完话后,便将自己和慕兰怎样脱去束缚的事补告一遍,且说:"若没有戴君前来,我们一时难以想法闯出铁门呢!"剑秋遂向戴超道:"承蒙你冒险相救,我等感激无涯。"

戴超说道:"岳爷不要说这话。我前在关帝庙里被那道人困住,不得脱身,若无岳爷,我已不在人间了。此刻我救了你们,心头很是快活,但请你们快快离开这里,免得泄漏了,又要引起一场恶战,使我左右为难。"

程远道:"不错,只是我们的宝剑、镖囊都被他们夺去,手中没有了家伙,十分不便。而且都是我们的爱物,不知你可能想法代为取还,那就更好了。"戴超道:"也罢,待我再去设法取来,诸位请在此稍待。"说着话,便将烛台留在地上,回身走上去，仍把铁门轻轻盖上，悄然去了。

玉琴等坐在土牢里，守了好多时候，不见戴超回来。玉琴道："我们方才没有跟他一同出去，这是失着。倘然他事机不密，被他们瞧破了，怎能再来援助我们出去呢？不知这铁门可曾锁着？"

剑秋闻言，立即跳到上边，推动两下，便跳下来说道："这铁门并未锁上，我们再等一刻，倘戴超不来时，我们也可走到了上边再说。"慕兰道："也好，我们留心着外边，不要被他人锁上了。"玉琴道："还是先出去吧！凭着我们四个人，八条手臂，也足够对付他们了，何畏之有？"

大家说着话，只见上面的铁门又开了，戴超双手挟着许多东西，走将下来。众人大喜，戴超把手里的东西放在地上，对剑秋等说道："我探听了藏物的所在，被我偷取出来，请你们自己拣取吧。"

剑秋等见宝剑、镖囊等物都在，于是剑秋取过自己的惊鲵剑，玉琴取过真刚宝剑，慕兰拾起自己的双刀和袖箭匣，程远也佩上百里剑和镖囊。见戴超手里也拿一柄朴刀，剑秋又向他道谢。

回顾烛火将尽，戴超道："我来引导诸位出这堡吧！最好不要惊动他们，我也不能再和他们相见，决定跟诸位同行了。"剑秋道："很好，你若不愿再在这里，我也有个地方介绍你去。"

玉琴瞧着慕兰说道："我们这样悄悄一走，却便宜了韩小香。依我的心里，不如把她杀却，斩草除根。"剑秋道："我们离开了八里堡再说，下次我们路过这里时，必定要去找她的。"于是戴超当先，众人跟着他走出土牢。一阵凉风吹来，身上顿觉爽快得多。大家吐了一口气，蹑足走出。

剑秋等本不欲多惹是非，刚想越屋而行，恰巧几个庄丁巡逻至此，剑秋等躲避不及，撞个正着。玉琴跳过去，把一个庄丁砍倒在地，一个庄丁敲起锣来，其余两个早逃去报信。剑秋对戴超说道："恐怕我们跑不了，只好厮杀一阵，对不起你了。"戴超见事已如此，也无话可说。

一会儿看见韩小香和铁棍谭二带了庄丁，点亮火把，追到后面来。谭二一见戴超，便指着他骂道："你和我们相聚多年，想不到竟会窝里反，真是没有心肝的混账东西！今夜先结果你的性命，以泄我恨。"说罢，一摆手中铁棍，跳将过来。

剑秋拦住他厮杀，小香正想上前助战，忽见程远将手一扬，便有一镖向她面门飞去。小香急忙将头一偏，让过这镖。不防接着又有两镖首尾相接而来，韩小香把手去接第二镖时，第三镖已到胸前，疾如飞电，正中酥胸！大叫一声，跌倒于地。玉琴跑上去，手起剑落，鲜血四溅，身首早已异处。

谭二见了，心里一阵凄惨，手中棍法一个松懈，却被剑秋一剑刺入腰窝，跟随小香同归地府。这时候小子龙陆翔、瘦猴余启异、何疤痕等三人，各执兵刃杀将进来，一见谭二夫妇都被伤害，一齐便向剑秋等决斗。

陆翔此刻不使长枪，手中却拿着一对李公拐，程远舞动百里宝剑迎住他，斗在一起；瘦猴余自异挥动双刀奔过来时，慕兰接住；何疤痕大吼一声，挥动手中双斧跳过来，活似一只疯虎，玉琴舞剑接住他便战；剑秋和戴超却在旁观战，庄丁们知道二人厉害，也不敢上前撩拨。

余自异和慕兰斗了四十多回合，被慕兰觑个间隙，左手刀压住他的双刀，右手一刀劈去，喝声："着。"余自异不及躲让，早被削去半个天灵盖，倒在地上，眼见活不得了。

何疤痕十分勇猛，手中双斧只向玉琴上下横扫，玉琴料此人可用智取，便故意卖个破绽，让他砍入；何疤痕的双斧已卷到她的臂下，玉琴忽地将身子一侧，疾飞一足，正踢中何疤痕的右腕。

何疤痕喊了一声："啊哟！"右手一柄斧早已抛落。玉琴一剑正刺他的胸前，何疤痕把左手斧去拦隔时，玉琴顺势往他手腕上一削；何疤痕又是一声大叫，左手无名指已被削去半截，左手的斧头也抛去了。要想回身逃遁，剑秋已一个箭步跳到他的身后，飞起一脚，把何疤痕踢了一个仰面朝天。

玉琴大喜，踏进一步，要想去按住他时，不防何疤痕陡地飞起一腿，已到玉琴胸前。幸亏玉琴让得快，没有被他踢中，但玉琴芳心早已着恼。手中宝剑一挥，何疤痕已被劈为两段。

此时只剩小子龙陆翔尚和程远狠斗，他见弟兄们都已被害，自己也不想活命了，使出平生本领，把双拐直上直下地向程远猛攻。这李公拐是兵器中很厉害的东西，程远剑术高深，所以抵敌得住。玉琴等也不欲以众胜寡，大家只在旁边瞧着，并不相助。

程远和陆翔又斗到五十回合以上，见陆翔精神抖擞，毫无松懈，遂想用妙计取胜。等到陆翔一拐向他上三路扫来时，程远迎着他把百里剑向上一削。只听"当啷"一声，陆翔右手的拐早已削做两截。程远已破了他的双拐，遂把宝剑紧紧逼过去。陆翔手中只剩一拐，抵挡不住。

这时候戴超跳过来，大声说道："这两位不要斗了。"程远闻言，便跳出圈子。陆翔也站定了，指着戴超说道："你喊住我们做甚？我们众弟兄在这八里堡聚义多年，你为什么一旦帮了外人，反引外人来杀害我们自己弟兄？你瞧这些死在地上的众人，抚心自问，能够对得住吗？"

戴超把朴刀向地上一插，对陆翔作揖道："陆兄弟莫要见怪，这一位岳爷和荒江女侠等都是当世英豪。我南下的时候，岳爷曾救过我的性命，此刻我闻他们中计被擒，我被良心驱使，不得不去援救他们。

"本来我和诸位侠士想悄悄地走了，免得大家火并，却不料小香、谭二等追来，以致大家动手。现在谭二等已死，我是非常抱憾的，但也是无可奈何的事。陆兄弟是我最敬爱的人，我不忍见你同归于尽，所以请你不要恶斗，大家歇了手，有话再讲。"

陆翔冷笑一声道："这样说来，我要多谢你了。但不知救了他人害了自己弟兄，你忍心独活吗？"

玉琴忍不住，抢上前说道："姓陆的，你既然是个好男子，应该辨别是非。须知我们本和你等无冤无仇，不过因为韩小香的关系，遂成敌对；你们听了她片面之言，使用诡计把我们迷倒，已欠光明态度。何况韩小香是巨盗韩天雄的女儿！

"韩天雄在世时多行不义，犯了许多血案，所以我们前去把他们诛灭，独有小香一人漏网。她若是明白大义的，应该痛自忏悔，善改父过。但她几次三番向我们寻仇，当然我们也不能不把她诛掉。照了你的说话，那么只许盗匪杀人，认为是正当的事；而除暴诛恶的都是杀不可恕的人物了？我瞧你的本领是很好的，高出谭二等数倍，何必终身埋没在盗窟里面，做椎埋健儿，岂不可惜？不如及早改变你的方针，做些利人益世的事业，望你仔细思量一下吧。"

陆翔被玉琴这几句话打动了他的心，低着头不出一声。戴超跑过去握住他的手道："陆兄弟，请你原谅，我们在此口说仁义，终究是个强盗，不如就此洗手吧。"陆翔长叹一声道："也罢，我对不住死者了。"把左手的李公拐抛在地上，便走过来和剑秋等相见。剑秋见陆翔已是顺服，心里暗暗欢喜。

戴超便吩咐庄丁退去，不得乱动，庄丁自然听令。于是戴超、陆翔便把剑秋等让到外面厅上坐定，戴超因众人已饿了好多时候，遂叫厨下预备菜肴和饭；陆翔又到里面去见沈洁贞，商量如何收殓谭二等死尸。沈洁贞呜呜咽咽地哭着，请陆翔保护，陆翔说了许多安慰的话，吩咐众庄丁暂把谭二等尸骸一齐移到另外一间屋子里去，他自己又出来陪剑秋等吃饭。

席间论起江湖上的事情，以及昆仑派的情形，陆翔听了不由佩服，剑秋便对他们二人说道："你们大约也不欲再居此地了，待我介绍你们到一个地方去，比较平常的绿林生涯好得多了。"戴超欣然叩问，剑秋遂又将螺蛳谷袁彪等如何网罗豪俊，志谋革命的情况略述一遍，二人听了，都愿前去共图事业。

餐后，剑秋便教戴超取过笔砚纸墨来，修书一封，介绍二人前去相见。戴超接过书信，向剑秋道谢，陆翔道："我们须在这里帮同谭大嫂子妥办谭二等丧事，过后方能动身。"

剑秋道："很好，这也是你们分内之事。但我们在天明后就要走的，还有一件可虑的事：我们把谭二等杀了，却一走了事，留下你们二人在此，未免有些不放心，倘然谭二别的朋友前来向你们责问，你们当得起这责任吗？尤其是戴超君，更是危险。"

戴超道："大家都知道我是个粗汉，没有心计的。我所以救援诸位侠士，欲报前恩，且不忍坐视诸位被人暗算，并非故意和谭二作对。不料小香等追来，遂致演出这幕惨剧，岂是我始料所及的呢！倘有人来问我时，我也是照实说。大丈夫生而何欢，死而何惧，请诸位不必代我过虑。"

小子龙陆翔也说道："戴大哥的话说的不错，倘有人来找他说话时，我必代为辨白；并且我们在这里至多逗留几天，也就要动身的。"剑秋听陆翔如此说，稍觉放心。

一会儿天色已明，剑秋等找到自己的房里，叫庄丁牵出他们的坐骑来，便要告别登程；戴超和陆翔送出八里堡，看剑秋等坐上马鞍，遂留住脚步，道声珍重。

剑秋也道："你们到螺蛳谷后，袁彪必能竭诚款接。寄语袁彪，我们不久也要去拜访他们，欢聚一番的。"戴超和陆翔听了，更是快然，直看到四人的坐骑往前驰去，没入官道中，然后回去料理丧事。

剑秋等在路上跑了数里，回顾牛头山，已在背后。玉琴喜孜孜地对慕兰说道："我们在旅店里早已遇见谭二等了，韩小香故意避匿不见，特地想出这种诡计来陷害我们，只怪我们待人太直了，所以着了她的道儿。亏得戴超前来援救，这个人说话做事十分爽快，很够朋友的。"剑秋接着说道："先前在淮阴，无意中和他相遇，助了他一臂之力，今日得到好的结果。可知救人便是自救，不是白白的！"

玉琴道："他的那张脸，确乎像周仓，当他走下土牢来的时候，我也吓了一跳。但是我和慕兰已想法脱去束缚，他们若要加害，我也要和他们拼死决斗一下。"

剑秋道："这也是我们命该不死。听戴超说，小香擒住我们后，因为要等到今天她亡父韩天雄生辰的时候，把我们剖腹献祭，所以把我们关在土牢里；不料这样反使我们绝处逢生。小香地下有知者，将不胜悔恨了。"

慕兰道："小香虽是我的表姊妹，但后来我已看出她的心肠狠毒，因此分道扬镳，绝交不顾。她本和姊姊等有宿仇，但连我也要杀害，不是狠毒太过了吗？"

程远道："我前次差些儿中她的毒药镖，她的镖法比较我略逊一筹，未可轻视。所以我昨晚一见面后，先发制人，立即施放三枝连珠毒镖，饶她怎样避得快，也吃了我一镖。那也可说是她的报应到了。"

玉琴道："所以一个人本领不是十分可恃的，心术必正而行为必光明，才不会失败。"四人这样说着，心中很觉爽快，琴、剑二人跟着慕兰、程远转道往卫辉府而来。

这一天早到了卫辉城外杨柳屯，慕兰瞧见故乡景物，心里更觉得说不出来的欢喜。行至庄前，早有一个庄丁瞧见小姐回来，连忙进去通报。慕兰引导着三人走入庄内，只见她的老父云中凤萧进忠和她的母亲等，一同在大厅上迎候；慕兰连忙上前拜见，自认不孝之罪。

萧进忠见他女儿重返故乡，如何不欢喜？以前的恨气早已消释，双手把她扶起。萧进忠又和玉琴、剑秋相见，不胜惊异，慕兰笑道："以前是敌人，现在都是良友了。少停当将女儿出去的经过禀过父亲。"遂又介绍程远上前相见。

程远见萧进忠银髯皓首，年纪虽老，而精神矍铄，气宇不凡，不愧是个老英雄。萧进忠也见程远剑眉星眼，年少翩翩，和岳剑秋立在一起，真是一时瑜亮，无分轩轾，暗暗钦佩。却不知程远就是他未来的雀屏中选之人呢！

相见后，萧进忠便让他们到书房里去坐。慕兰见众人都在眼前，独有她的哥哥慕解不见，便向她父亲问道："我哥哥在哪里，怎么不见他的面呢？"

萧进忠叹了一声道："你哥哥昨夜受了伤，睡在里面，所以不能出来相会。"慕兰听了，骤吃一惊，忙又问道："爹爹，我哥哥如何受伤的？莫非有什么决斗之事。"萧进忠道："烦恼皆因强出头，讲起此事也很长，总之也是为了你和小香出走的原因，生出这个岔儿来的。老夫老矣，现在幸有女侠等和你同来，也许可以相助一臂。"

慕兰听了这几句话，更是不能明白，玉琴等也觉其间必有奇突的事。慕兰是性急的人，要求她父亲快把这事讲个清楚，于是萧进忠一捋颔下银髯，把那事滔滔地讲了出来。

第七十六回

夜雨孤灯闻歌救弱女
单刀匹马退敌显神威

天下惟有年老的父母，舐犊之情甚深。慕兰和小香昔年为了她父亲的怪怨，心头恼怒，立刻背着老人家往外边一走，好像今后海角天涯，一任漂泊，再不回家的了。

但是萧进忠夫妇二人，为了女儿负气离家，心里也觉得闷闷不乐。起初萧进忠以为女儿不孝，也不想去找她；然慕兰的母亲不忍爱女远离膝下，天天在萧进忠面前絮叨，要萧进忠父子出去找寻慕兰回来。萧进忠一则见她的老妻抑郁不欢，恐防损坏她的健康；二因慕兰本是他掌上的明珠，自己一身的武艺都传授给了她。论起本领，慕解反不及慕兰。平日常依依身畔，现在人如黄鹤，不知何日回来？心中怎能抛得下！所以答应了他老妻的要求，决定自己出去找寻慕兰。

想起他的妹妹远嫁在扬州，也许慕兰和小香投奔那里去的，自己先要到那边去看看，顺便访问亲戚。慕解得知这事，便自告奋勇，愿代他父亲去走一遭，且说父亲年老，不宜出去跋涉，要保重金玉之躯。

萧进忠冷笑道："你父亲年纪虽老，手中宝刀不老；久居家园，筋骨都懈弛了，正好出去走走。你可留居庄中，好好儿侍奉母亲，照料一切。"慕解见老父主意已定，遂不敢说什么。

萧进忠即日束装登程，带上昔日常用的一柄大环金背刀，跨一头骏马，离了家乡，赶奔扬州而去。到了镇上，径奔平家，和他的妹妹贞姑相见，小英也出来拜见舅父。阔别多年，相见甚欢。萧进忠便向他们问起慕兰和小香可曾来此？那时候恰巧慕兰等因小玉之邀，动身南下到红莲村孙家去代打擂台了。贞姑把二人来此安居的经过，告诉给她的哥哥听，萧进忠闻得女儿有了着落，心中稍觉安慰。

贞姑因她的哥哥难得到此，遂治盛筵款请，又教小英陪伴舅父出去游玩本地名胜。萧进忠在平家一连住了十多天，又渡江去游过了金、焦二山，心中非常畅快；想要再到红莲村去一行，贞姑却劝他不必跋涉，慕兰等去时曾说不久就要回来的。

萧进忠又住数日，觉得有些无聊，便要回家去；托他的妹妹等慕兰回扬州时，劝她等早早回里，免得父母盼念。贞姑一口担任，好坏必要劝慕兰重返故乡。萧进忠知道慕兰很肯听贞姑说话的，稍觉放心，便向他妹妹告辞而行，贞姑又送了扬州的许多土产。

萧进忠依旧骑着骏马回里，路中很是平安，没有遇到什么盗匪。这一天早到了一个村庄，名唤豹子沟，离开归德尚有十多里路，天色已晚，遂向一家逆旅投宿。那地方的旅店十分隘陋，客人不多，萧进忠便选了一间比较干净的上房住下。

晚餐后忽然下起雨来。他在灯下独坐了一会儿，想要解衣安睡，忽听门上剥啄有声。他就问一声："是谁？"外面却没有答应，依旧用指轻轻敲着。萧进忠觉得有些奇怪，便立起身来，走过去开了房门，便有一个年轻小姑娘掩入房来，背着灯光站在一边。

萧进忠细细一瞧，见这位姑娘年纪不过在十五六岁左右而已，梳着一条很光滑的大辫，身穿一件青条白底的大褂，下穿一条黑裤，踏上一双绣花弓鞋；一双莲瓣窄窄地，瘦小得很，手里抱着琵琶。因为她背转着身,所以脸儿还瞧不清楚。

萧进忠瞧了这个情景,知道这是走旅店兜搭生意的土娼;自己年纪已老,哪有这种风情!但这小姑娘走了进来,并不眉开眼笑的向人施用狐媚的手段来诱惑,却羞人答答地不声不响,遂不忍加以喝叱。勉强笑了一笑道:"姑娘,你走错了地方,我是一个银髯皓首的老头儿,怎有心思和你厮缠,你还是好好地出去吧。"

萧进忠说了这话,见那小姑娘耸动两肩,忽然啜泣起来了。萧进忠更要奇怪,便走到她的面前去,伸手轻轻把她低倒的头抬起来看。姿色生得也很美好,不过两颊瘦一些,虽然搽上胭脂,未免有些病容;双目泪珠晶莹,点点滴滴地落到衣襟上。

萧进忠忍不住又说道:"奇了,我好好地和你讲话,为什么哭将起来?莫非你心里有什么委屈。"

那小姑娘听了他的话,颤声说道:"你老人家做好事的,救救我吧!"萧进忠见她可怜的样子,动了恻隐之心,便教她在沿窗桌子边坐下。

她侧着身子,一半儿坐着,抱着琵琶,半遮她的脸儿。萧进忠也在桌旁坐下来,拈着胡须问道:"瞧你的情形,当然是这里的土娼了,但是你做甚么哭哭啼啼的,使人不明白了。你姓谁,名唤什么,家里有什么人,是不是有人逼你为娼的?不妨老实告诉我听。"

那小姑娘见萧进忠状貌虽然雄伟,而吐语很是温和,像一位慈祥的老人,便收住眼泪,凄凄切切地说道:"我姓寇,名玉蝶,是一个孤苦伶仃的女儿。"她说到这里,又向外面望了一望,似乎恐防被他人听到的样子。萧进忠寂静无声地听她告诉。

寇玉蝶叹了一口气,又说道:"本是生在山东聊城的人。记得在四五岁时没了父母,被人拐骗到这里,在别人手里过生活,历尽许多痛苦。等我年纪渐渐长大时,他们便逼我为娼,想在我身上多挣几个钱。我还知道羞耻，起初不肯依从，他们把我毒打数次，弄得半死不活，不得已老着脸出来干这卖淫的生涯了。

"一年以来，虽然时常到客店里走动，但因我守身如玉，不肯玷污我的清白，只伴人家饮酒清歌，所以客人大都不喜欢我，而我也没有什么很多的钱拿回去，然而我的良心上未尝不稍觉平安。你老人家不知道，我的处境非常困苦而无处告诉的，想我自己命苦，所以有这样的遭逢，所以我也想救救他人。希望上天可怜我，将来或有脱离苦海的一日，为了这个关系，我更吃苦了。"

萧进忠听了这话，脸上露出奇异的样子，向她紧瞧了一眼，又问道："我听你说的话，有些不明白起来。你是一个可怜的土娼，被人家逼你如此，使我深表同情，但是你说救救他人，这又是什么道理？你自己尚不能脱身火坑，怎样援救他人呢？"

寇玉蝶被萧进忠这么一问，顿了一顿，然后说道："我瞧你老人家又威武、又慈祥，不比寻常的人，待我索性告诉你吧。我不但是一个土娼，而且是一个女盗。"

萧进忠听了这话，更是丈二和尚摸不着自己的头脑。寇玉蝶又回头望了一望说道："我们的家虽开这旅店，不过四五家门面。我的假父名唤九头鸟俞鹏，是豫东有名的大盗，和他的妻子曹氏，一生不知杀死了许多人命，都是在暗里做的，所以没能破案。那曹氏性情非常凶悍，面容生得丑陋不堪，常年蓬乱着头发，不事膏沐，所以人家起她一个别号，叫作蓬面狮子。见了她的面，宛如一个老乞婆，但她的本领却很好的。还有她的兄弟赛时迁曹七，专做些偷鸡摸狗的事，也住在一起的。此外还有俞鹏的一个结义弟兄，名唤白面熊李金发，也是寄居在此的。

"我被拐匪卖来的时候，俞鹏还有一个儿子，名唤慰祖，十四岁。俞鹏本想把我做童养媳妇的，因为儿子身弱，学不上武艺,他们夫妇俩便教我学习武术,悉心教授,我也就学得一二。可是不到一年光阴,慰祖忽然得病故世,他们俩遂以我为不祥的人,克死了他们的儿子,怨恨之气全发泄在我身上。尤其是曹氏,天天把我咒骂,甚至用皮鞭毒打,打得我体无完肤,也不再教我武艺了。

"后来我的年龄渐长,他们见我姿色尚佳,遂逼我干这卖淫生涯,一面借我去换取旅客的金钱,一面又教我窥探旅客腰边可有多金。倘见有行李丰富的,回去报告他们知道,他们便到店门口来候着旅客上道,一路暗暗地追踪上去,待到荒凉的所在,便可下手行劫。起初我告诉了两回,后闻他们因为旅客抵抗,竟把旅客杀死,我觉得这是极不人道的事,遂不敢说了。

"有一次,旅店里来了一位富家子弟,携带行李甚多,举止豪华,他见了我很是喜欢,要留我同宿。我暗想:他将要送掉性命,兀自在睡梦中,心中有些不忍,遂推托说我正逢红潮在身,多弹唱了几曲,到半夜告退,他赏我十两银子。我临走时叮嘱他,明天快快动身,不要在这里逗留,且应将行李暗藏,千万不可露出富贵的样子,因为此地很多杀人劫货的大盗,不能不留心防备。他听了我的话,脸上顿时变色,露出害怕的神情。我回家后也没有告诉他们知道,因此那富家子弟侥幸没有被劫。"

萧进忠听了点点头道:"你年纪虽轻,心术倒很正,可谓出淤泥而不染了。"

寇玉蝶叹了一声,又说道:"我虽救了他人,可是苦了自己。他们因我屡次没有报告,疑我不实,曹氏更把我痛恨。这几天旅客甚少,得不到油水,她时常要殴打我。你老人家来的时候,恰巧她在门前望见的,所以逼我过来,且对我说,今晚若得不到金钱,定要把我活活打死。我遂不得已冒昧叩门,惊动你老人家了。"

萧进忠捋着须说道:"原来如此,少停你还去时,不妨说我腰缠甚富，是一头肥羊，让他们明天跟上来行劫便了。"寇玉蝶咬着手指甲说道："我宁愿不干这事，只望你老人家给几个钱就是了。"萧进忠道："你既然不是俞鹏的亲生女儿，他们又把你如此虐待，你何必恋恋于他家，不如早早一走的好。"

寇玉蝶道："你老人家有所不知，一则我是一个年轻弱女子，外边没有一个人认得，要走时也无处投奔；二则他们人多手众，都是有本领的。我若逃了出去，也会被他们捉回来，反送掉我的命了！是以左思右想，进退狼狈。"说话时珠泪莹然，声音十分凄切。

萧进忠道："你确乎是一个可怜的女子，俞鹏在家吗？明天我去找他讲理。"寇玉蝶道："前天他和白面熊李金发都有事出去了，没有回来。曹氏是出名的悍妇，你老人家虽欲为我而去和他们讲理，但也是无效的；不但救不得我，反恐连累你老人家呢！"萧进忠微笑道："姑娘，你不要轻视老朽，须知老朽便是卫辉府的云中凤萧进忠，年纪虽老，手中的宝刀却不老。俞鹏夫妇虽是巨盗，不见得生着三头六臂的，何惧之有？"

寇玉蝶听了，且惊且喜，说道："我也听得他们说起过你老人家的大名，也有些忌惮三分，今晚我遇到了你，真是快活。"

萧进忠道："我很想援救你脱离这个苦海，但是俞鹏不在家里，我不能去见他。你且耐心等候，我回去后当托人出来，向他赎出你的身体。他若讲理的，老朽也不和他计较；万一不买我的面子时，老朽倒要和他较个高低。"寇玉蝶听萧进忠代她出头，自然心里异常感激；遂立起身来，放下琵琶，整整衣襟，向萧进忠跪倒娇躯，在地上叩了两个头。

萧进忠伸手把她扶起，说道："不要多礼。"又去取出五两银子给她带回去，算是缠头赞的，寇玉蝶接过说道："你老人家是我的恩公了，这样的大德教我如何报答呢！"萧进忠道："老朽也不过激于义愤，行其心之所安，岂望你的报答。姑娘你可回去吧，我倦欲眠了。"

寇玉蝶又说道："这里的人大都和他们串通一气的。前番我放过了那位富家子弟,已有人在曹氏面前故献殷勤,说我坏话;此刻我在恩公室中坐谈了许多时候,悄然无声地回去,也许他们要疑心我呢,不如待我歌唱一曲,然后再走。"

萧进忠道:"这样也好。"于是寇玉蝶拿起琵琶,紧了一紧轸子,轻拢慢捻,悠悠扬扬地弹将起来。樱唇轻启,唱出一支送情郎的小曲。歌词虽然俚俗无意,而珠喉莺声,清脆动听,加着琵琶的声音,也是弹得异常悦耳。萧进忠正襟危坐而听,较之浔阳江头,别自有一种凄怨。少顷,四弦齐声划然而止。

这时窗外雨声渐沥,风吹着雨打到窗上来,益发下得大了。寇玉蝶立起身来,对萧进忠说道:"恩公旅途多倦,我不敢多惊扰,就此告辞了。但请恩公把弱女子记在心上,他日倘蒙援救,使我早日脱离这个人间地狱,深恩大德,没齿难忘。"萧进忠点点头道:"迟早我必想法来代你赎身,老朽言出如山,决不失约。"寇玉蝶又说了一声:"多谢恩公。"抱着琵琶,走出房去。

萧进忠跟着立起,等寇玉蝶走后,把门关上,独自静坐一歇,听着窗外雨声,想起寇玉蝶方才的话。想不到自己在旅途客店之内,夜雨孤灯之时,逢到了这个姓寇的女子;她年纪虽轻,而能贞洁自守,不存害人的心肠,也是难能可贵的。我回去后,无论如何必要托朋友援助她出这个火坑,也不负我行侠仗义之旨。他因寇玉蝶而联想到自己的女儿,不胜惆怅!听远远打更的声音,更锣已打两下,于是解衣安寝。

次晨起身,盥洗后,推开窗来一望,见天上仍是阴霾未散,下着毛毛雨,想自己是动身呢,还是留在此间?但独处客店内,也是无聊。用过早餐,又走到店门外去望望。瞧见离开五家那边有一株大榆树,树后有数间瓦房;门前场上放着一副石担,还有一辆破旧的大车。暗想:这就是寇玉蝶的住处了,谁知那里面正有杀人不眨眼的大盗呢!那个九头鸟俞鹏不知究竟有多少本领?可惜不在这里,不然我倒要见见他。他们自己干这绿林生涯,不应逼人家的女儿作娼,又要暗害旅客,很欠光明的态度。

萧进忠正在这样的想着,那雨又下得大一些了。刚想回身进去,忽见那边门开了,跑出一个乱头粗服的小姑娘来,双手捧着头,哀声呼救。一见萧进忠,马上从雨中跑过来,说道:"恩公救我!"正是寇玉蝶。背后一个五十多岁的老妇,蓬着头发,睁圆一双怪眼,手里高高举着一柄烧红的大铁钳,狰狞可怖,好似海外的罗刹女。萧进忠料想,这个蓬头老妇一定是蓬头狮子曹氏了!

正要向寇玉蝶询问究竟,曹氏早已赶到寇玉蝶近身,恶狠狠地说道:"你这该死的小贱人,老娘养大了你,却不听老娘的话。老娘烫了你一下,你却胆敢高声呼救,逃到外面来。嘿!你想向谁求救,老娘是天不怕地不怕的,今天倒要活活地结果了你,看人家可有什么话说。"说罢,将手中大铁钳照准寇玉蝶的后脑勺上重重打来。

萧进忠早已瞧得怒火直冒,跳过去一举手,向这老妇的臂上用一点劲儿一拦。曹氏不防半腰里杀出个程咬金来,手中那柄铁钳早已不翼而飞,同时曹氏的手腕上觉得有些麻辣辣的。她从来没有吃过人家的亏,见萧进忠是个老头儿,立即破口骂道:"哪里来的老贼,敢来管闲事,老娘打自己的家人,打死了也不用人家来干涉。你算有本领吗?老娘却不佩服。"

萧进忠指着他骂道:"老乞婆,我已知道这小姑娘可怜的身世,你敢把她这样虐待吗?别人见了你畏惧,偏有我却不许你如此猖狂,凡事总要讲理的。"

曹氏听了这话,又恶狠狠望了寇玉蝶一眼,说道:"小贱人,竟敢向人家胡说乱道,仔细看老娘剥了你的皮。"说着话,又要去抓寇玉蝶。

萧进忠抢着将身子一拦,遮蔽了寇玉蝶,大声说道:"今天没有你动手的份儿,有话尽管向老夫说来便了。"

曹氏气得哇呀呀叫起来道:"你这老不死,老王八,苦苦和你家老娘做什么对头?老娘却饶你不得了!"说罢,一拳照准萧进忠的心窝狠命地打来。

萧进忠侧身让过那拳,还手一掌向曹氏头上劈下;曹氏将头一钻,直撞到萧进忠怀里来,乘势顶去,想把萧进忠撞跌倒地。萧进忠见这一下来势凶猛,说声:"不好。"急忙向后边一跳,退下五六步。曹氏撞了一个空,正想收住脚步;萧进忠觑这个间隙,疾飞一足,向她腰眼边扫去。曹氏不及避让,早跌出丈外,倒在泥泞地上,口里连说:"反了,反了。"

此时店里人以及各乡邻都出来瞧,见蓬头狮子曹氏被这老翁打倒在地,莫不咋舌惊奇。都说:"好厉害的老头儿,今日蓬头狮子撞着对头了!"

曹氏心里又羞又怒,这一跤跌得很重,腰里非常疼痛,还想挣扎起身,再和萧进忠较一下手。在她家里却又跑出一个瘦小的男子来,见了这情景,忙问:"怎的,怎的?"曹氏指着寇玉蝶和萧进忠说道:"我本来追打这贱人,与这老匹夫无干,他却帮着小贱人把我欺负。老娘不留心,着了他的道儿,但是老娘不肯放他过去的。兄弟你去问他姓甚名谁,打从哪里来的。"

萧进忠听曹氏称那人兄弟,已知那人是寇玉蝶所说的赛时迁曹七了,将两臂向怀里一抱,屹然站立不动。

曹七听了他姊姊的说话,又向萧进忠上下估量了一回,徐徐走上前来,说道:"你老是哪里来的,姓什么,别人家里的事,你老何必出来多管?须知我姊夫是九头鸟俞鹏,江湖上不是没有名气的辈,不受人家欺负的。你老到底为着什么事情?"

萧进忠向曹七侃然说道:"老夫姓萧名进忠,别号云中凤,家住卫辉府杨柳屯。今日的事完全为着打抱不平,要搭救这位姑娘,至于你家的事,无用你再通报,老夫早已知道一切了。曹氏既非寇玉蝶亲生之母,怎能虐待孤女,且逼她为妓,此刻又用铁钳要打死她。这是惨无人道之事,老夫见在眼中,断不肯袖手旁观,让寇玉蝶给她打死。她自己不服气要和老夫较量,老夫便赏了她一腿,你们如不服,不妨再行见个高低;否

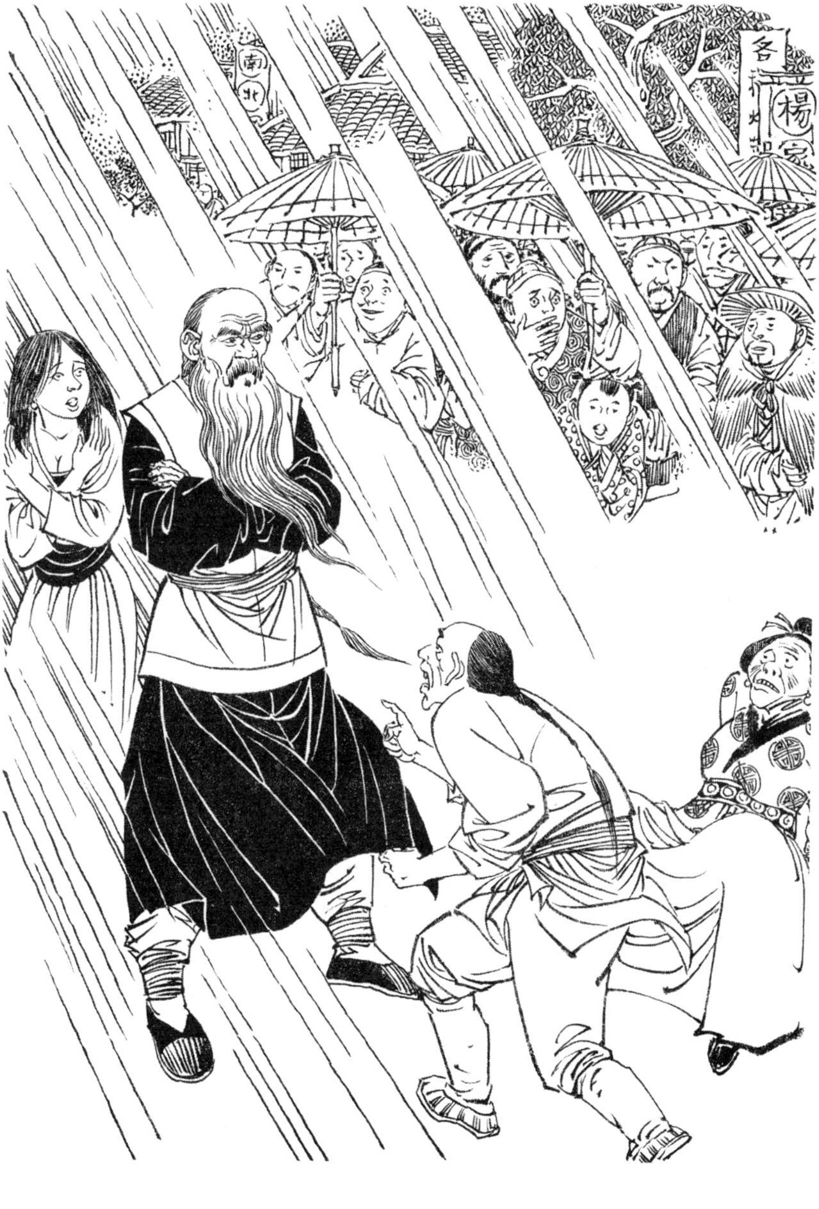
南
北
各
楊

则老夫有个主张,要请你们答应的。"

曹七听这位老翁是云中凤萧进忠,一向闻他的威名,自己断乎不是他的对手。俞鹏又不在此,犯不着再吃眼前亏。况且萧进忠理直气壮,自己不免有些虚怯。所以向萧进忠拱拱手,带笑说道:"原来就是萧老英雄,你老人家有何主张?只要在情理上能够使我们悦服,我们自当遵命。"

萧进忠道:"这曹氏既然要打死寇玉蝶,不如待我出钱赎她去,她虽然吃了你们多年的饭,可是被你们逼迫她干卖淫生涯,也多少代你们挣几个钱了。

"我愿意出一百两银子与你家,寇玉蝶由我带回去,好好抚养,将来代她择配一头好亲。不过老夫身边没有多带银两,待老夫还至卫辉府,着家人即日送上,决不食言。倘若俞鹏那厮不肯如此办法,好在老夫不是没有来历的人,你们仍可到我庄上向老夫讲个明白也好。"

曹七听萧进忠毅然决然地说,知道今天若不答应,除非和这老头儿决一雌雄,不如权且允了,待俞鹏等回来后再作道理。遂点点头说道:"你老的主张也好,我们相信你的说话,寇玉蝶由你老带去便了。但你老也不可听一面之词,自恃本领高强,得罪江湖上的朋友啊!"说罢,一双鼠眼向寇玉蝶瞧了一瞧,便去扶着曹氏走回家中去了。

那曹氏口里兀自骂着"老头儿""老匹夫"不止。萧进忠哈哈大笑,携了寇玉蝶的手,走进旅店。许多看热闹的人都说老头儿占了便宜,九头鸟回来时候决不干休的。

萧进忠回到房里,叫寇玉蝶坐;寇玉蝶又向他拜了两拜,然后含泪坐下。萧进忠又问道:"你昨天回去,有了银子交给那个老乞婆,今天为什么她又要把你毒打呢?"

寇玉蝶答道:"昨夜我归家,把恩公赏赐的银子交给曹氏,曹氏问我旅客行李中可有多金?我回答说:'没有。'她不相信,说我袒护客人,噜噜叨叨地说一顿,我也耐着气睡了。到今天早晨,她教我烧水,我一个不留心,跌碎了一只瓦面盆;

她把我踢了一脚，罚去我早餐，又对我恶骂不休，我忍不住说了一声：'昨晚我也有五两银子奉敬你的，打碎了一只面盆能值钱多少，何必把我这样痛骂？'

"她听了这话，遂说我大胆违抗，喝令我跪在庭中，我不得已跪下。谁知她到厨下去，将一柄很重的大铁钳，在火里烧得红了，跑过来向我额上烘了一下。烘得我疼痛非常，眼前发黑，便向她讨饶；但她恶狠狠地说必要把我活活打死，又要把铁钳来烘我下身，我遂逃出门来呼救。幸亏遇见恩公仗义相助，把她打倒，真使人称快！现在多蒙恩公允许赎我，使我一辈子感谢不尽，只好来生衔环结草以报吧。"

萧进忠道："曹氏对你太酷毒了！我今天救你早早脱离火坑，你可随我返卫辉，我把你当作女儿看待。以后也不必称我什么恩公，老朽以前在江湖上不知做过多少侠义之事，何必挂在齿上呢？"寇玉蝶听萧进忠这样说，心中更是十分钦佩和感谢。

午时，萧进忠喊店小二进来，点了几样菜，两斤酒，和寇玉蝶同在房里用过午膳；见雨势已止，有些阳光从云隙里照射出来。萧进忠不欲在此逗留，便教店小二去雇了一头牲口前来，讲明送到卫辉府的；又付讫房饭钱，带着寇玉蝶动身。走到店外，已有十多个人在那里张头望脑，见了萧进忠，避开一边。

萧进忠教寇玉蝶坐上牲口，店小二牵过他的一匹高头白马来。萧进忠先把一个行囊系在马上，又将金背刀佩在腰里，跃上马背，说一声："走！"两人一前一后，向大道上缓辔行去。

众人交头接耳，纷纷议论，店小二对站在旁边的一个男子带笑说道："昨晚这姑娘在那老头儿房中讲了不少时候的话，且弹唱一曲《送情郎》；今天那老头儿硬行出头，将她带走，嘴里说把钱赎，却没有一个钱见面。蓬头狮子碰到了他，也是一个克星！看来那老头儿爱上了玉蝶姑娘，要带她回去做小老婆了，不然他岂肯这样高兴地管闲事呢！"

男子道："九头鸟也是不好惹的，将来决不肯罢休。"又有人说道:"老夫少妾,真是一树梨花压海棠了。"萧进忠听了后,觉得怪刺耳的,但和这种无智无识的人也不必辩白,由他们去散放流言了。

二人上了道,萧进忠因为寇玉蝶虽会骑牲口,自己倘然加鞭疾驰,那么她就要赶不上的,所以也只得稍慢了。离开豹子沟约莫八九里的时候,萧进忠偶然回头一望,见背后尘土飞扬,有一骑飞也似的追来。他暗想:莫非俞鹏回家得知消息,故要追来夺人了?便教驴夫快赶牲口,让寇玉蝶先行,他自己掉转马头,并勒住缰绳,又从腰边拔出那柄金背刀来,横刀立马以待。

一霎眼追骑已至,萧进忠瞧来人一身蓝布大褂,头戴斗笠,手中握着双刀,面色却生得非常白皙,不知他是否俞鹏?静候那人开口。

那人见萧进忠已准备厮杀,便把手中刀一指道:"你这老头儿就是云中凤萧进忠吗?强龙不欺地头蛇,我们没有得罪于你,你竟敢帮着小贱人,把我义嫂打跌,是何道理?我就是俞鹏的结义兄弟,白面熊李金发,俞鹏虽没回家,我回来得知这事,赶紧追来。你若晓事的,快把小贱人奉还,否则我们决不肯让你便宜。难道你人老心不老,要将这小贱人强行夺去,充你的后房姬妾吗?"

萧进忠听了这话,勃然大怒!便道:"放屁!你们这辈狗盗,自己做了害人的生涯,却强逼人家的女儿作妓女,把她百般虐待,是我看不过了,所以要代她赎身。我早已向姓曹的说了,你追来做甚?"

李金发冷笑一声道:"天下没有这种便宜的事!你把寇玉蝶留下,待我义兄俞鹏回来后再和你讲话;他若肯答应你的,你再预备前来赎就是了。"

萧进忠道:"你不是俞鹏,此事与你无干,你做不得主。"李金发道:"我做不得主,难道你倒可以硬做主把她带去吗?我虽肯让你去,但我手中的家伙却不肯答应。"说着话,将双刀一摆，向萧进忠马前便砍。萧进忠喝声："我岂惧你？"舞起金背宝刀迎住，二人便在官道上大战起来。

李金发虽是骁勇，然萧进忠手中的宝刀使开时，翻翻滚滚如一条银龙，不可捉摸，不愧是前辈老英雄！李金发暗暗钦佩。斗到一百个回合，李金发现无隙可乘，心中有些焦躁，正想用计相攻，不防他自己的青鬃马前蹄一滑，倏地跪倒，把李金发掀下马鞍。

萧进忠举起金刀，待要往下砍时，忽然缩手，指着李金发说道："乳臭小儿，我不来杀你；你若不服输的，回去换了一匹马来，再和老夫厮杀，老夫去也。"掉转马头，追上寇玉蝶坐的牲口，一同向前赶路，并无别人追来。

数天后早回到了家乡，将银开发那骡夫回去。进得庄来，他夫人和公子慕解出来迎接，见萧进忠没有找到自己的女儿，却带着一个陌生的小姑娘，好不奇怪。萧进忠遂先将女儿和小香的着落告诉了他们，又把自己在豹子沟相逢寇玉蝶的经过，和自己带她回来的意思，告诉了一遍。

他们母子的性情也是和萧进忠差不多的，所以很赞成这种办法。萧进忠又教寇玉蝶上前来拜见夫人。萧妻细瞧寇玉蝶生得丰姿清秀，楚楚可怜，家里正少这种人相伴，心里很觉欢喜。便带寇玉蝶到里边去沐浴换衣，重新修饰一过，更见得美丽了。萧进忠又把扬州带来的土产分派给家人和庄丁，且嘱庄丁们严守门户，防俞鹏等早晚要寻来。

次日，他和老妻说了要收寇玉蝶做义女，寇玉蝶当然非常感激，遂在堂前点起红烛，向萧进忠夫妇拜了八拜，认了义父义母。庄丁们都来道喜，背地里却好笑，老主人找不到亲生女儿，反认了一个义女，聊以解嘲了。

萧进忠又差一个得力的家丁，带了一百两银子，送往豹子沟俞家去。不料过了几天，庄丁回来哭诉说道："俞鹏不收银子，出言痛骂；把我两只耳朵一齐割下，教我回来报信，说半个月内要来找老主人说话。"

萧进忠见了庄丁狼狈的样子，十分气愤，想要立即到豹子沟去问罪。慕解劝道："那厮既然说要来向我们说话，那么我们正可以以逸待劳，等他们来一决雌雄便了，何必赶去，中他们的诡计。"萧进忠听儿子这样说，也就只好忍住怒气，取了十两银子给庄丁，教他好好在庄中休养。又每日传授寇玉蝶武艺，教她舞剑，寇玉蝶也精心学习。

这样隔了半个月，一天晚上，萧进忠正和他夫人在家中讲话，寇玉蝶也侍立在侧，忽听门外人声喧哗，见有一个庄丁跑来，气急着说道："老主人快出去，有人和公子在庭院里动起手来了。"萧进忠料得是俞鹏等来寻衅，忙去取过金背刀，跑到外边一看。见有一个四十多岁的伟男子，穿着一身黑衣，手里使一对铁锤，正和慕解狠斗。众庄丁都举着灯笼火把，在旁呐喊。

萧进忠跳过去，对慕解说道："我儿闪开，待我来斩这匹夫！"慕解闪开一边，萧进忠将金背刀指着伟男子说道："来的莫非俞鹏吗？"

那人答道："咱正是俞鹏。你这老头儿，自忖有些能耐，擅敢殴辱咱家妇人，强夺姓寇的女子。今日我到此特来找你的，须知九头鸟俞鹏也非好欺的人。你快教那姓寇的小贱人出来！"

萧进忠大怒道："我既把她带来，你们休想掳她回去。送你纹银本是给你的脸，你却将来使割去两耳，是何道理？今晚前来，先吃我一刀。"说罢，手中金背刀早向俞鹏头顶上劈下。

俞鹏岂肯示弱，把双锤架住，还手一锤打向萧进忠腰眼。萧进忠收转刀来，恰好迎住，当的一声，早把铁锤格开。二人刀来锤往的，各用全力猛扑。这时候屋上又跳下两个人来，一个是白面熊李金发，手舞双刀；一个是赛时迁曹七，使着一柄短斧。慕解见敌人来了助手，忙使开宝剑上前迎住，五个人在庭院中斗了数十回合。

俞鹏见萧进忠武艺果然高强，自己不能取胜，众庄丁又四面包围上来，恐怕断截了出路；所以向萧进忠虚晃一锤，喝声："着！"萧进忠急避时，俞鹏早已乘势跃上对面屋檐，说一声："萧进忠，今晚领教你的武艺，果然高强。待数天后再见罢！你也不必追我了。"萧进忠闻言，抱着宝刀向屋上瞧着，并不去追。

同时李金发和曹七见俞鹏走了，他们也丢了慕解，一跃上屋；慕解却不肯放他们走，早跟着跳上去。但在他脚尖还没有站定在屋瓦上时，俞鹏在那边将手一扬，便有一件东西，疾如流星向他头上打来。慕解明知是敌人施放暗器，可是已不及闪避；将头一偏，右肩头已着了一下。乃是俞鹏发出的飞锤。一阵疼痛，从屋上跌了下来，萧进忠大惊！急忙上前去救护。俞鹏等乘这当儿，一溜烟地逃去了。

萧进忠吩咐庄丁把慕解送回卧室，萧进忠的妻子得了这个信息，忙和寇玉蝶过来探视。萧进忠取出伤药来，给慕解服下，教他安睡莫动，隔数天便会好的。

慕解道："孩儿本在外边书房里看书，听得庭心里有人投石问路，忙出来视察，果然那厮来了。那厮的武艺也不过如此！孩儿有了轻敌之心，遂中了他的铁锤，望父亲代我报仇。"萧进忠道："俞鹏走的时候，曾说数天后再见？他必然要去请人相助，再到这里来的。我断不能饶恕他。"

萧进忠的妻子说道："敌人这样厉害，又去请出助手，你们父子已伤了一个，只有你一个人，任你怎样勇敢，究竟年纪已老，况又寡不敌众，如何是好呢？倘然慕兰、小香在家，倒可相助，然而他们偏又不在这里，你须得早早防备才是。"

寇玉蝶在旁边听了，心中大为不安，便向萧进忠说道："义父救了我来，却累府上不安，小女子是非常抱歉的。不如把我交还了俞鹏，随便他们把我怎样处置……"寇玉蝶的话没有说完，萧进忠把手摇摇道："玉蝶，不要说这种话，老夫岂是贪生怕死之辈！待他们再来便了，我的一生英名决不肯败在狗盗手里的。"

慕解在床上说道："大名府的宗老伯，他和老父是莫逆之交。父亲不如修书差人前去，请他前来相助一臂之力，便不怕俞鹏再去请什么人来了。"

萧进忠点点头道："一盏灯宗亮的本领，果然只在我之上，不在我之下。我和他老人家已有两三年不见了，他的性情和我仿佛，我去请他前来，他必能慨允，待我明日差人去便了。"萧进忠的妻子闻言，稍觉安慰。

次日，萧进忠便写了一封很恳切的信，托一门客骑了快马而去；到第四天朝上，门客回来，报称宗亮不在家中，到关外去了，真是不巧。萧进忠无可奈何，只有凭着自己的力量和俞鹏等一拼了。

慕解的伤尚未痊愈，萧进忠的妻子很代她丈夫忧虑；恰巧慕兰这一天回家，且有剑秋、玉琴等同来，萧进忠的精神不觉为之一振。现在慕兰问起她哥哥慕解，所以他将这件事的前因后果详细告诉他们听。

慕兰道："哪里来的九头鸟，伤我哥哥，欺我老父。女儿既已回家，倒要试试他的本领！他去请人相助，好在我们这里也有玉琴姊姊等在此，不怕他们怎样凶恶的。"玉琴在旁也说道："很好，我们到了府上，也愿相助一臂之力。"

萧进忠道："这样使老朽更是感激了。"萧进忠的妻子遂去拉着寇玉蝶出来，向众人拜见。众人见寇玉蝶长得美好，一齐称赞，都说萧英雄这件事做得十分爽快，功德无量；俞鹏等怙恶不悛，一再跑来寻衅，大约是他们恶贯满盈的日子到了。

萧进忠夫妇不见小香，便向女儿询问，慕兰道："提起了小香，使人痛心。现在她已死了，少停再把她的事情禀告吧。"萧进忠道："小香的母亲在你们出走之后，她也得病去世了。总之这头亲事配错了人，遂有今日的结果；断送了我的妹妹，这又有什么话可说呢！"说罢，叹了一口气。

慕兰见剑秋等有她的父亲奉陪，就和寇玉蝶跟着她母亲到里间去探望慕解。暗暗把自己和程远如何相逢，小玉为媒，以及小香行刺，彼此分离，八里堡小香害人反害自己等许多事情，告诉她的母亲听。她母亲听说自己女儿有了如意郎君，喜气双重，如何不快活！所以再出来时候，禁不住尽向程远上下打量，慕兰又时时向他微笑，程远如何不觉得呢！

萧进忠早吩咐厨下预备丰盛筵席，一则贺骨肉团聚，二则为女侠等洗尘。分宾主坐定后，大家举杯畅饮。席间玉琴、剑秋遂把他们分散遇合，以及和慕兰、程远弃嫌修好的经过，一一详告。萧进忠听了，掀髯大笑道："这才不愧磊落光明的大侠了！小香虽是我的外甥女，而她的殒命也是自取其咎，不足惜的。"

大家又谈些外边的事，提起贾三春、袁彪、公孙龙、李天豪、非非道人等。萧进忠道："这都是世间的奇人，不可多得，可惜老朽未能和他们一见，未尝不是憾事呢！"直到夜深，方才散席。

剑秋和程远都住在外边的客房里，玉琴却被慕兰拖到她的闺房里去同寝。萧进忠的妻子把小玉为媒，撮合程远和慕兰婚姻的事告诉了萧进忠，且把慕兰交出小玉的书札给萧进忠看。萧进忠方才已和程远谈过，觉得程远和剑秋同是少年俊杰之士，得此人为婿，心里也很满意。

次日，大家起身，天气很热，卫辉府城内又没有可玩之处，所以琴、剑等仍在庄上休息，浮瓜沉李，闲谈一切。晚餐后，萧进忠和剑秋、程远在书房里谈话，慕兰和玉琴陪着老母，在后面庭心中纳凉，寇玉蝶也一同坐在那里。

玉琴不预备到外边去了，所以只穿着一件薄薄的小衣，露出雪藕似的玉臂。慕兰瞧见玉琴臂上套着一只绿油油亮晶晶的镯头，在黑暗处发出光明，又似玉，又似翡翠，不知是什么宝物？便问道："玉琴姊，你臂上戴的可是玉镯吗？"

玉琴答道："此镯名唤分水宝镯，听说是海外之宝。不论是谁，戴了这只宝镯，入水去不致有灭顶之虞。我现在想起了，以前在太湖里横山投水的当儿，自己也忘记臂上戴有此镯，以为必死无疑；后来我搁在芦苇边，没有沉下，而竟得救，未尝不是这分水镯的力量。否则万顷湖波，我是不识水性的人，岂有幸免之理，而能等到魏志尚来援救呢！"

慕兰拍手说道："我早知姊姊有这个宝物在身，也不必过于发急了，怎么剑秋先生没有提及呢？"玉琴微笑道："大概他也忘记了。这宝镯还是在数年之前，我们到临城去的时候，投宿在一家黑店里，被我窥破秘密，而把女盗杀死，无意中得了这镯的。"遂脱下来递给慕兰玩赏，慕兰又递给她母亲和寇玉蝶看过，仍还给玉琴戴在臂上。

玉琴又讲起闻天声的轶事，慕兰正听得出神，突然间玉琴跳起身来，将慕兰左臂一拉。慕兰出于不防，跟着玉琴这边一歪，身子险些儿跌倒，同时有一样东西从慕兰身边飞过，落在对面石阶上，砰的一声，火星四射。

第七十七回

助战成功仗红妆季布
化仇为友赖白发鲁连

这时候慕兰站定娇躯，回头向上一望，早见有几个黑影立在对面屋脊上。她知道必然是俞鹏等这伙人来了，忙和玉琴跑到庭院中去，取了兵器在手，跳将出来。一边教寇玉蝶快扶她母亲进去，一边将刀指着屋上说道："哪里来的贼子，想用暗器伤人，快些下来和你家姑娘大战一百回合，决不再让你们猖狂！报我哥哥一锤之仇。"

慕兰话犹未毕，屋上已跳下一个伟男子来，手横双锤道："小丫头，你家老头儿在哪里？俞鹏在此，快教他纳下头颅。"慕兰听说来的是俞鹏！也就不再答话，舞起双刀，向俞鹏便砍。

俞鹏喝一声："我岂惧你？"双锤迎住双刀，酣斗起来。屋上又跳下两人，一个是白面熊李金发，一个是矮胖的少年，手里使一对护手钩。玉琴舞开真刚宝剑，和两人斗起来。此刻萧进忠和程远、剑秋在外边得着消息，各挟兵刃跑到后面来。剑秋见玉琴力战二人，忙跳过来相助；那矮胖少年丢了玉琴，接住剑秋厮杀。

萧进忠刚要动手，屋面上又飞下一道白光，乃是一魁伟的和尚，手里横着宝剑。玉琴眼快，见那和尚就是邓家堡漏网的朗月和尚，也是峨嵋派中的门徒，她就抛下李金发，舞剑直取朗月和尚，娇声喝道："贼秃前次被你逃走，今番又被我撞着，可是来送死的吗？"

朗月和尚见了玉琴，也骂道："原来你们在此，今晚我必要代邓氏弟兄报复。"说着话，一剑便向玉琴心口刺来。两人都是剑术高强之辈，彼此猛扑，倏忽成两道白光，在庭中回旋飞舞。

萧进忠挺着宝刀要想去助他的女儿，李金发早迎上前，说道："前番马前失蹄，败于你手，今日我们需要决个胜负！"萧进忠冷笑一声，舞动金背刀和李金发战在庭东。

这时，屋面上又跳下一个丑陋不堪的妇人来，乱发披散肩头，手里使一对金爪，乃是蓬头狮子曹氏，高声喊道："萧老头儿，前番吃了你的亏，今晚特来报仇。"帮着李金发双战萧进忠，进忠毫无惧色，力敌二人，更见得老当益壮。

惟有程远抱着百里剑，尚无对手，他瞥见西边屋上有个人影一闪，暗想：今夜俞鹏不知纠合了多少人来寻衅，遂飞身上去，一观究竟。到了屋上，只见那黑影已溜过屋脊去，像要逃遁的样子。程远飞身追上，一剑向黑影背后刺去；那黑影只得回身抵敌，手里使的是一柄短斧。

程远和他一交手，便觉此人本领平常，遂故意卖个破绽，让他一斧砍入；程远一侧身，拾起右腿一扫，此人早喊一声："啊哟！"跌倒在屋上。程远过去将他按住，从他身上解下带子，四马倒攒蹄地缚住了，轻轻向下面一抛。"咕咚"一声，跌落庭心。此时俞鹏等正在恶斗，也不暇兼顾。

程远站在屋檐边，看看四下里没有人了，正想跳下去助战。恰巧俞鹏的左手锤头被慕兰的宝刀削断，俞鹏手中只剩一锤，心中有些慌张。他本想今夜请了助手到来，一定可以把萧进忠父子结果性命的；谁知萧进忠庄中也有许多豪杰在那里相助，而且又是劲敌，复仇的希望恐又将成泡影，不如再行诈败之计取胜吧！

于是向慕兰虚晃一锤，跳出圈子，一耸身跃上了东边屋檐，说道："我们走吧。"

慕兰正想追赶，忽见俞鹏回身将手一扬，便有一物向她飞来。她觑得真切，举起右手刀迎着一击，当的一声，俞鹏的飞锤激向斜刺里去。真是最巧也没有的，恰落在那个矮胖的少年头上。他喊了一声："啊哟！"手中护手钩一松，剑秋乘隙一剑刺去。他不及躲避，正中右肋，大叫一声，跌倒在地。剑秋又是一剑，割下他的头来。

同时慕兰见俞鹏使用暗器，也想发出神箭，但身边没有带着，恐防俞鹏一锤不中，再发第二锤，所以就将手一扬，说道："不要走，看箭。"俞鹏当她真的有暗器飞来，将身子一伏去躲避。不防他伏下去的当儿，对面屋上的程远早一镖飞来，这是出于他不防的，肩头上已中了毒药镖；一阵疼痛，立足不住，从屋上跌下来，慕兰赶过去，手起刀落，俞鹏早已身首异处。

这个时候，李金发等都已惊慌失措，萧慕兰去助她父亲，剑秋去助玉琴，萧进忠便丢下李金发，单独和蓬头狮子狠斗。蓬头狮子究竟不是他的敌手，且又见自己的丈夫业已被害，心慌意乱，手中的金爪乱使乱打，失去了解数。萧进忠将宝刀拦开金爪，一刀扫去，正劈中她的头颅，鲜血飞溅，倒地而死。

李金发想要逃走，已被萧进忠父女前后围住，休想脱身。朗月和尚和琴、剑二人酣战良久，自己虽用尽平生力量，没得半点儿便宜，且见同伴都死，"三十六着，走为上着"！于是将剑向外猛扫一下，跳上屋去，要想脱身远扬。但玉琴、剑秋岂肯放他逃去，早跟着飞身上屋；见朗月和尚已被程远拦住去路，于是三人把他围住，又在屋面上大战起来。

朗月和尚虽然剑术高强，然而怎敌得住玉琴、剑秋、程远这三位神勇绝伦的剑侠？所以战到六十回合以上，朗月和尚的剑光渐渐被压低下，而玉琴等三道剑光上下左右地如蛟龙飞舞,把朗月和尚紧紧围住,没有半点松懈。朗月和尚心中大为惊慌,只有招架,无力反攻,急切想逃遁之计。

剑秋见他剑法已乱,乘他回身去遮格程远的宝剑时,使个苍龙取水,向朗月和尚腰里刺去。剑尖已触近他的腰骨,郎月和尚说声:"不好!"旋转身来,将剑往下一扫,"叮当"一声,把剑秋的剑格住。玉琴却又在他的背后一剑向他头上劈来;朗月和尚急避时,肩上已着。恰巧这只手臂是使剑的,肩膀已被砍下,宝剑也落在屋面上。朗月和尚大叫一声,疾飞一足,向玉琴下部踢去。玉琴向旁边一让;朗月和尚趁势一跃,已在丈外,急向庄前逃走。

剑秋等连忙紧紧追去。看看已至庄门前,朗月和尚刚想纵身跃上,程远一镖飞去。朗月和尚闻得脑后风声,知有暗器,急使一个鹞子翻身,避过程远这一镖,同时他已从屋上跳到地下。此时庄前已有许多庄丁,燃着火把,带着棍棒,在那里看守,一见这个魁伟的和尚,满身是血的跳下屋来,大家忙上前拦住。

朗月和尚虽已受有重伤,但对于那些庄丁,丝毫不在他的眼里,提起两脚,左右一阵乱扫,庄丁们都纷纷倾跌。程远、剑秋、玉琴三人已跳下屋来,见朗月和尚兀自倔强死斗,玉琴大喝一声道:"贼秃哪里走?"挥动真刚宝剑追上前来。朗月和尚一时无处逃避,遂奋身跳入护庄河里去。

玉琴站在水边,回头对剑秋、程远说道:"不知那厮可识水性,莫要被他逃走了。"程远道:"我们都不会入水,如何是好?"此时有几个长大的庄丁自告奋勇,一齐跳到水里。隔了一会儿,听水里呐喊一声,几个庄丁早把郎月和尚横拖倒拽地弄上岸来。

一个庄丁说道:"我们以为那恶贼识得水性的,不料他到了水里,已吃了几口水,完全不能自主。我们拿住他,索性请他多喝了几口水,方拖将上来,眼见这恶贼活不成了。"

玉琴等走近细瞧,见朗月和尚直僵僵躺在地上,一些没有生气了！玉琴又把他一剑劈为两段，大家遂回到庄里来。这时候，萧进忠父女已将李金发结果了性命，盗党俱死，只有先前被程远擒住的那个曹七尚抛在地上。

萧进忠见了琴、剑等三人，放下金背刀，抱拳谢道："今晚俞鹏请了能人前来，幸蒙诸位到此；方能获胜，诛却强暴，使老朽感激不尽，否则愚父女也难抵敌。"剑秋等也谦逊数语。寇玉蝶和萧进忠的妻子也走将出来，见强寇都已伏诛，很是快慰。寇玉蝶且向众人盈盈下拜，表示她衷心的感激。

萧进忠遂吩咐庄丁，将地下的死尸一一搬出去埋葬在附近野地里，不要将这事声张出去；一边又令把曹七的缚解开，推上前来询问口供。众人一齐坐定，曹七被庄丁推上时，早吓得脸如土色，向萧进忠跪倒在地，哀求饶命。萧进忠冷笑一声道："你这厮真不像个好汉子，你若望老夫饶你一命，快将俞鹏如何去邀请助手前来寻衅的事，老实告诉我。"

曹七战战兢兢地说道："俞鹏虽是我的姊夫，可是此次他同老英雄寻仇，我是不赞成的。第一次来时，他未能取胜，回去和姊姊商量了，遂到陈留县去请小侠穆祥麟相助；那穆祥麟乃是以前在这里著名大盗金刀穆雄的儿子，本领高强，可惜他不在家里，有事未归。我姊夫遂又到开封去，请那个双钩太保夏小云。姓夏的擅使一对护手钩，他的本领比我姊夫高强数倍，不料他今日也不济事，死于此地，这又有什么话可说呢？"

玉琴在旁闻道："那么这贼秃又是从哪地方请来的呢？"曹七道："那和尚的来头很大，他是峨嵋派中的剑侠，也是夏小云的师父。我们去的时候，恰巧是他在夏家小憩，所以一同请来的。我们虽然失利，大概惟有他一人兔脱了。"

程远哈哈道："你以为峨嵋门下当世无敌吗？那贼秃早已被我们结果了。"说到这里，把手指着琴、剑二人，又对曹七说道："这两位是昆仑门下的荒江女侠玉琴姑娘和岳君剑秋，他们方才可以称为剑侠。那贼秃不仁不义，岂能称为剑侠呢！"

曹七听了这话，便抬头向玉琴、剑秋瞧了一眼，又叩了一个头,要求释放他。玉琴道:"此和尚以前在邓家堡被他侥幸逃去,今晚前来无异送死。他们请他来又有何用,不知这里附近尚有他余党吗?"曹七摇摇头。

萧进忠遂向曹七说道:"你这贪生怕死之辈,杀了你也见我们不武,放你去吧。"曹七连忙叩了一个头,立起身来,要想回身便走,慕兰早抢过去把他执住,举起了手中刀,对他说道:"你也不是好人,你的同伴都被杀死,而你独得释放,太便宜了你!你既说不赞成俞鹏来寻仇,为什么两次都跟了来呢?闻你别号赛时迁,专做偷鸡摸狗的事,当然也不是好人。前番我父亲差人送银子到你们地方去,反被你们割去两耳,是何道理?此刻我也要你偿还两只耳朵,方许你走。"

曹七忙说道:"姑娘,这是不干我事的,那时俞鹏要把来使杀掉,还是我劝住的呢!"慕兰喝一声:"不要巧辩!"跟着将宝刀左右一挥,早把曹七两耳割下,鲜血淋漓。曹七忍着痛,双手抱着头,狼狈而去。

玉琴笑道:"姊姊这样处置,可称爽快。"慕兰道:"可惜这两双耳朵不能重装在我们庄丁的头上了。"大家都笑起来。

萧进忠吩咐庄丁收拾打扫;慕兰又跑到她哥哥的屋里去,报告消息。慕解听了,也是不胜之喜,自己的仇已报了。这晚大家都没有睡,次日萧进忠又设盛筵款请三人,大家谈论昨夜血战的事。

剑秋极口称赞夏小云的双钩精明,说道:"他的武艺和双钩窦氏仿佛,若非俞鹏的飞锤击中他的头颅时,不会迅速解决的。如此好身手,不归于正,可惜可惜!"

玉琴道:"据曹七说,他们本要请什么小侠穆祥麟的。那厮的父母都被我们诛掉的,还有他姊姊穆玄英和姊夫飞天蜈蚣邓百霸等,都死在我们手里的,他若然知道了,说不定也要到这里来复仇呢。"

剑秋道:"他要来也好!我们的仇人很多,实在处处有和我们作对的。这也是因为我们秉着锄强扶弱的心肠,好代人家打不平所致，我们只求照着良心和公道做事，便不顾一切了。但是天下也有好人的，那个洪泽湖洗心寺的韦飞虎，他不是不念前仇，反帮着我们去剿灭洪泽湖中的水寇吗？即如程远兄等，当初也何尝不是我们的劲敌，现在却变成了志同道合的好朋友了，可见得公道自在人心，只要能够觉悟便好了。"众人听了剑秋的话都很佩服。

席散后，萧进忠又邀玉琴、剑秋到书室中去座谈，把自己的女儿和程远婚姻的事告诉一遍，要请琴、剑二人代表他甥女小玉为媒，即日使二人成婚。玉琴、剑秋以前早已估料到数分，现在听萧进忠说了，当然是十分赞成，愿意执柯。萧进忠和他妻子商量了，择定一个吉日，从速预备青庐，务求华丽精美。

程远和慕兰知道了，都很快乐，玉琴且向慕兰调笑道："姊姊邀我们到此小住，却原来是请我们吃喜酒的！听说程远兄曾经打过你的擂台，俗语说不打不相识，今可说不打不成婚姻了！尊大人要我们代媒，你当怎样谢谢我？"慕兰微笑道："待我也去请求爹爹代姊姊和岳先生为媒，一同成就了良缘，好不好。"玉琴闻言，口中"啐"了一声，走开去了。

隔了数天，吉日已临，一切都预备好，庄中张灯结彩，点缀一新。慕解肩伤已愈，高高兴兴地吃喜酒，庄丁们也都兴高采烈。本地人士都来道贺，庄前车马喧阗，十分热闹。因为庄中地方宽大，所以尽足容留许多贺客。可惜萧进忠急于要代女儿成婚，所以扬州的贞姑母子，绍兴红莲村的小玉母子，远隔千里之外，都未能前来吃杯喜酒，预备缓日差人去接他们来补席了。

这天程远修饰一新，更见得如玉树临风，丰姿濯濯；而慕兰装扮了新娘，也是艳如仙子。众来宾见了这一双新人，无不交口称誉，可称得神仙眷属，齐向萧进忠夫妇恭贺。萧进忠老夫妇乐得老颜生花，忙着招待宾客。新人参拜天地，见过礼后，送入洞房，大家又到新房里去闹笑、索喜果。这样足足热闹了三天，众来宾方才散去。

程远和慕兰新婚之乐，当然如胶如蜜；琴、剑二人看了，也不能无动于心，因为他们在外奔走数年，麟凤既是完婚，程萧又成佳偶，而他们却迟迟有待，有梦未完呢！

萧进忠因为女儿已和程远结婚，而儿子尚没有亲事；眼瞧着自己带来的寇玉蝶，虽曾坠身火坑，而是守规矩的好女儿，很有意思把她做媳妇，便和他的老妻商量。萧进忠的妻子也很爱寇玉蝶玲珑美好，博人欢心，所以深表同情；但要等到小玉等许多亲戚到来后，再办这件喜事。萧进忠遂差人到二处去迎接。

可是玉琴、剑秋等在这里耽搁了好多日子，喜酒又已吃过，很想早日回天津，遂和萧进忠父女、程远等说了，告辞欲行。萧进忠把慕解和寇玉蝶将成婚的事告诉了二人，想留二人在此吃过喜酒后再走。但日期尚远，二人哪里等得及，坚欲离别。萧进忠等再三挽留不住，只得设筵饯别。

酒至半酣，庄丁忽然进来报说："有一个人在庄外，要见玉琴姑娘和岳先生，可要引他进见？"琴、剑二人听说，都不由一怔，暗想：谁到这里来访问我们呢？萧进忠便问剑秋道："二位到此是客，今天忽有人来访问，不知乃是什么人呢，你们要不要接见？"玉琴道："既然有人要来见我们，那么不论是谁，我们理当和他一见的。"庄丁闻言，早回身出去，不多时，庄丁领了一个少年走到堂来。

众人一看那少年，见他年纪很轻，不过是十五六岁的光景，却生得剑眉星眼，虎背熊腰，身穿一件蓝色熟罗的长衫，外罩一件黑色平纱的马甲，腰下佩着一个绿鲨鱼皮剑鞘，脚步矫健，像个精谙武术之辈。心中正在估量，那少年先向众人作揖道："今日鄙人到庄上求见，冒昧得很。"又对萧进忠说道："你老人家大约就是云中凤萧老英雄了。"萧进忠答道："岂敢岂敢！足下从哪里来，欲见何人，且请宽坐何如？"

少年道："敬谢美意。闻庄上正留着荒江女侠和她的师兄岳剑秋，都是昆仑门下，我要见见他们，不知你们中间谁是的？"

玉琴不待萧进忠介绍，便立起来说道："我就是方玉琴。"又把手向剑秋一指说道："这位就是我师兄剑秋，请问尊驾果有何事来见？"

那少年对玉琴、剑秋仔细相了一下，冷笑一声道："久闻大名，今日相见，果然不凡！但你们两位与我有不共戴天之仇，不说明白，谅你们也不知道的。我姓穆，名祥麟。我的父亲以前也是本地有名之人，'金刀穆雄'这四个字说出来哪个不晓！后因被官吏逼迫，在乌龙山落草，与我母亲胜氏先后都被害在你们手里，还有我的姊姊穆玄英和姊夫也被你们杀死。

"那时候我正在浙江天台山，从我的出家叔叔六指和尚学习剑术，没有知道的；直到去年回来，细细探问，方才明晓。有仇不报非丈夫！当然我要找寻仇人，只苦不得机缘。

"现在我住在陈留，行侠仗义不到一年，人家都称我为'河南小侠'，在外结识得不少豪杰。豹子沟俞鹏，也是我的新交，前天我有事出去，他来拜访过我，归家后不知何事，也就到豹子沟去答访；逢到他的内弟曹七，方知俞鹏等和萧老英雄有隙，故来请我相助。后来他们邀了夏小云到这里来，恰逢你们二人都在这里，所以反被杀害，曹七也被你们割去了两耳，狼狈不堪。经他详细告诉之后，我方知道我家的仇人都在这里，所以立即赶到这里来见见了。"

琴、剑二人听了穆祥麟一番的说话，方才恍然大悟。众人在旁听得清楚，也知道他是来找仇人的，那么难免又有一场恶斗！但瞧穆祥麟年纪轻轻，不信他有何高强的武术，能敌琴、剑二人。然而他一人竟敢独自跑来相见，如许胆大，断非无能之辈，敢这样谈笑自如，旁若无人的。

剑秋也早忍不住，立起身对穆祥麟说道："给你一说，我们也知道了，你今天特地到这里来找寻我们，当然是要代你家人复仇。不过我先得说明一声，世人若要做顶天立地的好男儿，不可不明辨邪正顺逆。

"你的父母在乌龙山落草，本不干我等的事；但因你的舅舅粉蝴蝶胜万清在汤阴采花作恶，犯了血案，陷害他人，我们经过那里，代地方上破了这案；不料你父亲想出诡计，暗遣蒋氏弟兄诳骗我们入彀。当时我中了奸计，被你的父亲生擒，欲将我置之死地；幸有我师妹冒险来救，方才逢凶化吉，你父亲也就死在我师妹手中。

"至于你母亲母夜叉胜氏侥幸兔脱，仍不肯洗心悔罪，放下屠刀；又到山东抱犊崮和贼徒赵无畏等勾结一起，常到山下各村庄干那杀人放火的勾当，洗劫了张家村，所以我们又助着临城的神弹手贾三春，到山上去把你母亲等一齐歼灭。又有你姊姊嫁的那个飞天蜈蚣邓百霸，本来是我师妹的仇人，只因我师妹的亡父方大刀隐居在荒江，邓百霸忽然去向他寻衅，诱他出外，害死了他老人家的性命。所以我师妹学艺后，奔走天涯，找寻父仇，后在白牛山手刃仇人之胸。

"以上所说的，虽然都是过去的事，也使你可以知道祸由谁开，咎由自取。并非是我们无缘无故地专和江湖上人作对，只要他人能够明白事理，弃邪归正，我们何必要妄杀无辜，多结怨仇呢？你父母和姊夫等可称多行不义，罪恶深重，老天特假手于我等把他们诛灭的。你今尚是一个青年，希望你用清醒的头脑想一想。"

剑秋说完了这话，穆祥麟说道："照你说来，都是我父母的不是了！但生我者父母，我若遇见了仇人而不报复，怎能安慰我父母的阴灵呢？况且人家有了父仇？要奔走天涯的去找仇人，怎能说别人家不该复仇。"

剑秋正要回答，玉琴早指着穆祥麟道："方才我师兄不过把事实的真相报告给你听，并非不许你复仇。今日你既然找到这里来，当不肯白跑一趟的，现在我和师兄都在此间，你将怎样报仇，不妨吩咐一声便了。"

穆祥麟微笑道："好女侠，说得真是干脆！来者不怕，怕者不来。我只求和你们二位较量一下，其他在座诸君，我都不敢惊扰。不知你们的意思如何？"

玉琴点点头道："这个办法也好，谅你抱着技能，必要一试。我若死在你手，也算你复了父仇，不过你如有死伤，也莫要怨我们剑下不留情。"

穆祥麟笑道："那是自然，我若本领浅薄，死在你们剑锋之下，我也毫无怨恨的。"说罢，遂将长衣脱下，往左边椅子上一丢，从腰下剑鞘里拔出一柄宝剑来，寒光森森。

大家见了这宝剑，便知穆祥麟年纪虽轻，功夫必然不浅。萧进忠一时也无法遏止他们的决斗。早见穆祥麟一个箭步，窜到外面庭心中去，把宝剑抱到怀里，高声说道："你们俩请来吧。"玉琴和剑秋也就离了座位，各把外衣卸下。玉琴先到里边去取了真刚宝剑，走到庭心，对穆祥麟说道："我们断不肯以众取寡，这是一对一地决个雌雄，也使你死而无怨。"

穆祥麟冷笑一声，将手中剑使个飞鹰扑鸟，一剑向玉琴头上横扫过来；玉琴不慌不忙，将头一低，从剑锋下钻过，顺势一剑往他腹下刺去。穆祥麟一剑找了一个空，知道不妙；连忙收转宝剑，往下一掠，恰巧把玉琴的剑格住。"叮当"一声，两人的剑锋上火星直迸。大家拿起宝剑一看，都没有一些损伤，方才安心。于是个个使出拿手的解数来，在庭中狠斗。萧进忠等一齐立在庭阶上作壁上观，但觉剑光闪烁，稍近身边时，目为之眩。

斗了多时，白光霍霍，大家没有胜负，都不肯停手；剑秋便将惊鲵宝剑舞动，飞步刺入白光影里，说道："师妹稍息，待我来和他一试身手。"玉琴便收转宝剑，跳出圈子，剑秋和穆祥麟接战。穆祥麟虽已斗了多时，毫不松懈，众人又见一青一白的剑光往来飞舞，辨不出人影来。足足又斗了一百余回合，穆祥麟有些乏力，白光渐渐被青光裹住，胜负的端倪已可窥见。

剑秋见穆祥麟已暴露弱点，本想下手把他杀伤，但因他小小年纪已有些惊人本领,他年若能精心求上,必能大有进步。今日若伤了他,未免可惜,不如放宽一步,让他自己心里明白,也许能幡然悔悟的。剑秋心里如此打算,手中的惊鲵剑就不再向前逼紧。

旁观的萧进忠也和剑秋同一心思,就取过金背刀,跳到庭心中去,慕兰等尚以为老人家技痒难搔,也要上去斗个数十回合,倘然用了车轮的方法,穆祥麟虽然骁勇,总难抵敌了。但萧进忠把刀向剑光中一划,将二人分开两边,大声说道:"二位战够多时,大家的本领已显过,两虎相争,必有一伤;老朽因见你们都是剑术高深的能人,不忍你们中间哪一个有何死伤,所以愿作鲁仲连,出来调停,不知你们可能听老朽的一言吗?"此时二人也已跳出圈子,剑秋猜透老人家的意思,遂说道:"萧老英雄有何高见,鄙人自当听从。"穆祥麟连战二人,未尝不觉得对手的剑术都是高强,自己断乎不能取胜。剑秋已略示让步,不过为了面子的关系,尚不肯在人前示弱,此刻也就默默地静听萧进忠怎样说话。

萧进忠听剑秋已表同意,便笑了一笑,捋髯说道:"自古说,冤家宜解不宜结。你们虽然有着深仇宿怨,但方才剑秋兄已说过,好男儿不可不明辨邪正顺逆,立身行事,当照着公义做。以我第三者看来,穆君的父母亲党都是趋向于邪僻之途,所以被女侠等诛戮。但依死者的行为看法,纵然没有女侠等出来除暴去恶,到后来也有他人下手的,不能深恨女侠,当辨明这事的是非曲直。

"假使曲在他人,那么虽有千万人,我亦前往;曲在自己,那么虽是老幼孤弱之辈,我亦不能妄加欺负,否则彼此残杀,永无底止。所谓复仇不除害,连禽兽不如,安得称为万物之灵呢!

"所以老朽要奉劝穆君,当抱宽大的心胸,存两间之正气,不必再和人挑衅寻仇。以后应该在世间好好儿的做一番事业,以赎父母之愆,使人家也咸称穆氏有子。宛如唐尧之时,鲧治水不成，称为四凶之一，遂被殛于羽山，后来鲧的儿子大禹出去治水，十三年而卒告成功，后世人莫不崇拜他功德的伟烈。大禹可得称是孝子了，他岂是不顾是非曲直，专想代自己父亲复仇的呢？穆君倘能听我的话，大家可以化敌为友，为江湖上留一佳话，岂不是好呢？"

穆祥麟听了这话，想了一刻，脸上顿时露出笑容，将手中剑插入鞘内，先向萧进忠深深一揖，道："承蒙雅教，顿开茅塞，金玉良言，敢不拜受。"又向琴、剑二人拱手道："两位虽是我的仇人，到底不失为风尘大侠，幸恕无礼。"

剑秋也说道："穆君能听萧老英雄的忠告而觉悟，也不失为大智大勇的俊士！既能捐弃前嫌，我们极愿化仇为友的。"于是二人也各将宝剑放开。萧进忠即叫下人排上一个座位，请穆祥麟入席，穆祥麟谢了一声，穿上长衣，坐到席上，彼此敬过酒，说了几句谦逊的话。

萧进忠问起穆祥麟学艺的事。穆祥麟告诉说，他的叔父六指和尚在天台山上修道，只收了他一个徒弟，没有将技术教授过他人；当自己下山返乡的时候，六指和尚将这柄惊澜宝剑赐给他，且说了许多教训。所以自己下山后行侠仗义，也不肯做丧心昧良的事。今日前来，也因复仇之念尚未能忘，遂贸然和两位剑侠交手，觉得自己的剑术仍浅，惭愧得很！

玉琴、剑秋以前也闻得六指和尚的声名，遂也将昆仑派中的人才和宗旨告诉一二，穆祥麟听了，更是钦佩。萧进忠兴致很好，讲些往年江湖上的事情，又提起大名府的一盏灯宗亮，和宗亮的兄弟八臂哪吒宗寰等轶事，备极推崇。且说他们弟兄俩虽然身怀绝技，而绝无骄矜之气，很喜欢结交天下英雄豪杰。

宗亮年纪已老，而马上步下十八般武艺件件皆精，更使得一手杨家枪法，是个大将之才。可惜他甘心隐遁，不事王侯，高尚其志；所以早年虽已当过一任都司之职，而为了不愿意诏谀上峰，遂挂印告退的。否则到了此时，怕不膺上将之选吗？

宗寰善使双锤，能用飞爪，飞檐走壁，疾如狸奴，人家因为他的技能很多，所以称为八臂哪吒。至于宗亮的称为一盏灯，却因他为人光明磊落，大家遂用明灯来做比喻。现在二人不知为了何事出关去了？否则也好请他们来一聚。"

剑秋、玉琴听了，暗暗记在心头。大家讲的话很多，酒也喝去了不少，直到申刻时候方才散席。穆祥麟便向众人告辞，萧进忠坚留不得，大家送到庄外，看他回头说了一声："再会。"洒开大步，飞跑而去。

众人回到庄内，纷纷议论此事，慕兰道："起初我们总以为决斗后，若不分个胜负，决不干休的。谁知他听了我父亲的说话，竟能一旦觉悟，化敌为友，大家都没有损伤毫末，这也是出人意外的事。"

剑秋说道："穆祥麟年纪很轻，能和我们猛斗这许多时候，真不容易，后来他剑法稍松，力气渐乏，我却不忍伤他。"

萧进忠抒着银髯说道："老朽也是可惜他，所以姑妄用言一试，果能解除你们的旧怨。可见得我们若能将诚心待人，若非冥顽不灵之徒，大概总会觉悟的；何况穆祥麟夙有慧根，尚未在匪盗中间汩没他的天性呢。"众人闻言，莫不称是。

但经过这一重波折，天色渐暮，琴、剑二人不能动身了，只得改于明日早晨启行。可是到了夜间，老天忽然下起雨来，次日雨势更大，四郊发水，看上去一时不会天晴。于是琴、剑二人又走不成了。慕兰对他们说道："下了雨是天留客，请你们再在此间多住数日吧。我也不忍和你们一旦分离呢！"玉琴、剑秋只得勉强住下来。

这雨绵绵不绝，过了五六天方才渐止，云散天晴。玉琴、剑秋、程远、慕兰、慕解五人，正坐在书室里闲谈武术，玉琴回头瞧着天空里的云很快地向北面移去，一丝阳光已从云中露出来，照到庭中的花木上。风过处，叶上飘洒上几点水滴来，遂向剑秋欣然说道："明天我们总可以动身了！"剑秋点点头，说一声："是。"

慕兰道:"我希望天公多多下雨,落个一二个月,好使姊姊们不能离开这里。"玉琴笑道:"这里若然下了一二个月雨,怕不要变成泽国?你真是私而忘公。"说得众人都笑了起来。

这时候,只见庄丁进来通报道:"门外又到了几个客人,要找寻女侠和岳先生,可要放进他们进来?"

剑秋听了这报告,便对玉琴说道:"穆祥麟已去,又有什么人要来访问我们,难道又是仇人吗?奇了,照这个样子,我们不能再住在这里了。"玉琴点点头道:"是的,也许是那个赛时迁曹七,虽然活了一命,难免不到外面去放风造谣,使江湖上人都来与我们作对。"

慕解在旁接口道:"曹七那厮是不应该放去的,斩草除根,当时我若在一起,必要把他杀却。只割两耳,不是太便宜了他吗?"

玉琴又问庄丁道:"外边共有几人,是何模样?"庄丁答道:"三男一女,行囊很是简单,不过都像带了武器的,也许是绿林中人。"

剑秋笑道:"前日来了一个不算数,今天又到了四人,终难免一场厮杀。我们尽让他们来见面,若是什么巨盗,索性诛掉了也好。"庄丁在旁说道:"那四个人中间有一个汉子,相貌生得丑陋不堪,且又罗着一足,而行走却无异常人,这不是很奇怪的吗?"玉琴听了,便对剑秋说道:"我们不要妄加猜疑,莫非此人来了?快请相见。"

那庄丁听玉琴说了一个"见"字,忙回身走出去,一会儿早领着四位客人步入,玉琴等都到厅堂上来迎候。一看当先走进的一个独脚汉子,手里撑着一根铁拐,相貌奇丑,嘴边露出一对獠牙,原来是薛焕;背后一个黑衣少年,也就是小尉迟滕固。在二人背后,又有一个英俊少年,乃是李天豪;和天豪并肩而行的女子就是蟾姑。琴、剑二人见了他们到此,一时摸不着头脑,忙上前相见。

蟾姑见了玉琴,便带笑走过来,握手说道:"多时未见姊姊，我等都不胜怀念。你们一向在哪里？今天方被我们寻到了，真是快乐！"

玉琴答道："屡次想到龙骧寨来拜望你们，却因没有机会。你们都好啊？怎样会和滕、薛二君跑到这里来的呢？"

蟾姑尚未回答，薛焕早哈哈笑起来道："女侠，这件事说起来话很长的。我们今天到这里来，也是再巧没有的事，适逢着新认识的朋友，多蒙他指点我们到此的。"

玉琴正要问谁，萧进忠已听得消息，和他妻子以及寇玉蝶等从屏风后走出来了，于是玉琴、剑秋便代他们一一介绍。大家分宾主坐定，庄丁献上茶来，天豪、薛焕等又向萧进忠、程远说了几句客套。剑秋便问天豪："你们怎样知道我们在这里？方才薛兄说有人指点到此，这个人又是谁？"

天豪微笑道："你问起这个人吗，在几天前刚和你们交过手的。"

剑秋道："莫非就是金刀穆雄之子穆祥麟，你们又怎样相识的？"

天豪答道："此番我们南下，特地来奉访二位的；但不知二位究竟在何方，昆仑山又远隔千里之外，我等难以前去。正在踌躇不决，恰巧在淇县避雨，留在旅店中，不能赶路；那时候穆祥麟也来宿店，大家闷守在店中，无可消遣，遂彼此交谈。

"我们见他是一个有本领的少年，遂略将自己的来历告诉，且说我们南下要访问女侠；他就老老实实地告诉我们，说你们尚在萧家庄。我们听他说已为公义而忘私仇，很表同情，等到雨势渐小，我们马上赶来，穆祥麟也北走幽燕去了。这遭相见，岂非巧之又巧呢？"

剑秋笑道："真巧，谁想到穆祥麟会告诉你们的呢？幸亏你们早来一步，否则我们明天也就要动身到天津去了。"天豪听说，便对蟾姑说道："你怪我心急，雨点未全停止便要赶路，若然迟了一天，我们又要错过机会了。"

玉琴便对蟾姑道："我们自从在山东道上匆匆一晤以后，我和师兄及云师便到张家口天王寺，去歼灭四空上人。毁了他们的淫窟，本想顺便来龙骧寨走一遭；只因一则已知贤伉俪方作南游，二则还有别的事情羁绊，所以重上昆仑去拜见禅师。

"路过洛阳，又到邓家堡，和邓氏七怪决斗，那时候就和滕、薛二位邂逅，同破邓家堡。薛焕兄是憨憨和尚的弟子，所以同是昆仑门下；后来我们离开洛阳，便介绍他们到龙骧寨来游。大概他们二位已在寨中盘桓多时了，现在寨中事业想必蒸蒸日上，令兄令妹都安好吗？"

蟾姑听玉琴问起她哥哥宇文亮来，不由眼睛里滴下泪来，指着天豪说道："你问他吧，他会告诉你的。"玉琴、剑秋等见蟾姑忽然露出悲伤的样子，都不胜惊疑，难道龙骧寨发生了意外的变化吗？

剑秋忍不住向天豪追问道："宇文亮无恙吗？龙骧寨现在的情形究竟如何？你们又何以离开寨中呢？"李天豪摇摇头，叹了一口气，交叉着双手，遂把龙骧寨过去的事情详细地告诉出来。

第七十八回

邂逅中途女儿劫狱
绸缪良夜壮士乞婚

自从荒江女侠在白牛山杀死飞天蜈蚣邓百霸，复了父仇后，和剑秋回到龙骧寨小住。但因宇文亮对于此事颇有不满，虽经李天豪数次劝解，消除恶感；而莲姑眼见剑秋和玉琴十分亲密的样子，在她芳心里酸溜溜地怀着一团醋意，曾于黑夜伺隙行刺，然而也没有成功。玉琴的心里也不免有些芥蒂，遂急急和剑秋离别了龙骧寨，到关外去。

李天豪隐约知道这事，背地里告诉了蟾姑，深怪莲姑有欠光明态度，得罪女侠。蟾姑早觉得自己的妹妹醋意儿很深的，因此姊妹俩也有些不甚融洽。而莲姑情窦已开，小姑居处尚无郎，颇有标梅之感；先有天豪，后有剑秋，大好郎君都被他人捷足先得，心里更觉得不快。

宇文亮、李天豪在塞外招罗贤士，积草屯粮，在后面蛤蟆岭开辟一条秘密隧道，以作出路；又在塞外分水岭上筑起碉堡来，派部队驻守，以备官军来攻时，成犄角之势，不让官军封塞洞口。那白牛山上的王豹也奉了命令，将部下严加操练。

龙骧寨一切事业，确已有不少进步；李天豪胸怀大志，努力前途。惟有莲姑却精神颓丧，每天只是睡觉。宇文亮虽是个粗人，然也窥知他妹妹的心事，便劝莲姑出外一游，不要闷在寨中。

莲姑也很想出去走走，凭着自己的目光，或可物色得一位佳婿。想起他们有一家亲戚姓洪，住在山西潞安州，洪家的老太太待他们姊妹俩很好的，多年没有相见，消息不通，所以要到那边去走一遭。先把自己的意思告知她的哥哥宇文亮，只说久蛰思动，要出外去一遭。宇文亮当然赞成，便预备了些关外土产，如皮货之类，给他妹妹带去赠送洪家。蟾姑知道了，揣知莲姑的意思，也愿意她妹妹到寨外去一游，遂和天豪等设宴代她饯行。

莲姑别了长兄和姊姊，离了龙骧寨，跨上一头黑卫，便向山西赶奔而去。行了好多天，已入山西省境。莲姑朝行夜宿，在路上观玩风景，久在塞外朔漠，枯寂沉闷，此刻便觉舒畅多了。

有一天，将近五台山，在途中忽听鸾铃响，有一骑自后疾驰而来，倏忽间已至身侧。莲姑睇视一头青鬃马上坐着一个五陵少年，披着轻裘，腰系一剑，丰姿甚是俊秀。在塞外罕见有这般美男子，若和李天豪、岳剑秋比较起来，也不相上下了。

那少年瞧见了莲姑，也是不胜惊异，这样一个美貌少女却独自在山路行走，不怕匪徒觊觎吗？遂很注意于她。

一会儿，少年的青鬃马已超出莲姑的黑卫，相隔有百数十步之遥；莲姑不甘示弱，两腿一挟，催动坐骑，追向前来。少年屡屡回首，莲姑见他这个样子，不由嫣然一笑，少年见莲姑向他浅笑，一颗心不禁荡漾起来。坐下马渐渐慢走，早让莲姑的黑卫追出，落后其二百步；少年复加上一鞭，向前追逐。莲姑不欲被那少年追及，也努力驱马飞跑；少年的坐骑追到莲姑背后，尾随着跑了一里路，方才又追出前面去。

这样快快慢慢地跑了七八里路，天色已晚，少年忽然停辔，待莲姑行近，对他带着笑脸说道："这位姑娘，打从哪儿来,往哪儿去?此处宿头很少,惟有前面小羊坪有小逆旅店以借宿的。风闻这里绿林好汉甚多,姑娘须得小心!"

莲姑微笑答道:"我姓宇文,闺名莲姑,方从塞上来,往潞安州探望亲戚的。请问尊姓大名?"

少年笑道:"承蒙垂告,荣幸之至,鄙人姓杨,草字乃光,潞安人氏,此番是从北方回来,恰和姑娘邂逅。姑娘到潞安州去探访哪一家亲戚?如蒙不弃,鄙人当追随鞭镫,同返潞安。"

莲姑点点头道:"很好,我是往潞安洪家去的,一人独行,路上正嫌寂寞,有杨先生做伴,使我不致迷津,真是最好的事了。"于是杨乃光陪着莲姑并辔而行,不多时早望见前面有一个小小村庄,就是小羊坪了。

入得村来,果然有一家小旅店,店伙站立在门前候客,见二人到来,连忙上前招呼;代他们牵住缰绳,二人跳下坐骑,把坐骑交给店伙,带了包袱走进店堂。

这旅店是简陋不堪的,只有二三个小房间,好在空空地一个旅客也没有,莲姑与杨乃光各自住着一个小房间。休息一会儿,用过晚膳,杨乃光走到莲姑房间里来座谈,讲些江湖上的轶事。莲姑听他很是熟悉,暗想:此人大概也是吾道中人吧!倘然有真实本领的,可以请他入伙,同谋革命事业,倒也是大大的臂助,将来也可在我哥哥姊姊面前交代过哩;所以假以辞色,竭力和杨乃光周旋。

但杨乃光尚不肯将自己身世完全告诉,只知他是一个精通武艺的少年,家中也没有什么人了,常在外边游历,交友很广。杨乃光当然也向莲姑询问家世,莲姑和杨乃光是初次见面,所以也不欲完全吐露;只说自己的哥哥宇文亮,在张家口做皮货生意的,因那边常有盗匪,所以兄妹略习武艺,以应万一之虞。谈了许多时候,已过二更,杨乃光遂说道:"姑娘路途辛苦,应早休睡了,我们明天再见吧。"很客气地告退出去。

莲姑等杨乃光走后,便把房门闭上,打了一个呵欠,连日赶路,仆仆风尘,也觉得有些疲乏,遂脱去外衣,上炕安睡。

但她今日无端遇见了杨乃光这样一个美少年，一颗芳心顿时活跃起来，一合眼好似有杨乃光站在她的面前，笑语晏晏，不由辗转反侧，好梦难成。心中胡思乱想，良久良久，直到下半夜方才睡着。

次日起身，忽然老天下起雨来，风斜雨细，道途泥泞，其势难以动身了。莲姑开了门，梳妆后，立在檐溜边，瞧天上阴雨密布，那雨愈下愈大，对着雨丝正在出神。杨乃光却从背后轻轻地走过来，口里咳嗽一声。

莲姑回头见了他，皱着眉头说道："真不巧，天公下起雨来了。"

杨乃光道："姑娘只好委屈玉驾，在此多耽搁一天了。这条路很是难走，下了雨没处躲避。"

莲姑道："我一心要想早早赶到潞安州，若在此间枯坐一日，怎不令人烦闷。"杨乃光道："我与姑娘同有此感，但我幸遇姑娘，比较独行踽踽没得伴侣的远胜多多了。今日当伴姑娘长谈，以解寂寞。"莲姑听了，点点头，也不说什么。

店伙送早餐进来，莲姑便回房去用过早餐。一会儿杨乃光步入房中，在莲姑对面坐下，莲姑却坐炕上，将身斜倚着，两手反撑在炕边，露出一团娇慵的样子。杨乃光陪着她谈谈说说，曲意承欢；彼此很是投合，这样消磨了一天光阴。

明天已是天晴，杨乃光代莲姑一起付去了宿资，伺候莲姑上道。现在二人一见如故，已十分相熟了，一跨马，一坐黑卫，离了小羊坪，往太原进发。数天后已至太原，这里是山西的省会，城廓雄伟，居民稠密，有山西巡抚驻节于此。

二人进城，便在一家较大的客店中投憩，和小羊坪的逆旅不可同日而语了。杨乃光对莲姑说道："城东有一家姓车的，是我的老友，所以明天早上要去拜访；下午预备陪你到名胜之处去游玩，多住一天，然后动身。"莲姑当然同意。

次日上午，杨乃光出去了，莲姑独在客店里闲坐，她还没有详细知悉杨乃光的身世，大概须到了潞安州，方能明白一切。这几天在途中一起赶路,约略可以窥见杨乃光是个风流之辈,对于她自己很有些意思,只是尚在萌芽中,没有成熟罢了。自己本想出外找寻一个相当的夫婿,那么此人未尝不是佳偶呢!她这样想着,心坎里对于杨乃光已有七分许可了。

等到午饭用罢,专待杨乃光回来;但是守候了多时,不见他的踪影,看看日影渐西,自思:杨乃光曾许今天下午陪我出去游玩的,他明知我一个人在客寓里没有消遣,断无把我抛下而自己去寻快乐之理,为什么到了这个时候,还未归寓呢?莫非被他的朋友留住了吗?然而他总该饰词推托,何至于一去不返,莫非有什么意外之事吗?

她正在胡思乱想,忽见一个店小二形色仓皇地跑进来,跟她问道:"姓杨的人和姑娘是亲戚还是一家人?"莲姑不知所以然,遂答道:"他是我新认识的朋友,一起赶路往潞安州去的,你问他做甚?"

店小二点点头道:"这样还好,正有一件要紧的事,要告诉姑娘。姓杨的今日上午到一个姓车的友人家里去晤谈,不知怎样的被车家暗暗报告了官府,派了大批捕役前去,将姓杨的捉将官里去了。"

店小二尚未讲完,莲姑不由大吃一惊,忙道:"真有这事!你听谁讲的,为什么姓车的要把他陷害呢?"

店小二道:"我刚才有事出去,行过玉带桥,逢见许多捕役,持着铁尺、短刀、棍棒等武器,押着一个醉汉,从桥上走下来。那醉汉被人捉了尚醉卧未醒,许多人随着看热闹。我仔细一看,那醉汉不是别人,正是和你姑娘同到小店里来歇憩的杨爷,顿使我惊异莫名。内中有一个姓张的捕头和我相识的,我便走上去跟他查问根由。

"他告诉我说,这姓杨的乃是潞安州有名的飞贼,江湖上都唤做一阵风杨乃光,飞檐走壁,神出鬼没,本领非常高强;常偷富豪之家,见到美貌的妇女就想采花。犯过的案件累累,山西省无不知道杨乃光的声名。省中大吏几次三番要捕他到案，只是不得成功。有一次在临汾一家妓院里，已把他围住了，仍被他兔脱，反击伤了数名捕役。

"这次他到太原来探访朋友，那姓车的名雄，本是他一伙中人。只因近来车雄已洗手不干，归了正，和本地的绅士武吟乐攀了亲家，常常和官场走动，便变了心肠。见面后就想把杨乃光擒到送官，求得功劳，只忌杨乃光的本领高强，所以设宴洗尘。先把杨乃光灌醉后，遂派家人到衙门密告；他等方才赶去，不费吹灰之力将杨乃光活活擒住，送上衙门去审讯口供。我经他告诉了一遍，方明真相，因为瞧见姑娘是好人家的闺女，不像和贼人一党的，遂回来告诉你一声啊！"

莲姑听了店小二的说话，大为诧异！便道："那姓杨的果真是飞贼吗？这个我却不知道，其中难免有冤枉的事，我不信他会做贼的。"

店小二道："是呀，我起初也不相信，但是捕役这样说的。少停说不定要到这里来搜查，姑娘既然和姓杨的没甚关系，犯不着牵连在内，免得拘到公堂，出乖露丑。不如姑娘现在先行走了吧，可以脱却干系，否则公差来时，我们店人也不能代你庇护的。倘然先走开了，我们可以诿称不知情。"

莲姑听店小二教她躲避，明知店小二借此机会要得些好处；自己和杨乃光究属初交，不知他的底细，真犯不着和他一起去吃官司。"三十六着，走为上着。"我还是先离开了这里，再作道理。所以莲姑便从身边掏出三两银子，递给店小二道："这一些钱给你买东西吃的。"

店小二连忙带笑说道："啊呀，姑娘赏赐这许多钱吗，谢谢姑娘。"说着谢字，早把银子接到手里，往怀中一塞，走出去了。

莲姑遂去收拾包袱，付清了她个人的房饭金，走出店来；那店小二早已牵着她的黑卫，在店门口伺候了。莲姑跨上黑卫，向前奔驰，出了太原城，往南进发，薄暮时到了一个小镇，仍在一家小旅店内住下。

黄昏时,独坐斗室,对着孤灯,十分无聊;实在这几天有了杨乃光做伴,有说有笑,多意多情,现在却是形影相对,难遣寂寞,这真是难以自解了。暗想:像杨乃光这种美男子,不信他会做贼的,此事我终不明白,难保其中不有他种曲折。我既和他萍水相逢,许为友侣,也不能丢下这事情不管。倘然他是冤屈的,我理当设法救援他才是,怎可飘然远引,独善其身呢?

　　她这样一想,又深悔自己不该听了店小二的话马上一走,给人家知道了,也要笑我太没勇气。于是她的一颗芳心依旧牵系在杨乃光身上,踌躇再三,决定明天仍要重返太原去探听杨乃光的下落,以明真相。

　　次日,莲姑把黑卫留在店里,自己步行入城,到街坊上去探听消息。走到一家酒楼上,独自占了一个座头,点了几样菜,慢慢吃着。适逢对面座上有两个年轻的男子在那里喝酒闲谈,正讲起杨乃光的事情。

　　一个左边的男子说道:"古语说得好,天网恢恢,疏而不漏。那杨乃光是个神通广大的飞贼,有非常好的本领,来无影,去无踪,不知犯了许多窃案,奸淫了许多妇女!昨天他忽然到这里来探访朋友,他的朋友车雄,以前也是江湖上人,现在竟会卖友求荣,灌醉了杨乃光,把他捉将官里去。审问之下,杨乃光业已承认,送入牢监,听说不久就要处决的。可见得善有善报,恶有恶报,也是杨乃光的末日到了,大快人心。"

　　右边的男子接着说道:"杨乃光当然是罪不容于死,可是那个姓车的也太没义气,用这种卑鄙的手段陷害朋友,杨乃光死了也不瞑目。"

　　左边的男子又道:"杨乃光这人名气很大,起先我不知他是个怎样的三头六臂、青面獠牙的大盗;直到昨天公堂审问时,我跟着王公差挤进去一看,原来是个白面少年,脸蛋儿生得非常俊秀的。倘使他平日站在我的面前,必要当他是个王孙公子,谁料到这样一个人会做盗贼的呢?可惜可惜!"

这几句话早触动了莲姑的心怀，心中暗暗盘算，也觉得杨乃光如此结果，未免可惜。自己和他虽然刚才认识，没有很深的关系，然觉他对于自己很是爱慕的，所以结伴同行；谁料途中闹出这个岔儿，以致各自分飞。我若是丢了他一走，他死了，不但怨恨那姓车的不义，恐也要怪我无情，不去救他。不如凭着我的本领，前去趁夜劫狱；把杨乃光救出牢狱，用好语劝他改过自新，不要再去干那种生活。大概他总能听我的。

于是莲姑又决定去劫狱了。好在她身边带着宝剑，艺高胆大，无往不利。便去监狱面前细细察看一回，然后到一家小旅店内去安身。挨到了黄昏人静，便轻轻开了后窗，一跃而出。幸亏是个明月夜，施展飞行术，疾如鹰隼。找到监狱后面，越墙而入，但不知杨乃光监禁的所在。东找西寻，睢见东边一间小屋子里，有黯淡的烛光射出，掩过去向屋内偷窥时，见有一个四十多岁的狱卒，正独自坐在那里面喝酒。

她遂飘身而下，一个箭步从后窗户里跳将进去，拔出佩剑，在狱卒面前扬了一扬。那狱卒吓了一跳，"铛琅"一声酒杯落地，正要喊出声来，莲姑早娇声喝止道："不许声张，否则须吃我一剑。"狱卒道："女菩萨，你饶了我一命吧！"莲姑道："你若要我饶你的性命，那么快快说出杨乃光械系的所在。"狱卒道："他就在后面第一百十六号里。"莲姑道："我不认得路，你须引导我去。"狱卒只得答应。

莲姑一手握剑，一手握住狱卒的辫子，戴在手腕上，喝一声："走！"狱卒硬着头皮，走出小屋，把莲姑曲曲折折引至一个所在，从身边取出钥匙去开了门，说道："这里面就是杨乃光大盗了。"这时远远地有更锣声音，莲姑恐防狱卒要叫喊，便手起一剑，把他刺死在地，尸首抛在黑暗的墙隅，然后走进屋子。

她运用夜眼，见左边黑暗蹲着一个人影，大约就是杨乃光了。便轻轻问道："杨先生在此吗？"只听那边答道："我杨乃光在这里，来的莫非就是宇文姑娘？"莲姑答应一声，急忙过去,摸着他身上的铁索,把剑劈断了锁,脱去铁索,解除脚镣和手铐。

杨乃光释缚一跃而起,说一声:"多谢姑娘援救的恩德。"莲姑也不及回答,返身引导着杨乃光走到外面,说一声:"走吧!"二人一前一后,跳上高墙。有如两头猿猴,连跃带跳逃出牢狱,跑到隐僻的小巷里,方才立定。

莲姑开口问道:"杨先生,怎么忽然闯出这个岔儿来呢?我终不明白。人家都说你是个飞贼,所以你的朋友把你告发,捕将官里去,究竟是怎么一回事?我不相信你这样的人会做贼的,所以冒险前来救你。"

杨乃光听了,脸上不由一红,说道:"这件事说来很长,待我以后再告诉你吧。那姓车的真是个王八羔子,我待他不错,他竟不顾信义,卖友求荣;若非姑娘前来援救,我这条性命不就要断送在他的手里吗!现在我要求姑娘同我到车家去,一不做,二不休,必要把我的仇人杀却,以出我心头的怨气。"

莲姑点点头道:"那姓车的真不够朋友,我就随你去走一遭。你认得路的,你先领道吧。事不宜迟,免得走漏了风声。"于是杨乃光引着莲姑,飞奔车家而去。莲姑觉得杨乃光的飞行功夫真是不错,高出自己之上,暗暗佩服。

到得车家,二人都飞身纵入。杨乃光乃是熟路,至车雄卧室之前,莲姑因杨乃光手无兵刃,便将自己的佩剑递给他的手中。室内灯光尚明,有人影闪动,谅车雄尚未入睡。二人将唾沫湿了纸窗,戳了一个小孔,一齐向内暗窥时,莲姑瞧见室中桌子前有一个黑面短须的人,身躯很是高大,正在用着天秤秤银子。桌上一包一包的银子,堆得不少,那人秤过一包,便用笔记在簿上,一面又到柜内去搬取,不知他忙着秤这些银子做什么?

靠里炕上睡了一个妇人,连连呼晚道:"此时已近三更了,你为何还不要睡觉,只是盘算这些东西做什么?好好的锁在柜里,偏要把它搬出搬进,横秤竖秤,真不怕麻烦的。"

那人笑嘻嘻地答道："你不知道，不久我就要做官哩！武亲家今日对我说，巡抚因为我设计擒了杨乃光，记我一个功劳，保奏上去，可以博个一官半职。现在最好先送些银子给巡抚大吏，好让他派得一个肥缺；将来多捞些油水，不是值得的事吗？所以我要拿出一千两银子去呢！"

妇人道："你有了这些家私，尽够用了，还要过官瘾，全不想想当初在草棚子里的时候吗？"那人道："彼一时此一时也，请你做官太太不好吗？"莲姑听得有些不耐，便凑在杨乃光的耳朵上，低声问道："此人可就是车雄吗？"

杨乃光点点头道："就是此贼。我要下手，等不及他睡眠了。"便在窗外喝一声："姓车的，你不该把我灌醉送官，负心卖友，快快出来纳命。今晚有了你，没有我，有了我，没有你！"

杨乃光说完这话，把室中的车雄吓了一跳，不明白杨乃光监禁在狱，怎会来此寻仇的？连忙从床边取出一对铁锤，跳出房来。杨乃光早已怒发冲冠，一剑刺向车雄的心窝，车雄咬紧牙齿，说不出什么，舞开双锤和杨乃光战在庭心中。狠斗了一百余回合，不分胜负。

莲姑在旁瞧着，觉得车雄的武艺着实不错，久战恐怕耽搁时候，心中好不急躁。正想上前相助，却见几个下人擎着火把、刀枪前来，高呼："快捉刺客！"莲姑更不敢怠慢了，一箭步跳过去；飞起一足，早把一个下人踢倒在地；抢得一柄单刀拿在手里，杀奔车雄。

车雄见又有一少女来战，心中不胜忐忑。他素知杨乃光本领高强，现在又加上一个劲敌，心里不免有些发慌，手中的锤法渐乱。杨乃光的宝剑紧紧逼住，莲姑觑个闲隙，一刀刺入车雄的后腰。

车雄大叫一声，正想逃遁；杨乃光一剑横扫而入，早劈中他的膀臂，跌倒在地。杨乃光又是一剑，将车雄的头颅割下，仰天大笑道："我仇已报，总算出了这口气，要谢谢宇文姑娘的。"这时车雄下人早已惊走四散，莲姑对杨乃光说道："我们走吧！别再留恋，说不定车家下人要去报官哩。"

杨乃光点点头，遂把宝剑还给莲姑；自己向地上拾起车雄的双锤，说道："便借这一对家伙用用吧！"又到车雄房中，向桌上掳了许多银子，揣在他的怀中。

莲姑笑道："你眼热这些银子吗？"杨乃光道："不义之财，取之何伤？拿来散给贫民也好。"莲姑去找车雄的妻子，早已不见；于是二人飞身上屋，离了车家。

正想出城，忽听街上号筒声音，一片声喊拿人，有许多兵丁追来；二人知道事情已是泄漏，遂急忙向城门跑去。此时，城门已闭，城上也有兵把守。因为狱卒尸首已被更夫发现，同时觉察大盗杨乃光已越狱而逃，报告与县官知道，好似打了一个晴天霹雳，连忙请城中李守备派兵一营，出来四处搜捕，一面又去禀报巡抚。巡抚赫然震怒，着令李守备速捕大盗归案。

那李守备是个军功出身的战将，本领很好，跨马持枪，带领官丁上街去捉拿，但仍不见影踪。因为杨乃光和莲姑躲在东城边一个古塔之上，大家没有防到，且也没人有本领上去。将近天明时，二人偷瞧城墙上守兵稍远，便一溜烟从古塔上一层一层地跳下，攀登城垣，从可以接脚的地方翻出城关。然当二人逃到城外时，天色已是微明，城外吊桥边也有兵丁戒备着，瞧见了二人，连忙拦住去路，早被莲姑跳过去，斩倒了两个，闯过桥去。

走了不多路，听得背后呐喊声，李守备早接到消息，亲自追来。杨乃光对莲姑说道："可恶的狗官，逼人太甚！困兽犹斗，况我杨乃光并非无能之辈，不给他一个厉害，他们不肯退走的。"遂和莲姑一齐立定在道旁，杨乃光挺着双锤，圆睁两目，等候着官兵追来。兵丁们见前面两个人握着兵刃站立，知道就是越狱的大盗了，又叫喊一声，汹涌而上。杨乃光摆动双锤，锤头到处，一个个东仆西跌，哪里是他的对手！

李守备一马冲上，骂一声："狗强盗！"将手中长枪紧一紧，刺向杨乃光的脸上；杨乃光把铁锤拦开枪头，还手一锤，

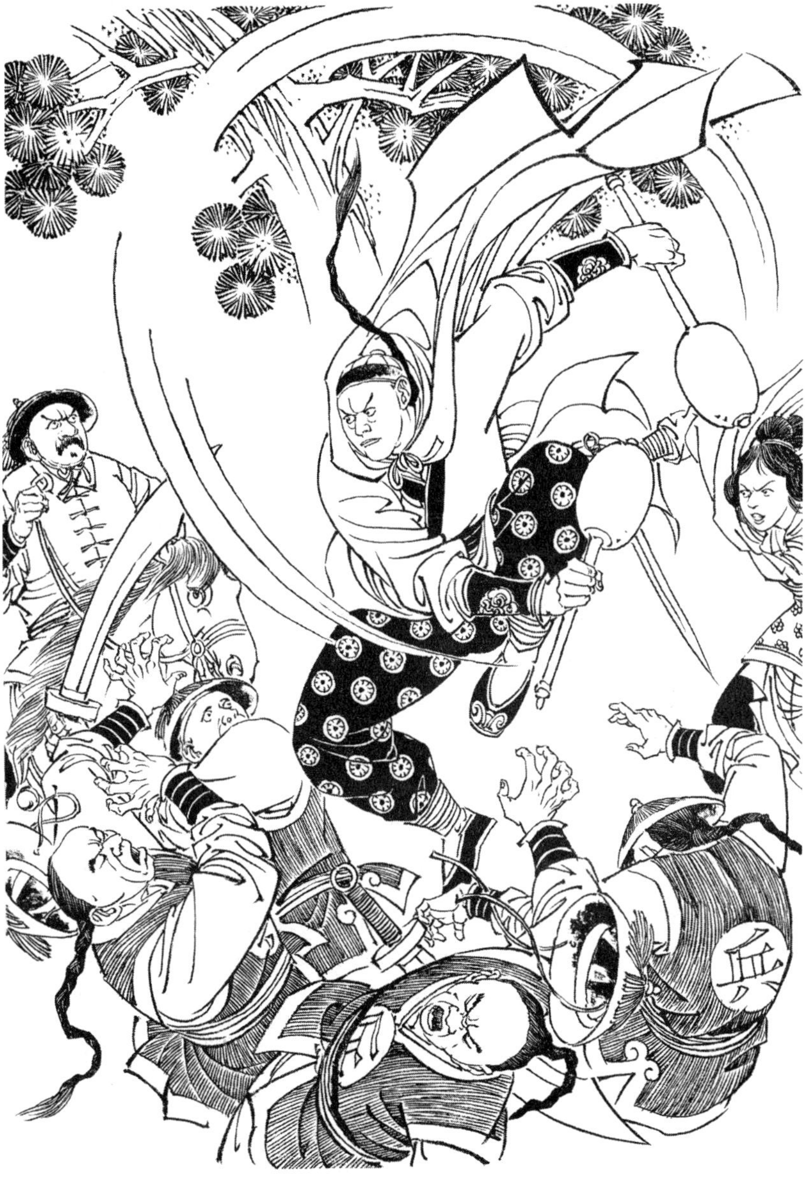
兵

向李守备马头打去。李守备将马一紧,让过这一锤。两人酣斗数十回合,只听杨乃光猛喝一声,一锤正击中李守备的大腿,李守备翻筋斗跌下马来。兵丁们慌忙上前,把李守备抢护着退去。杨乃光回头向莲姑微微一笑道:"便宜了他,但这只腿恐怕要残废了。"

莲姑瞧见杨乃光的武艺,暗暗惊喜,也说道:"他们受了挫折,不会来了,我们走吧。"

杨乃光瞧见李守备坐的那匹银鬃马还在道旁吃草,便去牵了过来,向莲姑道:"我的坐骑恐怕没有了,借来一用。但不知姑娘的黑卫在哪里?"莲姑道:"在前面镇上。"杨乃光遂牵着马,和莲姑向前赶路。

一会儿早到了那镇上,莲姑叫杨乃光在近处稍待,立刻回到小旅店里,把房饭钱付讫,拿了自己的包裹,牵了黑卫便走。店主人见莲姑的行踪诡秘,也觉得有些奇怪。莲姑遂和杨乃光各自跨上坐骑,向南飞驰。

这天晚上到了范村,那地方没有旅店的,二人便向一处大户人家借宿。那家人姓滕,主人很是好客,错认二人是少年夫妇;二人也将错就错,没有声明。只说他们姓杨,是潞安大族,此番从五台山进香回转。主人信以为真,特地在他宅里花园深处,辟精室为二人下榻,治馔款待。

晚餐后,杨乃光和莲姑经下人引入花园,到一间小轩里安寝。轩中陈设甚是富丽,坐定后,下人献上茶来,旋即退出。月色很好,二人不欲即睡,从小轩走到外边,在花园中散步。明月在天,人影在地,四围花木扶疏,风移影动,境至幽静。

二人循着曲径走去,在假石山上,一个六角小亭中石凳上对面坐下。杨乃光瞧着天边圆圆的月亮,和莲姑身上映着的月光,便对莲姑带笑说道:"今夜是十五日,月光真好,如此良宵,难得逢见的。人生真是不可先知,我此番一会儿锒铛入狱,一会儿在园中赏月;侥幸得逢姑娘,使我身心愉快,这都是姑娘所赐予的啊!"

莲姑听了，微微一笑，说道："杨先生，我还要冒昧问你；人家说你是飞行大盗，所以山西巡抚要严行捕捉。而那个姓车的将你灌醉了，卖友求荣；但我殊不信像你这样一个好男子，却干这生涯的，其中究竟是怎么一回事？今日你能老实告诉我听吗？"

杨乃光只得答道："请姑娘不要见笑，我真惭愧！以前我曾一度为盗，但专偷劫为富不仁之家，绝不敢妄取平民一钱。至于采花一事，完全是人家诬蔑，姑娘不要相信。近来我也觉悟，洗手不干了。

"那车雄便是以前合伙的同伴，我所剩一些钱财全交给他。想不到他在此和绅士们攀了亲，做官心热；乘我这次去晤见的时候，他竟昧良无义，请我喝酒，把我灌醉了送官邀功，一面可以白得我的存银，一面可以博得一官半职，真是可杀不可恕！所以我要去杀掉他，一雪我恨。我很感谢姑娘，虽和我是初识，而十分义气，冒险来救我出狱。这再生之恩，叫我如何能报答呢？"莲姑道："这种事何言报答！"

杨乃光又道："我愿一辈子长随着姑娘，若得姑娘赐教，这更是我的大幸了。"莲姑低头不答。杨乃光只是把甜言蜜语去恭顺她，博她的欢喜。在亭上坐谈了良久，方才走下假山，回到轩中。

瞧烛影摇红，一个小小蛛丝从承尘上下垂在桌边。杨乃光若有意无意的笑道："今宵我们有喜事呢！姑娘你瞧见这小东西吗？"莲姑微微一笑，连忙别转脸去。这里的主人不知他们是挂名夫妇，所以炕上只代预备得一副被褥，两个枕头放在一起。杨乃光瞧着莲姑灯下的美态，心里早已摇摇不能自主，遂说道："姑娘疲乏了，请先睡吧！"

莲姑向左边椅子里背着身坐下道："请你先安睡，我如此坐一宵也好。"杨乃光道："怎么使姑娘枯坐待晓，教我怎生对得起你？想我与姑娘萍水相逢，中有天缘，所以我一见芳容，遽生爱慕之念，又蒙相救，更感大德，这天高地厚的美人恩，不知如何报答才好。"莲姑听着，默默不语。

杨乃光又走至她的面前，对莲姑深深一揖道："小子年已二十有五，却尚未授室。只因我生平曾宣誓，愿得一个精通武艺，姿色美丽的女子为妇；否则宁作鳏鱼，故而蹉跎至今，未谐鸳盟。今逢姑娘，真是我心目中钦佩爱慕的人；不揣冒昧，乘此良宵，敢向姑娘乞婚。倘蒙不弃，这是小子一生的幸事了。"说罢又是一揖。莲姑两颊微红，向杨乃光微微一笑，却不开口还答。

杨乃光见莲姑微笑，这明明是表示允意，遂大着色胆，挨近过来，双手一抱，将莲姑轻轻抱起，搂在怀中，便到炕上去代她宽衣解带。莲姑心中也早有此意，所以半推半就，便效于飞之乐，同圆好梦。

想不到莲姑这一次离寨南游，找着了一阵风杨乃光为夫婿，固然风流英俊，和剑秋、天豪等比较起来，大似虎贲中郎；然而论到人格，却是鸾凤匹配，不可同日而言。因此一夜欢娱，种下了龙骧寨后来的祸根呢！

次日起身，莲姑想起昨夜绸缪风光，不禁有些腼腆，在被窝里收拾干净，免得露了痕迹，给人耻笑；杨乃光却如愿以偿，喜气洋洋。主人又来殷勤招待，莲姑在她包袱里取出一件羊皮裯的统子，送给主人；主人谦辞不肯接受，经杨乃光再三说了，方才收下。杨乃光又取二两碎银子打赏下人，和莲姑别了主人，上马南行。

又走了两天，忽见前面有一高山陡起，山势异常险恶。莲姑便问杨乃光这是什么山脉？杨乃光道："这山名唤金鸡山，是因它的形势相像之故，闻以前常有绿林盘踞，但也没有多大声名的。此去山地很多，伏莽遍地，有些人视为畏途，但我们是绝对无忧无虑的。"莲姑点头，二人催马前奔。

在左边一带松林丛密，忽有一支响箭从二人头上飞过，二人知道果然见了响马，所以放出这箭，意思叫他们立即停步；于是二人各出剑锤，准备厮杀。跟着林中飞奔出一伙人来，当先一个头戴毡笠，身穿皂衣，面目狰狞的盗魁，手中扬着一柄鬼头刀，指着二人喝道："你们这一对狗男女走向哪里去，快快放下行李。"杨乃光对莲姑带笑说道："这贼强盗找到祖宗身上来了！我今很高兴，等我去结果那厮吧。"莲姑点点头。

杨乃光遂跳下马来，走上前说道："贼盗，你向爷爷行劫吗？赢得我手中的双锤，方肯与你银子。"便将手中铁锤一扬，那盗魁不防今日遇到了对头，勃然大怒，大喝一声，向杨乃光举刀便砍。杨乃光舞动双锤，和盗魁巨战，锤影如两团黄云。

盗魁的武艺平常，所以二十余回合后，刀法散乱，虚晃一刀，跳出圈子，对杨乃光道："你这小子本领不错，俺杀你不过，回去唤我哥哥前来，你若是好汉，不要溜走。"

杨乃光冷笑一声道："惧怕的不是好汉。便去唤你爸爸前来，我也要领教领教，休说你的哥哥。"盗魁和他的手下一齐退去了。杨乃光兀自威风凛凛地站着，莲姑也跳上黑卫，微笑道："请你休息一下，盗魁再来，待我去杀一个痛快。"杨乃光笑道："莲姑，你也手痒吗？我让你来厮杀一阵吧。"

不多时候，呐喊又起，远远地山坡侧杀出一群盗伙来。为首一个四十多岁的壮士，黄巾包头，身穿锦衣，手中挺着一支铁槊，背负五口飞刀，杀气腾腾，十分凶恶，和先前的大不相同的。莲姑虽是女子，久经大敌，什么也不怕的，手中挺着宝剑，当先迎上前去。

那壮士高声喊道："哪里来的狗男女，胆敢如此无礼！谅你们也不知你家爷爷的厉害呢！"莲姑冷笑一声，答道："鼠辈伎俩，亦不过尔尔，休得撒野逞能。"那壮士见迎战的是个少女，满不在他的心上，将铁槊很快地向莲姑头上打来。

莲姑将剑架住，使个苍龙取水，陡的一剑，直刺壮士咽喉。壮士不防莲姑有这敏捷的身手，急忙躲闪，险些着了一剑，方才不敢轻视，使开铁槊，急如风雨，没有半点儿松懈之处。莲姑也舞动宝剑，和他酣战。

杨乃光在后观看莲姑决战，只是暗暗点头赞美莲姑的剑术。那壮士见莲姑本领高强，自己不能取胜，遂乘间虚刺一槊，向后退走。莲姑见壮士槊法未乱，遽尔退下，明知是诱敌之计；但她不甘示弱，故意蹈险，飞步追赶上去，杨乃光却在背后喝道："留心狗盗暗算！"

果然那壮士掣出背上飞刀，"呼"的一刀向莲姑顶上飞来。莲姑一低粉首，那刀恰巧从她头发上掠过，直飞到背后草地上，插入地下三四寸；莲姑依旧紧追不舍，接连又是两口飞刀，银光闪闪，飞也似的到了她的胸前，莲姑将剑左格右拦，"叮叮当当"地两口飞刀都被打落。

杨乃光见飞刀厉害，深恐莲姑受伤，舞起双锤，赶上接应。恰巧又是两口飞刀向莲姑下三路扫来，莲姑喝声："不要走！"左手向下一撩，一口飞刀早已到了她的手掌里头；接着耸身一跳，那口刀"刷"地从她脚底下飞到后边去，正向杨乃光的大腿飞到。杨乃光把锤往下一扫，那飞刀早直荡开去，落向浅草地上。

杨乃光一个箭步跃上去，喝道："鼠辈不用真实本领取胜，暗器又何足道。把你所有的飞刀尽管放过来吧，我杨乃光在山西省里哪一处没走到，没有遇见你们这些无名之辈。"

那壮士五口飞刀射完，却见一些没有损伤敌人毫末，本已咬紧牙齿，恶狠狠地杀回来。现在听杨乃光报出他的姓名，不由对杨乃光近前仔细凝视了一下，忙将铁槊向地上一插，拱拱手道："这位可是潞安州的一阵风杨乃光兄吗？"杨乃光忽见盗魁向自己行礼，不觉一怔，遂走前数步问道："请问你是谁人？怎样认识我杨某的？"

那壮士笑道："足下果然是杨兄，大概不认得小弟了。小弟姓项名雷，别号飞刀太保，我哥哥项云是杨兄结义之交。三年前我随哥哥至潞安州，曾到过府上拜访，幸识一面，所以至今还有些认识。若非杨兄道出姓名，我们正如江湖上说的，大水冲破龙王庙，一家人不识一家人了。"

杨乃光听了这话，便道："呀，原来你就是项二哥的兄弟项雷，恕我不认识了。二哥在哪里？"项雷摇摇头道："唉，不要说了，提起我哥哥的事，心中悲痛，说来话长。不如请杨兄到我们金鸡山上去谈一会儿，自可明白。"杨乃光点头道："也好，我就跟你上山去盘桓一下。"

项雷又指着莲姑问道："请问杨兄，这位姑娘是谁？"杨乃光微笑道："她是我内人宇文莲姑，我来代你们介绍。"项雷道："原来是嫂子，恕我失敬了。怪不得武艺这般高强！"遂向莲姑拱手行礼，莲姑也含笑答礼。

于是杨乃光和莲姑牵着坐骑，跟随项雷上山去。此时项雷手下的喽啰已把地上的飞刀一一拾起，交还项雷，项雷仍把刀插在背上；莲姑也把手中抢得的飞刀交还道："项寨主的飞刀很是厉害，若非我闪避得快！早已非死即伤了。"项雷听了这话，不由面上一红，勉强说道："嫂子的身手十分便捷，我的飞刀失其效用，更使我羞死了！"

莲姑连忙谦谢道："这是我的侥幸而已。"一边说，一边走。到得半山，只见那起先杀败的盗魁，手中换了两柄板斧，率领十数名喽啰前来接应；忽瞧项雷和杨乃光等走在一起，不禁惊奇万分，大嚷道："三哥，怎么和这两个人偕行呢？"

项雷忙道："四弟，休要鲁莽，你一向要见见潞安州的杨乃光杨爷，今天在此了。"遂又介绍一过，杨乃光和莲姑方知此人就是项雷的兄弟项雪。

项雪便向杨乃光下拜道："原来你就是杨爷，怪不得方才我要输在你手里了。"杨乃光连忙答拜，握着项雷的手说道："你们贤昆仲武艺也很不错，今日相逢，很是快活。"大家遂又向山上走去。

杨乃光和莲姑留心瞧着这金鸡山的形势，十分险恶。半山有一处两峰夹峙，高不见天，中间只有一条很狭窄的羊肠小径。在那里设有一座关隘，关上放着两尊土炮，有一队喽啰把守。除了这条路，别的地方无路可通山顶。

项雷、项雪引导二人登关而望，四围山峰重叠，如剑如戟，俯视山下进口的要道，历历在目。杨乃光不由赞道："这地方真是一夫当关，万夫莫敌。二位占据这个山头，大可以雄视一方，不怕官兵来攻打了。"

项雷道："小弟为的是此山险要可守，所以借此容身。在这关上只要有一二百人把守住，敌人休想冲得上。只有后山有一条小径，十分艰险，土人说从那里也可以登山的，不过很少人走，毒蛇猛兽很多。小弟到了山上，曾有一次去冒险试探，可是走得一半，仍退还来的；可称得秘密的山径，外边人绝少知道的。"杨乃光点点头，于是他们过了这关，方才到得山上。

项氏弟兄所住的山寨，都是靠了石壁盖成的，寨前松树很多，大风吹着，好似波涛怒吼。项雷、项雪把二人让到寨中，请他们在上面坐定，放去兵器，项雷方才把他哥哥的事一一奉告。

他先叹了一口气，说道："我哥哥项云早已不在人世了。"杨乃光道："可惜，可惜！项云哥是怎样死的？我和他是好朋友，多年不见，时常要想起他的。"

项雷道："我哥哥为人十分爽快，别的也无可指摘，但他对于我们的嫂嫂太溺爱，而忽略了我嫂嫂桑翠珍本是个卖解女儿，武艺娴熟，常在江湖上行走的。因她有了数分姿色，我哥哥很是爱她，遂娶她做妻子。桑翠珍起初嫌我哥哥年老，意中不欲，后来也是她的母亲贪了我哥哥的聘金，方才强逼她女儿嫁与我哥哥的。

"这是我哥哥第三次续弦了，因此我哥哥异常爱她，没有一件事不听她的话。谁知这妖妇以前曾和她的表兄包文钦有染，嫁后依然藕断丝连，未能忘情。包文钦也常来探望，下榻我家。他是江湖上的独脚大盗，也有很好的武艺，我哥哥当他是个好人，把好酒好肉款待他，桑翠珍自然更是欢迎他了。我等弟兄二人旁观者清，觉得包文钦和我嫂嫂眉来眼去，决不是个好汉子，几次在我哥哥面前劝谏，教他严密注意，不要过于听我嫂嫂的说话。

"谁知我哥哥忠言逆耳，不信兄弟之言，反去告诉我的嫂嫂。那妖妇自然在我哥哥面前撒娇撒泼，怂恿我哥哥和我二人不睦。我哥哥给她迷昏了，反把我弟兄二人疏远。我们明知是那妖妇在暗中作祟，但亦无可奈何，因我们平日在家中的时间很少，那时候更不能安住了。我们遂到陕西去走了一遭，约莫有半年光阴。等到我们还转绛县老家时，门户深锁，麻幡高插，换了凄凉阴惨的光景，不由大吃一惊。

"打进门去一看，室中蛛网尘封，只供着我哥哥的灵座，我们方知道我哥哥业已逝世了，心中异常悲痛。又到我哥哥房里去检点时，贵重的物件都已不翼而飞，那妖妇也不知道哪里去了。我们遂去向左右邻居探问，只知我们出去不久后，我哥哥忽然害起病来，十分沉重，不多几天，我哥哥已死了。始终没有请过大夫来诊治一次，那妖妇将我哥哥草草收殓后，便抬去墓地安葬。不到终七，便和那个包文钦带着行李出门了，也没有人敢去过问他们的事。"项雷说到这里，潸然泪下。

杨乃光顿足叹道："想不到项云兄竟是这样去世的，死得不明不白，莫非被你的嫂嫂谋毙的吗？然而项云兄很有本领，何至敌不过一个女子呢？"

项雷道："这个自然是很大的疑窦。我弟兄那时候急欲得知真相，想起家中本有一个长工孙老三和一个家僮项义，他们二人也许有些知晓，但不知他们现在何处？四下里去找寻了好几天，方在城外一个乡村里遇见了项义。他见了我们，便哭诉其事。我们才知道那淫妇自从我们离开以后，只瞒了我哥哥一人，时常乘隙到客房里去和那个包文钦幽会。我哥哥喜欢喝酒，常在外边酒店里去喝老酒，有时还要到友人家中去赌博。好在我们的钱得来都是很容易的，所以一掷千金，输赢不在心上的，常常弄到夜半回家。

"有一次我哥哥喝醉了酒，回去房中，忽不见了那妖妇，我哥哥方才觉得有些蹊跷，便唤项义查问。凑巧项义曾在无意中窥见那妖妇悄悄地在晚餐后，跑到包文钦客房里去的，遂老实告诉了我哥哥。此时我哥哥勃然大怒，又在酒醉之后，不暇考虑，马上大踏步赶到包文钦的房前，一拳一脚，将房门打开。跳进去一看，灯光下见那妖妇正和包文钦在炕上云雨巫山，立刻指着他们大骂。二人也十分惊慌，无处躲避，只得穿了衣裤起来。

"起初包文钦自知理错，还向我哥哥谢罪；我哥哥一定不肯干休，要把他二人置之死地，遂在房中动起手来。到了这个地步，包文钦当然也不肯束手待毙，拼着命作困兽之斗。按他们的武艺而论，我哥哥比较包文钦略胜一筹；但因我哥哥那时已是个醉汉，所以只打个平手。

"不料那妖妇昧尽天良，偷偷地掩至我哥哥的背后，施展双手去抱我哥哥的后腰，强作解围的模样，实际上是帮着奸夫。我哥哥不防，被她抱住后腰，正要挣脱身躯，胸口却被包文钦击中一拳，打得口吐鲜血，受了重伤。包文钦乘此间隙，一溜烟逃出去了。那妖妇方才扶着我哥哥到房中去睡，我哥哥不住的吐血，又气又恨。那妖妇在我哥哥面前假作哀泣，向我哥哥乞恕，这些事项义在暗中完全瞧在眼里的。

"到了次日，我哥哥卧床不起，伤势十分沉重，那妖妇若无其事，并不去请大夫代我哥哥医治。我哥哥在床上只是狂呼，项义虽然听得，却不能进房去探问。隔了一天，我哥哥便逝世了，妖妇也不哭泣，赶紧把我哥哥收殓了。那包文钦不知在哪里躲避了两天，那时候仍旧走了回来。不多几时，那妖妇推说回娘家去，把下人辞歇，收拾细软，锁了门户，和包文钦远走高飞，别处去度欢娱岁月了。可怜我哥哥一世英名，却如此收场，岂不令人痛心？"说到这里，项氏兄弟一齐落泪。

杨乃光和莲姑听了，也惨然神伤。项雷又说道："那时我听了项义的话，悲愤无以复加，一心要代哥哥复仇，遂叫项义仍来看守门户，我们就到樊城去走一遭。因前闻那妖妇的母亲在那地方，所以前去找寻，谁知走遍樊城，不见影踪，不得已废然而返。东飘西泊，萍踪无定，直到去年冬，方才到这里山上来落草，杨兄可要笑我们没落吗？"

项雪也说道："我哥哥的大仇一天未报，我们心里便一天不安。"

杨乃光微叹道："你们手足情深，天若有灵，将来必能使你们遇见那一对奸夫淫妇，手刃于他们胸中的。"

项雷道："我们无时无刻不希望有这么一日的。今天幸遇杨兄，把这恶消息告诉了你，使你也知道我哥哥死得实在可怜。"杨乃光点点头道："可惜我不认识这一对狗男女，否则我若有机会碰着他们。一定也要代令兄复仇的。"项雷报告已毕，便问问杨乃光的近况。

杨乃光道："我也很惭愧，近来毫无善状可告。惟和这位宇文姑娘新结伉俪，这是我值得告诉你们的。"二人一齐说道："那么我们要补吃喜酒的，今天就在敝寨彼此欢聚一番，聊表我们的贺意。"杨乃光点头答应。于是项氏弟兄吩咐厨下端整一桌丰盛的筵席，请杨乃光和莲姑入座；斟满了两杯酒，向二人恭贺，敬到二人面前。杨乃光和莲姑接了酒杯，一饮而尽，也还敬他们弟兄各一杯。

项氏弟兄又要留他们在山上宽住数天。杨乃光见他们情意很是诚挚，左右无甚要事，所以答应了。席罢，项雷又收拾一间很洁净的房间，为二人下榻，两人遂安心住下。

一连数天。欢宴无间，莲姑见项氏弟兄都是俊杰，心中很想将来把他们一起收罗到龙骧寨去；所以在杨乃光面前，方才把自己的真实来历告诉杨乃光听，且说明自己的意思，意欲请杨乃光等，他日随她同回龙骧寨去。

杨乃光听了，不胜喜悦，说道："有这样一个好地方，我当然情愿随你去广眼界，且和你哥哥相见，但恐他们不把我看在眼里罢了。"

莲姑笑笑道："你不要这样说，我哥哥性情十分直爽，喜欢结交天下豪杰，共谋革命事业。他若见我引导你们同往寨中去，必然十分欢迎的。"于是杨乃光又去告诉项氏弟兄，项雷、项雪也说他们愿去见见宇文亮和李天豪等一干人。

莲姑本要和杨乃光同到潞安州去的，但因杨乃光在山上住得很是舒适，便劝莲姑不必再上潞安州去。因为他们在太原已闹出了岔儿，恐怕巡抚要行文到潞安去缉捕他们的，倘然前往，反恐不便。

莲姑此次出外，本来借着探亲戚为名，其实是要找寻一个如意郎君，以遂心头之愿，一伸抑郁的情怀。现在已得着了杨乃光，目的达到。所以潞安之行倒随随便便地不去也罢，跟着杨乃光在金鸡山上住下。项氏弟兄见杨乃光没有去志，遂要让他来做山上的首领。杨乃光不肯答应，只说："我们夫妇在此间相助一切是可以的，要我们占上座是没有此理的。"项雷也不敢相逼，照常敬礼无懈。

隔了一个多月，山上忽然来了一个不速之客，身子矮矮的，形状十分丑陋，腰下系着一对莲花铜锤。杨乃光和项氏弟兄见了他，一齐握手道故，请他上座，原来此人就是潞安州名镖师郑豹的长子耀华，别号"活阎王"。他的胞妹秋华，就是洛阳邓家堡邓氏弟兄中间"青面虎"邓禄的妻子，曾中了薛焕一石子而殒命的。大家相见后，各述别后的情况。

郑耀华说道："小弟在外面东奔西走，自愧一些没有长进，此次返里，系念杨兄，曾到杨兄府上去拜访。方知杨兄已好久没有返乡。府上只有一个老人家，问他一切情形，都不知道的。再巧也没有，那又恰逢本地县令派来许多捕役，到你府上来要捉拿杨兄，我便向一个捕役探问原由，才知道杨兄在太原越狱图逃，犯了血案；山西巡抚行示到此严捕，然而杨兄并没有返乡，他们到哪里去捉拿呢？"

杨乃光听了这话，便对坐在旁边的莲姑带笑说道："我的料想果然不错，我们若然回去时，又要闯出什么事来了。"遂将自己被车雄陷害，以及莲姑劫狱，刺死车雄，击退官兵等经过情形，约略告诉给郑耀华知道。郑耀华听了，也骂车雄太没义气，赞成杨乃光干得爽快，又知莲姑是杨乃光的新夫人，遂恭贺了数语。杨乃光问道："耀华兄，你怎样知道我在这个山上的呢？"

耀华微笑道："前数天我离开潞安州，要想到太原来走走，在路上忽听人说起，这里金鸡山上有一伙绿林英雄，内中有个姓杨的是个美少年，还有姓项的弟兄二人。我灵机一动，料定杨兄必在山上，所以不揣冒昧，上山探访；果然旧雨重逢，巧极了，使我心里非常快慰。"杨乃光和项氏弟兄也都十分高兴。项雷又命厨房早预备筵席，为郑耀华洗尘，大家坐着饮酒谈心。

饮至半酣，郑耀华忽然对杨乃光说道："小弟有一件事情要请诸位兄长帮忙。"杨乃光道："耀华兄有什么事，请你告诉我们，大家是自己弟兄，当然肯相助的。耀华兄的事就是我们的事，虽赴汤蹈火亦所不辞。"

郑耀华喝了一口酒，又说道："你们大概知道，先父虽然早已作古，而我还有一个胞妹，名唤秋华，以前嫁与洛阳邓家堡'青面虎'邓禄为妻。那邓氏弟兄号称'洛阳七怪'，在中原地方是很有声名的，谁人敢惹动他们？不料去年有一个书生，姓谭名永清的，来做洛阳太守，竟把那铁壁铜墙的邓家堡破去，把邓氏弟兄杀的杀，擒的擒，只有两三个兔脱，我妹妹和妹夫邓禄都死在仇人手里。我得到了这个消息，十分痛心，誓欲为我妹妹复仇。"

杨乃光道："那个姓谭的既是个书生，他手下的捕役未必见得有何本领；'邓氏七怪'我也一向闻名的。怎会败在他们手里呢？"

郑耀华道："起先我也有些奇怪，后来细细探听，方知谭永清自己虽没有力量，而有许多剑侠，不知从哪里来的，相助着他去捣毁邓家堡。在他手下有一个奇人，名唤公孙龙，剑术高强，是他的贴身侍卫，洛阳地方人都知道的。因此我一人不敢冒险前去复仇，非得如杨兄这样远胜于弟的俊杰，不足制胜，听以我要请求你相助。"

杨乃光笑道："你号称'活阎王'的尚且未敢孟浪从事，我杨乃光有什么能为呢？"

项雷却嚷起来道："你们不要长他人的志气，灭自己的威风，那公孙龙又不是三头六臂的人，有了杨兄和郑兄，难道还怕对付不下吗？小弟也愿前去相助一臂之力，代郑兄胞妹和邓氏弟兄复仇。也教那些瘟官不敢轻视我们江湖上的好汉！"

郑耀华点头道："很好，有你们两位相助，自然也不怕了。"遂又干了一杯，大家谈谈说说。兴致甚佳。项氏弟兄于是又留郑耀华住在山上，天天欢聚。

郑耀华志在复仇，屡催杨乃光动身，杨乃光遂和项雷结伴同行，留项雪把守山寨。莲姑也愿跟随前去，杨乃光自然愿意带她一同走。四个人端整行囊，各带兵刃，别了项雪，离了金鸡山，赶奔洛阳而去。进得洛阳城，住下一家小客寓，便探听衙门里的消息，上下人等莫不称道谭永清的德政，不愧是个循吏；但他们急于报私仇，而不顾公义了。

杨乃光便和郑耀华、项雷走到府衙来窥探动静。恰逢谭永清太守打道回衙，他们悄悄地站在一边偷窥。只见一肩绿呢大轿之内，坐着一个面貌和善的官员，靠着扶手板，态度十分庄重。他们本想乘此下手，一则未带兵器，没有预备，二则又见在太守轿前确有一匹高头大马，上面坐着一个紫袍少年，腰悬双剑，面貌十分清秀，气宇异常轩昂，一望而知是有能耐的人。所以不敢动手，免得坏事。那紫袍少年无意间瞧见了三人，马已过去了，又回转头来向三人很注意地看了一眼。

三人等谭永清的官轿进衙后，又到府衙四周去察看途径。见墙壁虽然很高，而东边有一处墙旁，正有一株高大的桐树，正好接脚上墙，三人记好了，才回转客寓，告诉了莲姑。守到晚餐后，四人关了房门，假作安睡，一齐脱去外边的衣服，取出兵刃。听听四面人声已静，遂开了窗，一齐跳到庭中，又把窗户掩上，轻轻跳上屋面，越墙而去。

洛阳地方人民睡得很早，街巷里又没有路灯，早已没有人行走。四人夜间的眼光很好，杨乃光当先引导，项雷押后，郑耀华、莲姑居中，四个人施展飞行功夫，扑奔县衙而来。

不多时已至府衙东侧日里看定的地方，大家先攀桐树而上。杨乃光第一个先飞身跳上高墙，身轻如燕，果然不愧"一阵风"三字的大名。莲姑等三人也跟着跃上高墙，飞檐走壁，向里面飞奔而去。

杨乃光越过三重屋脊，听听下面毫无声响，便停住脚步，向四下里照看。只见西面有一座楼阁，阁上灯光亮着，便回头对三人说道："这阁子瞧上去很是宏丽，大概是那太守批阅公牍的所在。此时尚未熄灯，也许那太守正在里面。我们过去把他一刀两段，岂不爽快！"郑耀华点点头，说一声："是。"于是四人鹤伏鹭行，向那阁子悄悄地走过去。

那边屋面很是平坦，四人在窗前一字儿立定，听里头没有什么声音，郑耀华将纸窗湿透，戳了一个小孔，一眼向里瞧看。见正中那书桌前坐着一位官员，在那里看书，认得就是日间在衙门前窥见的那个谭永清太守，身旁没有一人，此时正好下手。遂回头向三人暗暗打了一个招呼，将手中锤猛力击开窗户，托地跳将进去，手起一锤，觑准谭永清的头上打下。

那看书的谭永清一言未发，早已仰后而倒，但是郑耀华的锤击下时，手中软绵绵的觉得有些异样，不由一愣。同时很快地在他头上落下一个很大的铁罩子来，恰好把郑耀华罩在里面，罩子里面四下伸出许多小铁钩，把他紧紧钩住，不能活动。

杨乃光等在阁外看得清楚，知道不妙，自己已中了他人的诡计，刚想进去救援；忽听阁上长啸一声，有一人飞跃而下，手中挺着两口明晃晃的宝剑，向他们喝道："你们是哪里来的强徒，胆敢行刺太守？这真是灯蛾投火，自来送死了！"

杨乃光认识此人就是日间所见的那个紫袍少年，大概便是郑耀华所说的奇人公孙龙了。遂说道："你休要发狂，我们今日前来，是要代邓氏弟兄复仇的，狗官究竟在哪里？快快献出，方饶你的性命。"杨乃光的话还未说完，一道白光已到了他的颈边,他急忙把手中剑去招架,和那人交战起来。

那人的剑光闪烁不定,把杨乃光裹在里面,莲姑知道遇了能人,不可轻视,连忙舞动宝剑,跳过来相助。项雷也舞起手中双刀,刺入白光里面,三个人一齐向那人狠斗。

那人不慌不忙,施展身手,双剑如龙飞凤舞,不可捉摸。斗到十数回合,当的一声,项雷的左手刀早已削做两截;一剑向项雷头上扫去,项雷急忙闪避时,肩上已被剑锋带着,削去一小条肉,鲜血淋漓。只得忍痛退下,自己撕了一小块布去扎缚伤口。

杨乃光见那人如此厉害,确乎是生平第一次遇到的劲敌,咬着牙齿,用尽生平本领去和那人肉搏。莲姑也是如此,且觉得此人的剑术尚在李天豪之上,看来今天不能取胜了。

三人在阁前走马灯般又斗了三十余回合,听得阁下一片声喧,有许多人拥至,灯笼火把,照耀如昼,高声大喊:"刺客哪!不要放走了刺客。"此时杨乃光和莲姑心中都有些惊慌,那人的剑光格外矫捷。

杨乃光估料久战下去一定都要失败,不得已虚晃一剑,跳出圈子,对莲姑说一声:"走吧!"莲姑也跟着退走,三个人齐往原处奔逃。那人在后追来,到得墙边,三人翻身跳下,见背后两道白光在桐树上旋绕一转,桐树枝叶纷纷下坠,杨乃光等见了更是吃惊。幸亏不再追来,三人方很狼狈地逃回客寓。

坐定后,杨乃光透了一口气,向二人低声说道:"今夜我们遇见真的剑侠了!大概那人就是公孙龙,果然不错。姓谭的有此人保护,自可高枕无忧,无怪郑耀华要请人相助了。我们幸亏逃遁得快,否则恐怕一个也休想回来。"

莲姑叹道:"只是送去了郑耀华,我们怎能对得起他?将来给人家知道了,要责备我们不义气,丢了他各自逃生。"杨乃光道:"我心也是难过得很,且待明天探明白了消息,再想营救耀华兄的道理吧。"又问项雷肩上的伤势如何?项雷答道:"伤势还轻,没有大碍,不过这一遭我们大大地吃亏了。"三个人一齐长吁短叹,更不定心去安睡。

坐到天明,杨乃光早餐也没有吃,披上长衣,溜到外面去探听消息。听人家都在讲论此事,方知郑耀华昨夜被他们擒获后,太守立刻坐堂审问口供,要他招出余党。但是郑耀华只说大丈夫做事一身当,此来是想为他的妹妹复仇的,既然不幸被擒。情愿速死;又把太守骂了一顿。太守恐怕余党劫狱,连夜即把郑耀华在衙门内正法,先斩后奏。杨乃光听了这消息,心中又惊又悲,只得回去报告与莲姑、项雷二人知道。

原来公孙龙自助谭永清破灭邓家堡以后,荒江女侠等一行人当时就动身上昆仑山去,跟着薛焕、滕固住了兼旬,也北上赴龙骧寨去了,剩下公孙龙一人侍卫谭永清。他因"邓氏七怪"尚未尽行诛灭,漏网的余党尚多,所以特地在阁子上,将棉花和布扎扮好一个假人,耳目口鼻酷肖谭永清的状貌,常常坐在那里,身上做好机关。倘有人来行刺时,只要这棉花人一倒下去,上面就有一个大铁罩落下来,可将刺客活活擒住。

自从他装置了这个机关以后,然而太平无事,一向没有人来。昨天恰巧他侍卫着谭永清出去,回衙时,他在马上一眼瞧见了旁边站着的杨乃光等三人,见他们目光灼灼,尽向轿中注视,行径非常可疑,暗想:今夜不可不防。遂去告诉了谭永清,请他安卧室内,室内前后派着许多捕役们暗中保护。又在阁上点亮明灯,重行布置一番,以钓鱼儿上钩。他却自己挟双剑、着黑衣,伏在阁子的屋面上,等候刺客到来。

果然鱼儿上钩了,他因杨乃光等三人武艺都不平常,抱着穷寇莫追之旨,恐防他们或有什么暗器,所以并不穷追。回至阁上,将郑耀华从罩内取出,捆缚了,即请谭永清当夜坐堂,审问口供。郑耀华气得一句话也都不肯说。谭永清把他上了刑罚后,郑耀华不过承认自己是个刺客,为他的妹妹复仇,又把谭永清、公孙龙乱骂数句。

依着谭永清的意思,要将郑耀华暂行收禁,等到捉得余党后一同发落。但是公孙龙却劝谭永清赶紧把刺客治以死刑。因恐余党要来劫狱，反而不美。谭永清听了这话，立刻吩咐将郑耀华推出去枭首示众；一面又令捕役到城内外去，严紧缉拿刺客的余党到案。杨乃光等得到这个消息以后，觉得此间不便逗留，不如归去，以后再来想法复仇。于是三人付了房饭钱，怀着鬼胎，离了客寓，溜出城关。

幸喜没有人知觉，一路回金鸡山去，三人都觉得十分乏味，因为此行不但没有成功，反送去了"活阎王"郑耀华，是大大的耻辱的事。杨乃光很想去找几个朋友，一同再到洛阳去对付那个奇人公孙龙，只因项雷受了伤，不得不先回山寨。然而等到他们回到山头时，在山下忽然遇见一个喽啰，徘徊道旁，瞧见项雷等回来，便伏在地上，向他们大哭。项雷等三人不知因何事情，一齐呆呆地发怔。

第七十九回

秘径出奇仇头斯得
深山惊艳玉臂何来

当时项雷急忙问道:"你为什么对我们这个样子,莫非山上出了什么岔儿,我兄弟无恙吗?"喽啰立起身来,颤声答道:"二寨主已被人家杀死,我们的山寨也被人家占去了。"项雷一听这话,好似天空打下一个霹雳!自己万万想不到出去了一遭,山中竟出了这种莫大的祸殃,真是福无双至,祸不单行。遂急于要问这事的经过真相,杨乃光和莲姑也是十分吃惊。项雷顿着脚说道:"到底是怎么一回事?快快告诉我们。"

于是喽啰方才说道:"自从大寨主等出去后,二寨主在山上镇守,也没有下山劫过行客。一天忽然有一男一女到山上来找寻二寨主讲话,我曾在旁边窃听,知道男的姓包名文钦,女的便是寨主的嫂子,唤什么桑翠珍的。他们俩以前曾把寨主的兄长害死,而为寨主们找不到的仇人。现在他们在附近一个山头上落草,探得这里的情形,竟来要我们让出这个山头,给他们盘踞,而且要借十万两银子。

"二寨主一则见他们无端寻衅,狂悖无礼,二则又是杀兄的仇人,所以当场宣布他们的罪状,斥责他们一番。谁知桑翠珍不但不肯承认自己的罪,而且恼羞成怒;和我们二寨主闹翻了,竟在厅上动起手来。包文钦拔刀相助。我们二寨主一人难敌,便被他们杀死。

"他们霸占了这个山头,将他们的喽啰调过来。我们山上的兄弟一小半顺服了他们,其余的或被杀伤,或被驱走,我逃了出来。知道大寨主等不久必要回来,故在山下附近相候,今天幸得遇见,即请大寨主快代二寨主复仇吧!"

项雷听了这话,又悲又恨,眼中不觉落下泪来。咬着牙齿说道:"这淫妇真是我们莫大的仇人!她害死了我的哥哥,又来把我兄弟杀害,此仇不报,我项雷不愿意生存在这世界上了。"

杨乃光在旁也说道:"这两个人果然十恶不赦!可怜项雪兄弟又死在他们手里,这是大大的不幸。我们若不到洛阳去,决不至于有这惨剧。现在他们既然霸占在山上,我们马上可以前去诛掉他们,代贤昆仲复仇。"

项雷道:"我臂上受了伤,恐怕难和敌人厮杀,非仰仗二位大力相助不可。"莲姑也说道:"这种事再没有关系的人尚要相助,何况是自己人呢!好,我们上山去见他们,看他们怎样说法。"

于是三人同那小喽啰向山上走去,早给山下喽啰瞧见,报告与包文钦知道,包文钦忙和桑翠珍拿了兵器,带领部下喽啰杀下山来。在半山相遇,那边有一片平地,正好厮杀。

杨乃光和莲姑仔细瞧看桑翠珍,年纪尚轻,面貌也生得不错,眉宇间很见妖冶,手中横着双刀,和包文钦一同站着。那包文钦身躯很长,五官亦生得端正,脸皮白净,颔下微有短髭,衣服穿得甚是华丽,手里挺着一管长枪。

项雷见了桑翠珍,怒起心头,指着她骂道:"你这淫妇害死我哥哥,是我项氏门中的仇人,一向本要找你,你却自己跑来。你欺我弟弟力弱,把他杀死;但尚有我项雷在世,决不肯饶恕你们的罪恶,快快过来吃咱家一刀。"

桑翠珍脸上一红，跳过来说道："你知道什么，你的本领有限，休要夸口！我桑翠珍岂是怕你的人吗？"项雷遂一跃而前，把手中刀向桑翠珍脸上便砍。桑翠珍回手迎住，两人遂动起手来。桑翠珍虽是卖解女儿出身的人，而武艺却不弱，但因项雷有了创伤，所以战个平手。莲姑恐怕项雷受伤之后，不能久战，不免吃人家的亏，所以不肯旁观，舞动手中宝剑，跳过来说道："项兄，你且休息一下，待我来斩这淫妇。"项雷只得退下。

桑翠珍见莲姑很是轻盈美丽，不知她是谁，还疑心是项雷的浑家，正要询问，莲姑手中的宝剑早向她的心窝里刺来。桑翠珍忙把左手刀架开，右手刀使个毒蛇出洞式，向莲姑一刀劈来，刀势很是迅猛。莲姑是屡经大敌，不慌不忙地收转宝剑，挡开这一刀。莲姑施展出她的剑术来，一剑紧一剑，桑翠珍如何是她的对手？

包文钦瞧得清楚，挥动手中长枪，想要过来替代桑翠珍；杨乃光忍不住一摆手中宝剑，奔上前迎住，喝一声："姓包的，休要逞能！一阵风杨乃光在此！"包文钦当然早闻此名，所以又对杨乃光瞧了一眼，一枪挑向杨乃光的头上。

杨乃光把剑拦开，二人一剑一枪地斗在一起，战到三十余回合，未分胜负。可是那边的桑翠珍究竟不是莲姑的对手，早杀得粉面通红，招架不住，虚晃一刀，败退下去。包文钦见桑翠珍败走，自己也不敢恋战，也乘机跳出圈子，一同向山上退去。

杨乃光、莲姑、项雷三人一同在后追赶，追到那座关隘之前，桑翠珍和包文钦早已退入关内，坚守不出。项雷等要想攻进去，无奈形势险恶，杀不上去；而上面反把檑木滚石放下来，莲姑的小腿险些儿受了伤，只得退将下来。

项雷叹口气说道："我起初建造这座关隘时，原是防备官军进攻自己时，可以据险而守的，不料现在反被敌人利用，拒住自己，不得上山，这又岂是我心中料想得到的吗？我若不破这山，怎能对得住死在地下的二哥、四弟？"

杨乃光道:"项兄不要发愁,今日天色已晚,且到哪里去歇宿一宵,明日再来和他们算账。无论这关怎样难打,我们必须破关而入,斩得仇人之首,方才对得住死在地下的英灵。"

项雷道:"不错,这仍要靠托二位的相助,只是我已为失巢之鸟,无家可归,一时到哪里去栖止呢?"那个喽啰却在旁边说道:"大寨主不要忧虑。离开此地不远,有个大树坪,那边有我的朋友,他家里房屋尚多,我就住在那里,可以前去借宿。"项雷点点头道:"这样也好,你快引导我们去吧,我们肚子里很饿了。"那喽啰遂引着三人向山的西面一条小路上走去。

约莫走了五六里光景,前面有一个小小村落,树木很多,都是参天的老树,就是大树坪了。喽啰把他们引到一个去处,乃是农夫之家,果然有五六间矮屋。那农人姓董,是个三十多岁的汉子,身体也很结实,经那喽啰介绍后,知道三个人都是草莽豪杰,便十分诚意地款留他们。杀鸡作黍,开了家中的酒瓮,请他们吃喝;又清除出一间卧室,有两个炕给他们下榻。

杨乃光等连日赶路,又厮杀了一场,身子都有些疲倦,倒头便睡。惟有项雷因闻兄弟项雪又遭惨死,山寨被夺,见了仇人的面,却不能手刃仇人之胸而取其心肝,所以心头非常悲愤,寤寐难安。

到了次日早晨,大家用过早餐,杨乃光道:"我们再去试一下子,看他们敢出来和我们决斗?"项雷道:"很好。"于是三人挟了兵器,在去攻打山头,小喽啰也带着他自己的一柄朴刀,跟随同行。

到得那座关前,见关上有人把守着。项雷指着二人的姓名,百般辱骂,要激他们出战,骂了多时,包文钦在上面现出身躯,对项雷说道:"老子这几天不高兴和你们较量,你在哪里请来的助手,凭你一阵风吧、九阵风吧,吹不进我这座关隘来。多谢你代我筑得如此坚固,你要上山,请你施展本领来攻打便了。"

项雷听了这话，愈加气愤，可惜背上没有飞刀，否则一定要请包文钦吃一飞刀哩！所以在关下暴跳如雷地说道："你躲在山上，只好一辈子不出头，我项雷总有一天取你的头。"

包文钦遂命喽啰放下滚石，又把那两尊土炮开放出来。项雷等三人如何挡得住？只得退至山麓，席地而坐。项雷只是叹气，莲姑道："这座关隘果然险要，我们三个人怎能攻得进，难道没有别条路可以想法上去吗。"杨乃光也说道："前听项兄说起，后山有条路可通山上，只是险峻异常，我们何不前去一试？"

项雷道："不错，我现在悲愤之余，头脑昏昏，一切都忘怀了。后山这条路知道的人很少，包文钦和那淫妇新到山上，也决不知晓，前山既然不能上去，我们只有冒险去走那条路。若非杨兄提醒我时，险些儿忘怀了。"

喽啰也在旁说道："我也曾听大寨主说起有这条路的，但是山上人恐怕没有一个人走过。"项雷道："乘此时机，我们去一探这险恶的道路，不过恐怕今天来不及，我们明日前去也好。"于是他们又回至大树坪农人家里，很无聊地挨过了一夜。

次日上午，项雷等预备了干粮、饮水和火炬等必用东西，都交那喽啰带着，一齐向金鸡山后山走去。起初山道迂回甚多，走至下午日落的时候，方才到了险要之地，乃是一条羊肠鸟道，草木塞途。杨乃光等一齐把手中刀剑披荆斩棘，一步步地走去。

走至一半路时，喽啰在后很惊慌地喊将出来道："不要走，不要走。"三人立定脚步，跟着他手指一看，方见前面丛莽里，一株大树上挂着一条大蛇，身粗如碗，不知有许多长，昂着蛇首，吐出巨舌，向他们注视着，似乎要择人而噬的样子。

项雷道："这条路果然有毒蛇猛兽潜藏，阻碍我们的行路。"杨乃光挺起手中的宝剑说道："昔汉高祖芒砀斩蛇，能成帝业，有为者亦若是。待我将这畜生斩了，免得它出来害人。"

莲姑伸手将他拉住，说道："这大蛇一定有毒气的，倘然中了它的毒气，如何是好？我看还是把它驱走的好。"

杨乃光道："那么，你有什么法儿把它驱走呢？"莲姑道："我闻动物最怕火光，我们不如燃起火来，把它吓走，岂不比较省力？"项雷道："这个办法很好。"

于是吩咐喽啰取出火种，各人手里点着火炬，向旁边草木上去燃烧，一霎时草木都着了火，火光熊熊，风助火威，向大蛇树边烧去，那大蛇果然回身逃去了。杨乃光拍着莲姑的肩膀笑道："你的计策果然高妙，使我佩服之至。"莲姑嫣然一笑，他们遂依旧向前披荆而行。到天晚时，方才走完这条鸟道。

天色已晚了，一轮红日已匿在山后，暮色笼罩之下，只见前面危崖峭壁，无路可通。项雷道："前面是没有路了，我们只得攀援而上吧。"于是他们都从大石上爬将上去，一层层的翻越，那喽啰怎能赶得上他们？幸亏杨乃光时时扶助他。这样又走了一炊许，天色完全黑暗，不能再走了，只得在危崖之下坐着过夜，取出干粮和水来充饥。

到了夜间，听得四面猿啼虎啸，附近有猛兽出没。莲姑遂教喽啰点起火炬，那些野兽见了火光，果然不敢前来侵犯了。

四人闭目养神，挨过了一夜，等到天色甫曙，他们又吃了些干粮，重又向前寻路。此时已达半段的路程。项雷前已走过，所以走起来更是容易，路途也比较平易一些。到午时，他们已达寨后，恰逢包文钦和桑翠珍都在前面关隘上把守，寨中留着的喽啰大半都是项雷旧时的部下，见了项雷，一齐惊异。

项雷大声喝道："你们都是我的旧部，我一向待你们不薄，二寨主惨遭敌人杀害，我们都应该代他报仇。你们若是被人胁迫而降敌的，今日见了我，快来重归故主，否则难免一死。"项雷说罢，众喽啰有大半都跑了过来，放下兵刃，说道："我等愿归故主。"项雷大喜。

其余包文钦部下的见此情景，怎能抵御，纷纷逃到关隘上去报告消息。包文钦和桑翠珍正守在关上，不见项雷等来攻关，心中有些疑讶，此刻一闻这消息，项雷等好似飞将军从天而下，不知他从哪里来的，顿时大惊失色，只得领着部下杀回寨来。项雷等也已从后杀至。

项雷指着包文钦说道："这两天你们好似乌龟，躲在洞里不敢出面，却被我们另外找得途径，杀入巢穴，看你们再能逃避吗？"

包文钦咬紧牙齿，挥动手中长枪，直奔过来。杨乃光早舞起宝剑，上前迎住。莲姑和项雷一齐杀上，桑翠珍只得使开双刀敌住。战至二十余回合，桑翠珍的双刀被莲姑的宝剑逼住，项雷乘隙一刀刺入她的腰里，桑翠珍惨叫一声，倒于地上。

项雷和莲姑杀了桑翠珍，恐防包文钦要兔脱，赶紧过来把他围住。包文钦和杨乃光厮杀，本已很费力的了，现在又加上这二人，桑翠珍又惨死于地；心中大为惊慌，要想乘机脱身，却又被三人围住，苦战不脱。

勉强又斗了十余回合，杨乃光卖个破绽，让他一枪刺进来时，连忙把身子向左一闪，乘势猛扑过去。一剑横扫，正中包文钦的肩项。包文钦着了这一剑，痛得直跳，手中枪顿时散慢，不能招架。莲姑又是一剑，向他下三路扫去，正刺中包文钦大腿，包文钦跌倒在地。

项雷一刀割下他的首级，又过去割下桑翠珍的头颅，对包文钦的部下说道："你们快快投降，可免一死，否则莫谓我们的刀下无情。"众人见他们三人如此勇敢，都愿投诚。

于是项雷等回到寨中，设起项云、项雪的灵座，点了香烛，把奸夫淫妇的头颅献祭。项雷拜倒灵前，痛哭一场，杨乃光等也觉得凄然不欢。项雷又吩咐将二人的尸骸抛到后山去，供野兽飨福。遂取出金银来赏给那个喽啰，又教他送五十两银子到大树坪去，报谢那个农夫。又将包文钦的部下整顿一番，但他因为项雪惨死，心中时常觉得沉闷不欢，一定要让杨乃光做首领。杨乃光依旧推辞。

莲姑想起龙骧寨，遂对二人说道："我前次已告诉你们知道龙骧寨的概况了，我们在这里落草为寇，没有什么意思，不如一同回龙骧寨去,相助我哥哥共图大事。"

杨乃光听了莲姑的话,是无可无不可,便征求项雷的同意;项雷也很欲离开这里,稍杀哀思。大家商议商议,遂决定带了手下弟兄,一同出寨。隔了数天,项雷等准备已毕,便聚集大小头目,同喽啰们在寨前旷地上,把自己的意思告诉他们。且说:"你们中间谁愿相随同去的,可以带着一起走,不愿意走的,可仍留居在此。"

项雷说毕,便有三分之一的人情愿跟他同行,其余的三分之二,项雷代他们立了一个大头目,姓谷名永的做首领,仍让他们占据这个山头。自己带了相随的数十健儿,跟了莲姑、杨乃光,扮作大货客商,到口外去收买皮货的,分做两起走,到张家口会合。

谷永等到项雷、杨乃光、莲姑动身的那一天,特地摆设盛筵饯行。项雷下山时,回顾这座雄屹的金鸡山,心里不禁有些恋恋之意。杨乃光和莲姑领一部分人先行,项雷和一部分人慢一步走,一路朝行夜宿,没有什么岔儿闹出。

到了张家口,大家会合着,遂向龙骧寨行去。到得分水岭那边,已有龙骧寨人巡逻,见了莲姑,遂让他们一行人过去。杨乃光和项雷瞧着这里的山势,异常雄峻,而又曲折深渊,和金鸡山相较,则又不可同日而语了。

走至洞口,大家随了莲姑,伛偻着身子,鱼贯而入,杨乃光等从来没有经过这种境界,莫不暗暗奇异。渐走渐阔,走至尽时,豁然开朗,里面是一片平原,有田有屋,别有世界。

走得不多路,见前面广场上排列着许多健儿,手中都握着刀枪,旌旗鲜明,气象森严;中间一匹高头大马上,坐着一个虬髯大汉,头戴毡笠,身穿绿袍,相貌甚是奇伟;背后一个小校,捧着一柄银光闪闪的月牙铜铲。杨乃光等虽然不认识此人是谁,但是莲姑却早认得就是她哥哥宇文亮,在那边阅兵,正要上前呼唤。宇文亮等也已瞧见这里的一伙人,不明白从哪里来的。立刻将手一指,众健儿分开两翼,飞奔过来,将他们团团围住。

莲姑伸起手来,娇声喊道:"你们不要误会,我们都是自己人。"同时跑到她哥哥马前说道:"哥哥,我回来了。"宇文亮见来的乃是他的妹妹莲姑,脸上顿时堆上笑容,跳下马来说道:"你去了好多时候,到今天才回来,这一伙人又是谁呢?"莲姑带笑答道:"说来话长,我们到里面去再淡吧,现在先要介绍两个人和你相见。"遂将手一招,教杨乃光、项雷上前拜见宇文亮。通过了姓名,宇文亮便吩咐部下散去,他自己和莲姑招待着杨乃光等走进寨去。

寨中两旁站着的侍卫,手中都擎着红缨长枪,见了宇文亮和莲姑,举枪致敬。到得堂前,宇文兄妹请杨乃光、项雷坐于堂上,其余诸人都坐在堂下。

这时屏风背后走出一对青年男女来,正是李天豪和蟾姑。莲姑见了蟾姑,立即走上前去,和她握手相见,不胜快活,大家分宾主坐定。莲姑又介绍杨乃光、项雷和她的姊姊、姊夫相见。宇文亮问起二人来历。

莲姑在此时尚不肯实告,便把金鸡山的事约略讲了一番,只说自己特地招他们到此同图革命事业的。宇文亮素喜结交天下豪杰,听说二人本领高强,当然欢迎。遂吩咐手下人把堂下坐的健儿招到外边去吃饭,另外安排宿处给他们居住,待到明天点验后,再把他们编入队伍。又教厨下端整一桌丰盛的筵席,代他的妹妹洗尘,且款请新来的杨、项二人。

一会儿早已摆上筵席,宇文亮请杨、项二人坐了客席,斟过酒,各敬三杯。席间大家谈些江湖上的事情,很是投合。宇文亮又把自己在龙骧寨的雄志告诉给二人听,二人都说情愿追随左右,共举大事。席散后,宇文亮特辟一间上等的寝室给二人安睡。

次日黄昏时候,莲姑到蟾姑房中去,见天豪不在房中,遂将自己和杨乃光结合的事告诉她姊姊知道。蟾姑听了,却道:"原来你此去是借着探亲为名,暗中本是物色佳婿,现在果然给你达到了目的,可喜可贺。大约你眼睛里看得上的必然不错,待我去告知哥哥,好择个吉日代你们正式成婚,彼此有个称呼。"这句话正合莲姑胸怀,所以她说道:"全仗姊姊做主便了。"

蟾姑又笑道:"你自己已做了主,还要请别人来做主吗?你和杨乃光认识时可有谁来做你的主呢?"莲姑脸上一红,微笑不答。

这天晚上,蟾姑马上去见宇文亮,将这事告诉了她的哥哥。宇文亮很坦直地说道:"此番莲姑外出,我早知她有这个意思了。杨乃光面貌生得不错,年纪又轻,既然是她自己物色得的,我们当然没有反对的道理。"蟾姑便取过一本历书来,看了一看,选定本月二十七日为吉日,代二人举行婚礼。

宇文亮又说道:"很好,距离吉期还有七八天光景,一切的事请你代我预备吧。"蟾姑又去告诉了天豪。天豪尚未探悉杨乃光的身世,但小姨子的婚事自己未便做主,宇文兄妹既然赞成,他当然也没有什么表示,不过预备吃喜酒罢了。

次日这个消息透露出去,寨中人一齐欢喜,杨乃光也很得意,蟾姑和莲姑在这几天里忙着预备青庐。青庐在蟾姑闺房的对面,因为最后的三间房屋是今春新筑起来的,比较旧有的屋子富丽得多,蟾姑已用了左首的一间,右首的一间遂留给莲姑了。

庭院十分宽敞,窗外种着许多花木,还有一座假山,奇石玲珑,境至幽静,闲人不易入的,做新房是最好没有的了。到了吉期,龙骧寨中悬灯结彩,十分热闹。杨乃光喜孜孜地做了新郎,和莲姑交拜成仪。大家见礼后送入洞房,许多部下健儿趁此机会大吃喜酒,都是尽欢而散。莲姑和杨乃光正式结婚后,感情更是浓厚,常常一块儿行坐,好似胶漆不会分离。

可是李天豪是个精细的人,不久他从杨乃光、项雷的部下探听出,杨乃光是山西地方著名的飞贼,便去告诉蟾姑。说莲姑不能择人而事,错认杨乃光是个好人,鸦凤非偶,深为可惜。蟾姑知道了，心中未免有些不快，但是木已成舟，莲姑和杨乃光甜情蜜意地很是和谐，他人难于启齿，所以也只有闷在肚里，不便去告诉莲姑，也没有去告知宇文亮。

恰巧在福建漳州地方，有个姓陈的，是天豪的老友，有好多年不见面了。最近天豪曾到北京去一游，逢着姓陈的族人从闽省来京，无意中在酒楼邂逅。谈起那个姓陈的，方知他在前年到南洋去经商，获得了一笔很大的横财，现在已成暴富。曾向人家问起李天豪消息，颇生他人之思。天豪听了这消息，心中不能无动，回转龙骧寨和蟾姑商量，意欲自己动身到漳州去走一遭。借探望老父为名，暗中去联络他；劝他输出家财，共图革命大事。因为那姓陈的娴熟武事，也是个有志之士，自己去说服他，一定能够成功的，好使龙骧寨能在饷械上得到资助。

蟾姑听了，也赞成她丈夫的说话，愿随天豪同行。次日天豪又告知宇文亮，遂决定后天动身。宇文亮设宴代二人饯行，杨乃光、莲姑也备酒相送。天豪临行，暗中叮嘱宇文亮一切谨慎，不要将操练兵马之权交与他人，他们不久就要回来的。宇文亮也嘱他们早去早回。

天豪、蟾姑别了龙骧寨，跨上坐骑，踏上正途，离开北方，向南方来访友。他们曾在山东道上遇见剑秋与玉琴等一行人，但是匆匆一瞥，没有将寨中详细情形奉告。琴、剑二人正要去破天王寺，急于赶路，没有多问，当然也不知道有这一回事了。

天豪夫妇到达漳州后，便去拜访姓陈的朋友。姓陈的是个四旬以上的人，名唤其昌，为人干练多才，精悍之色现于眉宇。和李天豪握手相见，非常喜悦，又见天豪娶了这位刚健婀娜的夫人，拱手道贺，又唤他的妻子出来招待。陈其昌的夫人是一位朴实无华的妇人，拉着蟾姑的手，请到内室去坐茶。这里天豪和其昌彼此奉告别后的经过。

晚上，陈其昌特地预备一桌丰盛的筵席为二人洗尘，大家举杯痛饮。夜间其昌夫人已收拾一间精美的客房，为二人下榻。其昌又和天豪在书房中谈话，剪烛西窗，话雨巴山，直谈至鸡声已起，方才各自还房安寝。而龙骧寨的大概情形，陈其昌都明白了。

次日，其昌夫妇又陪着二人出游，但是那边也没有什么好玩的地方，天豪此来也是醉翁之意不在酒，所以背着人便将自己的来意告诉其昌，要他慷慨解囊。

其昌和天豪本是志同道合的，所以一口答应，愿先捐出十万两银子相助。几说以后如有缺乏，只要来使告知，定然源源捐赠。天豪大喜，更请他在漳州地方秘密联络岭南志士，组织革命的机关，以备将来起义时可以南北呼应。其昌也深表同意，又请天豪相助进行，天豪当然义不容辞，遂留在陈家，积极进行。

因此他们夫妇二人不知不觉地在漳州耽搁了三四个月，直到这事稍有眉目，方才告别北上。临行时，其昌和几个新同志设宴相送，把自己捐助的军饷先写了五万元的庄票。汇到北京，以便天豪就近兑取；其余五万再缓两月汇奉，又送了不少土货给天豪夫妇，情意很是优渥。天豪夫妇快活地回转龙骧寨去。不料在这短时期间，寨中的情形已发生了变化，这岂是二人出外时所能预测的呢！

原来宇文亮在这几年漂泊江湖，没有宁息；以前曾娶过一位妻子，不多时便因病亡故，直到如今未尝重续。现在眼见他自己的两个妹妹都已有了俊美的郎君，帐翻鸳鸯，莲开并蒂；一种恩恩爱爱伉俪和好的情景，令人望而生羡。他自己却孤衾独拥，好梦难成，心中自然不能无动，而感到生活的枯寂了。

他自天豪夫妇南下以后，每朝依然训练部下。而杨乃光和莲姑尽享温柔艳福，不及天豪夫妇的鸡鸣戒旦；往往日高三竿，还没有起身。宇文亮因他们是新婚夫妇，不便说话，一任他们的自由。但自己却很觉得寂寞无聊。

有一天，他带了十数名部下到北面丛山中去行猎。他追逐禽兽，入山很深，不觉迷失了道路，和部下相失。天色已晚，不能归去，心中稍觉慌礼，纵马乱奔，穿过了一座树林，忽见对面山坳里有一个穹庐，里面有灯光隐隐射出，他见了这穹庐，便知是蒙古人的居所，自己既然迷失道途，不得不前去问信。遂跳下马来，牵了马慢慢地走过去。

夜色昏茫中，忽见庐内走出两个女子来，手中执着烛台，向四下里瞧看。宇文亮以前学过蒙语，所以用蒙语向他们开口道："我是打猎到此，不认得归途，所以跑来探问一声。"

那两个蒙女把灯台向宇文亮照了照，一个身子较长的，打着蒙语，吃吃地笑将起来道："啊呀，这客人生得一脸的胡子，好不怕人。"那一个却说道："这猎人虽多须髯，却生得十分威武，不像坏人。我们请他进去坐坐，好吗？"那身长的蒙女点点头，表示同意。

宇文亮细瞧这两个蒙女，妆束虽然异样，面貌却一样艳丽，不输于汉女。深山之中，得此奇遇，心中未免有些忐忑。那蒙女早向他说道："客人既然迷途，不能归去，何妨入内憩坐，庐中别无他人，可以放心。"宇文亮遂将马系于树下，跟着蒙女走到庐里去。但见一切动用器具，甚是简单，大家席地而坐。

长身的蒙女带着笑对他说道："我们方才听得马蹄声，以为有人来盗取我们的牛羊，所以出来窥探，客人怎样到此的？"

宇文亮爽直地对他们说道："我是龙骧寨寨主，今天偶然出猎，迷路在山中，不能归去，所以只得向你们借憩一宵。你们若识得途径，明白指导出去的路径，送我还寨，一定不吝重赏。"

长身的蒙女说道："啊哟，你是绿林中的一位寨主吗？我们这里只有人，没有钱财的。"宇文亮捋着虬髯，哈哈笑道："我的寨主和别的绿林好汉不同，并不抢劫人家财物；别有大志，非尔女子可知。你们对我不必恐惧，但是你们二人怎么独住深山中，没有一个男子陪伴？"

那较矮的蒙女说道:"我叫银花儿,今年只有十六岁。"又指着长身的蒙女道:"她名金花儿,是我的姊姊,前年已出嫁了,但近来因为她的夫婿和我们哥哥争夺牛羊,发生恶斗,我哥哥一个失手,将我姊夫刺死。他自己逃到他方去了,却教我们在此结庐隐藏。带得四五头牛、十数头羊,便是我们姊妹俩的财产了,所以一时不能出头。"

宇文亮点点头道:"原来如此,那么你们的父母呢?"金花儿答道:"我们本住在二道河的,父母早已双亡,只有兄妹三人。现在哥哥又已出亡,不知何日归家?"宇文亮道:"如此说来,你们的身世也真可怜。"二女闻言,低着头不响。

隔了一歇,金花儿说道:"寨主恐怕没有吃晚饭,肚子必然饥饿,等我去煮些食物给你吃罢。"宇文亮道:"很好,你们倘有牛乳羊酪给我喝些也好。我的马上还有两头野鸡,是我方才猎得来的,请你们代我烤一烤也好。"说着话,立起身来,跑到外面去,把两头野鸡拿进帐来,掷在地上。金花儿、银花儿连忙取了,到帐后去洗净、烤火。宇文亮坐地憩息,将双手托着下颔,想入非非。

一会儿,金花儿托着一只木碗走过来,放在宇文亮面前,带笑说道:"寨主,这是羊酪,请你吃一些可好?"宇文亮道:"谢谢你们,今晚叨扰你们了。"金花儿道:"不要客气,我们没有什么请你吃喝。"又笑了一笑,走到帐后去了。

宇文亮一边尝着羊酪,一边鼻子里闻着鸡肉的香味,急欲大嚼,以充饥肠。又隔了些时,二女将盘子盛着那两只烤好的野鸡,恭恭敬敬地献到宇文亮的面前,旁边又放着一小碟盐。宇文亮真的肚子饿了。毫不客气,拿起一只野鸡撕碎了,蘸着盐便送到口里大嚼。

二女盘膝坐在一旁,伺候他吃。宇文亮道:"你们晚餐吃过吗?可要吃一些。"银花儿道:"我们早已吃过了,客人尽吃罢。"宇文亮一边吃着鸡,一边向他脸上、身上仔细端详,金花儿笑道:"寨主尽管吃鸡,向我们紧瞧做什么?"

宇文亮道："我瞧你们生得真是美丽，所以要饱看一下。"金花儿道："我们是塞外之人，恐怕及不到你们汉人的女子，寨主休要这样说，使我们愈加惭愧了。"宇文亮道："你们果然生得很好，可惜埋没良材，今天只有我一人能够赏识你们。"

银花儿听了，脸上露出很感谢而喜悦的样子。金花儿道："蒙寨主赏识，荣幸得很，但是寨主明天便要回去的，教我们在此守候我们的哥哥，不知何日才回。"

宇文亮道："那么我带你们到龙骧寨去住可好吗？"二女听了，都微笑不答。宇文亮又见银花儿对他嘻开着嘴，一种天真的憨态，令人可爱；而金花儿言笑之间，带着十分风骚，眼睛里水汪汪地透露着青春之火。所以情不自禁地要戏弄他们一回，便撕了一只鸡煺，向银花儿嘴边送去，说道："这条鸡腿请你吃了罢。"

银花儿要想躲也来不及，已被宇文亮塞入口中，只得把手接着。金花儿在旁瞧着这情景，把手掩着口笑道："我不要吃。"宇文亮回头对她说道："她已吃了，你不要吃吗？我偏要你吃一个。"遂又撕了一条鸡腿，送向金花儿嘴边来。金花儿把手紧掩着嘴，别转了头，定不接受。宇文亮把身子移近到她的身前，将左手去拉开她的手臂，右手把鸡腿硬塞入金花儿的嘴里去。宇文亮力大，金花儿又是笑得没有气力，身子仰后而倒，却把双手来抱住宇文亮的熊腰。

宇文亮见鸡腿已入她口，便将身子一挣，挣脱了金花儿的手，仍旧盘膝坐在原处。金花儿也坐了起来，姊妹俩一齐笑嘻嘻地嚼着鸡腿。宇文亮又对金花儿说道："鸡腿的滋味怎么样？你不吃也要给你吃。"金花儿笑道："这恐怕就是寨主的恩典了。"

一会儿，宇文亮已把两只鸡吃得精光，剩下许多骨头在盘子里；二女也早将鸡腿吃下，收拾进去。宇文亮道："我肚子已饱，不再吃什么了。"

二女遂取出一条很软的毯子，铺在地上，又取出一条大毛布来,和一个枕头,安放在毯子上,对宇文亮说道:"寨主将就住一宵罢。"宇文亮道:"很好,你们睡在哪里?"金花儿道:"这里没有别的地方,我们姊妹也和寨主睡在一起了。"

宇文亮知道蒙人的风俗,男女同居一室,不当一回事的,所以也没有说什么。银花儿道:"这山中夜间常有野兽的叫声,恐怕有什么狼虎,我们本来很觉胆怯,今有寨主一同在此,可以保护我们了。"宇文亮笑道:"有我在此,纵有千百虎狼,何惧之有?"遂脱下外面的袍子,解下腰间宝剑,悬在帐上;取过一个枕头,横倒身子便睡。

金花儿却取出一个小香炉,然起一炉香来,不知是什么香,送到鼻子里甚是刺激,令人心神有些荡漾,宇文亮回头见他们姊妹俩也各自解衣,露出白嫩的胸膛,玉乳莹洁,如初剥鸡头。

金花儿见宇文亮偷瞧他们,便对他启唇一笑,这一笑很有媚意,又说道:"寨主瞧我们做什么,令人怪害羞的。"说罢这话,"噗"的一口气,吹熄了烛火。宇文亮听脚边悉悉索索地,料他们姊妹俩已睡将下去。

他正要息心宁神的闭目而睡,然而鼻子里闻着的香味更是浓烈。自己处此奇异的境界,还是破天荒第一遭;越是要想安睡,越是睡不着。隔了一会儿,大腿上觉得有一样软绵绵的东西贴拢过来,渐渐地挨到腹边。他忍不住伸手过去一摸,乃是热刺刺地一条女人的玉臂。但在黑漆的夜中,不知是金花的还是银花的?

第八十回

窥浴动淫心萧墙起祸
倒戈下毒手峻岭丧师

世间坐怀不乱的鲁男子，古今能有几人？何况英雄难逃美人关！横刀跃马的豪士，每多拜倒在绿鬓红颜的石榴裙下。檀板轻拍，小红低唱；常在金戈铁马、喋血冲锋之余。虽不必人人尽如党太尉，而风流逸事也是史不绝书的。所以宇文亮当此心旌动摇之时，忽来一条玉臂，又惊又喜。心里暗暗忖度，不知金花儿的，还是银花儿的？一刹那间，软玉温香抱满怀，已有一个蒙女的芳体扑到他的身上来。同时很热的粉颊已贴到他的脸上。彼此很热烈地搂着接了一个吻。

帐中虽然黑暗，宇文亮练就的一双夜眼，定神细瞧。黑而大的眸子已接触到他的眼帘，不是金花儿还有谁？果然不出自己所料，摸索她的身上赤裸裸的，只有条小毛巾裹在下体。

金花儿和银花儿不同，少妇风情，格外妖冶，宇文亮迷迷糊糊的，竟和她参起欢喜禅来。不多时，在他身边又多了一个人，便是银花儿了。宇文亮左拥右抱，云事雨意，十分酣畅。一夜风光，万般旖旎，不知东方之既白。

到了次晨，大家穿衣起身，宇文亮回想昨夜欢情，迷离奇突，好似津津然有余味；金花儿和银花儿却到帐下去忙着做早餐给他吃。宇文亮和他们坐着同吃。瞧着二人很是得意，金花儿更是时时向他献媚。宇文亮遂想带他们姊妹俩回龙骧寨去，纳二人为正室，把自己的意思告诉了二人，二人都一口答应。

宇文亮急于回寨，便教他们赶紧收拾一切，没有用的东西，一齐抛弃，只有牛羊都带了走。金花儿姊妹都坐在牛背上，宇文亮仍跨着他原来的马，让他们姊妹在前头走，因为他不识山中的途径。金花儿姊妹俩当先引导着，走出山谷，宇文亮已认得归去的路，便加上一鞭。抢出了前面，又领着金花儿、银花儿赶回龙骧寨来。

只见前面有一伙人，风驰电掣而至；将近身畔，用眼一瞧，乃是他自己的妹妹莲姑和杨乃光；一同跨着骏马，带了十余骑来找寻自己的。彼此相见，不胜快慰。

莲姑对宇文亮带笑说道："昨天哥哥出猎，忽然失踪，一夜未归。我得到从人的报告，很是担忧。虽然哥哥是有本领的，不怕豺狼虎豹，只怕被奸人陷害。今日上午又不见回，我们非常挂念；遂出来找寻，幸遇哥哥安然无恙。"说到这里，又指着金花姊妹问道："这两个乃是蒙女，如何随哥哥同来，且带得这许多牛羊做什么？"

宇文亮很爽快的说道："你们应该向我道贺，这两个蒙女乃是姊妹花，大的名叫金花儿，幼的名唤银花儿，都是可怜的好女子。我已征求得他们的同意，纳为小妾，所以今日带他们回来。"接着又把昨宵问路借宿的事，约略告诉一遍，且指着那些牛羊说道："这些东西，便是他们陪嫁的妆奁了。"说罢，哈哈大笑不止。

莲姑想不到她的哥哥突然有这么一着，不由微笑道："这样也好，哥哥得此二女，足慰岑寂了。"杨乃光在旁也带笑说道："恭喜大哥，一箭双雕，又是塞外异女，端的艳福不浅。"宇文亮遂介绍金花儿姊妹和二人相见，然后一同回到龙骧寨。大排喜筵，厚待部下，部下也都前来道贺。

宇文亮另外收拾两间卧室，给他们姊妹俩居住，又教他们学习汉语。从此他有了新宠，朝夕在温柔乡中消磨他的时日，操练人马的事便有些怠慢；有时交给杨乃光、项雷等去代庖，忘记了李天豪临走叮嘱的话，因此杨乃光乘机攫得大权。

杨乃光的心目中，以为宇文亮生性刚直，勇而无谋，容易玩弄掌上；最畏忌的便是李天豪，智勇双全，机识难欺。他的心里很想把龙骧寨据为己有，把宇文亮、李天豪都赶出去。他怀着这个阴谋，只有项雷和他的部下知道；要想乘李天豪夫妇没有回寨的时候，实现他的计划。宇文亮好似瞒在鼓中，丝毫没有知道，他只顾和金花姊妹寻欢作乐，静候李天豪回来。

莲姑也只当她丈夫是好人，没有知道杨乃光胸中的阴谋；而她自己肚腹渐渐膨大，嗜酸作恶，已有四个月的身孕了。杨乃光常指着她的肚皮笑道："这里面不知有个小杨乃光还是小莲姑？你姊姊结婚多年，却没有一个儿女；你竟能后来居上，早产麟儿，可知我本领不小了。"莲姑虽然有孕在身，却并未像普通妇女一般的珍重身子，她依然要出去骑马驰骋。

有一天，莲姑和杨乃光到张家口去游览。还寨时，在途中并辔疾驰之际，忽然马失前蹄，把莲姑从马鞍上翻落于地。杨乃光大惊，连忙勒住马缰，跳下马来，把莲姑扶起，莲姑捧着肚子，双眉紧蹙。

杨乃光问道："这一跤摔得怎样了？"莲姑道："别的还好，只是我的肚子受震太重，所以疼痛起来。"杨乃光知道莲姑是个怀孕的人，心里不免有些着急；马上将她扶上雕鞍，抱着她，牵着那匹坐骑，一马双驮地徐徐回转龙骧寨。宇文亮得知这个消息，不由吃一惊，连忙过来探视。杨乃光把莲姑扶至床上安睡，莲姑只是嚷痛，很像要流产的模样。宇文亮十分发急，又不能到外面去请医生，寨中本有一军医，只得请他来诊治。

那军医诊了脉，说道："流产不能免的！受伤不轻，恐防还有变化。"遂开了一张方子。寨中本有些药材的，宇文亮遂吩咐下人配了药,给杨乃光去煮煎。但是莲姑服药后,依然不能止痛,挨至天明时,竟流产了。妇女流产本来也是常有的事,不过此次莲姑的流产,因坠马受伤,来势异常凶险;流了不少血,陷于昏迷状态之中,寒热也很高。

杨乃光与宇文亮都很发急,又请军医来诊治,军医也是摇头,没有什么法子想,勉强开了一张医方。莲姑服药后依然无效,不到三天,竟香消玉殒,撒手人寰了。宇文亮、杨乃光悲悼不已,便用上等棺木安殓了,葬在野猪山边。一杯香土,终古黄昏,莲姑这样的结局也太可怜了。

杨乃光虽有鼓盆之戚,而他一腔雄心,反因此而更炽,格外无所顾忌,遂联络了项雷等一辈人,想借端阳饮酒为名,把宇文亮灌醉了,然后下手夺取龙骧寨,自做寨主。宇文亮却拥着金花儿、银花儿夜夜取乐,不防到祸生肘腋。

也是杨乃光等该不能成功,在端阳节前三天,李天豪和蟾姑从漳州跑回来了。杨乃光不由一惊,只得把这事暂缓发动。蟾姑听得宇文亮纳了蒙女为宠姬,心中不免有些奇异;又闻她的妹妹逝世噩耗,同胞情深,止不住哀伤痛哭。想不到只此一行,姊妹俩便无见面之日,抱憾无穷!遂又到莲姑的墓上去,斟酒拜奠,心中非常悲戚。李天豪也怜惜不已。他回寨后,觉得寨中事务,宇文亮已废弛不少,练兵的事都由杨乃光替代。他对杨乃光颇不信任,所以仍把大权设法收回。

杨乃光暗暗怀恨,自言自语道:"不杀李天豪,非男儿也。"但是杨乃光生平是个好色之人,现在丧了配偶,独拥孤衾,如何耐得这寂寞?寨中又无美女可以补莲姑的缺,自己跟着宇文亮和李天豪,不比寻常草寇,不能随随便便地出外去抢劫良家妇女来做押寨夫人;又不能出去黉夜采花,若被李天豪等知道了,定要责怪的,所以更觉沉闷。

他的卧室本在李天豪夫妇寝室对面,同在一个院落里的,起初因姊妹俩十分密切,所以新房做在一起;不防到他们夫妇中间忽然断弦。自从莲姑去世以后,杨乃光仍旧住在这间房中，没有他迁，因此朝晚常和蟾姑见面。他觉得蟾姑、莲姑尤如江东二乔一样美丽，而蟾姑比较她的妹妹更见温文秀雅；他不免动了淫心，要想引诱蟾姑。但是蟾姑不比莲姑没有主宰，她却是艳如桃李，凛若冰霜的女子；对于李天豪，伉俪间情爱又是很笃，所以无隙可乘。

天气渐渐热了，有一天下午，李天豪和宇文亮到寨外去相度地势，要想在分水岭边添筑一座堡垒，以防官兵来攻。杨乃光在场上看项雷操练完毕，他跑到自己室中去，想换一件衣服。忽见蟾姑的房门闭着，里面有零零落落的水声。知道蟾姑正在房中出浴，不由心中一动，立即走到窗边，将唾沫湿透了窗纸，戳了一个小孔，一眼向内张去。见蟾姑正坐在盆中洗浴，冰肌玉肤，一齐呈露，胸前双乳如新剥鸡头，可惜销魂处还瞧不清楚。

蟾姑浴罢，正要拂拭而起；忽然瞧见了窗上的眼睛，不由心中一跳，便喝问道："外面是谁？"杨乃光给蟾姑一喊，只得回身便走。蟾姑急急匆匆地揩干身子，披上外衣；脸也不及洗，连忙开了房门，走到外边去一瞧，哪里有什么人影？再走到外边，有一个女仆在那里洗衣。遂问道："方才你可瞧见什么人走到内院来的？"女仆答道："只有杨家姑爷走到外边去的，没有旁的人。"

蟾姑一咬银牙道："一定是这贼人，我早料到是他的。别的男子决不能够走到里边来。这贼人本来不是好东西，我妹妹没有眼睛，错嫁于他；以致流产殒命，间接也是送在他手里的。他现在胆敢来调戏我，我一定不肯饶他。"遂回到里面洗脸敷粉，心中怒气难消。

少停天豪回来，见蟾姑脸上充满怒容，便问她因何愤怒？蟾姑把这件事告诉了他。且说道："人家这样欺负我，你一定要去找他理论；否则我也要去请问他的，使他知道我宇文蟾姑也不是好欺的女子。凭他本领怎样高强，我决不畏惧。"

李天豪听了这话，又气又怒，将脚重重地跺着，说道：

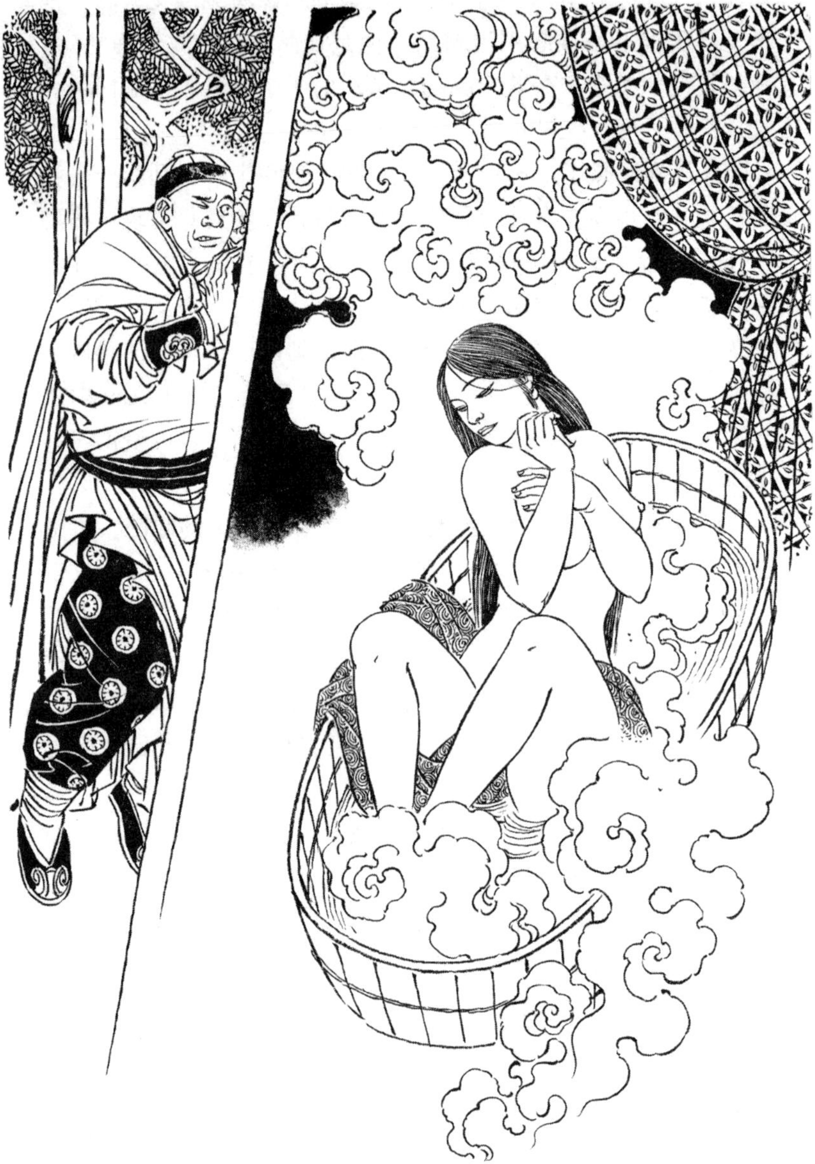

"姓杨的人面兽心,真是个坏蛋!以前我瞧在莲姑面上,不和他计较;今日他敢这样无礼,我不杀他,誓不为人。"立刻向壁上摘下宝剑,回身跑到外边去。恰好杨乃光正和项雷在厅上讲话,一见李天豪挺剑奔出,他心中发虚;知道是为了方才窥浴的事来问罪了,喊了一声:"啊哟!"连忙跳起身来。因为手中没有兵刃,便把一张椅子拿在手里,预备招架。

李天豪指着他骂道:"姓杨的,我本来知道你不是好人,一向容忍于心,你竟敢胆大妄为,偷窥我妻子出浴,是何道理。"

杨乃光自知理屈,只得强辩道:"我没有窥人出浴,你休错怪人家。"

李天豪又骂道:"呸!我岂肯冤枉于你?你也不必图赖。我久闻你本领高强,今日愿和你决一雌雄。"

杨乃光听了说道:"李天豪,你自恃艺高,要和我比剑,那么我姓杨的不是贪生怕死之辈。你要和我一比武术,敢不奉陪。"说罢,放下椅子,回身去取了自己的宝剑前来,一齐走到庭中。

李天豪心里非常气恼,所以不再和他多说;舞动宝剑,便向杨乃光头上劈去。杨乃光也将宝剑使开,两个人在庭中好如两头虎,彼此猛扑,名为比武,实则各要对方的性命。两道剑光如龙蛇飞舞,鹰鹏搏击,战得十分紧酣。

项雷连忙去报告与宇文亮知道。宇文亮忙取了他的铜刘,急急忙忙地跑进来,使开铜刘,将两人分在两边。然后高声说道:"你们自己人为了何事如此火并?有话好说,快快停手。"

李天豪因宇文亮没有知道这事,遂将真实经过告诉一遍。杨乃光却不肯承认,连喊冤枉。宇文亮不便左右袒护,遂说:"我知道了,这件事须得细细查明白了,然后再作计较。你们不要这样恶斗,两虎相争,必有一伤,决非龙骧寨之福。倘然不肯听我的话,我宇文亮今天情愿先死于你们之前。"

李天豪一听宇文亮这样说,便道:"实则实,虚则虚,大丈夫做事不要抵赖，蟾姑决不会诬蔑人家的。"

杨乃光道："你不要听妻子说的话；倘若和我有隙，不必加人恶名。我就和你拼个你死我活也好。"

李天豪道："当然我要杀掉你这个贼人。"杨乃光道："看你能够胜我。"说着话，两人又要交手。

宇文亮忙又喝住道："你们休得动武，我都明白了，自有办法。请各退下，万万不能动手。"

杨乃光遂对李天豪说道："我瞧在寨主脸上，暂不和你计较。你若要较量的，我决不逃遁，我杨乃光不是怕事的懦夫。"说罢，便和项雷走出去了。李天豪抱剑而立，气愤愤地不出一声。这时候蟾姑也从里面跑出来，告诉她的哥哥，责怪杨乃光的不是。

而宇文亮当然也相信他妹妹这一番诚恳地说话。他对于杨乃光一向没有恶感，以为他材可大用，不欲因此小事而即摈斥，遂用好话安慰蟾姑，且对李天豪说道："我不料杨乃光如此无行，只是我们寨中正在用人之秋，不如暂且宽恕他一遭，希望他能改过自新，终为完人。现在为防嫌计，把他的卧室迁到外边去，使他以后不能再入内室，谅他也不敢再有无礼的举动。我们总要看在莲姑的脸上，抱着宽以责人的态度，不必和他多所计较，使他自己能够知道羞耻，未尝不是一件好事。你们二位听我的话，姑视其后效如何。"

李天豪和蟾姑听宇文亮这样调解，不便过拂其意，只得忍住怒气，退回内室去。宇文亮立刻吩咐下人，连夜将杨乃光房间里的东西，一齐搬到外边去；另外收拾一间寝室给他居住。可是李天豪从此见了杨乃光，不睬不理，彼此有了嫌隙。而杨乃光心中很是不服气，把李天豪看作眼中之刺，恨不得把他马上拔去。宇文亮对待他们仍如往昔一下，坦白得很。李天豪却对于杨乃光处处暗中防备他一着。

白牛山上的王豹时常到寨来听取计划，杨乃光很想认识他，以为己助。李天豪料到杨乃光这个意思，遂格外用诚意去笼络王豹，不让他有变叛之心。

这样过了两三个月，已是新秋时候，漳州的陈其昌又汇上三万两银子给李天豪，有信带给李天豪，教天豪到北京去提取款项。李天豪便和宇文亮一同动身，到北京去取款。汇银子的那家庄号名永康，李天豪以前去过一次，所以和经理先生已是认识。

二人到了北京，先住下一家鼎升客栈，然后到永康庄上去领款，不料二人走到庄前，里面走出一个人来，向宇文亮叫应道："寨主怎样来此？"二人一看，乃是以前在龙骧寨的一个小头目，姓胡名武的；曾因事得罪了天豪，被天豪打了四十军棍而撵走的。此时二人只得说道："我们是来游玩的，你在这里做事吗？"

胡武答道："小人现在永康庄上做一名老司务，换口饭吃吃罢了。"二人点点头，说一声："很好。"遂走到里面去和经理先生相见。经理先生见他们来了，以为他们是什么富商大贾，所以竭诚款待，留他们吃饭，然后把银子交给他们。

二人取得款项，回转客寓时，已是天晚，便在客寓中用饭，谈起那个胡武来。李天豪说道："胡武那厮是个小人，以前被我责打驱逐，一定怀恨在心。此番相见，说不定他要想法来陷害我们的，不可不防。"

宇文亮道："话虽这样说，他也知道我们的本领，或不敢来报复。"李天豪摇摇头道："这却难说，今晚我们已来不及动身，明天一早还是带了款项早还寨去为妙。"宇文亮哈哈笑道："老弟，你太多虑了。"二人吃过晚饭，在房中相对坐着，闲谈一切。

室门本来闭着的，忽然轻轻地推开，有一个人头向里面张了一下。李天豪忙问："是谁？"那人头已缩去了。天豪心里有些疑虑，连忙走到门边，开了门，向外面一看时，只见院子里黑压压挤满了许多人。都是衙门中的捕头，手中拿着铁尺、短刀、绳索，是预备到此抓人的，那个胡武也立在他们中间。

原来胡武见了二人，怀念前恨，一心要想待机报复。等到二人携款离开永康庄后，他就去见经理先生，说明宇文亮、李天豪是张家口外龙骧寨的大盗，且把龙骧寨的情形尽行泄漏。

经理先生听了这个报告，不由大惊，怪怨他道："你何不早说？现在银子已被他们提去了。"胡武道："天色已晚，他们决不会离开北京，谅必仍在客寓中，我们可以报官捉拿。"经理先生知道二人是耽搁在鼎升客栈里的，立刻带了胡武到顺天府衙门里去告密。

顺天府听到这个消息，不敢怠慢，连忙唤捕头唐立，带领全班捕役，跟着胡武到客寓中去捉拿大盗。又因胡武说过宇文亮等武艺出众，所以一面又去禀告九门提督，派兵前去相助，务使大盗不致漏网。

唐立带领捕役，进了鼎升客栈，寻得二人房间，探望了一下，见二人都在里面；又见李天豪出来问询，便叫弟兄们快快抓人。众捕役马上大喊一声，向天豪二人蜂拥而上。

李天豪和宇文亮方知事情不妙，忙各从行装里取出刀剑来。那时已有四五个捕役，不知二人厉害，抢到房里来要想动手。李天豪将手中宝剑左右横扫，早有数人受了伤退出去，二人舞开刀剑，杀入人群中去。

唐立虽然有些武艺，哪里是二人的对手？战不数回合，早被宇文亮一刀倒翻在地。众捕役从来没有遇见过这样武艺高强的大盗，一个个非死即伤，满院子里躺着许多受伤的人，那胡武早已抱头鼠窜地逃去。

天豪和宇文亮杀了一阵，退还房中，知道官中要派兵前来，这事闹大了，此间不能安身，不如远走高飞，以免落网。但是这许多银子如何携带？一时想不出个办法，只得打了两个大包袱，负在背上，拿不尽的只有留下了。

刚才走出旅馆来，九门提督派来的兵已把客寓团团围住，火炬通明，刀枪耀目。有一位武官横着大砍刀，坐在马上。二人叱喝一声，杀出门去。兵丁们大声叫喊，把他们围住。李天豪、宇文亮奋勇冲杀，碰在他们刀剑下的，不是断头，便是折臂。好似两条山中的大虫，霎时间尸骸成堆，流血满地。

那武官挺着大砍刀拦住，战不数回合，被宇文亮一刀刺在他的胸前，红雨四溅，立刻倒坠马下而死。二人杀开一条血路，只往僻静处走。

但是这时候消息已传遍全城，九门提督亲率两营兵，到各处胡同里去兜拿，四下里号筒呜呜之声，不绝于耳。城门已闭，无处可走。亏得二人皆会飞行之术，跑到一处城墙之下，从可以接脚的地方爬上城去，然后再跳下城来。不过背上负着银子，十分沉重，所以累得满身是汗。出了京城，都透一口气。李天豪对宇文亮说道："若不是为了要带些银子，我们便在城里杀一个通宵夜，有何不可。"

宇文亮道："不错，那些官兵都不在我们的心上。还有那个胡武，此番都是他做的祸种头，要想来陷害我们。没有把他杀死，真是便宜了他。"李天豪又道："可惜我们还有许多银子丢掉在客寓里，没有带回，真是可恨的事。"二人说着话，连夜赶路向张家口进发，次日傍晚已回转龙骧寨，把这事告诉了蟾姑等众人，一齐可惜。

李天豪又吩咐寨中弟兄们加紧操练，巡逻队加紧巡查，又派探子到北京去打探消息，防备官军要来征剿。果然不出李天豪所料，京城里闹出了这个大大的岔儿，只有两个强盗，竟杀死了许多捕役和官兵；城门紧闭着，仍旧漏了网，九门提督难以交代这个账了。再向胡武审问，知道了龙骧寨的一切，奏章上去，清帝赫然震怒，即诏令保定府总兵伊里吉布，率领三千精兵，出张家口去，剿灭龙骧寨中的一伙人。

那伊里吉布是旗下人，智勇双全，以前曾在亲王僧格林沁麾下，上惯战阵的。此时奉到命令，立刻调配人马，先令部下武仁、栾忠二员战将为先锋，率兵六百先行；自己督领大队，浩浩荡荡地杀奔龙骧寨而来。

探子报到寨中，宇文亮遂聚集李天豪、杨乃光、项雷、王豹等众人，商议应付之计。杨乃光自告奋勇，要上头阵，但是李天豪抢着说道："此地形势险恶，前年官兵曾一度来攻打，也是失败而去的。只是我们的地势须得先据分水岭，不让他们进抵洞口，以致反受他们的包围。小弟愿率一军去守分水岭，项雷兄弟可以随我同往，亮哥和其余的人可守本寨，接应一切。王豹兄弟可还守白牛山，成犄角之势。这里倘有紧急，可以派部下健儿前来应援。"宇文亮当然赞成。

杨乃光见天豪不派他出战，明知天豪不信任他，心里更是怀恨，暗暗盘算他胸中的计划。李天豪和项雷率领五百健儿赶到分水岭上，扎下营寨，守住碉堡。蟾姑也跟着同来。

次日天明，遥见清兵的先头部队已从山路上杀来，李天豪即率众杀下分水岭，布成阵势。清将武仁和栾忠都想立取头功，见龙骧寨中人居然迎战，便准备厮杀一阵。栾忠舞长枪，跨劣马，跑到阵上，大喊："盗匪快来纳命！"项雷舞动手中铁槊，上前接住便战。

武仁接着挥刀跃马，冲将过来，李天豪遂挺起手中宝剑，上前迎住。战了许多回合，项雷见栾忠十分骁勇，便将手中槊虚刺一下，回身便走。

栾忠挺枪追来，项雷取下背上飞刀，呼的一刀，向栾忠头上飞来。栾忠急忙低头躲避，一刀从他耳旁掠过；不防第二刀又已飞至，闪避不及，肩上着了一下立刻鲜血直流，回马便走。武仁一个心慌，被天豪一剑扫去，正中他的肩膀，一个倒栽葱，跌下马来。天豪跟着手起剑落，割了武仁的首级，指挥部下掩杀过去。

清兵大败，六百人损失了一半，伊里吉布在后接到这个噩耗，勃然大怒，到分水岭前相度地势，扎下营寨。次日他自己上阵，和李天豪战了一阵，未分胜负，还到营里，思量如何破敌之策。良久，他决定了一条计策，待到明晓，他亲到岭下大战。天豪也想得一条计策，自己和蟾姑迎敌，却教项雷领三百人，去后面间道抄官兵的后面，擂鼓呐喊，去搅乱他们的军心。一面又请宇文亮率众前来增援。

两军相遇时，伊里吉布挺手中蛇矛和李天豪奋勇酣战。天豪知道伊里吉布的本领甚好，遂将平生的剑术施展出来。伊里吉布伪作不敌，虚晃一矛，回马荒落而走。李天豪从后追来，不料山坡旁边林子埋伏着清兵的弓弩手，等到伊里吉布的马跑了过去，李天豪追至林前时。一声梆子响，万弩齐发，天豪连忙舞剑遮拦，但是矢如雨下，一齐向他的身上射来。手里一个松懈，"扑"的一箭，射中他的肩头；跟着脚上又中了两箭，跌倒在地，幸亏蟾姑从后赶来，和数健儿冒着箭雨，把李天豪抢回堡去，然而数名健儿都已牺牲在连弩之下。

伊里吉布指挥自己兵马，重新杀转，要想来抢夺分水岭。恰巧宇文亮率众赶至，把天豪、蟾姑接应上山，放下檑木滚石，把清兵打退。伊里吉布见对方有了援兵，他是稳扎稳打的人，不敢冒险；同时项雷一军在后面山坳里鼓噪呐喊起来，伊里吉布不知敌人虚实，只令手下弓箭手把乱箭射向敌人那边去，自己整军徐徐后退。

项雷见清军有备，遂也不敢杀出，领着弟兄们，仍从间道上退回分水岭去。宇文亮见天豪受了矢创，便教蟾姑护送回寨，又命杨乃光同来驻守分水岭。天豪回到寨中，倒卧在床，蟾姑取出家藏的金创良药，代他敷治创口，坐在他的榻旁，殷殷看护。

天豪听得宇文亮和杨乃光、项雷同守分水岭。他叹口气，对蟾姑说道："我自不小心，中了清兵的埋伏，以致受伤，不能作战。你哥哥是直爽的，不防他人诡计的，倘然杨乃光等变起心肠，很是危险。"

蟾姑道："你不要过于疑虑，杨乃光虽然行为乖僻，我哥哥待他不错，现在正当重要关头，他不致丧尽天良，有什么越轨行动的。"天豪道："总是不可不防。"遂教蟾姑修书一封，差心腹人送到宇文亮那里去，嘱咐他严密防备杨乃光与敌私通。宇文亮接到这信，一笑置之，他以为天豪多疑，并不相信。

一日，他命项雷守岭，自己和杨乃光下山，向清军寨营攻打。伊里吉布见龙骧寨人虽败而锐气未挫，反先来挑战，遂亲率四员勇将上。宇文亮舞动手中铜锏，大叫："满奴，快来纳命！你们的气数已尽，人心思汉，旦夕便会覆亡。我们寨中志士断不屈辱于你们，休想来欺侮人。"

伊里吉布见宇文亮虬髯大颡，威风凛然，头上黄巾扎额，料是龙骧寨寨主；方要亲自出马，麾下偏将尚禄，早舞动开山大斧，冲出阵来，接着宇文亮厮杀。但战不到十回合，早被宇文亮一铜锏扫于马下。

又有一将彭天彪挺枪出战，可是斗得十回合以上，宇文亮叱喝一声；铜锏飞处，彭天彪的一颗头颅已不翼而飞。伊里吉布不由大惊！他麾下又有一将，姓李名顺，急欲代同袍复仇，舞动手中画戟，拍马来战。

杨乃光见宇文亮连斩二将，遂横剑出阵道："寨主且请稍息，待小弟去斩此贼。"宇文亮退下，让杨乃光和李顺交战。二人斗到二十回合以上，杨乃光一剑劈去，正中李顺马首，把马头砍掉，李顺跌下马来。杨乃光指着他说道："权且饶你，快换坐骑，再来厮杀。"

伊里吉布至是再也忍不住了，舞起蛇矛，一马冲出，说道："贼盗，休要逞能，待本总兵来取你的首级。"杨乃光知是主将，遂也不敢怠慢，挥动手中双剑，和伊里吉布酣战七十余回合，不分胜负。宇文亮舞起铜锏，飞马而前，大声喝道："乃光贤弟，待我来和这满奴决一雌雄。"

杨乃光只得退下，宇文亮便和伊里吉布狠斗。又斗至五十余回合，伊里吉布连战二将，有些力怯，忽听自己阵上鸣金，遂将蛇矛架住铜锏，向宇文亮说道："明天我们再决胜负。"将马一勒，跑回阵去。

宇文亮追上去时，清军急用乱箭遥射，宇文亮只得和杨乃光依旧退回岭上。伊里吉布回至营中，见龙骧寨中的首领都是骁勇非常，难以力胜。自己非但无尺寸之功，反折去数将，若要破灭这龙骧寨，恐怕难之尤难。心里很是忧烦，支颐独坐，踌躇无策，忽然营门小校来报，有人求见。伊里吉布恐防有人行刺，遂于帐中陈设侍卫，接见来人。少停，小校引进一个少年，浑身黑衣，不带兵刃，向伊里吉布拱手长揖。伊里吉布认得这少年就是日间战阵上相见的龙骧寨中的巨盗，不由陡地一怔，便问："你是龙骧寨的盗党，来此何干？"少年道："我姓杨，名乃光，屈身草莽，屡图反正，况和宇文亮、李天豪二人意见不合，不愿助纣为虐；今来进谒，愿献破龙骧寨之策，左右人多，不敢言明。"

伊里吉布听了这话，暗暗欢喜，便屏退左右，帐中只剩心腹侍卫二人。一摆手，请杨乃光在旁边坐下，温言叩问道："你倘然有诚心来归附，可说是能弃邪归正，若能破得龙骧寨，本总兵一定荐你的头功，保荐与朝廷，加封为官。这是千载难逢之机，但若有妄言虚语，本总兵料事如神，也一定不会上你的当，而你也不得活命了。"

杨乃光道："我安敢在总兵面前妄言妄语？总兵若能采纳愚见，必能获胜。"杨乃光遂说道："明日宇文亮将大举进攻，总兵可以佯败诱之，待他来追时，我在岭上倒戈；两面夹攻，必破宇文亮。然后将大军围困龙骧寨，断其粮食和水道，不出数日，李天豪夫妇如瓮中捉鳖，手到擒拿了。总兵可能信我的话吗？"

伊里吉布细察杨乃光神情言语，不像有诈，便道："这里可依你的主张行事，但宇文亮骁勇无敌，恐他仍要逃脱，本总兵预备用地雷轰死他。明日请你协同宇文亮上阵，向我们追杀，你先引兵追赶，我们等你过了地雷伏处，待宇文亮到来，然后点着火线，把他轰死，取分水岭便如指掌上了。"杨乃光听伊里吉布如此主张，不便不遵从，当时两下约定之后，他悄悄地折回岭上。

到了明晨，宇文亮便要下山厮杀，杨乃光把自己部下交与项雷把守岭上，暗暗知照了项雷；又向宇文亮自告奋勇，愿率三百人打先锋,直捣清阵;宇文亮和大队人马在后接应。"

宇文亮以为杨乃光贪立功劳,便一口答应,拍着他的肩膀道:"倘能破得胡虏,当置酒与贤弟痛饮。"遂一同擂鼓呐喊,杀下分水岭来,清军也出众来迎。杨乃光当先骑着骏马,舞双股剑,杀入清军阵中。清军中有二将上前接战,先后败退;杨乃光纵马追赶,清军纷纷败退。杨乃光一面率众追杀,一面教人催宇文亮进兵援应。

宇文亮在后瞧见杨乃光杀敌前去,心中大喜,遂催动自己人马一同追击,行至一座山坡之前,杨乃光部下已转了弯,不见影踪。宇文亮恐防杨乃光要中埋伏,指挥人马速追。刚才跑到山坡之前,忽然震天价一声响亮,山坡前埋有地雷,突然爆发起来。尘土山石一起纷飞,烟雾障天,血肉狼藉,可怜这位盖世英雄宇文亮和他部下数百健儿同时毙命。

杨乃光在前,听得后面巨声震耳,回望一片烟雾,充满着硝磺之气,知道伊里吉布所伏的地雷业已发作,宇文亮等全部牺牲了;立即举起白旗,向清军投降。伊里吉布率领清兵反身杀转,杨乃光做了先锋,绕过地雷轰发之区,但见一片血肉,惨不忍睹。

项雷在岭上先闻地雷炸声,又俯看清军人至,遂对众人说道:"寨主料已中伏而死,清兵乘胜而来,我等众寡难敌。杨头领业已投降,我等不如也向清军投顺,免得遭殃。"部众大半听从项雷之言,有小一半不愿降的,逃回龙骧寨去报告恶消息。

项雷在山上竖起降旗,杨乃光迎接伊里吉布上分水岭,且引项雷拜见。伊里吉布温言安慰,又奖励他们的功劳。杨乃光又向伊里吉布说道:"龙骧寨中粮食军械都很充足,但食水缺乏来源。人马在此消耗大半,我等可以用重兵围住洞口,使他们不能出击,坐毙在内。又闻在虾蟆岭下那边有一条隧道,而寨内可以从此出去。待末将领兵前去暗暗守住;李天豪等倘从寨内逃遁,必可擒而献于麾下。"

伊里吉布闻言，不胜之喜，即命杨乃光和项雷率兵在虾蟆岭下埋伏；他自己分兵一半守住分水岭，一半兵马却去龙骧寨前密密层层地围住，要坐毙李天豪等一干志士。龙骧寨的末日殆已到临，革命事业尽付流水，都是杨乃光的厉阶，岂不令人痛恨呢！

杨乃光和项雷带领心腹绕道来到虾蟆岭下，在悬崖侧寻得龙骧寨中地道的出口，便教部下在附近扎下营帐，派了两队人守在地道口，预备李天豪夫妇倘从这里逃出，可以出其不意地把他们双双擒住。这条道路李天豪本来缄默不言，而是莲姑生时告诉过他，且和他走过一次的，所以他早就想着，必欲将李天豪夫妇置之死地。

他又暗对项雷说道："我所以投降清军，也不过因为自己推翻宇文亮、李天豪二人的计策不能成功；遂欲借清军之力破去龙骧寨，然后待机行事，再把伊里吉布刺死，那么自己的欲望可以得到了。"又垂涎宇文亮得来的两个蒙妇；且说破得龙骧寨后，当向伊里吉布索此两位异域艳姝；自取金花儿为妇，银花儿可以分赠给项雷。项雷自然惟杨乃光之言是听，守候着这个地道之口。

那李天豪夫妇在寨中，心里常常挂念前方，天豪盼望自己的箭创早愈，能够前去助守分水岭，另想妙计以破清兵。不料噩耗报至，心中大惊！且闻宇文亮中伏惨死，非常悲悼，蟾姑也哀泣欲绝。

天豪倏自床上跃起道："果然不出我之所料，杨乃光起了恶意，把亮哥谋害。亮哥生性坦直，易受人欺。他竟不听我的叮嘱，反去听杨乃光的诡言妄语，以致丧生，龙骧寨危矣！"

蟾姑且泣且言道："我必要手刃杨贼，报我哥哥之仇。"

李天豪道："分水岭已失，龙骧寨屏障已撤，此地虽然秘密，却因杨乃光已投降清军，为虎作伥，势必要来除灭我们一寨的弟兄。他们倘然大军包围洞口，断我水道，那么我们只有在寨内坐以待毙了，还谈得到报仇吗？"蟾姑惊惶道："这将怎么办呢?"

天豪叹道:"我也顾不得创伤了,为今之计,惟有抛去这辛苦经营的龙骧寨,且到白牛山上去和王豹联结在一起,再和清军对垒。若然坐困于此,清军必去攻打白牛山,王豹倘有疏忽,我们更少臂助了。"

蟾姑点点头道:"你的话说得不错。现在我们可从已开掘的秘密地道从虾蟆岭下出走,使清军不知不觉,免得被杨乃光知道后,派兵堵截,那是更难办了。"

天豪道:"也许杨乃光已知道有这条路,先去塞没了,要把我们一网打尽,那更尴尬哩!"蟾姑道:"事不宜迟,要走便走。"说着话,遂去收拾一切细软。天豪扶创出外,召集寨中的弟兄,约有三四百人,把出走的意思告知他们。

从人也都情愿遁逃,遂各带了兵器什物预备动身,笨重的只有丢下。还有宇文亮的宠姬金花儿、银花儿,天豪也教他们同走。但是二人因宇文亮惨死,哭哭啼啼,情愿死在寨中,不肯离去。蟾姑再三相劝,二人坚不听从,反累蟾姑挥洒不少眼泪,只得让他们在寨中殉节吧。

蟾姑因天豪伤还未痊愈,教他在中间走,不要当先。她自己握着双股剑,引导众人,向地道中鱼贯而行。想当时,宇文亮、李天豪挖掘这条秘密隧道,本是预防万一的,现在果有用处了。然而,又岂是天豪夫妇所愿意走的呢?这一行人在地道中走了半天,方才走至虾蟆岭下。遂拨动机关,开了地道的石盖,一个个从山壁下伛偻着身子走将出来,重见天日,以为可脱离险地了。

谁料走得一小半人出来,已被杨乃光部下瞧见,连忙报告与杨乃光知道。杨乃光遂和项雷领兵从林子里杀将出来,大喊:"龙骧寨人哪里走?我们守候多时了。"

蟾姑在前,一见杨乃光,不由怒气上冲,便将手中剑向他一指,开口骂道:"狗贼,我妹妹待你不错,又把你招接到龙骧寨来,一片好意。谁料你这厮人头畜生,甘心降敌,以致我哥哥中了诡计,惨遭非命;龙骧寨的大业毁于一旦,真是万死不足蔽辜!却还要来埋伏于此,为一网打尽之计,你这狗贼狠毒透了,我今天一定不能饶你。"

杨乃光被蟾姑痛骂,非但没有一些惭愧,反而笑嘻嘻地说道:"蟾姑,我一向倾慕于你,今日你们已至末路,劝你投降了我吧!我们结一对好夫妻,不胜于那个姓李的汉子吗?若不是我为了要得到你时,早可在虾蟆岭下伏下地雷,将你们一齐轰掉了,还要说我太狠毒吗?"

蟾姑听了,脸上一红,咬紧牙齿,更不答说,挥动手中双股剑,向杨乃光头上劈下。杨乃光尚没有和蟾姑交过手,遂也将手中剑使开,和蟾姑酣战。

蟾姑一心要取仇人之首,所以双剑直上直下,疾如风雨,尽向杨乃光身上进攻。此时,杨乃光觉得蟾姑的武艺比较莲姑更是高强了。项雷在旁指挥部下,把龙骧寨中人围住,自己挺起铁槊,来助杨乃光。

这时,李天豪也已从地道中出来,见自己一伙人已被杨乃光拦住,心中大怒,顾不得身上的创伤,舞起手中宝剑,挣扎着上前来战,项雷便和天豪战在一起。但天豪究竟受伤未愈,不能作战,渐渐招架不住;蟾姑又被杨乃光缠住,不能援助天豪,心中十分发急。

项雷觑个间隙,飞起一腿,将天豪踢倒在地,正要用绳索去缚天豪时。忽然林子里跳出一个黑衣少年,手中舞动铁鞭,喝一声:"狂寇不要逞能!吃我一鞭。"项雷不防在此忽然半腰里杀出一个程咬金来,心中一怔,只得丢下天豪,和那少年战住。

那少年一枝铁鞭舞得神出鬼没,项雷不是他的对手。接着林中长啸一声,又跑出一个独脚汉子,相貌丑陋,嘴边露出一对獠牙,右手撑着铁拐;将手一抬,便有一个青色的剑丸向杨乃光头上飞落。

杨乃光大惊,知道遇到了剑仙,慌忙招架时,不到几个回合，左肩已受了伤；连忙向项雷打个招呼，回身遁逃。项雷刚想走时，青色剑丸已盘旋在他的顶上。项雷一个心慌，措手不及，被少年一鞭打倒，跟着又是一鞭打下，正中他的头颅，脑浆迸裂，眼见得活不了。杨乃光的部下见此景，不敢恋战，四散奔逃。天豪和蟾姑惊喜莫名。天豪早从地上跃起，向黑衣少年拱手谢道："小子被困于此，得蒙壮士们拔刀相助，感谢得很，请问二位尊姓大名？"

说话时，那个独脚汉子早已跳至身边，指着天豪问道："请问你就是李天豪君吗？"天豪更觉惊异，说道："二位怎知贱名？"独脚汉子哈哈笑道："我们就是慕名而来的，提起一位人物，谅你必然知道，便是荒江女侠方玉琴。我们就是和她相遇后，谈起此地诸位豪杰阴图革命之事，而该寨形势如何险要，所以特地跑来。"

李天豪听了，便点点头道："原来是女侠指示二位至此的，我们也很想念他们。幸蒙二位前来援助，这真再巧也没有的事了。还请二位赐告真名，二位大概也是昆仑剑侠吧。"

独脚汉子答道："在下姓薛名焕，也是昆仑门下。这位黑衣少年就是我的朋友滕固。我们二人在洛阳地方，相助玉琴、剑秋等破灭邓家堡后，听他说起龙骧寨和螺蛳谷的情形，所以先到这里来探访。在北京逗留了一个多月，不料行至此间，恰逢官军围攻你们的龙骧寨；寨前已是团团围住，封闭洞口，不能出入。我等虽得女侠略告大概，然而究竟是地势陌生，无从进寨。便向邻近的人民探听，方知你们和官军已交锋过数次，寨主宇文亮惨遭地雷炸毙，龙骧寨已岌岌可危了。

"我等听得这个不祥消息，急切要来援救你们；无如不得其门而入，和你们不通消息；只得在四山乱走，希望或可遇见什么人能够指示我们的途径。遂逢见姓杨的那厮，带了一队兵到这里来埋伏。我们悄悄地掩在他们军后，窃听得他们埋伏的真相；方知姓杨的是寨中倒戈的叛徒，要想把你们一网打尽，用心之狠毒。我们决定也守在此处林中，倘然你们逃出隧道时，他们要截击激攻，我们便可动手；果然救了你们，这真是此中自有天意了。"

李天豪听了薛焕的一番说话，不胜喜悦，遂介绍蟾姑和他们相见。薛焕、滕固方才已见过蟾姑剑术，甚为钦佩；认为她也是荒江女侠一流人物，不过没有女侠的神勇罢了。

第八十一回

龙骧寨剑仙救大厄
曾家庄故雨话旧情

滕固便又向天豪道："照你们的情形，龙骧寨已是无险可守而放弃了，但不知附近可还有立足之地？"天豪答道："龙骧寨的秘密已被清军探悉，况又失去分水岭，已成绝地，不能再守。惟有附近白牛山上我们尚有一伙人在那边盘踞，现在只有投奔白牛山去，收拾余烬，再和清军对垒。"薛焕道："既有这个去处，我们便可火速前往，免得被清兵侦知再去袭取。"于是天豪、蟾姑陪着薛焕、滕固，督率部下一齐取径赶奔白牛山去。

将近山下时，山坡边闪出一彪人马，天豪疑是清兵拦路，正要出来抵御；却见旌旗之下，当先一位壮士，黑面大鼻，手横大刀，跨下战马，正是白牛山的王豹。王豹一见天豪，连忙滚鞍下马，向天豪说道："自从清兵攻打龙骧寨后，我们屡欲前来相助，只因未奉命令。后闻寨主惨死，洞口被封，心中非常忧急。今日率部下五百人正要前来接应，且喜天豪兄等到此，巧极，巧极！不知龙骧寨事情究竟如何？"

天豪叹了一口气，摇摇头说道："祸起萧墙，寨主中伏，这恐是天意，非人事所可挽救的。愚夫妇也险些儿身葬其中呢！"遂将自己脱险的情形约略告诉数语，又介绍王豹和薛焕、滕固相见。王豹闻说薛焕是昆仑剑侠，和荒江女侠一起的，格外恭敬。遂对天豪说道："天豪兄幸遇大侠援救，真是不幸中之大幸。现在且请到山上去暂息，然后再行商量御敌之计，为寨主复仇。"天豪点点头，于是王豹陪着众人上山。

这白牛山山势也很雄峻，自从"飞天蜈蚣"邓百霸为女侠手刃以后，王豹归附了龙骧寨，得李天豪的指点，曾把山头关隘修理一番。整顿部下，汰弱留强，山上也有七八百人，声势很大；和蒙人也能相安无事，所以清兵也不敢小觑。李天豪等到了山寨里，王豹连忙吩咐厨下大排筵席，款请众人。天豪因为龙骧寨所遭覆灭，清军来退，心中不胜忧烦，勉强陪着薛、滕二人喝酒。蟾姑也因兄长惨死，大仇未复，双眉紧锁，玉容寡欢。

薛焕瞧他们愁闷之状，便安慰天豪道："你们不要愁苦。清兵虽强，我视之无异肉鼠！你们不妨起了人马前去，和他们重新交锋；我们愿效前驱，势必夺回龙骧寨，为宇文亮复仇。"天豪听了，说道："难得二位肯出力相助，必破清军，雪败亡之耻；我内兄九泉有知，亦将感激。"遂又斟上了两杯敬给二人。薛焕、滕固只顾痛饮，喝得酩酊大醉，玉山颓倒。王豹便叫左右扶着二人到客房里去安寝，又把一间精美的卧房让给天豪夫妇住宿。天豪带来的部众也安插在各个营房里。

那杨乃光在虾蟆岭下受伤而退，心中非常懊丧。此行满拟把李天豪擒住，献与清军，可立头功；且可把宇文蟾姑占为己有，逼她服从。不料蓦地杀来两个男子，把天豪夫妇救了去，而项雷反死在剑下，这真是不幸的事；且喜肩上受的伤还算轻微，遂率众返至龙骧寨前面洞口。这时候，伊里吉布早已挑选两百名敢死队，执炬露刃，冒险从前洞径入，探得里面空虚，回报大军。伊里吉布亲率一千精锐入洞搜索；但洞中所有贵重的东西早给李天豪带走，没有什么可获。那宇文亮的宠姬金花儿、银花儿却双双缢死在树上；伊里吉布见了，不觉赞叹，命令部下把二人的尸骸去掩埋。

杨乃光进寨叩见，把李天豪等逃脱情形禀告一遍，并自请罪。伊里吉布心中要笼络他，所以不但未加呵责，反用温言安慰一番，又细细向他问了一遍寨中的情况。伊里吉布遂对杨乃光和他自己身边几个参赞说道："这龙骧寨是谋逆不轨之徒盘踞的秘窟，现经我们捣破后，余众已溃退他处；留着这个地方也无用处，将来仍恐为强梁者窃却作乱。不如把寨中房屋一起焚掉，填平这个秘密所在，较为妥稳。"参赞们都说："是是。"杨乃光当然也未便反对。

伊里吉布主义打定，遂命令部下先将隧道破坏，然后再端整引火之物，在寨中四面各处燃起火来。一霎时，烈焰四冒，黑烟迷目，宇文亮、李天豪费了数十年辛苦经营缔构的龙骧寨，顷刻之间，变了一座火焰山，势将尽化焦土。伊里吉布率众徐徐退出寨外，接着又吩咐部下挑土搬泥，把龙骧寨的洞口塞没。于是这大好秘窟永远封闭在泥土中，不复与世人相见了。

伊里吉布和杨乃光仍回分水岭驻扎，命人探听李天豪等逃往何处。杨乃光知道白牛山的去处，立即差探子前往探听，方知天豪夫妇和龙骧寨余众果然都避身在白牛山上。杨乃光又自告奋勇，愿伴同伊里吉布前去进攻；一面又修书一封差他的部下送往白牛山，劝王豹投降清兵，献出天豪夫妇，以邀爵赏。因为他自己以前曾和王豹一度劝诱归己的，也许王豹鉴于势穷，肯来投顺。

伊里吉布遂命裨将胡元和杨乃光先去攻打白牛山，自率大军在后接应。杨乃光和胡元带领一千官兵，直趋白牛山。他对于李天豪夫妇并不惧怕，只怕那个丑陋不堪的独脚男子，不知他是何许人？又不知他是否一同在白牛山？很不放心，所以又差人去探听消息。恰巧派去下书的人来了，呈上王豹的书信；杨乃光拆开一看，心中不由大悦。

原来王豹信上说：龙骧寨已失败，李天豪来投，自己很不愿意招待；既承招降，便当弃暗投明，今夜当请李天豪等痛饮，灌醉后下手擒住，槛车送至军前，以作进身之贽。尚有天豪同党薛、滕二人，亦当一并擒献，请杨乃光先代他在清将面前致意。杨乃光知道王豹本非天豪等嫡系，所以深信不疑，立即差人去禀报伊里吉布。这里且扎下营寨，暂缓攻打，夜间仍严加戒备。

到了次日上午，王豹差人送书前来报告，说昨晚已将天豪夫妇及滕、薛二人一齐灌醉，稳稳擒住；现在已打入囚车，将送上点验，故特先函陈报。杨乃光大喜，一面又派人去请伊里吉布到来；一边和胡元披甲持刀，率领三百人，在营外等候。不多时，早见前面一簇人马驰至，杨乃光上前迎时，只见王豹骑在马前，背后小卒推着四辆囚车，竖着白旗，前来投降。

王豹见了杨乃光，连忙下马致敬，对杨乃光说道："承足下招降，不胜欣幸。今已将李天豪等四人用计擒住，槛车送上，即请点收。"说着话，将手向后边一指，小卒们将四辆囚车推至近身，果然里面坐着天豪、蟾姑、薛焕、滕固四人，绳缚索绑，倒低着头，好似余醉未醒一般。杨乃光这一喜非同小可，指着天豪骂道："你这厮今日仍落我网，看你还能兔脱吗？"遂介绍王豹和胡元相见。

胡元道："王壮士擒得盗魁，此功非小，且请到营中去坐。"于是杨乃光即请王豹入营，余众留在外边，由清兵来推着囚车进营去。到得营中，坐定后，王豹便问："主帅伊里吉布在何处？亟愿一见。"胡元道："尚在后面，还未到临，我当即送囚车前去，请王壮士在此稍待，后当引见。"王豹听了这句话，脸上立刻变色，大声说道："胡将军，伊里吉布既然不在这里，请他来此点验何如？若要送去，仍由王某与杨兄护送前去也可。"胡元冷笑一声道："难道疑我要冒功吗？王壮士既然诚意投降，理当听我们发落。"

胡元说话未毕，囚车里的滕固忽然高骂叱骂道："狗官死在头上，尚不知晓，还想邀功贪赏？"立刻将两手一抬，绳索早已脱下，囚车的门也开了；跳将出来，从腰里掣出软鞭。杨乃光、胡元一见情势不佳，忙从旁边小校手里抢过兵刃，对王豹喝道："你把他们送来，为何这样放松，莫非……"话犹未毕，处于槛车中的李天豪、蟾姑以及薛焕都已绳解索脱，向车底取出暗藏的兵器；个个拉开车门，跳到外面。王豹也把脸上一变，自腰间抽出佩刀，说道："姓杨的，你们中了我们的妙计了，逃到哪里去？"一刀向杨乃光头上砍下。

杨乃光又怒又气，还剑迎住。蟾姑、天豪左右夹攻，把杨乃光围住。滕固舞动手中软鞭，直取胡元。胡元将刀架住。薛焕走至营外，从怀中掏出一个信炮，燃着了，轰的一声，响彻云霄。清兵见薛焕这般形状，还没有知道他的厉害，以为他是好欺的；所以呐喊一声，大家跑过来要想拿他。薛焕发出剑丸，早有几个清兵断头折臂地跌倒于青光之下。薛焕不忍多杀？便向他们高声喝道："你们自问自己有几个头颅能够受我的剑丸？快快逃遁去吧！"这时候，前面已有一队白牛山的人马，闻得号炮声，向这里杀奔过来。

胡元哪里是滕固的敌手？战不到十余回合，早被滕固一鞭打得脑浆崩裂，死于地下。杨乃光早已心惊胆怯，不敢恋战，虚晃一剑，回身向营门外便逃。却被薛焕拦住说道："你这厮今日还想逃走吗？"杨乃光咬紧牙齿冲出时，青色剑丸已飞至他的顶上，杨乃光挥剑相迎。蟾姑早已跃至他的身后，一剑击中杨乃光的小胫；见他狂叫一声，跌倒在地。李天豪赶至，又是一剑，把杨乃光的头颅割下，和王豹等一齐杀出营门。清兵纷纷逃窜，白牛山上的义士斩俘大半，李天豪等得胜回山。

原来王豹接到杨乃光劝降书时，天豪亦在侧，王豹大怒道："杨乃光这奸贼！寨主间接死在他的手里，毫无天良，禽兽不若，还要来劝我投降吗？我王豹虽然是个粗人，却不肯干这种昧良不义之事的！"遂把来信给天豪阅过，要想把来使斩却。天豪连忙把他拦住道："我们何不将计就计，使逆贼坠我彀中，且可乘机歼除满狗。"王豹不明天豪意思，经天豪说明后，不觉大喜。遂写回信答应杨乃光投顺清兵，且将李天豪等槛车送上，果然哄骗得杨乃光相信不疑。

于是，王豹把李天豪等四人假作绑缚了，囚入笼中；绳上都打得活结，槛车上都装的假锁，暂时委屈了；解送到清军那边去，想乘间可以把杨乃光、伊里吉布一齐解决。所以天豪等到时都能自己解脱索缚，跳出槛车；惟惜伊里吉布不在一起，没有诛掉。蟾姑和天豪都说："可惜可惜，白坐了数小时的囚车，仍未能如愿以偿。"薛焕道："这颗头颅权且寄放在满奴的颈上；待他们尔后攻山时，凭着我的力量，决不使他称雄便了。"王豹遂差部下再去探听。

隔了一天，部下回报，清兵悉数退往张家口去了，分水岭上已无清兵的影踪，碉堡尽行拆除。天豪等很为奇异，再遣人往张家口探询，方知伊里吉布探得白牛山有剑侠相助，难以取胜，不敢起兵前来；现已班师回京，把荡平龙骧寨的功劳上奏清廷，以博擢升了。蟾姑说道："那厮如此乖巧！早知他是这般懦怯，不敢前来，深悔我们没有迎上前去，复夺分水岭，报我哥哥之仇。"

王豹道："且喜杨乃光业已授首，我们也好稍泄胸中之恨。"李天豪遂又派人去龙骧寨探听，始知龙骧寨业已被伊里吉布付之一炬，洞口挑土塞没了。天豪、蟾姑都不胜太息，蟾姑悲伤她的哥哥惨死，又想起她的亡妹莲姑，郁郁不乐，生起病来。天豪慌忙代她想法去找大夫前来诊治。薛焕、滕固在白牛山住着没事做，便要告辞。滕固想要到螺蛳谷去；薛焕却想回碧霞山去拜望他的师父憨憨和尚，滕固只得随他同往。天豪等留他们不住，遂设宴饯行而别。

天豪在白牛山上照顾蟾姑的病，足足有一个多月，方才渐渐痊愈。天豪觉得白牛山无可发展，龙骧寨的精锐又大半伤亡；蟾姑在此常常要想念她的兄妹，不如到外边去走走，藉舒胸襟。于是想起荒江女侠和岳剑秋来，不知他们现在何方？所以和王豹说了自己的意思，叮嘱他好好镇守白牛山，大约清军未必前来攻打的。夫妇二人带了行装，离开白牛山，入塞来找寻女侠；兼游各处名胜，冀消蟾姑悲思。

恰巧中途遇见穆祥麟，无意中得知女侠在卫辉府杨柳屯云中凤萧进忠的府上。二人说不出的异样欢喜，所以马上跑到萧进忠府上来探问，果然得以遇见。女侠心中也十分快慰，但听天豪、蟾姑叙述龙骧寨不幸的噩讯，方知宇文亮和莲姑都已不在人世间，也觉得黯然神伤。而龙骧寨辛苦缔构的一些基础，废于一旦，更增慨叹。

当时萧进忠和他的儿子慕解、女儿慕兰，知道李天豪夫妇是尘寰俊杰，固所愿见而不得的，遂设宴代二人洗尘。程远和天豪谈论武艺，初次见面即十分投契，彼此钦佩。玉琴也把自己和剑秋从大破天王寺后，直到太湖歼盗经过情形，许多可奇、可愕、可喜、可惊之事，约略告诉给二人听。又把萧家父子兄妹以及程远等众人之事略述一下。天豪夫妇亟道倾慕之忱，且饮且谈，直至子夜才散席，萧进忠另辟一室为天豪夫妇下榻。玉琴、剑秋本要动身了，却因天豪夫妇一来，只得又耽搁下去。

慕兰心中更是喜悦，天天陪他们饮宴，且到外边去游玩。这样又过了数天，玉琴忍不住又要回天津，谈起宋彩凤母女，天豪夫妇亦欲一见。剑秋遂对二人说道："贤伉俪现在不去龙骧寨，一时谅没有去处，革命雄心大概未必因此而消灭。此番重逢，弟等不胜扼腕；不如我们同到天津后，再待弟介绍往山海关外螺蛳谷去。那边也是志士们聚集之所，弟等久有意代你们二处联络；在袁彪面前曾称道起你们的大名，他亦颇欲相见呢！"

遂将"摩云金翅"袁彪和年小鸾、欧阳弟兄、法空和尚等众人的事迹约略提起。天豪大喜道："既有这样一个好去处，比较龙骧寨更有希望了，要请剑秋兄和女侠介绍。"玉琴道："我们也十分想念袁彪夫妇，说不定到了天津，将重新出关去走一遭，到那时当陪伴二位前去和他们相见便了。"天豪道："拜托，拜托。"于是玉琴又催促剑秋等早日动身，慕兰、程远又苦留了两天，方让他们动身。玉琴、剑秋、天豪、蟾姑四人遂结伴同行，辞别萧家父子和慕兰夫妇离了卫辉，一齐向天津出发。临行时，慕兰洒了不少眼泪，实在舍不得分离呢。

玉琴等在途中没打岔儿，所以这一天已回至曾家村。曾家的司阍者一见女侠等回来了，又有两位客人，连忙上前叫应了，跑到里面去通报。待到女侠等走至大厅上时，只见曾毓麟和他的父母兄嫂以及双钩窦氏都立在那里恭候。彼此相见，不胜喜欢！女侠遂介绍天豪、蟾姑二人和曾翁等相见后，分宾主坐定，下人献过香茗。

玉琴不见宋彩凤，心中不胜奇异，忙问毓麟道："彩凤姊呢，现在哪里，怎么独有她不见？"毓麟微笑答道："她在里面，等一会儿自会见面。"玉琴闻言，更是奇异，忍不住又说道："咦，奇了，彩凤又不是羞人答答怕见面的小女子；我们都是老朋友，即使有两位客人前来，她何必要躲避着不出来相见呢？"毓麟只是微笑。窦氏道："少停她要来见女侠的，她时常和我们谈起二位的行踪，日日盼望你们归来呢！"

曾毓麟说道："我们自在杭州和女侠等分手后，即与家兄等一同北上。回家时，我父亲的病十分已好了七分，渐渐痊愈，我们心里自然快慰。但以未能随二位同游普陀，未免又有些惆怅，盼望你们可以早归。谁知道隔了这许多时候，望穿秋水，不见芳踪；一时又无从探询，蒹葭秋水，时生她人之思，想煞我家的彩凤了。不知女侠等何以在外边耽搁了这些日子，普陀之游乐如何？"

玉琴道："毓麟兄，你们不要问我们游得怎么样，这些事谈起来正长哩，稍缓当一一奉告。现在我要见见彩凤姊，她为什么不速相见，究竟为了何事？难道面上生有什么东西，见不得人吗？好不奇怪！"大家一起笑起来。梦熊忍不住嚷起来道："麟弟何必吞吞吐吐，使女侠打不破这个闷葫芦。这件事光明正大的，又有什么害羞，见不得人呢？你快去拉弟媳出来相见，她是一个女英雄，应该爽爽快快。"

毓麟正要站起身子时，宋彩凤已从屏风背后走将出来。毓麟的嫂子指着她说道："来了来了。"玉琴、剑秋齐向宋彩凤注目看时，见容颜依旧；只是大腹膨亨，高高地挺起着，连身上一件浅绿色的女褂也绷得十分紧张，举步也微觉迟慢。琴、剑二人至是方才明白彩凤已有身孕，所以羞见故人了。她见了玉琴，脸上一红，走过来，带着笑和玉琴握手说道："玉琴姊姊，你怎么一游多时，到今天方回津门？使我们思念无已啊！"

玉琴笑嘻嘻地说道："这事稍缓再告，现在要吃姊姊的红蛋了。多时不见，你的腹已大如五石瓠，不知里面是小麟还是小凤？"剑秋在旁说道："天生石麟，定卜弄璋之喜，曾老丈可以含饴弄孙了。"曾翁捻须笑道："托福托福。"彩凤又和剑秋相见。

剑秋遂又介绍天豪、蟾姑和彩凤认识，且说道："以前和你们谈起龙骧寨宇文兄妹和李天豪等诸侠士，你们恨不得跑到龙骧寨去见见；现在他们自己跑来了，也是很好的事。只可惜龙骧寨已遭大劫，宇文亮惨死敌手。一朵含苞待放的革命之花，忽被风雨所摧残，这是我们起初意料不及的啊！"宋彩凤听宇文亮已死，也不胜悲哀。蟾姑听剑秋提起她的亡兄，眼眶中珠泪晶莹，粉脸低垂下去。窦氏和梦熊、毓麟等也都咨嗟太息，为龙骧寨悲哀。

大家坐谈了一会儿，彩凤拖着玉琴的手腕，和她的妯娌，招待蟾姑同到里面闺房中去盘桓。玉琴又问彩凤几时可以分娩？彩凤答道："再隔两个月要临盆了，我从来没有经过这种事的，心中十分担忧哩！"玉琴道："愿你平平安安地早生贵子，也使毓麟快活，我这个大媒做得可不错。"彩凤笑道："这是要谢谢你的，毓麟也常和我说起姊姊。他十分系念姊姊，不知到何方去了，旅途可安？我对他说：'你放心吧，有剑秋兄同行，更无什么顾虑。'"

玉琴听了，面上一红，想起从前避雨曾家庄，病榻缠绵，毓麟乞婚的事来。便向彩凤说道："他对你说起什么？"彩凤笑道:"他佩服你侠义孝勇,为当代巾帼英雄,情愿拜你为师。"玉琴唔的一声道:"我不要收这种斯文书生做我的徒弟,姊姊武艺很好,你尽可教导他啊。"彩凤又笑道:"像他这样文弱的人,怎可学习武术?我不过教他练练八段锦,希望他的身子强壮一些便好了。"玉琴笑笑。

彩凤又问道:"姊姊,我也要问你何时可以给我吃一杯喜酒,怎么迟迟不发表喜信呢?"蟾姑在旁边拍手笑道:"我也是这般想,人家代玉琴姊发急着,玉琴姊却像不在心上的,使我们真是焦急。"玉琴道:"怪呀!这事要你们发急吗?连我也不知道哪一天会实现。我们东飘西泊,舍死忘生,只为人间多多除去些害人的妖魔,扫除一些不平,精神上便觉快乐,其他的事都不禁忘怀了。"彩凤和蟾姑听了女侠的说话,更是佩服。

外边曾氏弟兄陪着天豪、剑秋喝茶闲谈,转瞬天色已黑。曾翁吩咐厨下安排一桌丰盛的筵席,款请琴、剑和天豪夫妇。厅上点着四盏明灯,请众人入席;计有曾家老夫妇、窦氏、毓麟、梦熊、彩凤妯娌,以及来客玉琴、剑秋、天豪、蟾姑,一共十一位,团团儿坐满了一圆桌。玉琴见桌上肴馔精美,连忙开口说道:"多谢义父母这样盛情,使我们何以敢当呢?"

曾翁带笑说道:"我们时常思念女侠,难得今番回来,又有李君贤伉俪驾临寒舍,增辉不少,敢不稍尽东道呢!不嫌怠慢,请痛饮数杯,先尽一夕之欢。"玉琴等一齐谦谢。毓麟执壶代众人斟酒,彩凤又把筷子夹着菜,敬给女侠和蟾姑吃。席间大家开怀说笑,举杯痛饮。

玉琴遂把自己在普陀海面遇盗,和剑秋失散;以及身困丽霞岛、独探太湖、遇险横山、重逢剑秋、歼除雷真人等巨盗诸事情,约略讲给彩凤等众人听。讲到紧要关头,众人都代玉琴捏把汗;且为玉琴庆幸,个个喝了一杯。梦熊听玉琴谈起史兴的轶事,更觉有味,连声称赞道:"史大哥真是天下第一快人,可惜我曾梦熊没有机会碰见他,不然当和他一饮三百杯。"

彩凤又问起虎跑寺遇见的怪头陀来。剑秋把自己在嘉兴夜探灵官寺的一回事告诉众人听,彩凤连说:"好险,好险!"玉琴道:"像怪头陀这种武艺,确是难得,可惜不归于正,以致没有好结果。可见艺不足惜,吾人处世必先正其心术了。"蟾姑也讲起杨乃光的事,深悔她妹妹莲姑不能择偶;不但害了自己,而又断送龙骧寨事业,大家无不扼腕。剑秋又问:"曾家村近来可平安无事?"毓麟答道:"这些时候寇盗敛迹,村中十分平安,谅他们也知道我们这里不乏能人,所以不敢再来觊觎了。"谈谈说说,直到下半夜方才散席。

毓麟早已命人收拾两间精美的卧室给四人下榻,天豪、剑秋住一室,玉琴、蟾姑住一室。次日起身后,玉琴想起自己的花驴,便和剑秋由毓麟陪着一齐到后面马厩中去瞧看。见自己的花驴和剑秋的龙驹一同分系在槽边。玉琴走过去,拍着花驴的背,说道:"我回来了,这一阵抛弃你很久,没有用着你,谅你无处遛,一定闷得发慌了。"花驴认得它的主人,所以只把驴头向玉琴身上摩擦。那龙驹也振喉嘶了一声,好似欢迎它的主人回来。二人见坐骑无恙,很觉快慰;离开了马厩,回至书室里,大家坐着,又叙别后情景。

玉琴一会儿讲起奇人公孙龙,一会儿讲起一明禅师和云三娘,一会儿讲起余观海,一会儿又讲起程远和萧慕兰;剑秋也讲起琼岛上的非非道人,大家很注意地听着。闲时又在后园练习各种武术,窦氏虽然年纪老了,却是兴致不浅;有时也要握着她的一对虎头钩,舞一回给众人瞧,真可谓老当益壮。彩凤却珍重身躯,不敢一试身子。梦熊跟着众人学剑,却不能得其窍要,傻头傻脑地逗引得众人发笑。

这样过了半个月,天豪夫妇要赶到螺蛳谷去;和琴、剑二人说了,要即日动身。玉琴当然也不欲在此久留,便对毓麟、彩凤说明自己的意思。彩凤道:"螺蛳谷这个去处,我也很愿去见识见识;可惜分娩期近,不能出外,又错过了机会。"毓麟却要留住玉琴等不放走。

玉琴道:"人生久聚也无多大意味,倒不如时来时去;久别重逢，反觉别有滋味。你好好陪伴着彩凤姊，预备早一天抱儿子；让我们去漂泊天涯，一任自由。我早已说过，此身如闲云野鹤，无可留恋了。"毓麟听女侠这样说，也不敢多言。倒是曾翁夫妇听说女侠等要去，苦苦坚留数天。玉琴碍于义父义母的盛情，只得再在曾家庄住了二三日，遂和剑秋、天豪、蟾姑辞别曾家诸人动身。

这一遭花驴、龙驹都要带着走了。彩凤和玉琴握手分别，叮嘱玉琴从螺蛳谷回来时一定再要到这里会会，玉琴一口答应。毓麟和他哥哥亲自送至村口，方才分手。玉琴、剑秋和天豪夫妇才一齐跨上坐骑，挥鞭长征。到北京时，天豪因前事不敢逗留，所以四人在京师只住了一天，马上动身。

出得山海关，天豪留心察看关外山川形势、风土人情，和关内又是不同。琴、剑二人有好多时没再到螺蛳谷了，催着坐骑急急赶路。这一天将近螺蛳谷，遥望山峰，层叠绵延，如高高低低的长屏一般。玉琴正自欢喜，忽见山外扎下许多营寨，旌鼓密布，剑戟如林，一股杀气笼罩着螺蛳谷，不由心中大惊。不知螺蛳谷中发生了什么变化？竟有这种可怖的景象，使人却步呢！

第八十二回

檀板银筝宴前观女乐
柔肠侠骨谷内报凶音

玉琴一见这个情景,不由吃了一惊,回头对剑秋说道:"这真是官兵的营寨啊!莫非螺蛳谷也像龙骧寨一般发生了变化?但我很不愿意再见这个革命策源地平白消灭,况袁彪、年小鸾等和我们都是很投合的同道,这件事却不能不管了。"剑秋跟着向四下里了望一下,见所扎的营寨蜿蜒不绝,向螺蛳谷取大包围的形势,旗帜上都有一个"鲍"字。遂答道:"不错,准是官兵在这里攻打螺蛳谷了。不知袁彪如何应付?大略已打过两回仗了,否则袁彪也不肯让他们直逼谷前的。好在这螺蛳谷形势险恶,外边人不易攻入,足可坚守。但不知道姓鲍的是个什么人?我们在此徘徊不进,若被官军窥见,定要生疑,反有不便。"

玉琴道:"待他们来时,我们杀他一阵也好。"剑秋摇摇手道:"师妹不可鲁莽,现在我们要先见了袁彪之面,问明情由,然后可以入手。"李天豪道:"剑秋兄的话正合弟意,不知这螺蛳谷可有什么密道可通?我们且偷渡入谷,先见袁彪要紧。"蟾姑道:"玉琴姊以前到过这里的,一定能够知道。"

玉琴又仔细向四下里窥察一番，对三人说道："谷前是包围得十分严密，无路可通。这螺蛳谷乃是大羊山中最险要之所，和它相连的又有个小羊山，那边有密道可通；就是我以前在夜间逃出石坑，走至三清寺，遇见法空、法明两头陀的地方。大概清兵不会知道的。"剑秋道："琴妹既然认得，事不宜迟，就请你领导我们走这条路进去吧。"玉琴遂将花驴的缰绳一抖，掉转头便往左边山坳里跑去。

三人跟着她同行，跑过了一条山冈，道途便格外曲折而峻险了。怪石罗列，草木塞道；四人一齐跳下坐骑，牵了驴马，慢慢地往小羊山上走去。山径愈行愈险，爬过两重山峰，回望谷外清兵营寨，如在釜底。又走过了一段路，方才渐觉平坦，螺蛳谷中的旗帜也隐约可睹了，这时已是薄暮，四人重又跨上坐骑，绕道往谷中进发。

忽然前面林子里拥出一彪人马，拦住去路；当先两位少年，横着大刀，高声喝道："前面来的是什么人？胆敢到我们谷里来乱闯，莫非是清兵派来的奸细吗？"玉琴用眼一瞧这两人，正是欧阳弟兄，便当先迎上去，开口说道："你们贤昆仲可还认得我们吗？"欧阳仁、欧阳义定睛看时，见是女侠。不由大喜，一齐下拜道："原来女侠到此，真使我们万分快活。"又和剑秋相见。

剑秋也不及代他们和天豪夫妇介绍，先问袁彪在哪里，谷中人无恙吗？欧阳仁顿了一顿，说道："尚好，袁头领日夕盼望你们前来，快请到里面去相见。我们此刻正在危急之秋呢！"剑秋说声："是。"欧阳弟兄遂引导他们往谷中左盘右旋地走去。天色已黑，前面林子里火把大明，又闪出一队人来；当先一将，相貌英俊，手执长枪，正是小子龙陆翔。欧阳弟兄和他打一暗号，陆翔将枪一摆，部下向两边让出一条路来。

剑秋等行近时，陆翔瞧见了，又惊又喜，拱手说道："女侠和岳先生怎样到此的？"剑秋道："我们特来探望你们的，你和戴兄到此几时了，可好吗？"陆翔答道："袁头领待我们很

1259

好，只是现在官军方攻打我谷，形势十分吃紧。小可是奉命巡逻的，岳先生见了袁头领，自会明晓一切。"剑秋、玉琴见他有职在身，也不便和他多说话。

绕过了林子，向前走不到一里，前面又有一带火把拥出一彪人马，在要道口拦住。当先一位青衣少妇，手横宝剑，正是年小鸾。玉琴见了小鸾，立刻跳下花驴，过去握住她的纤手说道："姊姊，你多么辛劳，我们来了。"小鸾见是玉琴，背后还有剑秋等数人，陡觉喜出望外，带笑说道："原来玉琴姊和岳先生来了，我们一别多时，好不令人思念。"剑秋也上前和小鸾招呼。

小鸾和女侠对立着，一时不知说些什么话才好。玉琴道："袁头领在哪里？"小鸾道："他正在寨中，姊姊等且请到里面坐息。"于是欧阳弟兄便请小鸾相伴女侠等进寨，他们仍回到外面巡罗去了。小鸾招待着剑秋等四人，一路走进山寨。"摩云金翅"袁彪早得小鸾的飞报，亲自降阶相迎。在风虎堂上坐定，袁彪向琴、剑二人拱手说道："我们无日不思念二位大侠；难得今日重临，不但足慰渴念，也是山寨之幸。我们正要仰仗大力，以退强敌哩！"

剑秋问道："山下的官军是从哪里杀来的？你们怎会杀他们不过？"袁彪摇摇头道："官军里面很有几个能人，所以我们吃了亏了。统兵的乃是兴京提督鲍干城。"袁彪说出"鲍干城"三字姓名，玉琴不由失声而呼道："原来是他吗？"说着话，回头对剑秋说道："鲍提督本在宾州的，不知几时迁任兴京？又不知怎样派他前来攻打螺蛳谷的？但是我们知道鲍干城的本领也属平常，袁头领等何至失败在他手里呢？"

袁彪叹道："你们认识这姓鲍的吗？他的用兵很不错，又有能人相辅，所以我们不敌。此事说来话长，你们远道前来，大概肚子也饿了。正是用晚饭之时，我们大家一边喝酒，一边叙谈吧。"遂吩咐左右摆席。玉琴听袁彪如此说，也不便紧问，于是介绍天豪夫妇和袁彪伉俪相见。袁彪以前也听过二人说起

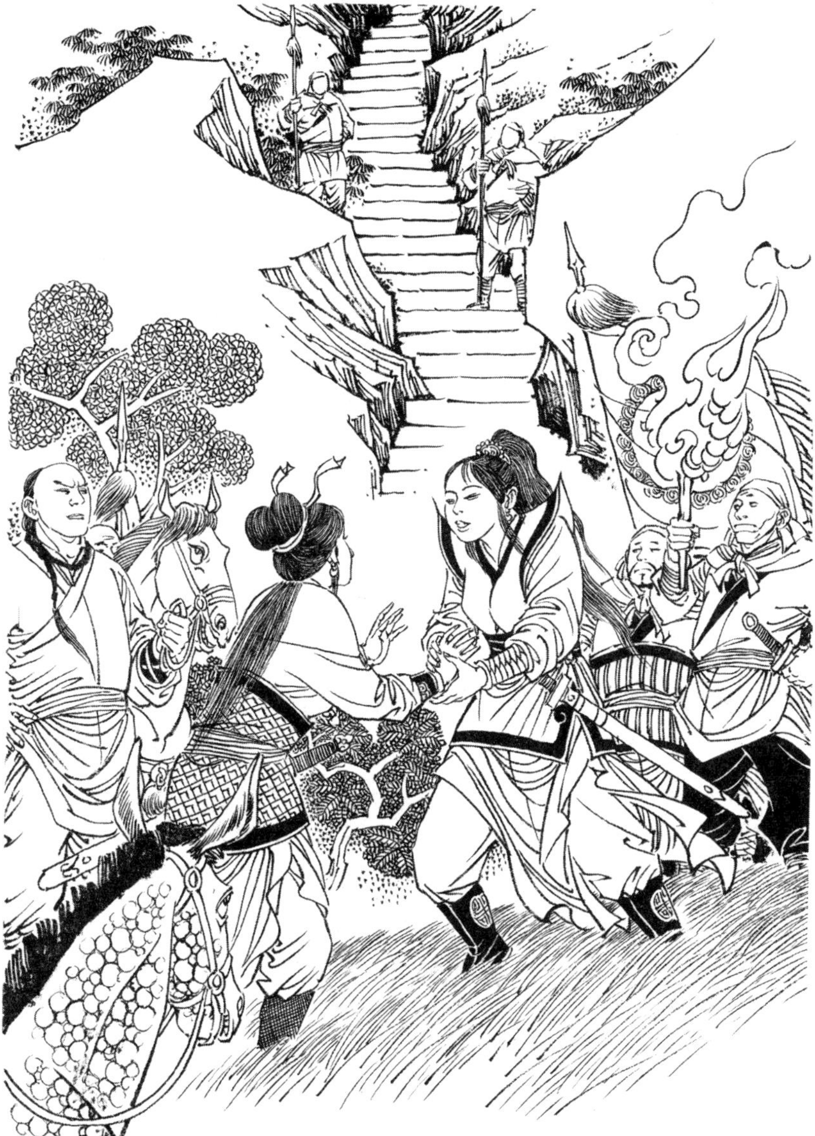

龙骧寨大略，今闻龙骧寨失败消息，不禁十分悲悼痛惜。

这时候，法明头陀、戴超、解大元、马魁等闻讯都来相见。解、马二人便是琴、剑由山东抱犊崮那里介绍到这里来的，袁彪派他们在谷中掌管粮食器械；二人做事很是忠心，所以袁彪也很信任他们。戴超和陆翔也是在山东道上经剑秋介绍过来的，袁彪因为剑秋信上曾赞许过二人的武艺，故十分优待，倚为臂助。玉琴不见法空头陀，便问："法空师在哪里，怎么不见？"袁彪叹道："前次上阵时，法空不慎为人所害，此仇尚未报哩！"琴、剑二人闻得法空阵亡，不胜叹息。

谈话间，酒席早已摆上，袁彪夫妇和戴超等陪同剑秋、玉琴、天豪、蟾姑一同入席。袁彪敬过酒，大家举杯痛饮。袁彪因琴、剑等四人到来，精神上安慰不少，举觞痛饮；惟有欧阳弟兄和陆翔等在外巡逻，职责甚重，所以不能同席。在席上，剑秋又问起官兵攻山的原因。于是袁彪一边喝酒，一边把这事的原委慢慢地告诉。

原来袁彪在这两年里招兵买马，积极发展，只苦经济常感缺乏；倘然时时出外行劫，尤非袁彪所愿。恰巧小子龙陆翔和戴超投奔螺蛳谷后，陆翔自觉来此无功报效，未免不安；听说山寨中缺乏资财，使他想起一个远戚来了。因陆翔有一远戚，复姓东方名宝林，住在沟帮子，以前贩药材，很积有一些资财，略知武艺。前数年至四川采办药材时，陆翔曾做过他的保镖，随身保护。出关后，东方宝林谢他数千银子，陆翔分文未受；在东方宝林家里住了一二月，自觉筋骨懈弛，不肯久居，所以重新入关。认识了铁棍谭二，在山东道上做响马，和东方宝林久不通信；后被剑秋等一席话感动了他的心，遂到螺蛳谷来共谋革命事业。

此刻为着螺蛳谷经济缺乏，所以自告奋勇，想要到东方宝林那边去告借十万两银子；并劝他入伙，好增加山寨的资财，大事扩充。遂把自己的意思告诉了袁彪，袁彪甚为赞成，即托陆翔一行。陆翔遂带了盘缠，骑了一匹马，离了螺蛳谷，向沟帮子去。找到了东方宝林那里，旧地重来，使他几乎不认识了。崇楼峻阁，高厅大厦，建造得美轮美奂，金碧辉煌，在沟帮子地方可称得数一数二。陆翔下马问讯，有一个老家人认得他的，便入内去通报东方宝林知道。

东方宝林闻得陆翔重来，亲自出迎；握手道故，问起近况。陆翔方知东方宝林拥有很大的财产，在东北数处繁华的城市里开设许多药材行。因自己的老屋不甚闳丽，所以在前年特地鸠工庀材，建筑了一座园林；自营箕裘，以娱天年，生活上非常优适。陆翔却不便即将自己的事老实告诉，只说东飘西泊，没有一定的归宿。东方宝林道："以后可在敝舍长住，不必奔走天涯了。要吃要穿，这里尽够你使用，不必客气的。"陆翔含糊答应，且谢了一声。

东方宝林为着陆翔远道来临，遂于夜间设席人寿堂上，宴请陆翔，又教几个亲戚相陪。内中有个姓鲁的，名成，是他第三小妾的胞弟，为人小有才，喜欢卖弄聪明；靠着裙带关系，在东方宝林邸第里做账房。凡事承意观色，对于东方宝林十分阿谀趋奉。东方宝林甚是相信他的，大家题他一个绰号叫作"生甘草"。因为生甘草是药方中用得很繁的一种草药，草药都配得上的，所以称为药料里的甘草。东方宝林家中有事，自然也都得"生甘草"鲁成了。

饮宴之时，东方宝林又叫女乐出来奏曲侑觞。原来东方宝林本是好色之徒，后房姬妾甚多；这几年来家道日富，一意以声色自娱。所以家中蓄有一部女乐，都是年轻貌美的女子。特请老伶工教以新曲，弦管丝竹，靡靡悦耳。每有宴会，兴至时即唤他们出来清歌一曲，以佐雅兴。这种举动似乎有些僭越，但因东方宝林和当地官吏都有默契，任凭他怎样奢华自奉，地方上的人也没有一个去攻讦他。俨然小国诸侯，几同南面之乐了。

今晚东方宝林故意要使陆翔快心意，娱耳目，遂唤女乐出奏。莺莺燕燕，共有金钗十二之数，排列在人寿堂上、云母屏前。银筝檀板，龙笛凤笙，吹奏起一曲《渔家乐》来。陆翔细看歌女中间有一个身穿紫绿的,正是豆蔻年华,眼波眉黛,十分清丽;手里弹着琵琶,柔媚的目光不时向自己射来,不觉被她的美容吸引住。一向豪爽自命的,今夕也会心神摇荡起来。东方宝林见陆翔尽向紫衣歌女紧瞧不已,微微一笑。

等到一阙告终,陆翔甚有兴致,站起身来,带笑说道:"今宵之会甚乐!蒙宝林兄赠以清歌,小弟无以敬奉,愿拔剑为舞。"东方宝林拊掌说道:"翔兄的武艺,我是一向钦佩的;今晚能够舞剑,更使这佳会生色不少了。"陆翔遂脱去外边长衣,从他腰间抽出三尺龙泉,寒光闪闪,不可逼视,霍霍地舞将起来。陆翔的武艺本来马上步下件件都精的,这一路剑法舞得五花八门、龙腾虎跃。只见一团白光滚来滚去,哪里有陆翔的影子,众人都瞧得目瞪口呆。陆翔舞毕,如飞燕掠至筵前;还剑入鞘,神色不变,气不带喘。东方宝林连声称好,众人亦皆拊掌称善;那些歌女们也看得出神,把陆翔看作天神一般。

坐定后,东方宝林对陆翔说道:"数年不见,雄姿武艺更是超群,不可不贺。"遂回头对那紫绿轻衫的女子说道:"翩鸿,你过来代陆爷侑酒,这般少年英雄,谅你也罕见的。"陆翔方知这位紫衣女名翩鸿。见她嫣然一笑,移动婀娜的娇躯,姗姗地走至陆翔身边;轻施皓腕,把纤手去取了酒壶,代陆翔斟满一杯,低声说道:"陆爷请赏脸,喝干这杯酒吧。"陆翔笑了一笑,举起杯来,一饮而尽。翩鸿又代他斟上一杯,陆翔跟着又喝下肚去。众人见了陆翔喝得爽快,一齐拍手称好。

东方宝林又对翩鸿说道:"你可代陆爷独歌一曲,陆爷的酒更要喝得痛快呢!"翩鸿点头应了一个"是"字,遂去取过她的碧镂牙嵌琵琶来;移张小凳,坐在陆翔身后,唱一阙《凤凰于飞》。歌声十分婉转清脆,如出谷黄莺,在枝头轻弄好音;而琵琶也弹得如珠走玉盘,悠扬悦耳。一阙终时,陆翔连喝了四大杯,且啧啧赞美道:"此曲只应天上有,人间哪得几回闻?"翩鸿坐在一边,低垂粉脸,拈弄衣角。

东方宝林见陆翔已喝得够了,遂先命女乐退去;又教下人扶着陆翔到客房去安睡，宾主尽欢而散。次日陆翔见了东方宝林，道谢昨宵款待盛情；且乘左右无人的时候，把自己到此的本意详细告诉。将螺蛳谷的情形，说得如火如荼，有声有色；劝东方宝林可以暗里加入，同图革命事业，将来打倒满奴，恢复自由。要他捐出些家财，帮助袁彪购置军械，扩充势力。

东方宝林听了陆翔的一席话，沉吟半响，方才说道："翔弟是个英雄，当然不甘埋没蓬草，螺蛳谷真是大好所在，我在此间也闻得'摩云金翅'袁彪的盛名，你要我捐输家财，我就可以答应。至于入伙一事，我因有许多眷属及经营的事业关系，容我细细考虑后再行还答。"

陆翔道："多蒙宝林兄慨慷捐助螺蛳谷的军费，我们非常感谢。入伙一事，不妨待你考虑后再告诉我。倘然你有别的关系，认为不便的，也可缓之异日。不过小弟看满奴国祚将绝，汉人的革命思想日益浓厚强烈，爆发的日子不远。有志之士应当早早加入，共同努力。所以小弟希望你和我们一同行事。"

东方宝林点点头道："你的说话未尝无理，待我隔一天再和你说吧。"陆翔道："很好，我准在此等候你的佳音。"东方宝林听了陆翔的劝告以后，一个人自思自量，煞费踌躇；因为他过着很优厚的生活，别无所求，不敢去做冒险的革命事业；但觉陆翔所说的也有道理，所以犹豫不决。

恰巧鲁成进来报告一项账目，见东方宝林独坐沉思，便问他有何心事？东方宝林一向以为鲁成是个智囊，自己遇有疑难不决之事常和鲁成商量。鲁成每代出主意，应付难关，当然十分信任他。此事因为关系重大，所以没有向他询问主张；现在鲁成既已探问，遂将陆翔所说的话，原原本本告诉他听。鲁成冷笑一下，没有回答。东方宝林问道："老弟，你看这事怎么办？我入他们的伙，有利没利，你怎么一声也不响？"

鲁成把座椅凑近东方宝林的身边，又回头向窗外望了一下，然后说道："老哥，你处的地位和姓陆的不同。姓陆的是个草莽武夫，他在外边结交的一班人，都是亡命无赖之徒；那螺蛳谷的袁彪，以前也曾在锦州犯过血案而逃亡山林的。表面上说是图谋革命事业，实际上和窃盗无异。他们盼望天下有乱，可以乘时而起，从中取利。然不知满清国运虽以衰微，而势力仍未可轻视。螺蛳谷不过弹丸之地，潢池弄兵，做不成功。什么伟大的事业，只要省里派几千兵去，便可踏平山谷。

"现在他们缺乏金钱，陆翔觊觎老哥家产巨富，故而到此游说；要你加入，做他们的党羽。好似梁山泊好汉邀请卢俊义一样，他们不过要利用你的家财。你若加入以后，虽有百万家产，也不够供给他们使用的。倘然清廷大张挞伐之时，老哥反因恶名而罹刑网，连累一家老小。所以此事据小弟的目光看去，可说有百弊而无一利，很不值得去赞助他们的。不如安安乐乐地经营我们的商业，一辈子不会有什么祸殃的。老哥你亦以鄙意为然吗？"

东方宝林本来心中忐忑不安，不敢冒险从事；实在他的生活甚是安定舒适，要他去干冒险的事，不是徒劳唇舌吗？此刻他一听鲁成之言，连连点头说道："老弟之话不错，我本来也觉得此事大大不妥。我是有身份的，有了偌大的家私，子孙能够饱食暖衣；我自己陶情丝竹，终老天年，谈什么革命不革命呢？不过，陆翔一则是我亲戚，二则以前对于我也有相当的关系。此番他特地前来向我说项，反使我很难置答。倘然坚决拒绝，失欢于他们；说不定他回去和袁彪商量之后，也许要向我们不怀好意起来，那时候我也难以对付。所以我想聊助他们数万银子，自己却不去和他们合伙。这样一来，陆翔也不能怪怨我了。"

鲁成想了一想，忽然附着东方宝林的耳朵低声说道："我倒有一个无上的妙计在此。老哥和本地官吏很熟的，何不趁此机会，立一大大的功劳。"东方宝林道："立什么功劳呢？"鲁成道："你不妨明天就向陆翔佯作应允入伙。可先付他一二万银子，却要他请袁彪到此一谈，与彼共谋革命事业，且允许他们愿将家财源源供给螺蛳谷的用途，他自会怂恿袁彪前来。那时我们可以想法将二人擒住送官，报到巡抚那边去，我们的功劳就不少了。老哥不是从此可以做个官，荣宗耀祖，连我们脸上也有光彩吗？"

东方宝林道："你的计划虽好，但我倘然照你所说的去行事，将来未免对不住陆翔。况且螺蛳谷余党若知道他们的头领遭害，他们或要来此报仇。那我岂不是犯着极大的冒险吗？"

鲁成道："我以为完全没有危险的。袁彪和陆翔来时，我们只说要多留数天，暗暗用酒灌醉他们，将他们送到官里去，要求速加处决。等到螺蛳谷中人知道时，二人早已伏法；我们再可要求省里官兵立刻去攻螺蛳谷。那时候螺蛳谷失去了首领，破之易如反掌了。老哥还有什么多虑的呢？"东方宝林听了鲁成这样说话，踌躇良久，还没有决定。

鲁成又道："请你不必狐疑，你这次若然失去了机会，将来陆翔一定要屡次向你告借粮饷。你的家财虽大，也不够他们用的，反而时时刻刻犯着通匪的嫌疑。这情形不是危险吗？我们对于任何事情都要计算利害；有害于己的事情，不是傻子万万不肯做的。老哥，你仔细想想吧！不要顾全了他人，反而害了自己。"

东方宝林听鲁成说得厉害分明，心中不觉活动，遂对鲁成说道："我就这样做吧。陆翔，陆翔，你不要怪我无情啊！"鲁成笑道："老哥不失是个忠厚的长者，但此事顾不得情面，否则你自己便要吃亏了。我们是自己人，所以我代你想出这条计策，请你决定意旨。在陆翔面前休要露出马脚来，倘被他窥破了，于事反为不妙。"东方宝林答道："我当照计行事便了。"

东方宝林听了鲁成的怂恿，遂去向陆翔说道："我想了多时，也愿加入你们一伙，同谋革命事业。但我很希望一见袁彪，然后决定；所以我要请翔弟回到螺蛳谷去，请袁彪到此和我一谈：共定大计。我的家财情愿源源供给与他们，决不翻悔。"陆翔道："宝林兄要见袁彪，何不随小弟同往螺蛳谷一见？顺便可以看看山寨的形势和人马的多寡。你若瞧见了这个大好去处，当然胆气更壮，知道我们非寻常绿林可比了。"

东方宝林听陆翔不肯引袁彪前来，反要他到螺蛳谷去，觉得自己这条计划不能实现了。遂又说道："我此时随你到螺蛳谷去，恐怕家中人知道了，反为不便；须候时机成熟后，然后再去。故请翔弟务必去邀袁彪来此一见，我当略尽地主之谊，诚恳款待。现在我先给你带回一万两银子，作为军费；等到袁彪来后，我再可捐助五万两，请你回去代达一切。"

陆翔听东方宝林说得很是诚挚，万万料不到他心怀不良，要谋害自己和袁彪，所以也就答应。东方宝林要留他多住数天，陆翔要赶紧回螺蛳谷去请袁彪前来。隔了一天，遂和东方宝林告别了，带了一万两银子赶回螺蛳谷。见了袁彪，把自己游说的一番经过详情，告诉一遍；要请袁彪同他一起往沟帮子去和东方宝林一晤，以便使东方宝林决定入伙，且可拿到五万两银子。

袁彪当然信任陆翔之言，一口答应。他们两个都是性急的人，次日袁彪就要动身，把谷中事情托给欧阳弟兄代理，他和陆翔穿上便服，跨了匹马，立即上道，赶奔沟帮子去。东方宝林和鲁成早已安排金钩，待钓海鳌。闻二人到来，忙同鲁成开门迎接，请到花厅上去坐。陆翔代他们各人介绍一遍。东方宝林说了许多景慕之言。袁彪是刚直的人，便又把螺蛳谷情形以及自己如何志欲革命的经过，一一讲给东方宝林听。

东方宝林道："袁头领真是天人，弟等自愿追随左右，同覆清廷。所谓智者出其智，勇者出其力，富者出其财，各人尽其力量；务使螺蛳谷日益强盛，为将来起义之计。"袁彪听了，大喜道："难得东方先生不弃鄙贱，肯和我们合伙行事，这是螺蛳谷的大幸了。"鲁成也在旁边假意称赞袁彪和陆翔，雅尊他们为当世英雄。

二人听了，都很快慰，绝无丝毫疑意。晚上东方宝林又设筵在人寿堂上，唤出女乐来，奏曲敬酒。袁彪、陆翔高坐上首，举杯同饮。东方宝林引壶斟酒，向二人致敬。谁知二人喝不到两杯酒，立刻大醉，推金山、倒玉柱般倒于地上。鲁成跳起身来，哈哈大笑道："摩云金翅柱有一身本领，今天中了我们的计策，死期不远了。"遂叫两个壮丁过来，用坚硬的绳索将袁彪和陆翔一齐紧紧缚住，立刻要送到官衙中去。

东方宝林一边教人撤去酒筵，一边吩咐女乐退去。众歌女都很惊奇，不知主人有何用心，将这两位侠少年擒住送官，心中都代他们二人可惜。鲁成便对东方宝林说道："事不宜迟，我们快把这二人送到县衙里去，即由官中去禀告巡抚，以便早日就地正法，免生意外。"东方宝林听了鲁成的话，遂唤家丁将二人送入广柳车中；自己和鲁成骑了马，到县衙中去见县令。

那县令姓罗，善逢迎上司，结交绅富；他知道东方宝林是本地的富商，闻来谒见，立刻亲自出迎。东方宝林和鲁成见了罗县令，便将来意告知。罗县令听说他们二人业已擒住了螺蛳谷的大盗袁彪，不胜之喜，遂对二人说道："本县当即一面将二人收监，一面飞禀巡抚如何发落；且把你们二位的大名保荐上去，巡抚定有嘉奖，决不有负你们的。"

鲁成道："要请县尊禀告巡抚，即将二盗就地正法，以免发生变动，一面可以乘势调兵派将去攻打螺蛳谷。他们失去了首领，蛇无头而不行，不难一鼓歼灭了。"罗县令连说："是，是。"称赞鲁成很有智谋，即把袁彪、陆翔钉镣收监，又陪着东方宝林、鲁成二人座谈一番。东方宝林才与鲁成告退，回到家中去了。

罗县令已将袁彪、陆翔二人收监，吩咐狱吏好好看守，连夜便教幕府撰就公文报省，禀告上宪，如何着落。袁彪和陆翔到了狱中，等到酒醒时方知中了奸计，误入陷阱。陆翔更是懊丧不已，对于袁彪非常抱歉。但因二人分别禁闭，没有见面，所以彼此不能交谈。袁彪当然十分愤恨，怨恨自己不小心。想起以前在锦州牢狱中的情景，不料再度要受绳缧之危，再没有第二个风姑娘来援救自己了。又想起山寨里的情形，不知年小鸾可能知道这消息？倘然知道以后，更不知要怎样发急呢？所以他心中十分难过。

东方宝林回去后，家人向他探听消息。他才说："这两个客人乃是螺蛳谷中的大盗，官厅捕之不得的。此番来劝我入伙，因此用蒙汗酒把他们灌醉了，送到官里去治罪。以后我们还可有做官的希望呢！"鲁成更在众人面前夸赞他自己的计策巧妙，众人也都恭维了。其中却只有一个人心里很代袁彪、陆翔二人发急，只是想不出个主意来。此人是谁，就是歌女中间的那个翩鸿，曾向陆翔敬酒的。

她本是辽阳人士，姓朱，是好人家的女儿。父亲名唤宏恩，只因酗酒滋事，殴死了朋友，锒铛入狱，瘐毙在狱中。她的叔父便把她卖与东方宝林，得钱去收殓父尸。东方宝林见她容貌美丽，性情也贤淑，便命乐师教她习歌，且给她念书识字；自己亦很宠爱她，颇有意收她为妾。但因群妾反对，尚未实现。群雌粥粥，争妍取怜，深恐翩鸿一旦入侍，他们都要失宠；故百般阻挠，不让这事成功。而翩鸿虽为歌女。颇具一双慧眼，对于东方宝林也觉得尸居余气，不足当意；群姬嫉妒，她却深喜。

自从见了陆翔，觉得他年少英俊，蛟龙非池中之物；很欲效红拂私奔李靖的故事，委身以从。但尚没有这种胆量，芳心荡漾，莫知所可。后见主人听了鲁成的怂恿，将二人迷倒后解送官衙，这一下子主人的手段未免太辣了。既然他们是螺蛳谷的大盗，性命一定难保。然瞧陆翔这样人不像江湖大盗，他们的前途一定很有希望。现在如此结果，岂非可惜？主人也太欠光明态度了。

她思索了多时，决定要舍去东方宝林，不再歌舞娱客，要到螺蛳谷去报一个信，以便他们前来援救二人脱离危险。不过自己是个弱女子，又不认识螺蛳谷的途径，如何前去？但她的心已不能安定，若不能救陆翔，自己梦寐难安。无论如何，必要冒险去走一遭。遂暗暗向人问明了螺蛳谷的途径，窃取了一套男子衣服，女扮男装，易钗而弁；带了一些盘缠，在晨光熹微时悄悄地掩了出来。向厩中偷了一匹白马，跨上马背，加上一鞭，便离了沟帮子，向锦州跑去。

东三省的女子会乘马的很多，翩鸿在幼年时常随着她的父亲到郊外去试马，所以尚能控辔。东方宝林在夜间发现翩鸿失踪，不明白她怎样背人逃走的；自己并未亏待她，大约她因群妾嫉妒，心中失望，所以逃奔别处去了。遂教几个家人四面出去找寻，却没有将此事告知鲁成。这是东方宝林的失策，也是袁彪、陆翔二人的命不该绝哩！翩鸿骑着马赶到锦州，向大羊山走去。途中行人很少，她又不便向人问讯螺蛳谷的途径，一个人大着胆子往深山幽谷中去乱闯。

恰巧这天轮着"赛周仓"戴超率领部下在谷中巡逻，见有一个美少年纵马奔向谷中而来，连忙率众从谷子里跃将出来，拦住去路。举起手中大刀，喝道："你这少年休要乱闯！说明来由，方许你进去。你也知道螺蛳谷中众家英雄的厉害呢？"翩鸿骤见戴超虬髯黑脸，横着雪亮的大刀，心里一吓，几乎滚下马来。后闻他盘问自己来历，正是螺蛳谷中的头领，遂镇定心神，大着胆说道："你们就是螺蛳谷中的人吗？我今特来报告重要消息给你们听的，请你千万不要伤害我。"

戴超自从陆翔和袁彪去后，心中也有些不放心。今闻此人前来报信，连忙说道："你来报告什么消息，可和我们袁领头有关吗？"翩鸿点点头道："是的，你们的寨主袁彪和姓陆的现在都有性命之忧，朝不保夕，所以我冒险前来报信，请你们快去援救。"戴超听说，吃了一惊，喊声："啊哟！"遂引翩鸿进谷去见年小鸾。小鸾接见之后，翩鸿自称姓朱名翩鸿，乃是东方宝林家中的歌女；把东方宝林、鲁成设计陷害袁、陆二人的经过，详细告诉一遍。且说二人禁闭狱中，专待省方文书下来，立刻便要就地正法；因此自己冒着绝大的危险，私奔到谷中来报信。

小鸾听了翩鸿的话，有些将信将疑。翩鸿遂将外面衣服脱下，露出里面女子的服装；又把头巾取下，秀发覆额，真是一个好女子。小鸾才知道这事是千真万确了。遂请翩鸿上坐,谢她特地冒险跑来报信的美意。同时就请欧阳弟兄、法空、法明两禅师和解大元、马魁等众人,一齐到来商议要事。众人听说袁、陆二人都中奸计而遭逮捕,一齐心惊,且恨东方宝林等诡诈无良。

欧阳仁便道:"现在要救袁彪大哥和陆翔兄弟,也没有别的妙计;只有我们立刻起了谷中人马,杀奔沟帮子去劫狱,救出他们来。谅那些官兵都是脓包,不够我们一战的。便是闹大了事,我们也顾不得了。"戴超也说道:"这个办法很好,小弟担任先锋。"欧阳仁道:"我们去的人可以分批下山,扮作平常商人模样;到了那边,探明着落,然后一齐动手,不救出袁头领誓不回山。"众人都说一声:"好!"翩鸿在旁听了,略觉放心。众人也都敬重她的侠义心肠,想不到这样一个小小歌女,竟能为人之所不敢为之事呢!

于是大家商定,年小鸾、戴超、欧阳仁率领百名精锐为第一批;欧阳义和法空、法明两禅师也率领一百名部卒为第二批,明日清晨即动身向沟帮子进发。到了那里,年小鸾放出信炮为号,即救袁彪、陆翔出狱。法空、法明专抢城门,休让官兵闭城,断绝后路。谷中留解大元、马魁二人把守。翩鸿也留在山中,不必同去。计议已定,众人退去。年小鸾把翩鸿接到自己房中去座谈,留她用晚膳;特辟一室,请她居住。

次日黎明,年小鸾佩上宝剑,携着镖囊,结束停当;点齐一百名壮士,和戴超、欧阳仁先下山去。出得螺蛳谷,向沟帮子进发。小鸾救夫心切,恨不得一步便跨到沟帮子;戴超、欧阳仁为了朋友的关系,也是如此。不料走不到五六里,忽见前面地尘飞起,有两头马怒跃而来。到得近身,细细一看,马上坐的正是袁彪和陆翔。这么一来,竟使年小鸾等扑朔迷离,又惊又喜,莫名其所以然,只问:"怎的?怎的?"难道翩鸿所说的话不是事实吗?何以袁彪、陆翔二人能够脱险就夷,安然归来呢?

第八十三回

袁寨主攻城报私怨
鲍提督征谷起雄师

年小鸾等一行人，本是赶奔沟帮子去救袁彪、陆翔二人的，现在眼见二人安然归谷，倒弄得丈二金刚摸不着头脑哩！袁彪见了年小鸾等，也甚奇异，便问："你们一群人赶向哪里去的？"小鸾道："奇呀，你们不是被歹人陷害，陷身在囹圄中吗？我们特来援救你们的，你们怎会脱险归来，难道报信的人一派胡言吗？这使我们如坠五里雾中了。快快告诉我们知道吧。"

袁彪问道："你们怎么知道我们遇险，而要赶来救助呢？"小鸾蛾眉一皱道："我要你先说，你不必先来问我的，请你先告诉了我们，我也自然会告诉给你知道。"

袁彪见小鸾不耐烦，便一笑道："夫人之命，敢不敬遵？我们遇险的事，谅你也有些知道，恕不赘述了。且讲我们被贼人暗算后，下在狱中，非常愤恨，但因上下手都是被铁链锁住，防备严密，不能越狱而逃。我们二人又是各闭一室，不相见面的，除了狂怒，又有什么法儿想呢？次日晚上，我才闭目而坐，想起了山寨中一伙人，心里难过得很。

"忽见室门轻启,有一个人执着烛台,轻轻地蹑足而入。那人年纪有五旬以外,乃是监牢的狱卒。我便喝问:'你这厮来此做什么,莫非要来暗害我吗?'狱卒道:'袁爷,你莫多疑,世间的人决不会都像东方宝林和鲁成一般昧良心的。也许抱关击柝之徒,反有仗义之人,未可轻视啊!'我听了他说的这几句话,心里不由一怔,便问他的姓名,究竟来此何事?

"他说道:'我姓管名慎,少年时在江湖上东奔西走,后来在这里做了一名狱卒糊口。老妻于前数年病故,膝下有一男一女。女年十五,在家学习女红;男年尚只有九岁,在私塾读书。我天天喝酒,别无所求,惟心目中最敬爱侠义英雄;一向闻得袁寨主的大名,许为关东俊杰。此番寨主却中了人家的诡计,下在狱中。衙里飞禀上宪,听说一等公文下来,便要将你们二位杀害。我心中很代不平,所以今天晚上决定要把你们二位英雄私下释放出狱,好使二位将来做一番伟大事业。'

"我听了非常感激他的美意,便对他说道:'你若把我们私放出狱,那么你何能脱这干系?反要连累你有罪,我们虽得生还,于心何忍?'管慎道:'我可以诿称你二位越狱潜逃的,至多犯一个看守不严的罪名,不至于送命。你们且回山寨去,不要顾虑老朽。'于是他将我手上、足上的锁链一齐除去,领我走到一个僻静的所在,教我躲在树后。他又去放了陆翔兄弟前来,一同领着悄悄地从一个小门里放我们到外边;叮嘱我们快快连夜爬出城去,天明时狱中就要发觉的。

"于是我们别了他,偷偷地越城而出,跑回螺蛳谷来。中途遇见一群马,由两个马贩子牵引着而行;我们遂抢得两匹坐骑,跨上滑背马便奔。那两个马贩子也不敢追赶,我们遂飞驰回来了。再也想不到你们会知道这消息而来搭救的!"年小鸾听了袁彪的一番叙述,遂也将朱翩鸿潜奔山寨,报告凶信的事告诉二人听。

袁彪不由拊掌称快道:"奇哉奇哉!不图世间有此奇女子,生在魑魅门下,真是难得,红拂女不足专美于前了。"回头对陆翔笑了一笑。陆翔心中也是非常惊奇。这时候心中最快乐的要算年小鸾了。一同回到山上和众人相见；陆、袁二人逢凶化吉，脱险归来，一寨的人无不个个喜悦。年小鸾又引翩鸿来见袁彪和陆翔。翩鸿含羞低面，颊泛桃红，更见妩媚。袁彪、陆翔都向她道谢，翩鸿先说自己的来意，且贺二人安然出狱。

袁彪瞧着翩鸿，对陆翔说道："吾弟年少英雄，尚未授室，大约莽莽风尘，尚无奇女子可供物色。现在这位朱小姐，虽是东方家里的歌女，而能独具慧眼，冒险出奔，居然识得英雄，侠骨柔肠，若和君弟匹配，真是佳偶。我愿意撮合，代你们成就这良缘吧！"陆翔本爱慕翩鸿色艺，又感激她的深情厚谊；所以听了袁彪的话，便向袁彪拱手道谢。翩鸿也含情脉脉，芳心默许。

袁彪又道："现在且等我们去办了一件要紧之事，然后再吃你们俩的喜酒。"年小鸾在旁问道："有何要紧之事？"袁彪道："人家救了我们，不知他的情况怎样了？所以我想和寨中人马，杀奔沟帮子去，救出管慎一家，心头方得平静。还有东方宝林和鲁成两个奸贼，我们一定也要把他们诛掉，以泄心头之恨。"

袁彪之言未毕，陆翔也说道："此事本是小弟陪伴寨主前去的，几乎害了寨主的性命，心中甚是歉疚。对于东方宝林和鲁成两个狗贼，我也万万不愿轻易放过他的。寨主既有这个意思，我是非常赞成。事不宜迟，我们亟宜早早前去，免得他们有了防备。"袁彪点头称是，遂令欧阳仁、欧阳义和法明禅师带领三百人星夜下山；先到沟帮子，分头混入城中。等我们谷里弟兄杀到时，在城中放火为号；打开城门，里应外合，便到县衙里去杀罗知县。

三人奉令，带着弟兄们，就在天暮时下山，在夜间赶奔沟帮子去。到次日，袁彪遂留法空和尚、解大元、马魁把守山寨，自己和年小鸾等，带领全部人马杀入城去。

那罗知县在早晨已接闻袁彪、陆翔越狱逃脱的消息，不由大惊，亲到狱中去察勘。见并没有什么痕迹，遂疑心到狱卒得贿释放的；即将管慎拘捕，鞠问了一番。管慎熬不住重刑，遂自承认私放要犯。于是罗知县把他钉镣收监，再去飞禀上宪，却不料薄暮时候，螺蛳谷里人马已杀入前来，好似青天里打下一个霹雳，惊惶万状。忙请本县游击将军沈用宏带兵守城。那沈用宏也是一位能征惯战的骁将，立刻换上盔甲，手提了一柄大刀，跨一匹骏马，率领部下登城守御。

只见城外火光照耀，如游龙飞腾，螺蛳谷人马已至城下。火光影里有一个年轻壮士，身穿绿袍，座下白马，倒提一柄三尖两刃刀，正是螺蛳谷的首领"摩云金翅"袁彪，指挥兄弟急急攻城。沈用宏很不服气，便令裨将邓先守城，自领二百官兵杀出城来。袁彪见城中果有戒备，遂教部下稍稍退后，自己当先迎上，陆翔和年小鸾左右翼护。

沈用宏见了袁彪，大骂："贼盗！既然越狱逃生，为何又来攻城？目无国法，弄兵潢池，莫非前来送死吗？"袁彪大怒道："呸！你自己做了满人的奴隶，还不觉悟，反称我等为盗，真无是非之心的！我今特来取奸人之首，若将东方宝林、鲁成两个贼子交出，方免一城灾殃。"沈用宏举刀便向袁彪头上劈去。

袁彪遂将三尖两刃刀使开，和沈用宏交手，两人死命狠斗。但见两柄刀如两道白光，上下飞绕。正在酣战之余，城中忽有几处火起，欧阳弟兄等一干人已在内动手了。欧阳仁挥动朴刀，杀入城上，将邓先一刀刺死。法明使双刀杀到城门边。把守城的士卒一阵乱劈，城中顿时大乱。沈用宏心中不免惊乱，要想回马逃走；陆翔长啸一声，怒马跃出，一枪刺向沈用宏的胸口。沈用宏怎敌得过这两位豪杰？早被袁彪一刀刺中他的右腿，跌下马去，陆翔加上一枪，结果了沈用宏的性命。

败兵想逃回城去，袁彪早指挥人马随后杀上，二百名官兵杀得七零八落。城门已被法明把守住，不能关闭，于是袁彪等一伙人杀入城中。袁彪教陆翔和年小鸾赶紧杀奔东方家中，去找仇人。又令法明、欧阳仁守住城门，以留退路。自己马上赶入狱中去探问明白，救出管慎父子。管慎想不到袁彪竟会杀来救他，心中异常快慰。

那东方宝林和鲁成在家中，起初得知袁彪、陆翔越狱逃脱以后，不免惴惴不安，恐防袁彪等要来复仇。鲁成安慰他道："省中不日将有大兵征剿螺蛳谷，他们自保不暇，怎能够来此报复呢？现在可以再请县官去飞报上宪，火速进剿。料袁彪等虽然勇敢，怎能敌得住大兵？老哥不要多虑。"于是二人又去见罗知县，催他上禀。方知管慎私下释放要犯，把管慎恨得不得了，要请罗知县从严治罪，遂把管慎一家尽逮入狱。

东方宝林回家后，心里总觉得不安，加以翙鸿私奔，更使他闷闷不乐，还不知道翙鸿是往螺蛳谷去报信的呢！下午他和鲁成在花园里饮酒消愁，唤女乐在席间奏曲劝酒，想藉此解除心中的不安宁。谁知管弦方奏，鼛鼓忽鸣，突然闻报螺蛳谷中盗匪攻城，沈用宏将军出城迎战。东方宝林听了，心中怦怦跳跃不住，口里只说："如何是好？"鲁成此时也有些慌张，表面却故作镇定，对东方宝林说道："我知道沈将军骁勇，一定可以敌得过袁彪；只要别处援军开到，决不会被他们杀入城来的。你请放心，待我到外面去探听一下消息，再作道理。"说罢，立刻走出花园去。

东方宝林坐在厅上，呆若木鸡，一班歌女也都花容失色，吓软了身子。宅里眷属也跑来问东方宝林作何主张。东方宝林想不出什么主意，只说："等待鲁成回来，再商避匿之计。"谁知鲁成一去不返。外面喊声震耳，报道螺蛳谷中人已在城中放火杀人，并作内应，沈将军已战死城外了。东方宝林听得这消息，更是害怕，只在厅上团团儿打转。

这时候陆翔和年小鸾率领数十儿郎，已杀进门来。陆翔一见东方宝林，喝一声："不义的贼！我们险些儿被你暗算害死，今日特来取你的首级。"东方宝林喊声："啊哟！"方才拔步要走时，陆翔跑过去把他一枪推翻在地；又从腰里抽出宝剑，割下他的头颅，提在手里；其余的人却不乱杀，只不见鲁成。陆翔捉住几个家丁，问他们鲁成逃走在哪里？早有一个家丁说道："鲁师爷在门外打了一个转，便往厨下走去的，至今没有见他出来。"陆翔遂拖着家丁和年小鸾赶到厨下，细细搜索，不见鲁成的影踪。

陆翔道："倘被这厮脱逃时，太便宜他了。东方宝林若没有那厮教唆，不至于要害我们的，这罪魁祸首一定不能放过他。"年小鸾见西边有一个柴房，两扇门紧紧闭着，便指着说道："这柴房门总是开着的，决不会紧闭，莫非鲁成那厮躲在这里面？"陆翔给小鸾一句提醒，便道："对了。"跑过去，飞起一足，早将那门踢开，门上的闩都折断了。走至前面，瞧见高高的柴堆满一屋子；有一处凌乱无序，柴会自己抖动起来。

陆翔把枪向柴里只一搅，里面早已喊一声："啊哟哟，痛死我也！你们快不要刺，待我出来便了。"陆翔和年小鸾听着，都觉好笑。但等了一会儿，仍不见鲁成出来，陆翔把枪向柴上点着道："你不出来吗？我也要把你活活刺死。"接着便见柴内爬出一个人来，正是鲁成，身上已有了鲜血，因为他的身上恰被枪刺伤呢！陆翔一脚踩住他的背心，喝声："不要走！"年小鸾上前，手起剑落，割下鲁成的头；交与陆翔，和东方宝林的首级系在一起。放走了家丁，一齐回身走出。

小鸾道："仇人已得，不必多杀伤了，我们快去瞧他们吧。"回到街上，冷清清地没有人影；许多人民都匿伏在屋子里，不敢出面。官军已被螺蛳谷众豪杰杀伤殆尽，陆翔、小鸾跑至县衙前，见欧阳义已杀却罗知县，提了首级前来会合，而袁彪也和管慎等到临。陆翔把两颗头颅献给袁彪验看，袁彪说一声："陆兄弟杀得爽快，此行不虚！但我们既已破了城池，索性劫了府库中的财物回去吧，只是不要劫掠良民的家。"

陆翔说声："好！"遂将三颗头颅号令挂在县衙前的旗杆上面。他们一伙人又去劫了仓库，搬运一个罄净，然后放起归寨的号炮。赶至城门边，早有欧阳仁、法明二人接应着，一同出城。点验队伍，只死伤了二三人，连夜整队回山。天明时候，袁彪等回转螺蛳谷，请管慎一家人住在谷内，便教管慎管理寨中粮食。又择一吉日代陆翔和翩鸿成婚，大家很欢喜地吃喜酒，恭贺这一对英雄佳人的姻缘。不料探马报进谷中说道："省里派有一大队官军杀进螺蛳谷来了。"

原来沟帮子这件事情早已闹大，省里一向对于螺蛳谷一群豪杰装哑作聋，不闻不问。后来听得袁彪在沟帮子被人设计擒住，当然十分欢喜；即令罗知县就地正法，以防生变。不料公文没有到沟帮子，而袁彪、陆翔早已兔脱。不但逃走了要犯，袁彪等反领着部下去攻打沟帮子，杀了官吏。居然攻城放火，好像古时梁山泊好汉一样。这般情况再不能掩蔽过去了！

于是奉天巡抚勃然大怒，立即遣派一员总兵，从省会里抽调一千名兵去剿螺蛳谷。那位总兵的姓名唤穆里武，是满洲人，积军功至总兵；性烈如火，武艺也很了得。奉令后，立派帐下两名千总余秀、童一虎，带领三百人为先锋，一齐杀奔螺蛳谷去。袁彪得到警报，便对众弟兄说道："官军果然来征剿了，但我们不是无能之辈，安用畏惧？必要把他们杀一个落花流水，方使他们不敢正眼小觑。"众人都说愿听调遣，力杀清兵。

袁彪命小子龙陆翔和赛周仓戴超率三百部卒出谷去迎战，又命欧阳弟兄在后接应。陆翔、戴超是新到这里来的，况且此次召衅，都是陆翔的起因，所以格外要想卖力。陆翔和戴超各骑骏马，一握长枪，一舞大刀，出得山谷；只见前面山路上官军已杀奔而至，便上前到山坡边迎住。余秀见谷中有人出战，自己舞动一枝画戟，拍马而前，大呼："盗匪快来纳命！大兵已到，管教扫荡巢穴，斩除巨盗。"

陆翔不说什么，一马冲向前去；手起一枪，向余秀胸前直刺。余秀便把戟搁在一边，还手就刺，两人斗在一起。陆翔的枪法如神龙怪蟒，使人捉摸不定，余秀岂是他的对手？童一虎舞动开山大斧，上前相助；戴超看得手痒，挥开大刀，飞驰过来，接住童一虎便杀。战不多时，余秀早被陆翔一枪挑于马下。童一虎见螺蛳谷人厉害，不敢恶战，便虚晃一斧，纵马便逃。陆翔等乘势追杀一阵，大获全胜。

袁彪得知陆翔歼敌，大喜，即教陆翔、戴超二人守住谷口要隘，欧阳弟兄在四处巡逻，不得懈怠。明日清军大队人马杀至，总兵穆里武听说先锋余秀阵亡，不觉大怒道："螺蛳谷盗匪竟敢如此猖獗？我必加以重创。"遂催动人马，于次日杀至谷前。小子龙陆翔闻得总兵亲至，贪立功劳，忙和戴超出战。那穆里武坐下乌骓马，使着一根丈八蛇矛，年纪有三旬以上，甚是威风；和陆翔接战，斗到八十余回合，不分胜负。

凑巧袁彪和年小鸾亲来观战，见清军骁勇，便鸣金收兵。陆翔听自己那边锣声大鸣，不得已将长枪向外一吐，压住了穆里武的矛头，对他说道："满奴休要逞能，俺并非杀你不过；只因阵上鸣金，只得退归。一颗头颅权且寄在你的颈上！"说罢，回马便走；穆里武追到隘口而还。陆翔见着袁彪，问道："小弟正要力斩穆里武，寨主何故鸣金？"袁彪微笑道："我瞧清将十分骁勇，但略有些鲁莽；明日可以用计斩之，让他多活一夜也好。"陆翔遂退去，不再多说，然而心里仍有些不服气。

次日早晨，清兵又来攻谷；袁彪仍令陆翔只许败不许胜，务将穆里武引诱入谷，以便生擒。陆翔听说教他败，未免扫兴，不得已奉令出战。袁彪又教欧阳仁、欧阳义过来，授以密计，自己也领一队人马前去埋伏。他对小鸾说道："这一些人马，我们人数足够对付。你回寨内去安枕而卧吧。"小鸾道："我也想动手，免得弛了肌肤，宽了筋骨。"袁彪笑道："你且稍待，此次惊动了省里，往后正有大战哩！不要性急。"小鸾遂回至寨里去和翩鸿闲谈了。

陆翔和戴超出了螺蛳谷，见清军已密布在山前，穆里武持矛而待。便高喊："清将，快快献上头颅！"穆里武怒发冲冠，咬紧牙齿，将蛇矛挺起，直奔陆翔。陆翔将枪迎住，二人又龙争虎斗般酣战一百回合。陆翔记起袁彪的吩咐，伪作力乏，把枪架开蛇矛；一拉马缰，跳出圈子，回头说道："杀你不过，休要追赶。"回马败入隘口去。戴超也只得跟着退下。

穆里武是个好勇之徒,见陆翔败走,心中好不快活;遂下令追杀,冲至隘口。陆翔等弃下土城,逃入谷中去。穆里武夺了这座关隘,又向前追赶,想乘胜杀入谷中。童一虎上前谏阻道:"盗党败退,恐其中有诈,我军不可深入。"穆里武道:"此时正好乘势追杀,盗匪无多大能为,何必鳃鳃过虑?"于是杀入谷中。转眼间却不见了陆翔等一伙人;再向前走,只见层峦丛叠,古木长林,山径蜿蜒,静悄悄地没有一个人影。

穆里武当先挺着蛇矛,顾谓部下道:"咦,螺蛳谷人到哪里去了?我们不管好歹,杀入寨中,擒了袁彪,再作道理。"遂又向前进行。转了几个弯,却不认得道途;只觉曲折幽深,停住马足。遥望前面林子里旌旗飘动,心疑有什么伏兵;教数名健卒前去窥探时,却见林子里空荡荡的,没有人马,只虚插着四五面旗子。健卒回报,穆里武笑道:"这明明是敌人故作疑兵,要吓退我军,我们不要上他们的当。快快追杀,即使真有伏兵,何惧之有?"遂又向前赶去。

又绕了数个弯,却转到原来处,不得进路。穆里武道:"我们外来的人不识途径,只要捉到几名盗党,便可逼他做向导,杀入山中了。"正在踌躇之际,忽见前面一座小山坡上,竖起一面白旗来,上面大书:"满奴穆里武死于此"!八个大字。穆里武见了,心中火起,便指挥部卒杀上这山坡去。等到他上了山顶,却不见一个人影;四面山峰有如星罗棋布,瞧不明白进谷的途径,于是心中不免有些忐忑,率众徐徐下山。

刚至山下,忽又听得山上金鼓大鸣,突然有许多螺蛳谷的盗党杀下山来,个个勇悍异常。当先一头白马上,坐着一个魁梧俊爽的少年,手中挺着三尖两刃刀,如奔雷掣电般驰下山坡,大呼:"贼子死在头上,还不觉悟?螺蛳谷首领袁彪在此。"穆里武至此心中有些虚怯,便舞起蛇矛,接住袁彪酣战。

袁彪舞动两刃刀,精神抖擞,大战穆里武。穆里武心中已有些虚怯,忽又听得信炮响,欧阳弟兄率领众健儿从左右山弯里杀来,清兵顿时大乱。穆里武方知情势不妙,便令前军作后军,后军作前军,速速退出螺蛳谷。自己将蛇矛一摆,回马便奔,袁彪从后追杀。螺蛳谷健儿大呼:"满奴哪里走?大家快把穆里武捉住!"

穆里武和童一虎率众乱窜,不明地势,早被袁彪等围住,欧阳弟兄再来拦住。童一虎心慌意乱,被欧阳仁一刀斩于马下。穆里武狠命杀出重围,向谷外奔走,忽然前边林子里高声大呼:"败军之将,往哪里走?和我斗一二回合去。"跳出一个黑面大汉来,正是"赛周仓"戴超,率领数十儿郎拦住去路。穆里武愤怒不已,举矛便往戴超脸上刺去;戴超将手中刀迎住,狠斗五十余回合。背后敌兵已至,穆里武只得丢了戴超,往斜刺里奔驰。

前面山坡边一声鼓响,又杀出一队人马。当先马上坐着一个绿袍少年,英风虎虎,正是小子龙陆翔,向他哈哈大笑道:"满奴,你今日中了我们的妙计,还能够逃到哪里去吗?俺已在此等候多时了。"穆里武咬牙无语,上前和陆翔恶斗。陆翔精神大振,使出平生本领来。穆里武久战力乏,心中又是异常惊慌;陆翔等他一矛刺空时,把枪迅速地横挑过去,正中穆里武的后腰,翻身落马。陆翔又是一枪,把穆里武刺死在地,割了首级。清兵全军覆没,不能走的都投降了山寨,只有二十多名逃了回去。

袁彪收众回寨,设宴庆贺,大家都觉快活。袁彪又向众人说道:"清兵虽败,其势必不干休,必有大军前来。我们应当格外严防,万不能因胜而骄。"遂命欧阳弟兄把守谷前要道,一面又派出探子到省里去探听消息。果然不出袁彪所料,奉天巡抚得知穆里武总兵身死军败的噩耗,不由大惊;觉得螺蛳谷的盗匪果非寻常可比,非派能征惯战的大将前去,不能奏功。于是想起兴京的提督鲍干城来,立即遣人急送公文前去,请鲍提督来省商议。

原来鲍提督本在宾州,还是去年奉调到兴京驻节的,在东三省素有宿将之名,声威甚盛。鲍提督得到巡抚召请,马上进省。谒见后，巡抚和他商议，要请他去征剿螺蛳谷，全省军队听候他的调遣。鲍提督以为绥靖地方，自己不能推诿，毅然答应。巡抚又说军饷一节，请鲍提督不必顾虑，省中自当尽力接济，并设宴款待，礼遇隆重。次日鲍提督告辞回去，立即飞调辽源都司王殿扬、凤凰城游击李威到来，听候调遣。这两人乃是有名的骁将，和鲍提督有亲戚之谊，因此鲍提督要他们来相助。

隔了两天，二人都已奉命赶至。鲍提督便请二人为先锋，领一千精锐先行，自率二千骑、步兵在后进发。他近年曾延揽得两位武士，都是河北人氏；一位姓魏名大钟，一位姓屠名开，都有很好的本领。鲍提督拔擢他们做侍卫，此次出兵带着同行。还有鲍提督的儿子鲍文远，他自从吃了荒江女侠的亏，眉毛虽然剃去，行为却渐知敛迹；不再自命风流，拈花惹草了。鲍提督又严行教训他儿子，朝夕要他习武。近年他又从魏、屠二武士的指导，武艺也进步了不少；经鲍提督的携带，已加得游击将军的衔了。此次鲍提督出征，他也欲随往，鲍提督遂允带他同行。

大军一路出发，秋毫无犯。李威、王殿扬领兵先到，马上向螺蛳谷攻打。袁彪得到警报，早命法空、法明两禅师相助欧阳弟兄守住谷口；清兵来时可以迎头痛击。他因前次交战，都是陆翔立了头功，寨中弟兄未免有些既羡且妒；法空、法明也都跃跃欲试，所以此番他就令二人当敌，留陆翔守寨了。法空、法明对欧阳弟兄说："陆翔新来，屡立功劳，人人夸誉，寨主十分敬爱他。但我辈旧人觉得扫颜，所以我们也要努力一番，给陆翔看看。"欧阳弟兄自然赞成。

恰好清兵前锋已至，李、王二将进兵攻打；法空、法明请欧阳弟兄押阵，自率步兵三百，出谷迎战。王殿扬手握双刀，坐在马上；见谷中出来的盗党，为首的乃是两个和尚，不由哈哈笑道："和尚也来打什么仗？快到寺中去诵经吧，休来送死！"法明大怒，使开手中双刀，跳过来说道："小子，休要看轻佛爷爷，吃我一刀。"说罢，一刀劈向王殿扬的头上。

王殿扬将剑架住，马上步下，接着一场酣斗；战至三十回合以上，不分胜负。法空举起手中月牙铲，出来助战；清将李威拍动坐下马，挺枪来迎。翻落滚滚，又战了六七十回合。法明忽然虚晃一刀，跳出圈子，回身便走。王殿扬喝声："贼秃，哪里走！"纵马便追。不到十数步，法明回身将手一扬；便有一枚钢镖发出，直奔王殿扬的头上。王殿扬连忙将头一偏，那枚钢镖在他耳旁擦过，落向背后地上去了。王殿扬刚喝一声："贼秃，休放暗器！"不料法明又有两镖，首尾衔接而来；王殿扬闪避不及，脑门已中一镖，翻身落马。

李威大惊，弃了法空，回马来救时，欧阳弟兄挥军掩杀过来。李威救了王殿扬，死命敌住追兵，并令部下速放乱箭。欧阳弟兄见清兵临败不乱，恐伤自己儿郎，遂鸣金收兵；止住追赶，回至谷内。李威收拾残众，退兵十里，扎下营寨；检点部卒，死伤三百余人。王殿扬镖中要害，无法施救，只得用棺木把他收殓后，运回他的家乡去。

次日鲍提督大兵已至，便在距离螺蛳谷不远之处，相好地形，扎下大小营寨。李威进帐报告，鲍提督听说折了王殿扬，出军不利，心中有些不悦。法空、法明探得鲍提督兵到，便率三百部下出谷挑战，欧阳弟兄在后接应。鲍提督闻报螺蛳谷人挑战，暗想：他们真如虎生三日，气吞全牛，不知我的厉害！遂令李威和自己的儿子鲍文远，领兵五百，从小路抄到谷前；等到敌人追赶，可乘势抢夺隘口，拦截他们归路。自己亲自上阵，并教魏大钟、屠开迎战，且附耳他们暗暗叮嘱数语，二人诺诺连声，各骑战马，簇拥鲍提督上阵。

鲍提督坐着黄鬃马，手中抱着一对黄金锏，瞧见来的乃是出家人，暗暗称奇。法空、法明在阵上大呼："鲍提督，快来纳命！"鲍提督便教屠开出战。屠开是步将，善使一对纯钢板斧，有"赛李逵"之称；摆动双斧和法明接住酣战。法空冲上前时，魏大钟一马冲出阵来，挥动手中狼牙棍，恰好迎住。四人三步一马在阵前死命狠斗。

欧阳弟兄见今日来的清将都是很有本领，恐怕二头陀不能取胜，所以欧阳仁挥动手中大刀，一马奔前。鲍提督见了，也纵马出阵；展开双铜和欧阳仁厮杀。欧阳仁觉得鲍提督的铜法甚是纯熟，无懈可击，不愧是位宿将，遂很用力地和他交手。欧阳义也纵马上前相助，鲍提督假作力怯，落荒而走；魏大钟和屠开也跟着退下，清兵纷纷后撤。

法空、法明当先追赶，欧阳弟兄也随后赶上。追不到三里许，忽报官军从旁抄袭，正在攻打谷口；欧阳弟兄慌忙鸣金收军，法空、法明只得退下。鲍提督回军杀上，早将法空、法明围在核心，厮杀不出。欧阳弟兄赶回谷口，见清兵正在攻打，尚未占领。因为李威和鲍文远两路兵到时，恰逢袁彪已闻鲍提督亲率兵至，不放心他们四人；遂率陆翔、小鸾、戴超三人亲来接应，所以没有被清兵抢去要隘。

李威等攻打了一阵，见谷中守备严密，无隙可乘，而欧阳弟兄又已回兵来救；恐怕反被包围，遂从两旁退去。袁彪听说两头陀被清兵所围，遂和小子龙陆翔率精锐五百名，飞驰前去救援，而留年小鸾和欧阳弟兄守谷。那鲍提督已将法空、法明层层围住，屠开等奋勇酣战，想把二头陀擒住。二头陀冲杀不出，心中也暗暗发急。

忽然东边阵上兵马大乱，有一壮士驰马骤入，一柄刀上下翻飞，正是袁彪。屠开丢了法明，过去拦住。接着西边阵上清兵纷纷闪开，又有一个绿袍少年杀入阵来，手舞长枪，正是陆翔。枪到处，清兵东西倾跌，魏大钟连忙弃了法空，过去迎住。法空、法明见自己这边援兵已至，精神振奋，杀向鲍提督。鲍提督见情势不佳，只得重又退下。袁彪等乱杀一阵，救出法空、法明；因清军势大，未可轻侮，也就退回螺蛳谷去。鲍提督回营，李威、鲍文远上前报告，说谷口戒备甚严，恐被包围，故仍退回。

鲍提督见自己的计策无效，螺蛳谷的莽汉个个勇健异常，断难一时取胜;坐在中军帐里,闷闷不言,一手捋着须髯,自思自想。鲍文远在旁说道:"这螺蛳谷的狂寇比较以前青龙岗的罗普安、樊大侉子等还要厉害,无怪穆里武总兵全军覆没。我们须得添兵增将,悉力和他们应战。最好能有荒江女侠和岳剑秋那些剑侠前来帮助,我们方才可破螺蛳谷,生擒袁彪了。"

鲍提督叹道:"玉琴、剑秋确是风尘奇侠,得着他们前来相助,何忧袁彪等巨盗?只是他们自被你无礼相待,双双远行以后,怎知道他们现在何方?他们是东奔西走的,荒江老屋那里,我曾有好几次着人前往探访;室迩人远,杳如黄鹤。女侠始终没有回返过乡呢!"他们父子说话时,魏大钟在旁忍不住上前禀告,说出一件事来,足使螺蛳谷平添许多虎争龙斗的武剧。英雄豪杰不期而遇,也使人骇目惊心、震魂夺魄。

第八十四回

制胜倚双雄头陀殒命
出奇探间道勇将陷身

当鲍提督苦念玉琴、剑秋之时,魏大钟却上前禀道:"大人不要忧虑,大钟在河北时,结识当地豪侠甚多,在大名府那里有宗氏弟兄,都是有高深武艺的英雄;大钟可以去请他们来相助。只要他们答应,何愁不能战败袁彪?"鲍提督听了,欣然问道:"你且说那宗氏弟兄是何许人物?魏壮士如此夸赞,一定不错的。"

魏大钟又道:"他们俩是黄河两岸有名的人物,一向住在大名城里。兄名宗亮,别号'一盏灯',善使杨家枪法;弟名宗寰,善使双锤,能用暗器,别号'八臂哪吒';马上步下十八般武器件件皆精。江湖上人谁不知道宗氏弟兄?他们又有一位好友,在卫辉府的云中凤萧进忠,也是了不得的人物;大钟也有些认得,只是没有和宗氏弟兄一般相熟。

"在前十年时,宗氏弟兄给当地大吏猜嫌,至有不利于他们弟兄;而大钟有一位至戚在大吏幕府中,很得大吏信任,所以宗氏弟兄曾托大钟去设法消弭。大钟代他极力排除困难,消除猜嫌;大事化为小事,小事化为无事。宗氏弟兄感激我的情意，留大钟在他们家一住两月，彼此非常莫逆。只因他们淡于利禄，怀着绝技，自甘隐居，不肯为人使用；一辈子遂未能取得黄金印，封侯立功。不过江湖上的豪杰，却没有不知道河北大名府宗氏弟兄的英名。大人这里需要能征惯战之辈，大钟亲自往大名走一遭，十分之中倒有八九分把握的。"

屠开在旁听着，也说道："魏兄说得甚是。宗氏弟兄的武艺非常高强，远非我们所能望其项背。有他们到来时，还怕袁彪、陆翔等猖狂吗？他们弟兄虽然杜门不出，不事王侯，高尚其志，然以魏兄的情面去邀请，不愁他们不肯徇魏兄之请了。"鲍提督听了二人之言，转忧为喜，立刻舒展愁眉，向魏大钟说道："魏壮士之言一定不虚！我就修书一封，烦魏壮士明日便骑马入关一行。克日把宗氏弟兄请来，相助我们同破螺蛳谷，他日魏壮士的功劳当推第一。"

魏大钟道："请大人今晚把书信写好，明晨大钟即可上道。"说罢，遂和屠开等退出帐去。这天夜里，鲍提督吩咐幕府写好一封恳切的书函，盖上自己的图章。一到次日早晨，大钟进帐来听令，鲍提督将一封书递给大钟；另外预备几件厚重的礼物，教两个差官跟随魏大钟同去邀请。大钟和差官带上礼物、书信，别了鲍提督，各骑快马，立即上道；昼夜兼程，赶奔大名府去。

鲍提督自魏大钟去后，吩咐部下严行防备，轻易休要出战；晚间巡逻更严，恐怕袁彪等要来劫营。袁彪自和鲍提督等鏖战一场，虽觉鲍提督兵力雄厚，非穆里武可比，但也非绝大劲敌。所以次日又令法空、法明和陆翔一同出谷挑战，却不见官军应敌，不知是什么缘故。一连三天，鲍提督那边并无动静。袁彪不信鲍提督败了一阵就不敢交锋，遂差人去探听，也探不到半点消息。猜度鲍提督也许省里去请兵添将，等到援师一至，仍要攻打的。

年小鸾献计道："他们不来攻打，我们岂能一辈子和他们厮守？不如夜间前去劫营，杀他一个落花流水。"袁彪道："鲍提督非寻常颟顸之将，安有不防备我们去夜袭？"陆翔道："让他们有防备也好。我们若去劫营，可以伺隙进攻。万一他们严备时，我们不妨整旅而退，不要轻进。我们的目的是要试探试探他的兵力，以便如何进攻。"袁彪道："陆兄说得甚是，我们去攻击一阵也好。"

于是到了晚上，大家饱餐以后，袁彪分兵三路：令陆翔、戴超率二百儿郎为左翼；法空、法明二头陀率二百儿郎为右翼；自和年小鸾率三百儿郎为中军，留欧阳弟兄守谷。黄昏时悄悄把人马移动出了螺蛳谷，分头杀向清军营里去。鲍提督刚要睡眠，忽有人报称东边营里被螺蛳谷盗匪冲入。这是李威所统部下，鲍提督教李威休要轻退，只需把鸟枪、弓弩向对方射去；同时又传令西营的屠开，也如此办法。一面又令鲍文远等快快调集弓箭手预备，自己披甲上马。

袁彪和年小鸾杀至营前，呐喊之声震动天地。鲍文远令弓箭手，不管三七二十一的只顾放箭。袁彪本待冲入，却被乱箭射住；鲍提督已指挥人马从两旁抄袭过来。袁彪知不可侮，急忙退兵，鲍提督也不敢来追。法空、法明在右翼杀至清军西边营里时，只听梆子声响，箭如雨下。法空等见清兵果有防范，黑夜里恐反要损折自己的儿郎，遂收兵而去。只有东边清营，因陆翔等进兵神速，被螺蛳谷人蹅破了几重营寨，后来也用乱箭射住；陆翔等数次三番冲突不进，也只得退转谷中。

袁彪便对诸人说道："这样我们已试到鲍提督的兵力了。锐气未挫，举措有方，我们尚不可加以轻视。最好诱他们杀入谷中，方可出奇兵拦截。"陆翔道："鲍提督非穆里武可比，瞧他是个稳健持重之辈，决不易使他入彀的。"年小鸾道："隔一天我们不妨试试看。"

次日，鲍提督仍坚守不出，不来攻打螺蛳谷。一方面他因昨晚险些受螺蛳谷的暗算，所以将部伍重行调整，叮嘱一切小心防备，又派人往省里去乞援。过了二天，袁彪忍不住要想出谷去试行他的计划。他先教陆翔、年小鸾、戴超、欧阳弟兄等率领众儿郎在谷内要道口埋伏；自和法空、法明两头陀率四百名健儿出谷。来到清军营前，摆下阵势，擂鼓呐喊。

鲍提督本不欲出战，因螺蛳谷内静寂了两天，今日忽然整旗出战，必有缘故，自己不得不出去一观虚实。即令儿子文远领一千精锐埋伏在寨后，倘然见自己人马退下，敌人来抢营寨时，便可出而截击。安排后，方和屠开、李威率领大队官兵出营应战。袁彪提刀跃马，见了鲍提督，便说道："我们今天可决一雌雄，退后的不是好汉。"屠开早扬起钢斧，虎吼一声，跳过去，照准袁彪马足便劈。

袁彪把刀护住马足，还手一刀，刺向屠开头上。屠开左手斧架住刀，右手斧又向袁彪身上劈来，袁彪舞刀和他酣战在一起。法空、法明左右冲出，鲍提督和李威也跃马上阵。鲍提督接住法明，李威迎住法空，捉对儿地厮杀。鲍提督手中的一对黄金锏，上下翻飞，丝毫没有破绽，恰和法明的双刀战个平手。

李威的一支枪也颇不弱，法空的月牙铲虽然使得疾如风雨，也占不到半点儿的便宜。六个人在阵上酣战良久，袁彪佯作力乏，虚晃一刀，回马收走。屠开不知是计，喝一声："草寇往哪里走！"飞步追赶上去。法空、法明见袁彪退走，也各跳出圈子，往后退下。鲍提督觉得法明的刀尚未散乱，忽然退走；而袁彪的武艺本是很高强的，今日如何会不济事？莫非其中有诈，和我一样的用意吗？螺蛳谷中的人马已很快地向后撤退，屠开、李威奋力追赶。

鲍提督在后赶上，细察螺蛳谷的人马步骤一些也不零乱，退得很快，明明是诈败了。遂令李威、屠开止步，休得穷追，以免中计。李威、屠开只得奉令不追，徐徐退回。鲍提督便对二人说道："螺蛳谷中诸匪首本领都好，尚有一个姓陆的，今天也未出战。况且上次他们奋勇狠战，今日怎么不敌起来呢？当然是有意诈败，引我们入谷。我们须要稳重，切不可上他们的当。好在并无什么损伤，不如回营歇息吧！"遂收兵回营，鲍文远的埋伏也即撤除。

袁彪等一路败退入谷，本想诱敌，却见清兵止住不追；便知鲍提督十分精明，果然不上自己的钩，也即撤除陆翔、小鸾等埋伏。对他们说道："果然不出我之所料，鲍提督决不肯冒险轻进的，我们须得好好儿和他周旋呢！"这天以后，袁彪据守不出，鲍提督也不攻打，相持了许多日子。省里又调派两员大将，一千步兵前来增援。两将都是守备出身，一个姓靳名大需；一个姓周名达。周达以前也曾在鲍提督麾下效力的。鲍提督得了这支生力军，自己的军队本没有折挫，所以兵势格外雄厚。

袁彪在谷中山上瞭望官军又扎了营帐和旗号，以为鲍提督调了兵将，必来攻打的，下令众人严备。但是依然不见什么征兆，便又派陆翔、戴超出去挑战，清军仍不理会。袁彪很有些奇异，便对欧阳弟兄说道："鲍提督只是不攻，莫非他正在那里行使什么诡计吗？我们螺蛳谷的前面，地势曲折险要；又有你们把守住，料他断难攻入。鲍提督也许在那里探寻密道，要想攻我们的不备呢！

"按我们的山寨形势，最好也没有；外面人很难明了谷中途径，倘然走错了，无异自来送死。只有两条路不可不防，一条是从小羊山通此的密道，一条是从后山的摩天岭；这两条路比较起来，当然是小羊山近便一些。可是山中草木塞道，虎豹逞威，十分难走。摩天岭那边樵夫很多，也许有人甘心做汉奸，去引导他们。但摩天岭此处路途遥远，他们也有深入重地的顾虑；鲍提督既是稳重者流，也许不会行险以侥幸吧。好在这两处我早已派儿郎们在那里守望巡逻，他们若来，我们便要杀得他们一个片甲不留。"

陆翔道："准是这老头儿在那里找密道了，我们须要好好提防。"螺蛳谷中人纷纷猜测，谁知鲍提督正在伸长了脖子盼望宗氏弟兄早早到临。这一天，鲍提督正坐在军帐中静阅兵书，侍卫报称魏将军已自大名府驾返，求见军门。鲍提督便问："可有人同来？"侍卫答称："有的。"鲍提督连忙整冠束带，亲率文远、屠开、李威等众人出迎于帐门之外。

魏大钟风尘满面，两个差官上前拜见。鲍提督说了一声："辛苦你们。"请他们起来后，魏大钟便介绍宗亮、宗寰上前相见，说道："大钟此去，尚幸不辱大人使命，已把二位英雄请来了。"鲍提督见宗亮年纪已有五旬以上，颔下胡须甚长；身躯很是健硕，面上精神饱满，双目奕奕有神。宗寰个子生得很高，人较宗亮略瘦；面色白皙，年纪还不到四十岁，鼻梁里有一点很大的黑痣。弟兄二人都穿着蓝布的袍子，朴素整洁，一种磊落光明的气象，一望便是。见了鲍提督长揖不拜，鲍提督忙请宗氏弟兄入帐；分宾主坐定，献上香茗，寒暄数语。

鲍提督先对二人说道："久闻二位英名，渴慕殊深。此番干城奉上峰之命，征讨螺蛳谷，本望一鼓而下，歼彼小丑；无奈匪首'摩云金翅'袁彪等，都是勇敢善战，奋不畏死；又仗着他们地势峻险，负隅不下。因此干城心中焦灼，不遑宁息；遂烦魏壮士特地到贵邑来请二位侠士出面，助干城一臂之力；同破螺蛳谷，干城不胜感谢。"

宗亮便道："某弟兄山野武夫，无才无能，承蒙大人不弃，厚礼敦请。又有大钟兄再三促驾，所以立即到此；愿效犬马之劳，听候差遣。"鲍提督笑道："二位言重了，待破得螺蛳谷后，请二位大驾再至兴京一游。二位到此，干城愉快何如！"魏大钟在旁也说道："二位来得真巧，再迟一步，他们贤昆仲将有衡湘之行，便不可及了。幸大钟极力说项，方才请得二位到此，这是大人的洪福。可惜行期急促，卫辉府云中凤萧老英雄那边没有去请了。"

宗寰道："萧进忠老英雄的武艺是著名于黄河南北，为家兄挚友，彼此相稔；若得他来，必破贼了。"鲍干城道："有二位到此，已足破袁彪而有余了。异日倘有机会，再可求见。"此时省中又添了一千兵马前来，有靳大需、周达二位将军同来协助，兵势也格外雄厚；来朝可以大破螺蛳谷，打破多日的沉寂了。

这天晚上，鲍提督又在营中设宴，为宗氏弟兄洗尘；除邀魏、屠二壮士相陪，并宴请靳、周二将。宾主欢聚，举杯痛饮。宗氏弟兄的酒量殊宏，能各尽四五斤不醉。夜间，鲍提督特择精美的营帐，为二人下榻，且差马弁二名，随侧侍候。次日，鲍提督遂分军为三，请宗氏弟兄和李威率领人马为左翼，靳大需、周达和鲍文远为右翼，自和屠开、魏大钟率弓弩手及骑兵五百为中军；准备攻打螺蛳谷，再和袁彪等决斗。"噗通噗通"放起三声号炮，三路军队浩浩荡荡，进奔谷前。

袁彪在谷内听得号炮响，探子报道："清军大队人马已杀奔谷前来了。"袁彪对陆翔等说道："鲍提督久不出战，此番倾师而来，其势必然厉害，我们须努力对付。"陆翔道："怕他做甚？他不出战，我们奈何他们不得；今日既来讨战，凭小弟之力，必刺此老贼。"欧阳仁、欧阳义久未应敌，今日也很踊跃应战。恰好年小鸾微有不适，袁彪遂教戴超和她留守，自和陆翔、欧阳兄弟、法空、法明两头陀，带六百儿郎出谷迎战。

瞧见今日鲍提督的军容非常壮盛，旗帜鲜明，鼓角怒号；便吩咐自己弟兄当心迎战，休要大意。靳大需是清军中新来之将，贪立头功，手舞双刀，纵马出阵。欧阳仁久未作战，今天在阵上也要显显本领，遂拍马挥刀，径取靳大需。一个儿双刀，一个儿大刀，刀光霍霍，盘旋飞舞，战了三十多个回合，不分胜负。靳大需本是勇将，屡征土匪有功，他不信螺蛳谷盗匪如此厉害；鲍提督按兵不动，他已忍无可忍，所以在宗氏弟兄前要卖弄他的勇武。凑巧欧阳仁也是要在陆翔前立功，两个人狠命肉搏。

屠开瞧得起劲，一声怒吼，使开双斧，杀出阵来；小子龙陆翔纵马挺枪，拦住他喝道："贼子休要逞能，吃我一枪。"屠开双斧早已打到陆翔马腹之下。陆翔把马一拉，让开屠开的斧，手中枪已挑到屠开的脸上。屠开将斧架住，马上步下，彼此狠斗。宗氏弟兄在左翼，见右翼中军均已有人出战，自己是被人特请来作战的，如何袖手不动，作壁上观？休说连累魏大钟交不出帐，鲍提督也要疑我们完全无能呢！况又眼见陆翔一支枪龙飞凤舞，屠开有些手忙脚乱，足见螺蛳谷中大有人才呢！这样一想，宗亮、宗寰立即一齐出阵。

欧阳义使动大刀，法空头陀舞月牙铲，抢先出来；欧阳义迎住宗亮，法空敌住宗寰，交起手来。鲍提督眼睁睁地要看宗氏弟兄的武艺，所以抱着黄金锏，徐徐放马出阵，态度从容地在阵前观战。只见宗亮的一支枪，浑身上下都是解数，使开来果然与众不同，把欧阳义包围在中间。而宗寰的一对紫金锤，也如两团紫云，旋转如天际流星，法空极力抵住。

斗到分际，宗亮乘欧阳义的刀砍入时，把枪忽地向上一挑，拨开欧阳义的刀，自己的枪乘机刺入欧阳义的腰眼。欧阳义慌忙收回刀来架格时，宗亮忽然把枪往下一沉，斜转枪杆，在欧阳义小腿上敲了一下。欧阳义喊了一声："啊哟！"翻身跌下马鞍，早被四五名清兵过来按着擒回去了。袁彪大惊，挥动三尖两刃刀，一马冲至，大喝："老头儿，你是何人，休逞威风！快快放还我的弟兄，你识得摩云金翅吗？"

宗亮打个哈哈道："你就是袁寨主，老夫此来本要收拾你们这些狂寇，仔细一个个被我擒住。你可知大名府的'一盏灯'宗亮不肯轻易让人，还是快快投降，免得老夫动手吧！"袁彪怒道："且斗一百回合再说。"说罢，当先一刀向宗亮顶上劈下。宗亮微微一笑，举枪护顶，拦开袁彪的刀，还手一枪，直往袁彪胸前刺来。

袁彪连忙收刀迎住，觉得宗亮的枪沉重而迅捷，与众不同；遂施展平生本领，和他对垒。宗亮见袁彪武艺精熟，是个劲敌，便使出杨家枪法来，上下左右，尽是斗大的枪花；枪法神妙莫测，不可抵御。袁彪识得这是著名的杨家枪法，精于此事的，当世没有几个；今天逢到能人了，悉力抵御。战到七十回合以上，却自难解难分。

宗寰见法空的月牙铲很是不弱，遂即晃一晃锤，诈向后败退。法空贪功心切，飞步追去。忽见宗寰回身将手一扬，便有一物向自己头上落下，其快无比；不及躲避，正中脸门。乃是宗寰生平善用的铁索飞抓，有五个铁爪嵌入肉中。法空尚欲挣扎，宗寰将飞抓用力一拉；法空当不住，惨叫一声，跌倒地上。法明在后瞧见，忙舞动双刀赶来援救，早被宗寰一锤结果了法空的性命。法明见法空惨死，心中又悲又恨，挥双刀直取宗寰。

宗寰见死了一个头陀，又来一个头陀，不由大笑道："怎的螺蛳谷中独多头陀？好！索性待你家宗爷一起送你们往鬼门关去做伴侣吧，也免得你的同道为鬼寂寞。"法明愈怒，手中双刀直上直下地向宗寰砍去。宗寰喝一声："贼秃，我岂惧你？"也摆动双锤杀过来，两锤两刀搅作一团。魏大钟见屠开和陆翔已斗一百余回合，斧法有些错乱，便挥动手中狼牙棒过来助战。

屠开见魏大钟到来，便跳出圈子，让魏大钟和陆翔对战。周达也挺起方天画戟来助靳大需，双战欧阳仁。欧阳仁抵敌不过，回马败走。李威、鲍文远也杀上阵来。袁彪只一人抵敌宗亮，已是费尽气力，又见欧阳仁败走，敌将逞威；知道今天不能再恋战了，也虚晃一刀，退下阵去，法明跟着退下。鲍提督大喜，把手中黄金锏一指，下令全军速进，大小三军跟着一齐杀将过来。

袁彪等大败，退回隘口。戴超闻得败耗，赶忙预备檑木、滚石，接应袁彪等入谷；待到清军掩至时，檑木、滚石一齐放下。鲍提督攻打了一番，见谷中守备甚严，恐怕自己部下受到死伤，遂收兵回营；把擒来的欧阳义派人严密监禁，待捉到了袁彪等众人，一齐押解上省。又设筵席款待宗氏弟兄。

鲍提督道："出兵以来，未尝获胜；今仗贤昆仲之力，杀败袁彪、生擒欧阳义、击毙头陀，足使螺蛳谷匪党胆寒。二位英雄果然名下无虚！适才宗亮义士大战袁彪，宗寰义士连敌二头陀，枪法、锤法都很高明；而宗亮义士的杨家枪法可称天下无敌！干城非常佩服，理当敬贺。"遂斟上二杯酒，敬给宗氏弟兄喝。"

宗氏弟兄慌忙起立,接过杯子,一饮而尽。宗亮说道:"这是仗军门的威武,愚弟兄何足称道。"也就个个还敬鲍提督一杯。李威、靳大需等众人也各举杯畅饮,尽欢而散。

次日,鲍提督仍分兵为三,轮流向螺蛳谷攻打。袁彪坚守不出,法明却要请战,说:"师兄法空死得可怜,宗寰用暗器伤人,也不显得真本领,我自己也会飞镖,当为法空复仇。"

袁彪道:"昨天我们锐气挫折,敌军气盛,今日不可应战。且待稍缓,别出奇计以破之;必为法空禅师复仇,并想法救回欧阳义兄弟。"故而不许轻出。

官军一连攻了数天,袁彪等小心防守,官军因仰攻之故,徒然损折一些人马,不能得手。这一天,袁彪坐在帐里,一手支着下颐,独自转念,心中很是郁闷。此时年小鸾娇躯已愈,走来对袁彪说道:"你一向自命是个英雄豪杰,为什么见官军如此畏惧?"袁彪道:"我早已探听明白了,前日和我们交手的乃是大名府的宗氏弟兄,一个名唤'一盏灯'宗亮,一个名唤'八臂哪吒'宗寰,都是江湖上著名的人物。我以前也曾听人家谈起,本领果然高强。鲍提督此番大约特地请他们来相助作战,所以他有恃无恐。可惜法空头陀死在他们手里,而欧阳义也不幸被他们擒去。无论如何,我早晚必要报仇的。"

年小鸾道:"若要报仇,趁早出战。我听欧阳仁因他兄弟被擒,心中非常发急呢!那'八臂哪吒'宗寰也并非真的三个头、八只手臂的天神天将,何必畏鼠如虎,贻人讪笑?我现已健强,也愿出去一战,瞧瞧宗氏弟兄究竟如何?"袁彪道:"我生平也经过不少强敌,实在宗氏弟兄非他人可比,你千万不要小觑了他们。"

小鸾把嘴一噘道:"我终不信,我们可以尽起山寨人马,和他们背城一战;否则这样困守,岂是解决的良策?鲍提督前番不战,是等待宗氏弟兄;你如不战,又等候什么人能来相助呢?你真是个傻子。"袁彪笑道:"你说我傻子吗?我想鲍提督兴师动众，利在速战。我们可以以逸待劳，坚守山谷，不和他战；等他师劳力竭，然后一战突破他们。"

小鸾冷笑道："你这个念头转错了！他们有省里派来接济，怕什么师劳力竭？倘然我们被困半载，粮食便有缺乏之忧。那时候儿郎们人心散乱，还能够破敌吗？所以我们亟须把他们杀退，早求解围。"袁彪被小鸾说得正是无法，忽然寨中解大元、马魁差人前来谷口报信，据螺蛳谷后摩天岭下有农人来报告消息说，昨天有一小队清军前来捉去山中樵夫数人，一个都没有放回，不知是何用意？那个农人因和寨里感情甚好，怕受官兵扰乱，所以来此报信。大概清军想从那方面进兵也未可知，故向袁彪请示。

袁彪听了这报告，便对小鸾说道："清军捉去樵夫，其用意亦不难揣知。大约他们前面攻打不进，想找密道来偷袭我们的后身；所以捉去樵夫，即要他们引路。鲍提督确有智谋，我也思虑到这么一着；摩天岭倘有疏失，我们险要无可用处，山寨将被他们攻破了。幸亏这条路既远而又难行，纵有樵夫引道，亦非片刻可达；我们得信较早，尽可预防。"小鸾道："好啊！鲍提督那厮想来捣我们的后路吗？管教他们来时有路，去时无门！这样我看你再能不战吗？"袁彪笑道："当然要战，我想可以待他们深入时，用奇兵破之。你且准备厮杀吧，可如愿以偿了。"

小鸾大喜。袁彪遂教人请陆翔、戴超、欧阳仁、法明等四人进来，把这事告诉他们知晓。陆翔道："这几天没有厮杀，闷得慌。难得他们送上门来，小弟必为法空师父报仇。"袁彪遂留欧阳仁、戴超守住隘口，叮嘱他们严守静候。鲍提督若从后面进袭，谷前必然也加紧攻击；彼此呼应，乘虚而入的。你们千万不要出战，待我们去破了他们偷袭之兵再说。欧阳仁、戴超一齐答应。

袁彪遂留三百人在谷口，自和法明、陆翔、小鸾等一行人带领精锐健儿，回到寨内。解大元又将这事报告一遍，袁彪立即和陆翔、小鸾又去后山摩天岭前相觑附近地形,然后回去决定机宜。先令解大元率健儿十人,带着号炮去摩天岭蔽处伏下。若见清军上岭时,休要声张,直要等到他的人马下岭时,即可燃起号炮来;接着放他数十声,以便我们动手。

又令马魁带数十名鼓手到山谷深处,分散伏下,听号炮响时,便四下里擂起鼓来;一以助声势,二以疑敌兵。解大元、马魁二人都奉令而去。袁彪遂请陆翔、年小鸾各领一队人马,埋伏山坳里;听号炮声便可杀出,敌住官兵。他和法明各率二百人马,绕道至摩天岭东崖下埋伏,专待官兵退时出来截击。分派已定,只待厮杀。

原来鲍提督果然因为谷前屡攻不下,想由后路抄袭。被他们探听得摩天岭下有一条山径,可通螺蛳谷后面;便教李威率领数十官兵,悄悄地从那边窥探途径。李威窥探一回,见重重叠叠的山,高高低低的树,迷茫莫辨;且喜附近正有樵夫砍柴,遂捉了几个樵夫回去。带至鲍提督面前,细细审问。樵夫们怎见过鲍提督的尊严?早已吓得尿屁直流,跪在地上磕头求饶。

鲍提督道:"你们倘然果是良民,不通山中土匪的,那么快些将螺蛳谷后山情形和摩天岭通往那边的途径老实告诉,便可恕你们无罪,释放回家。否则严办不徇。"其中有两个樵夫认得路径的,遂说此摩天岭直达螺蛳谷,约有五十多里;因山径曲折,望之虽近,走之则远的缘故。鲍提督又问:"袁彪在那里可有人驻守?"樵夫说:"山路险恶,外边人不易走入,所以一个人也没有把守着。"

鲍提督听了,很是喜悦,暗想:这个机会万万不可失去;便教这两个樵夫引导,许以重赏。即向魏大钟、屠开率步兵四百为第一队,又请宗寰和李威率兵四百为第二队;由樵夫引路,即向摩天岭进发,待到山寨中举火为号。自同宗亮、鲍文远、靳大需、周达等诸将督率三军,仍向螺蛳谷山前进攻;以便内外呼应,可以大破螺蛳谷。魏、屠二人奉了鲍提督之命,

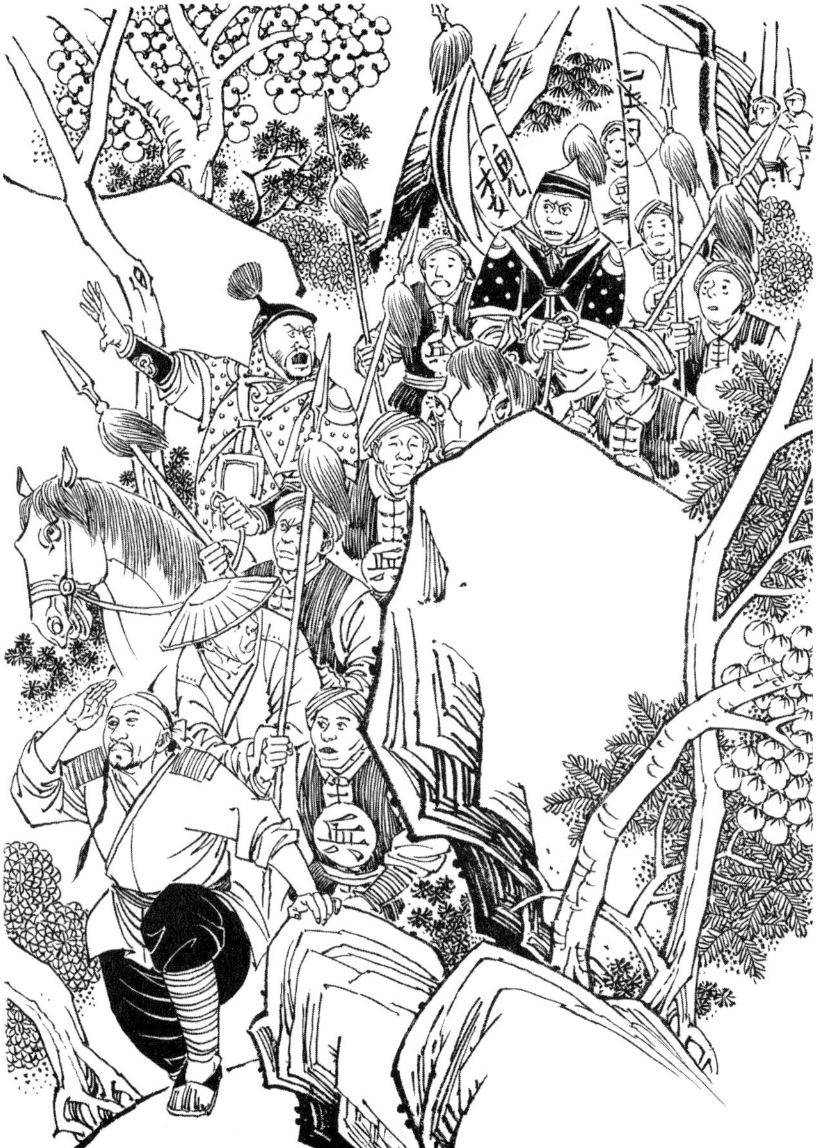
兵

带兵向摩天岭衔枚疾趋。二樵夫在前引路，曲曲折折走向峻险的山道中。

两旁怪石罗列，大树蔽天，窈深莫测，果然是一条秘密的山路。他们是天未明时就动身的，走至日中时候，方才爬到摩天岭上。人马都很疲乏，魏大钟吩咐大家坐地休息。俯视螺蛳谷如在釜底，深谷怪壑，使人心胆凛栗。大家拿出干粮来充饥。魏大钟、屠开遂又督领着樵夫引导，悄悄地走下摩天岭来。等到魏、屠二人的军队下到半山坳时，宗寰、李威等也到了岭上休息。魏大钟又留下数人在此指点路途，彼此呼应。

魏大钟将近走下岭时，问樵夫："此去螺蛳谷可还有多少路？"樵夫道："尚有十数里即达后山了。"魏大钟方催动人马速进，忽听岭中四下里号炮响，声震山谷；接着鼓声怒鸣，好似有千军万马杀奔而来。魏大钟不由心惊，暗想：螺蛳谷中人难道有先见之明，知我们要来后山偷袭，而设下埋伏吗？真是奇极了！一时不知有敌军多少，从哪一地方杀来？清军纷纷哗乱，魏大钟立刻约束部下，休要乱动。

这时候，陆翔和年小鸾已从左右包抄过来，呐喊声声，大叫："休放走了清兵！"魏大钟知道情势不妙，吩咐前军作后军，后军作前军，快快退走。屠开气愤愤地大叫道："既已到此，为何不战？我不杀敌人，誓不回营了。"率领健儿十数人，向前边冲去。正遇年小鸾，见是一个美丽的女盗，便挥动双斧，叫一声道："你这妇人，生得好好儿的，怎么为盗？不如跟俺屠爷去吧！"小鸾大怒，舞剑向屠开头上猛劈。屠开将双斧迎住，二人在岭边林子旁狠斗起来。

魏大钟见屠开恋战，只得上前接应；陆翔早挺枪跃马而至，拦住他厮杀。魏大钟识得陆翔厉害，悉力抵御，酣战三十余回合。螺蛳谷人渐渐包围拢来，清军不得脱身。年小鸾见屠开骁勇，暗暗藏镖在手；杀至分际，虚晃一剑，落荒而走。屠开怎肯舍弃，飞步追去。年小鸾飞出一镖，屠开莽撞，闪避不及，正中右腿；跌下地去，被螺蛳谷中人过来缚住。魏大钟见屠开被擒，自己又冲杀不出，心慌意乱，年小鸾又上前助战；正在危急之际，宗寰等在岭上早已望见。

依着李威的主张，本要火速下山接战，但宗寰听得四下炮声数响，不知敌人虚实，恐怕后路被截。便教李威留在岭上，摇旗呐喊，遥作声援；自率健卒百人，下岭去救魏、屠二人。见魏大钟被螺蛳谷人围在核心，遂舞动双锤，杀入阵中来救魏大钟。宗寰的双锤果然难当，螺蛳谷儿郎们纷纷退后，被他击倒了十数人，冲开一条血路。大呼："魏兄、屠兄快快随我来吧。"魏大钟趁势杀出，一齐往岭下奔逃。陆翔、年小鸾哪里肯放他们逃走，随后追上。

李威率众又来接应，退下摩天岭。岭下鼓声大震，袁彪和法明左右杀出，大喊："清军中了我们之计，休想回去！"宗寰慌忙敌住袁彪，李威战住法明。陆翔等又在后杀来，宗寰等不敢恋战，只得拼命杀出重围，逃回前山去。陆翔单枪匹马，紧追勿释；宗寰大怒，回身和陆翔死命猛扑。两人大战七十余回合，不分胜负。宗寰虚晃一锤，回身便走，陆翔追上去。袁彪在后大喊："陆兄，留心敌人暗器！"说时迟，那时快！宗寰的飞抓已向陆翔顶上抛来。幸亏陆翔被袁彪一句话提醒，急忙将马一拉，身子向后一仰。飞抓扑个空，离开陆翔身边只有三四寸。陆翔吃了一惊，方才勒住马不追。

宗寰握着双锤，压后而退；检点人马，损折了一半。鲍提督正与宗亮等猛攻谷口，欧阳仁等极力坚守，矢石如雨。鲍提督仰攻比较困难一些；攻了多时，希望李威等两队兵马可以杀至螺蛳谷后，捣其巢穴；那么寨中必然大乱，自己便可乘虚而入了。谁知盼望良久，不见谷中火起；而隘口把守的人依然镇定不乱，心中未免有些狐疑。李威等究竟可否直捣后寨，克奏朕功？不要反中了袁彪的埋伏，那就糟了。思念至此，心中惴惴不安起来，忙又命靳大需、鲍文远带领五百人马前去摩天岭接应。

谁知靳大需走不到二三里，魏大钟等已败退回营。鲍提督得到这个恶消息。不由大吃一惊,赶紧止住部下,勿再进攻。即命宗亮、周达断后,将兵徐徐退回营。欧阳仁等也不敢出追,让鲍提督安然退去。鲍提督回营坐定后,魏大钟、宗寰、李威三人入见,诉述败军之由,且请处罪。鲍提督仍用温言安慰他们道:"这是我们冒险行军之咎,以致中了他人的埋伏。袁彪那厮果然未可轻侮,不关你们的过失。只是屠壮士被他们擒去,很代他担忧,未知他的性命有无危险呢!"

宗寰道:"摩天岭这条密道,途径迂远曲折,不宜行军,因此我们吃了大亏;况且以后谷中人更要严防,所以那条路是不能再去了。我们只有加紧向谷前攻打,或约他们出来斗。某等不才,愿效犬马之劳。"鲍提督道:"此言正合吾意。前番一战,斩获两头领,只恐袁彪等严惮贤昆仲武艺高明,仍未肯出战罢了。"

魏大钟道:"明日姑且再去一试。"次日,鲍提督带领众人,来到谷前挑战。土城上忽然射下一封信来,小兵拾得,献给鲍提督看。鲍提督接过一读,方知袁彪昨日擒得屠开,愿于今天在阵上走马换将,要这里放回欧阳义。鲍提督正在惦念屠开,当然同意。遂把这信给大钟等看,又教鲍文远去营中押欧阳义前来,一面写好了一封复函,射上土城去。

隔了一刻,袁彪、陆翔、欧阳仁、年小鸾四人押着屠开,率领儿郎们出谷来,排成阵势。鲍提督这边由李威、鲍文远押着欧阳义出阵;袁彪那边由欧阳仁、年小鸾押着屠开出阵。屠开昨天被擒时,小腿上虽中了一镖,没有大伤,早给小鸾敷药治好。两边通了一个口号,各放俘虏回去。谁知李威心存不良,他乘欧阳义反缚着双手,从自己阵地跑回螺蛳谷阵上去的时候,刚才跑得一段路;他却暗暗抽弓搭矢、觑准欧阳义的后脑,"嚯"的一箭射去。欧阳义是不防的,那支箭向前疾飞,一刹那间已飞至欧阳义的后脑,相距不过三四寸了。李威见此情形大喜,喝一声:"倒也!"

第八十五回

观奇能前山求挑战
仗粲舌深夜请息兵

　　当此生死存亡，间不容发之际，李威满以为欧阳义必定死在他的箭头下，所以猛喝一声："倒也！"谁知蓦地里忽然又有一镖从斜刺里飞过，绝无仅有地正击中李威所发的箭头。噗的一声，打落地上去了。李威大惊，螺蛳谷阵上却一齐大喜。欧阳仁也连呼："侥幸，侥幸！"这支镖是从哪里来的呢？

　　原来年小鸾眼快，瞧见李威马上抽矢，估料他不怀好意，所以也就从她的镖囊中掏出一支金镖。在李威的箭已发出时候，她发了急，无法救护欧阳义，便将这支镖迎着箭头飞去。幸仗她手眼高明，恰巧击中那箭，遂救了欧阳义一命。欧阳义安然归阵，知道了这事，不由捏一把汗，欧阳仁忙代他解去束缚。年小鸾仗剑驰马直奔李威，大呼："清将，怎么暗发冷箭，殊欠光明态度！我与你决一胜负。"

　　李威见这一个女盗，就是摩天岭相遇的，已探知是袁彪的妻子，所以舞起手中长枪便和小鸾决斗。宗亮挺枪而出，大呼："袁彪，快来厮杀！"袁彪刚要出马，陆翔已跃马提枪出至阵上，对宗亮喝一声："姓宗的，别人惧你威武，独有我小子龙陆翔偏不服你！今日我们须战一个分明，有了你，没有我！"宗亮说声："好！"两个人两条枪立刻交刺起来。这时候，忽然天空里一堆堆乌云涌起，刮了一阵狂风，立刻下起大雨，两边只得各自收军。

袁彪因为清军势盛，只得暂避其锋，加紧严守，以免疏虞。鲍提督也因自己虽然得着宗氏弟兄之助，战胜了袁彪；而袁彪究竟厉害，兵力未衰。且摩天岭的奇袭，劳而无功；瞧上去一时难以取胜，非步步稳扎稳打不可。遂把螺蛳谷正面封锁住，不使袁彪得到外边的接济，坐观其变，以待时机。又令李威、靳大需等各领队伍在四处巡逻，把螺蛳谷包围得十分严密。

荒江女侠等来的时候，正是吃紧的当儿，所以几乎不得其门而入，幸亏玉琴熟悉山路，由小羊山秘密入谷；没有遇到清军，而和袁彪、年小鸾等旧友重逢。当时在席面上听了袁彪原原本本地一番陈述，玉琴便道："宗氏弟兄乃是大名府的豪杰之士，我们在萧进忠那边也听得，他们能使萧老英雄佩服，其技也就可想而知了。螺蛳谷倘然长此被围，也不是个道理，一定要想法把他们击退。"

袁彪道："是啊，我已调查过我们的粮食，尚有半载可以支持，谷内也有些田亩可耕；这个问题还小。不过军器方面是太缺少，而弟兄们伤亡了，一时也难补充，这是很使我杞忧的。现在幸女侠和剑秋兄等到来，必可助我们退敌，所以愚夫妇非常快活。"玉琴道："我们既已到此，当然不能坐视的。"剑秋道："只是鲍提督与我们也有情谊，我们也不能向他进攻，这很使我们为难的了。"便把他们以前在宾州相助鲍提督剿除混世魔王的事情，告诉众人听。

袁彪道："但现在我们非那些草寇可比！鲍提督也是汉人，他若有种族之想，识得清廷的腐败、外海的紧急，也该和我们一起合作；共图革命事业，不失为俊杰之士。二位既和鲍提督有故旧之谊，何不前往游说，劝鲍提督不要做他人的奴隶，而和我们合作呢！"

玉琴闻言，微笑道："鲍提督虽然精明练达，通谙兵法，可是他的头脑恐怕陈旧一些；要他做革命事业，这是不可能的事。况且他已膺专阃之选，位高禄重，十分把稳，如何肯作这事呢？我们也没仪、秦之舌，随、陆之辩；勉强去说，也是如水沃石，决不能使他听从的。"

年小鸾道："他们有了地位的人，往往不肯平白牺牲。他现在只想破了螺蛳谷，可以升官发财，岂肯和我们合作？这无异与虎谋皮了。姊姊不如破除情面，帮助我们，把他们杀败回去，他们也奈何姊姊不得。这些贪官污吏，姊姊和他们谈些什么交情？"

玉琴道："鲍提督的为人倒很正直，做官也廉洁，颇能为人民着想，不失为今日武人中的佼佼者。所以我们和他们有过一番周旋，倘是贪污之辈，早已断送在我们二人龙泉之下了。"

剑秋道："最好想个两全的办法，使鲍提督不战而退，螺蛳谷也得安然无恙。"

玉琴转了一个念头说道："我想鲍提督既已请得宗氏弟兄，颇有剿灭螺蛳谷的决心。我们如去和他商量，也是很难成功的。依我的主见，先和他们厮杀一阵，使他们知道螺蛳谷未易剿平，然后方可进言。况宗氏弟兄的本领，我们也要见识见识，你们以为如何？"

袁彪尚未答话，陆翔早抢着说道："女侠之言甚是。我们必须痛痛快快地杀他一阵，我和宗亮也没有正式交过手；不是自己骄夸，必须和他杀个分明，方才使我佩服。"李天豪、蟾姑也赞成女侠之言，以为万万不可示弱，自当挫了清军的锐气再说。袁彪点点头说道："这样办也好，既然我们都愿出战，我袁彪也不是个懦夫，明早便去战过也好。"

剑秋道："明天的一战，我和琴妹最好不必露面，只作壁上观，瞧瞧宗氏弟兄的武艺也够了。好在天豪兄等在此，也可相助作战。"玉琴道："我们可以乔装两个小卒，混在人丛中，鲍提督自然不认识我们了。"

众人决定了办法，遂互相举杯为寿。直饮到子夜，方才散席。玉琴等四人早由小鸾吩咐左右打扫两间精舍，为四人下榻。玉琴和剑秋虽没有结婚，大家却知道他们是一对情侣，所以同室而不同榻。天豪夫妇也住下一室，和玉琴毗连的。

明日清晨大家起身，用过早餐，玉琴、剑秋便借了两身儿郎们的衣服，穿在自己身上，头上都覆着斗笠，果然如寻常小卒无异，决不会引人注意。袁彪遂同年小鸾、陆翔、戴超以及天豪夫妇一同出战，而另伏两路精锐，命欧阳弟兄、法明禅师，解大元等带领着，埋伏在小谷里；等到自己方面正和清军酣战时，便可从两旁抄出，袭击官军的后路。安排已定，放了三个大炮，杀出谷来。

鲍提督见袁彪困守多时，忽然又敢出来作战，谅必自高自大，也许要施用什么诡计来取胜。遂令李威、靳大需各带一军以及弓箭手，埋伏阵后；倘遇敌人截击，即可杀出，用箭射住，不使他们冲动阵脚。然后会同宗氏弟兄，以及屠开、魏大钟、周达、鲍文远等，带领三军，出营来和螺蛳谷好汉对垒。他哪里知道，他们怀想已久的荒江女侠和岳剑秋即在其中呢！

小子龙陆翔耐了多少时候，今日出战，也要在女侠面前卖弄本领，所以首先挺枪跃马而出，大呼："一盏灯宗亮何在？快和你家陆爷来斗三百回合。"宗氏弟兄也知螺蛳谷中，除袁彪而外，惟有此人最为勇武，不易取胜。既然他指名讨战，宗亮遂挟枪出迎，喝一声："姓陆的休要逞能！我宗亮岂是畏惧人家的？长了这些年岁，难道怕你们这辈后生吗？"

陆翔说声："好，看枪！"手起一枪，向宗亮头上刺来。宗亮把枪架开，手中紧一紧，便有碗大的枪花直奔到陆翔胸前。陆翔收转枪杆，用力拦住。两个人两条枪，一来一往，渐舞渐紧，宛如两条银龙，几欲腾跃上天。宗亮见陆翔的本领果然佳妙，遂使出杨家枪法来。陆翔觉得宗亮的枪法突然一变，前后左右都是枪花，所有的解数都非平常；知道宗亮使用他的看家本领了，所以用尽心力去和他周旋。

女侠和剑秋杂在小兵队里观战，鲍提督父子当然不会注意到他们二人的。二人眼见宗亮的枪法十分神妙，名不虚传；年纪虽老，而武艺甚强，无怪袁彪甘心退避。幸亏小子龙陆翔年轻力壮，枪法也是非常纯熟的，还能抵敌得住；倘然换了别人，早已来不得了。此时李天豪在阵上骑着战马，手中也拈着一支烂银枪，跃跃欲试。他初至螺蛳谷，也欲在袁彪等众人面前立一些功劳；恰巧宗寰舞动双锤，驰出阵来，天豪马上过去接住宗寰厮杀。

宗寰的一双紫金锤，不输于乃兄的一支铁枪，上下翻飞，疾如流星，只往李天豪上下打来。天豪使开枪，悉力迎住。琴、剑二人见宗氏弟兄都是劲敌，暗暗代陆翔等杞忧；玉琴却恨不得自己立刻出去和宗氏弟兄杀一阵。对面官军阵里，周达举起方天画戟出来相助，袁彪挥动手中三尖两刃刀，拍马上前迎住。蟾姑在旁，技痒难当，挥动双剑，一催座下桃花马，奔出阵去。

鲍文远忽瞧见对方杀出一个美貌女子来，和当年的荒江女侠神情仿佛，心中又不觉动了好色之念。他以为女侠是个有本领的人，别的女子未必见得都和女侠一般高强，况自己的武术年来亦有进步，料区区女子总可取胜。这样一想，立即举起手中双剑，纵马出战。指着蟾姑喝道："我是提督的公子文远。你是妇人，为何失身匪人？不如投降，免你一死。"

蟾姑道："呸！狗官的儿子，谅你也不识得老娘的厉害呢！"一剑扫去。鲍文远将剑架住，厮杀在一起。鲍文远一心想要活擒蟾姑，欲觅蟾姑的破绽；然而蟾姑的剑矫捷不凡，自己反被她困住。玉琴见了文远，不由暗暗好笑：一个人江山好改，本性难移，他今日见了美妇人，又要垂涎了，但也不量量自己的武术如何，真是令人可鄙，亦复可笑。

鲍提督觉得自己儿子的武艺，够不到和有能耐的人对抗。这个新来的女子双剑神妙，不亚于昔日的玉琴；文远久战下去，一定要吃她的亏，遂教魏大钟前去替换。魏大钟方挟狼牙棒出阵时，蟾姑早已觑隙，卖一个破绽，让文远的剑砍入怀里来。文远也不欲真心伤害蟾姑，所以要把剑去挑破蟾姑的衣服；却不料蟾姑早已侧转柳腰，让过一剑，舒展皓腕，将鲍文远一把提过马来，回马便走。

原来蟾姑既知鲍文远是鲍提督的儿子，心里也想把他活擒，以便要挟鲍提督。可笑鲍文远天鹅肉吃不着，自身反落在人家手中。魏大钟见文远被擒，不由一惊，飞马过来抢救时，戴超早舞大刀上前助战。屠开虎吼一声，摆动双斧，飞奔出阵，年小鸾上前接住。屠开前天吃过小鸾的亏，所以今日甚是留心；杀够多时，未分胜负。蟾姑又舞剑出阵，鲍提督大怒，正要亲自出阵；而欧阳弟兄和法明和尚等两路人马，已暗暗抄到他们后边。一声号炮，从左右杀出，想要截断鲍提督大军的后路，乘虚夺取营寨。

幸鲍提督早伏下李威和靳大需两路军队，有备无患，以两边敌住。鲍提督得到消息，急忙鸣金收军，徐徐退后。袁彪率众掩杀过去，都被乱箭射退。袁彪见鲍提督军队一些也不紊乱，生恐欧阳弟兄等反被包围，也就按兵不进，遣人去通知欧阳弟兄等撤退。欧阳仁等见清兵前后都有接应，也不敢冒险杀入；因此不待袁彪通知，早已退回来了。

袁彪等回至谷中，众人聚在一起。玉琴、剑秋仍换了自己的衣服前来。女侠带着笑对袁彪等说道："宗氏弟兄的武术确是神妙得已臻化境；若要以力取胜，不是容易的事，无怪袁寨主要坚守不出了。今日陆翔头领和宗亮猛斗这许多时候，真是不易。小子龙三字不愧大名！"陆翔笑道："承女侠过奖，愧不敢当。宗亮的枪法，今日我已领教了。只在我之上，不在我之下，我实在没有本领去破他的杨家枪法。"

袁彪道："天豪兄的武艺果然超群，小弟也很佩服。"天豪连忙谦谢不迭。玉琴又道："今天蟾姊把鲍提督的儿子捉来，倒是一件很好的事。"袁彪道："不错，这一下大可牵制那老头儿了。"便教左右把鲍文远推上来。鲍文远反剪着双手，被儿郎们推至袁彪面前，神气颓丧，一声儿也不响。袁彪喝道："你这小子就是鲍干城的儿子吗？既已被缚，性命即在我们手里了，你能教你家老头儿退兵吗？"鲍文远仍旧默然不答。

玉琴忍不住娇声喝道："姓鲍的，你可还认识我吗？"鲍文远耳畔听得女子清脆的声音，似乎有一些耳熟；抬起头来看时，早瞧见女侠和剑秋坐在一起。这是他万万料想不到的！羞愧满面，恨不得旁边有个地洞，让他立刻钻了进去，躲避了人家，但是女侠既已开口垂询，自己又是被俘之人，不容他不回答，只得硬着头皮说道："原来是女侠和岳先生都在这里。以前多多冒犯，还望女侠千万海涵勿责。这是小子一念之错，自取其咎，得罪二位，现已悔改了。"

玉琴瞧着鲍文远两道稀零零的眉毛，不由暗暗好笑；又听他口里所说的话，也觉有些不实。既已知道悔改，那么今天阵上见了蟾姑，为何又作癞蛤蟆想吃天鹅肉呢？遂说道："既往不咎！你既能悔悟算罢，我们也觉快慰。现在尊大人在此用兵，恰巧我们和这里袁寨主是相识的；初次到此，不知道帮了谁好。但我们自有安排，成与不成，却要看尊大人的意思如何呢？"鲍文远点点头，没有说什么。袁彪遂说道："姓鲍的既和女侠相识，我们应该优待。"遂亲自去解脱鲍文远的束缚，请他上坐。

第八十六回

一夕退三军智穷老将
征途逢奇事艳说荒江

鲍文远谢过袁彪，又向琴、剑二人道谢，只是不肯上坐。袁彪遂教左右引导鲍文远去寨中客室里歇息，好好接待。鲍文远去后，玉琴对袁彪说道："今日我们在阵上，也已见过宗氏弟兄的武艺。合我们众人的力量，要战胜他们也并非不可能之事。不过鲍文远虽然不肖，而鲍提督的为人我已说过，尚有可取之处，很不欲为左右袒护。而现在他的儿子既已被擒，他心里也一定悬挂于文远身上。我想乘这机会作鲁仲连，替你们解除这个围困；又可免两下厮杀，岂不是好？"

年小鸾道："姊姊倘能这样做，也是很好的事。但鲍提督奉有省里的命令来此征剿，恐怕不容易办到吧？"玉琴道："我起先也是这样想，但现在既有这念头，不可不先去一试。倘不能成功，再想别法。"剑秋点点头道："琴妹之言深得我意，这叫作先礼而后兵。鲍提督倘然不从我们调解时，当然我们决不袖手旁观的。此事也须早日解决，龙骧寨已被摧毁，螺蛳谷必要保存的了。"袁彪道："很感二位美意，我们惟二位马首是瞻。那么又要有劳二位了。"玉琴道："理当相助，无劳可言。"

又对剑秋带笑说道："你既然和我同意，那么今天夜里我要你相伴往鲍提督营中去走一遭，你可愿去吗？"剑秋道："当然同去，我哪有一次不相随琴妹之后的呢？"天豪和蟾姑一齐说道："倘有用处，我们也愿同去。"玉琴道："我想今夜前去，是要找到鲍提督陈说己见，希望他采纳；并非去行刺，所以不用多人，贤伉俪还是留在谷中吧。"

蟾姑道："我们不在也好，但祝你们成功。"玉琴又道："少停我先去见一见鲍文远，还要教他写一封书，哀求他父亲罢兵。谅那厮不是视死如归的烈士，一定肯写这封书的，借此也好感动鲍提督的心。"袁彪道："女侠思虑周到，定能成功，我们佩服之至。"玉琴笑道："不劳谬赞，我要惭愧了。"袁彪心里十分快活，又教厨下安排筵席，款待女侠等众人。

那鲍文远在客室中，天晚时有人送上晚餐来，请他吃饭。他见了女侠，又见袁彪待他很好，明知自己可无性命之虞，别的事也不管了。饭后在灯下独坐一会儿，正想关了门就寝。忽听房门有剥啄之声，便问："是谁？"外面答道："是我。"他听得出女侠的声音，不由一怔；连忙开了门，女侠翩然步入。鲍文远恭恭敬敬地请女侠上坐，他垂着双手，立在一边。

女侠也不和他客气，坐正身子，对他说道："你今被俘于此，当然想回去的。我虽和你们父子相识，也不能私自将你释放。现在我们已和袁寨主商量过，要请你父亲及早退兵，彼此休战，方才将你放回。因此今夜我要到尊大人营中去拜见，劝尊大人采纳鄙意，即此退兵；我和岳先生做和事佬，以免残杀。但恐尊大人不能听从，所以我要你写一封信给我带去。措辞须哀求尊大人退兵休战，以便你可以骨肉重逢；使他为了舐犊之爱，也能听我们的劝告。不知你愿意不愿意？"

鲍文远听了玉琴的话，不假思索地道："愿意，愿意。"玉琴遂回头喊一声："来人！"门外即有一个小卒，手里托着笔砚纸墨，走进室来，放在桌子上。玉琴道："时间很匆促，请你大笔一挥罢。"鲍文远不敢迟慢，忙坐下来，磨墨点毫，立即修书一封交与玉琴,且说道:"拜托女侠代交家父。"玉琴接过,先看一遍,觉得文远措辞很是可怜,便很满意。将这书揣在怀中,说声:"我去了。"拔步便走。文远出来送她时,女侠早已不见踪影了,文远惟有太息。

玉琴回至谷口,剑秋已结束停当,带着惊鲵剑在那边等候了。玉琴也去换上夜行衣服,佩了真刚宝剑,和剑秋辞别了袁彪夫妇和天豪伉俪,出了螺蛳谷,悄悄地往清军营里走来。他们俩仗着飞行功夫巧妙,越过清军的步哨,约莫在三更左右,已近清军大营。刁斗之声不绝于耳,可知鲍提督治军很严,夙有防备了。

琴、剑二人不知鲍提督在何处,只往大营行去。恰巧那边树下站着一个巡夜的哨兵,玉琴一眼已瞥见,悄悄掩至他的身后,一些声息也没有。飞起一腿,把那哨卒踢翻在地;跟着一脚把他胸口踏住,拔出剑来,在他面上碰了一碰。那哨卒已吓得什么似的,正要惊喊。玉琴喝道:"不许声张!你快快把鲍提督所住的大营老实告诉,方饶恕你的性命。"

哨卒只得说道:"往南去第五个大营,营左右绕插着旌旗的便是。"玉琴道:"此话真吗?"哨卒道:"实是真话。"玉琴便对剑秋说道:"请你代我把他收拾起来,别伤他的性命。"剑秋理会得,遂上前将哨卒的裤带解下,用四马倒攒蹄般缚住,又从他身上撕下一块衣襟,塞在他的口里,然后将他挂在绿荫深处。这样处置,须要等至明日天亮后,方可给人瞧见了,救他下来。

两人探得鲍提督的大营,赶紧向南飞奔。到得第五个大营面前,正有一小队巡逻小卒行向前来。二人伏在树后,让他们走过,才见营门前静悄悄地不见人影。玉琴顾谓剑秋道:"请师兄在营外代我巡风,待我入营一探。"剑秋道:"琴妹须小心,情形如若不对,可以即出,我当在此接应。"玉琴点点头道:"我自己知道留心的。"说声再会,如飞燕般掠入营内。

营门边虽有两个小卒,却倦眼模糊地没有瞧得清楚,还疑

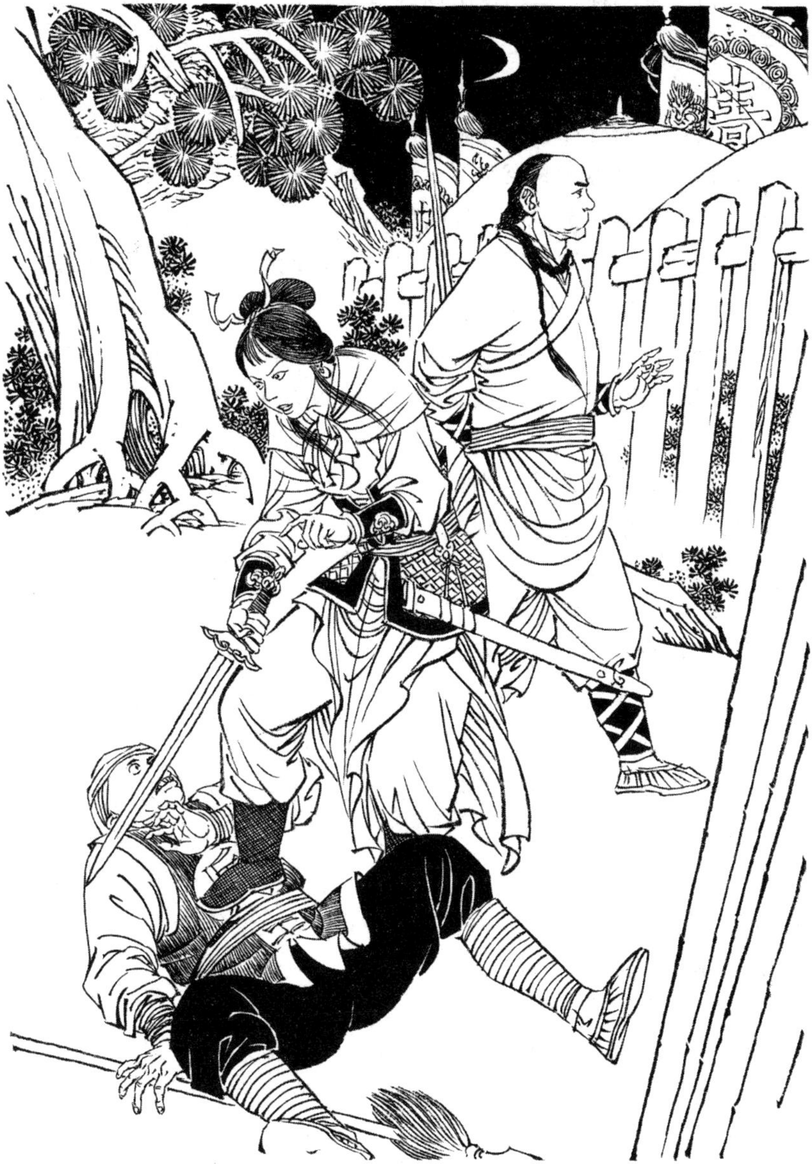

心各人眼花,似乎有个黑影在他们身旁掠过呢!玉琴进得大营,镇定着心神,运用夜眼向内走去。见一处灯火尚明,里面有太息之声。玉琴蹑足上前,偷眼看时,果然是鲍提督。甲胄锦御,长袍未解,坐在桌子旁,一手撑着下颐,一手抚摸着自己的须髯,面有忧色。细瞧他的容貌,似乎比较昔年有些瘦削了。也许他征剿螺蛳谷屡攻未下,使他疲神劳形,寝食不安,以至于此。鲍提督在这夜深时候尚未入睡,大概为了他儿子被擒之故,放心不下,所以长吁短叹。那么此时倒是自己见他的绝好机会呢!于是她就一跃而入。

鲍提督为了日间儿子被擒,他心里异常焦灼,代他儿子生命安全的问题而忧虑。想不到自己用兵多时,战无不胜,今番竟在螺蛳谷碰壁。虽然请了宗氏弟兄到此,依然不能攻入谷中,梨庭扫穴;反而丢掉了一个儿子,自己如何去救他出险呢?今天那个生擒文远的女子,神勇绝伦,活像女侠第二,不知袁彪又从哪里请来的助手?

他正想到这里,忽觉一阵凉风,桌上的灯光摇摇欲灭。猛抬头,早见一个刚健娴娜的少女,端端正正地立在他的面前,娇声说道:"鲍军门,别来无恙?"鲍提督定睛细瞧,正是他心中常常怀念的荒江女侠,丰采依旧,英气逼人。不由惊喜万分,疑心他自己还在做梦呢!玉琴见他不响,又带着笑唤他一声:"鲍军门。"鲍提督连忙站起身子,向玉琴双手作揖道:"女侠,你怎么到此的?我自你去后,心中非常渴念。犬子无状,多多唐突,老朽诉斥过了。但老朽对于女侠却是歉疚万分,千乞女侠宽恕勿责。"

玉琴微笑道:"过去的事不必重提。我们对于军门也很抱歉的,今日特来相见。"鲍提督道:"女侠来此,这是老朽之幸!且请坐了,待老朽奉告一切。"玉琴点点头,遂在他的对面坐下。鲍提督也坐下说道:"老朽前年从宾州调任兴京,此番奉命征讨螺蛳谷,恰遇'摩云金翅'袁彪等一伙强盗,非常厉害,攻打了多时,未能胜利……"鲍提督正要再说下去时,玉琴早把玉手摇摇道："这些事我都知道了，请军门不必再讲。"

鲍提督闻言，不由疑讶道："女侠初来，怎会明白？老朽也糊涂得很，尚不曾问女侠从哪里来？何由知老朽在此，而夤夜光临？还有剑秋先生在哪里？可曾同来？"玉琴微笑道："剑秋兄和我同来的。鲍军门，你可知道我们为什么完全能够明白，此番我们又受了谁的嘱托，而深更半夜前来谒见的？"鲍提督迟疑了片刻，答道："这个恕我不能测知，尚乞女侠明以告我。"玉琴道："鲍军门，我就是受了袁彪的嘱托而来？军门不要见怪。"

玉琴说出这话，鲍提督好像青天里打一个霹雳般，从椅子里直立起来，说道："怎的？怎的？女侠如何和袁彪相识？这件事使得老朽如坠五里雾中了。"女侠刚要回答，忽听外面人声喧哗，云板敲动，魏大钟已直奔进来。见鲍提督身边忽有一位穿着夜行衣服的女子，更使他十分惊骇。忙对鲍提督说道："大人留意，外边忽来刺客。"又指着玉琴说道："这位是谁，为何在此，莫非是刺客？"

鲍提督摇手说道："壮士不要胡说，这位就是你闻名已久的荒江女侠。"魏大钟闻言，对女侠相视一下，正要行礼，玉琴早想起营外的剑秋，便道："你们传说外面有刺客，莫非是我师兄？两边切不可误会，待我去唤他进来吧！"鲍提督顿足说道："对了，对了，休把好人当作歹人。"

于是他忙和魏大钟陪着玉琴走出营门去，观察时，只见众兵丁挑起灯箭，围着一个大圈子，呐喊声声："快捉刺客哪！捉住这刺客，不要被他逃走啊！"所以闹得一片声喧。圈子里有三个人，在那里丁字儿的团团厮杀，乃是"一盏灯"宗亮，舞着一柄宝剑，"八臂哪吒"宗寰，使着双锤，紧紧围住剑秋，酣斗方亟。原来剑秋在营外往来巡风，忽有巡逻卒自后瞧见，快去报告与魏大钟知道。

这夜正值魏大钟宿卫，所以他在大营，急快去唤起宗氏弟兄。宗亮、宗寰从睡梦中惊醒，估料是螺蛳谷中派来的，遂各挟兵刃，飞跑而出。剑秋见自己已被他们识破行藏，只得挺身而前；恰巧逢见宗氏弟兄，识得他们的厉害，所以施出本领和二人搏击。宗氏弟兄不识他是谁，但见他青光飞舞，如游龙一般，解数神奇；不是平常之辈可比，可算他们难以相逢的劲敌。魏大钟遂去禀告鲍提督。这时候屠开、李威、靳大需等都已闻讯率领部下赶至。

　　鲍提督生恐他们要受伤，连忙上前高声喊道："岳先生、宗壮士，你们请速住手。有话可以再谈，我们是自己人啊！"剑秋听得鲍提督的声音，见了玉琴站在一旁，立即将剑收住。宗氏弟兄闻鲍提督有令止战，也就跳出圈子，但是心中不无诧异，难道鲍提督会和刺客认识吗？然而也不便询问。鲍提督又向剑秋拱拱手道："岳先生，多时不见。难得来此，请到营里座谈吧！"剑秋也即上前拜见。

　　鲍提督又对宗氏弟兄以及李威等诸将说道："这事出于误会，没有什么危险。诸位也请回营，照常戒备。"众人遂陆续退去，只是摸不着头脑，各自猜测而已。鲍提督又把琴、剑二人让至营中坐定，屏退左右，向剑秋说道："岳先生，方才部下多多冒犯，幸乞勿责。老朽此番进兵攻螺蛳谷，相持不下，不知岳先生可有见教？"

　　剑秋不知玉琴曾否和鲍提督说过什么话，只是答道："窃愿两边早日息兵为幸。"玉琴遂接口说道："我还没有将详情报告军门呢！我们此来就是要请鲍军门息兵，恐防泄露机密，所以黑夜前来；不料仍被部下撞见，几致杀伤，这是很不巧的。"鲍提督点点头道："承二位的美意，劝我息兵；不知二位有何主张，怎样息兵？二位又怎样认识袁彪？还请赐告。"

　　玉琴道："我们认识袁彪，还是在我前年返里扫墓之时，也在遇见军门之先哩！袁彪虽屈身草莽，而他身怀绝技，志向清高；非寻常绿林盗匪可比，暂时隐匿于此，所以我等和他交友，否则换了樊大侉子一流人物，我们也要早已除灭，不待军门兴师动众了。"

鲍提督道："老朽也知袁彪不是平常之辈。但因他们杀官劫城，案子犯得太重大了，省府遂调我率兵征剿。虽非老朽本怀，然奉有巡抚之命，不得不然。袁彪若肯降顺，这是最好的事，老朽在上峰面前决计代他们保险，不令妄戮螺蛳谷中一人。且如袁彪人才，老朽更要在上峰前极力推荐，尽先录用。前程万里，岂不是好？尚望二位代老朽向袁彪转致微忱。"

剑秋听鲍提督如此说，恐怕他仍是没有明了他们二人来此之故，也就开口说道："照军门的说法，意欲招降袁彪，但这事恐难如愿。"剑秋之言未毕，鲍提督很骇异地问道："袁彪倘不想招安，难道他要学陈胜、吴广之辈，揭竿即起，以争天下吗？只恐螺蛳谷弹丸之地，千百之众，袁彪虽勇，也不容易达到他的雄心吧！"

剑秋道："若说袁彪想如刘邦、朱元璋一般，因时乘机，欲图事业，那也不然。袁彪是明代袁崇焕名将的后裔，螺蛳谷中都是忧时之志士。他们不情愿做异族的奴隶，坐视中国给那些满奴弄坏了，以致沦陷于外邦。所以他们联络各地反清志士，图谋革命事业，以冀推翻满清，为汉人解放争取自由。他们的志向不小！事之成功与否，当然还要看各地革命志士的如何努力呢！他们既然抱定这个志愿，如何肯接受官兵的招安，以求功名富贵？这一点恐军门还没有明了吧。"

鲍提督听了剑秋的说话，突然一怔，半晌无言。玉琴忍不住又道："鲍军门，我们虽非他们一伙儿，却素表同情于他们的。我看满奴大都是无能的，清室的气运已衰，真是我们汉人争取自由的时机。军门虽在清廷，高膺提督之职，然若为民族前途计，亦宜及早见机而作，善自为谋。千万不可遏灭革命的根芽，那么对于螺蛳谷自不当视为大敌了。"

鲍提督双眉微皱，答道："二位之言虽是，但老朽所处的地位与他人不同。现在革命尚未成熟，老朽若和革命中人私下通好，一旦给人告发，老朽不但功名全弃，反有灭门之祸！这岂不使老朽进退两难吗？所以非俟老朽细细考虑一番，恕不能贸然从命。"

玉琴见鲍提督面露踌躇之色，明知这事一时要使鲍提督同意很难的；鲍提督倘不肯牺牲自己的功名，断难息兵。遂从怀中取出鲍文远的一封信来，双手奉上，说道："这书信是令郎文远托我奉达左右的。"鲍提督颤着手接过他儿子的信，说道："犬子被擒，女侠曾和他见过面吗？非常惭愧。"

玉琴道："令郎在谷中，袁彪很优待他，军门不必担忧。只要两边息战，袁彪也可早日释放令郎回营的。况有我们在那里，决不会使令郎吃苦，还是可以告慰于军门的。"鲍提督道："承蒙二位照顾，铭感五衷。"说着话，遂拆开他儿子的信，灯下展阅一遍，不由老泪夺眶而出，叹了一口气说道："老朽膝下只此一子，他的母亲非常钟爱他，岂有置之不顾的道理？但是他自己不小心，为人家擒去，我又一时怎能救他出险？他再三恳求我息争议和，然而他怎知老朽亦有难以答应的苦衷呢！"

玉琴见鲍提督如此情形，便道："军门不如反了罢，何必为满奴效力！既有雄师，何不与袁彪一起共图革命，将来可以立一番丰功伟业。至于军门的眷属，凭我二人之力，可至兴京去秘密护送前来。合军门与袁彪的力量，还怕清兵怎样奈何你们吗？"鲍提督摇摇头道："不是老朽顽固不化，老朽世受君恩，身为大吏，岂能轻易言反？但若不息兵，则非螺蛳谷难以攻下，而犬子的性命也恐难保。此事竟使老朽进退狼狈了。"说罢，又长叹一声。

剑秋叉着双手说道："军门休要忧虑，凡事总有个商量。军门既然不肯和袁彪合作，而又为了令郎的关系，要救他出险，我等实不忍坐视，要为军门借箸一筹。鄙人虽愚，却有一个两全之计，愿军门采纳。"

鲍提督听了大喜道："岳先生有何妙计，请速赐教。若能两全，老朽万无不从之理。"

剑秋笑了一笑，不慌不忙说出他的计策来。剑秋告诉鲍提督说道:"我所说的两全的计划,一方面为鲍军门着想,一方面也为螺蛳谷安全计算,双方都要顾到。"

鲍提督道:"是啊,但我看此事势难两全,岳先生何所见而云然?"

剑秋道:"现在请军门从明日起不要升帐视事,伪作有病,一连数天;便向巡抚去请假,求换别人前来代替;然后再安返兴京城去养病,这样此事便可掩饰过去了。军门生了病,上峰不好再叫你打仗,倘然他也知难而退,这是螺蛳谷求之不得的事。万一他换别将前去征剿,那么螺蛳谷诸英雄也可不顾情面,痛杀一阵了。我料省里除了军门也调不出别的将吏了。至于文远公子的性命,当然不成问题,今晚我们回去后,明日便可将文远释放,只算公子乘机逃出,瞒过外人便了。这个主意尚属两全之计,不知军门高见如何?请早决断,我们在此等候佳音。"鲍提督听了剑秋的献计,虽觉得其间亦有不妥,但是自己简直一时想不出什么别的好主意,且被琴、剑二人立逼着要候回音,真是更不容犹豫迟疑,所以沉吟了片刻,只得说道:"岳先生之言未尝不好,但称病……"

玉琴不等他说,早抢着说道:"军门为了自己的儿子,为了故人的情谊,为了双方部下生命,只有这样做了。只要装得像,上峰也决不能硬派你的。"

鲍提督给玉琴这一逼,不由点头说道:"二位之言不错,一准这样做便了。请二位代达袁彪,早放文远回营。"玉琴道:"军门没有后悔?"鲍提督道:"丈夫一言既出,驷马难追,我既已听二位的忠告而这样做,岂有反悔之理?"

玉琴大悦道:"军门能如此,我们也可称此行不虚了。今夜多多惊扰,天色将明,我们极欲回去,改日再见吧。"鲍提督道:"二位远来,我尚没有设宴洗尘,如何就去?"剑秋道:"隔日再来叨扰,军门幸自珍重。"于是和玉琴辞别鲍提督,出了大营,奔回螺蛳谷去。

鲍提督送走了琴、剑二人,一夜没有安睡,心中非常徬徨。次日魏大钟、宗氏弟兄等都来问安。鲍提督恐众人狐疑，便对他们说道："昨夜来的两个人，乃是江湖上有名的昆仑剑侠方玉琴和岳剑秋，他们和我前曾相识，所以没有恶意。只是行踪未免飘忽、奇突一些，也不知他们何处来、何处去，奇怪得很。"宗亮道："原来此二人就是昆仑派中的琴、剑二人，无怪他们俩的武艺非寻常可比了。"魏大钟也道："剑术果然高妙异常，但女侠还没有出手呢！可惜我们当面错过，没有和他们结识。"

鲍提督道："也许他们再要来的，我当介绍。"众人大喜，魏大钟又请命道："昨日出战，公子被擒，我等救援不力，殊为遗憾。今天愿请前去挑战，倘能擒得一贼，便可照样交换了。"鲍提督道："螺蛳谷新添生力军，更不可以轻侮。我们只有用长围之法，和他们旷日持久，坐困得他们粮食断绝，不战自乱。然后我们可以直捣山寨，克奏奇门突出之功，这是最稳妥的方法了。"

屠开道："大人之言未尝不是，但文远公子又将如何？"

鲍提督叹道："犬子无能，致遭敌人擒去，使我也惭愧得很；然为国者不顾其家，这且看他的命运吧！我已决定如此，诸位请稍待，且看他们不战自毙。"

众人听鲍提督说得这样坚决，也就不敢再出何种主张。大家且去守住自己的营寨，以防螺蛳谷里的人前来袭击。然而谷中也是默无声息，并无作战行动，彼此坚守，各不相犯。过了一天，鲍提督推说有病，睡在帐中，不起视事。魏大钟等都来问疾，鲍提督只说有头疾，李威要代他去请大夫。

鲍提督道："这是旧疾复发，只需静养，便可痊愈。"说毕，即把军营事务交托李威和靳大需二人。说也奇怪，便在这天晚上，鲍文远忽然平安回来，大家向他问讯。

文远道："我既被擒，袁彪把我幽禁在一个土牢里，被我贿通了守者，乘隙逃出。可惜出谷时候，已被谷中人发觉，有十数人追来，我只得奋勇把他们杀退，手上杀死五六人方才走回,而那个随我同走的守者,却牺牲生命了。"众人听说都额手称庆。

文远入帐,见了他父亲,当着魏、屠二人面前也是这样报告。鲍提督见儿子回来,当然心头欢喜,教文远且去休息。众人又置酒替文远压惊,文远演述逃出虎穴的情形,格外夸张。但聪明的读者却不能被他瞒过,必知这是鲍文远信口开河,欲把真相掩饰过去罢了。

当夜琴、剑二人回至螺蛳谷,东方已是发白,袁彪、年小鸾、李天豪、蟾姑、欧阳弟兄六人还坐着等候二人佳音,一齐立起说道:"二位辛苦了。"琴、剑坐下后,便将游说鲍提督的经过详细奉告。

袁彪拱手称谢道:"螺蛳谷仗二位大力,可保无恙,我等感谢不尽了。"玉琴道:"些须小事,值得什么,我们也希望螺蛳谷得以永久存在,为将来革命的策源地便好了。"

袁彪因二人一夜没有安睡,便请琴、剑去歇息。自己便将守谷的责任托给陆翔、戴超,也去安睡了。

次日见鲍提督那边果无动静,又听玉琴、剑秋之言,即将鲍文远释放。临走时,玉琴又叮嘱文远:"一切不可声张,请鲍提督早想退兵之计。"文远叩谢,遂由陆翔护送出来。

他得活命之后,自然感谢玉琴,便在他父亲面前述说螺蛳谷形势险峻,人马强悍;若不实行琴、剑提议的计划,凭着自己的力量,也难取胜。

鲍提督处境十分为难,忧心殷殷,不料因假病而生起真病来了,遂教幕府修书至省里去请病假,要求另调大将前来代替,措词十分恳切。巡抚接到鲍提督的来函,觉得十分为难,也知螺蛳谷的盗贼非常猖狂。鲍提督久攻不下,势成僵化,现又患病,不能不给他休息,否则勉强支持,难免不遭败绩。但若要别遣将士前去代替时,一时又无胜任之人,所以十分踌躇。且教鲍提督暂在营中养病,倘能即愈,免调他人。

回文下来后,鲍提督见第一封告病函不能有效,只得再迟数天。袁彪等在谷中见鲍提督那边没有动静,便遣探子出去探听,始知鲍提督曾请病假,尚未邀得上峰照准,也只有耐着再听下文。鲍提督隔了数天,总觉得身体很不爽快,心中好似搁着一块大石,没有放掉,遂再行飞函省中去,请求给予病假以便回兴京疗养。巡抚没奈何,只得差人咨送公文前来,允许鲍提督回兴京疗病,着令安全退兵,把螺蛳谷暂时放下。

鲍提督得到了上峰的应许,便暗暗修书一封,差人射入螺蛳谷去,说明自己即将退兵,请谷中休要追杀,并望玉琴、剑秋二人即去兴京一晤。袁彪得阅鲍提督的书信,稍觉快慰,便告诉玉琴、剑秋等众人知道。

玉琴笑道:"这番鲍提督吃了我们的亏哩!螺蛳谷从此可以高枕无忧了。"袁彪道:"我们要感谢女侠和岳先生解围之德,以后螺蛳谷整军经武,蓄锐养精,务使成为关外唯一的革命策源地,才是幸事了。"

于是袁彪夫妇陪着玉琴、剑秋、天豪、蟾姑等众人,都登高以望鲍提督的退军,当然守约不出谷去追击。却见官军的营寨,依然遍插旌旗,绝无退兵形象,袁彪道:"莫非鲍提督故意谎骗吗?"玉琴道:"鲍提督是信人,他决不相欺的。"过了一夜,到明天上午,大家仍旧登高去瞭望,却见营寨已无,空荡荡地不见一人,原来鲍提督的大军已于昨夜完全撤退回去了。

袁彪叹道:"鲍提督究竟是名将,退兵如此神速,不动声色。若非他事先通知时,我们躲在谷里怎会知晓呢!"遂命陆翔、法明二人,领三百儿郎到谷外去巡行一遭。

陆翔归报,谷外远近已无一个官军行踪。袁彪大喜,遂留戴超把守谷口,带领着儿郎和众人回至寨中,下令休息;并备筵席款待玉琴等四人,犒赏众儿郎,受伤的都行抚慰。女侠和剑秋也觉此来援救了螺蛳谷,心头甚慰。袁彪遂择吉日,为陆翔和翩鸿成婚,请玉琴、剑秋等在此吃喜酒。玉琴、剑秋等知道这事,也赞叹翩鸿的义气,大媒便是袁彪和管慎。这一对新人装饰了，当然如珠圆玉润，璧合珠联，大家都开怀痛喝喜酒。

晚上，小鸾多喝了数杯酒，有些醉意，乘间戏问玉琴道："我们都请你吃过喜酒了，只是姊姊如何迟迟还不给我们喝一杯喜酒呢？不如待我去和剑秋先生说个明白，趁吉日良宵，你们一对儿也参拜天地，同日合卺，在我们螺蛳谷里成就了玉琴、剑秋姻缘吧！好姊姊，你千万答应我的要求才好。"玉琴脸上一红道："你不要胡说八道，小心我来撕裂你的嘴唇。"

小鸾道："啊哟！我的嘴唇若被撕破时，我怎能再喝喜酒呢？姊姊休要这般凶，我请剑秋先生来收服你。"玉琴愈羞，真地将手去撕她的小嘴时，小鸾早已带笑带跑到陆翔新房里去了。

欧阳弟兄等正在闹新房，小鸾也加入其中，信口说笑，却被袁彪将她一把拖出去；小鸾强自挣扎，两人扭作一团。众人拍手大笑，玉琴也赶来观看。小鸾醉了，倒下地去，被袁彪双手将她抱起，送回房去，大家也就散了。

玉琴、剑秋二人在谷中住了多日，想起鲍提督之约，便和袁彪夫妇说他们要往兴京去走一遭。袁彪知道玉琴的脾气，不敢坚留，遂约二人去兴京回来后，仍至螺蛳谷一聚。

玉琴道："我们到了兴京，再要顺便回荒江老家去一扫祖墓。入关时路过这里，一定再来拜访。至于天豪夫妇却留在这里，相助你们了。"袁彪道："能得天豪兄等协助，真是幸事，不胜欢迎之至。"于是李天豪和蟾姑在谷中住下，相助革命事业。

玉琴、剑秋二人离了螺蛳谷，催动坐骑，向兴京进发。进得兴京城，寻至提督衙门，投刺进见。那鲍提督自从接受了玉琴、剑秋二人的劝告，假病变成真病，幸而上峰信以为真，批准病假，着令撤兵。他就分遣李威、靳大需等先行，各归防地，然后自己指挥兵马，退往兴京。

临走时，要请宗氏弟兄至兴京一聚，但宗氏弟兄因为鲍提督忽然告病退兵，猜疑他有了什么难言的隐衷，所以如此。那么他们弟兄劳而无功，未免多此一行，螺蛳谷仍未破灭，不由意兴索然，不愿意再往兴京，就此告辞。鲍提督又送了五百两银子的程仪，再三道歉，宗氏弟兄方才别去。魏大钟也很觉没趣，向宗氏弟兄表示歉意，送了一些路费，然后和屠开仍随鲍提督回兴京。

鲍提督回至本辖地，令官军告假休养，又出私财奖赏了魏、屠二人，自己便高卧养病。觉得这一次攻打螺蛳谷，无功而还，是生平最乏兴趣之事。然而若无玉琴、剑秋来说项时，自己和袁彪长久相持下去，还不知谁胜谁负呢！袁彪这般人才，部下又多英勇，果非寻常绿林草寇可比。玉琴、剑秋二人说他们是革命义士，欲图大业，劝我去和他们一起行事；但自己身为大吏，岂能和草泽相通，始谋不臧，反贻后悔。所以退兵的事勉强答应，而这件事关系非轻，岂可贸然应允呢！

静养了数天，精神稍觉恢复，方才起身小坐；因在假期中，所以没有治事，又因文远的武技实在低劣，严令他跟随魏、屠二人勤学武功。这一天下午，他正偃卧书室中观书自遣，忽然司阍的报称有姓方的、姓岳的一男一女前来求见。鲍提督知是玉琴、剑秋二人来了，连忙坐起身来，整衣出迎。果是玉琴和剑秋，不胜欣喜，吩咐侍从将女侠的行李和坐骑一齐接下。自己陪着二人到花厅，分宾主坐定，又教文远出见。

文远见了二人，倍觉忸怩。二人却若无其事，代达袁彪仰慕之忱。鲍提督却不便回答什么，连称："不敢，不敢。"大家谈些别后的事。晚上鲍提督特设丰盛的筵席，宴请玉琴、剑秋，并邀魏大钟、屠开相陪。

魏、屠二人见女侠和剑秋忽又莅临，明知鲍提督的退兵必和此二人很有关系，如今这个闷葫芦未易打破，也不便询问。席间向玉琴、剑秋二人探问昆仑剑术。玉琴把一明禅师和云三娘、余观海等逸事讲些给他们听。鲍提督听了，说道："干城溷迹尘寰，几时能上昆仑一睹名山奇景，拜谒禅师座下，以快吾心呢？"

剑秋微笑道："军门方握虎符，膺地方干城之奇，怎能和野云闲鹤相戏？我等勉为剑侠，对于人间富贵功名，非不可求，从吾所好而已。"鲍提督又叹道："功名利禄，一时不易摆脱，待向平愿了，亦欲归隐深山，从赤松子游了。"

玉琴觉得鲍提督功名心重，徒托空言而已，遂对剑秋笑了一笑。魏大钟、屠开也讲些江湖上的话，欢饮至夜深始散。玉琴、剑秋二人即下榻衙中。此时鲍文远苦头都已尝过，痴心早戢，对于女侠敬如天神，再没有迎素阁那种趣剧发生了。

玉琴、剑秋二人被鲍提督款留衙内，竭诚优待，大宴小宴使得他们腻烦了。觉得久居此间，无甚意味；玉琴也急于回荒江去省墓，二人遂向鲍提督告辞。鲍提督挽留不住，遂设宴饯行，又送三百两纹银为盘缠。玉琴起初不肯收受，后见鲍提督十分诚恳，也就拿了。二人别了鲍提督，骑上龙驹、花驴，携带行李，出了兴京，直返荒江。朝夕赶路，过了五常，前面地方渐渐荒凉，早来到帽儿山畔。那边山势险恶，本是胡匪出没之区。二人艺高胆大，全不放在心上，一路也没有什么意外。

中午时候，到了一个小小村庄，那边有一家酒食店，可以供给旅客打尖。玉琴觉得肚子空了，对剑秋说道："我们就在这儿吃了再赶路罢。"剑秋点点头，说一声："是。"二人的坐骑已至酒店门口，早有一个酒保过来，牵住马缰说道："二位请在这里打尖吧，咱们有酒有菜，都可以随意小酌。"二人跳下坐骑，带了行装，花驴、龙驹交给酒保牵去。

剑秋举头一看，见这店的店额写着巨大的"方家店"三字，不由对玉琴一笑道："这店是师妹开设的吧！"玉琴也看了一眼笑道："我哪里配做老板，且看在同姓上面，多吃他们一些菜。"

二人走进店堂，见柜台里坐着一个大肚皮的中年汉子，一见二人入内，立起身来，含笑招呼。二人把行李交给那汉子，放在柜台里，跨过一个院落，乃是一间很宽大的客厅，有七八个雅洁的座位。只可惜是泥地皮，没有铺砖，庭中的花却开得很是烂漫。东边几个座设上已有客人占据着，二三个酒保忙着搬菜烫酒，生意倒也不恶。

剑秋和玉琴在西边拣了一个雅座，对面而坐，酒保过来问菜时，剑秋点了数样菜和一斤白干，等到酒菜送上来时，玉琴虽不喝酒，而肚中饥饿，便拿着筷子吃菜。剑秋将一斤白干喝完，正和玉琴吃面，却见那个大肚皮的汉子，手里拿着几面小红旗，旗上都写一个"方"字，交给东边几个座位上的客人，带着笑说道："诸位虽在这里出了一些钱，却也值得。"那些客人都欣然接在手中。

剑秋见了这旗子，弄得莫名其妙，不知是什么玩意儿，正将问询。那个大肚皮汉子手里还剩着一面小红旗，掉转身，走到二人座边来，笑着问道："二位可是要过帽儿山的吗？请给三钱银子，拿这红旗子去，包管路上太平无事。你们试看，这许多客人没有不领这旗的，你们大约初到此间，没有向我们店里领取，所以我来询问一声。"

玉琴道："红旗子是保护行客的旗号吗？帽儿山可有什么强人，你说明白了，我们自然接受。"

汉子挺起了大肚子，瞧着众人说道："你们听这两位客人的说话，大概竟是初次到我们这地方来的，所以什么都不知道。这年头儿哪一处地方安静？尤其是这里过路客商，视为畏途。但自我们方家店开设以来，保了许多行路人的平安，当然有了这旗子，无人敢来相犯，没有了时，那就难说也，这全靠着旗上的一个'方'字呀！"

玉琴道："姓方的就是你们这里的老板吗？他是一个什么人，莫非是保镖的？"汉子听了玉琴的问，立即翘起一只大拇指来，说道："二位还不知道，我们方家店的老板便是石屋杀虎、力诛三雄，名震关东的荒江女侠？谁人不知，那个不晓！"

汉子刚才说了这话，剑秋看着玉琴的娇颜，几乎失声而呼。玉琴突地一怔，心中暗想：世上同名同姓的也许得其人，可是没有一样的事迹，奇了奇了！刚待发作，剑秋接着问那汉子道："荒江女侠我们也闻得她的大名，只是不知你们那位女侠现住在什么地方？年纪几何？可有什么同伴？"

汉子道："正在妙龄，谁不知她是个青年少妇？她的同伴便是昆仑门下的岳剑秋先生，他们住在一块儿，早已结了婚哩！"

玉琴一听这话，脸上忍不住立刻发红，蛾眉一竖，好似立刻要发怒的样子。剑秋连忙对她使个眼色，再问道："你也见过女侠吗？"

汉子道："我们的老板，如何不见过？那个姓岳的也常到店里来，待我们很好的。我们都从他们学习武艺哩！"剑秋听了，又好气，又好笑，不料在这里闹出一出双包案来了。有了一个同名同姓的女侠还不算数，偏偏还加上一个剑秋，真是奇之又奇，玄之又玄！滑天下之大稽，荒世界之大唐了。

玉琴问道："那么他们住在什么地方呢？我们慕名已久，想去拜谒，你们可能引导前往吗？"

汉子向玉琴紧瞧了一眼，说道："你们要去见她吗？这要看她高兴不高兴。"

剑秋说道："你只要说出地方，我们自会去拜访。"

汉子道："就在帽儿山东大熊寨里。那边能人很多，不会武艺的休想前去，你们俩可是懂些武艺的人吗？老实告诉你吧。荒江女侠本是荒江人氏，此番到这里来，曾经收服了帽儿山的胡匪常小鹰，大家要她在此居住，保护各乡的农民，比较官兵有力多多。这家店是她前年开的，专便往来客商，有了旗帜前去，路上便可保得太平无事。所以我要问你们要不要这旗子呢？"

剑秋又问道："大熊寨在哪里，离此可远吗？"

汉子听剑秋只顾问下去，便冷笑一笑道："那边是龙潭虎穴，你们不怕丧失头颅，不妨去走走也好。往东走，顺手拐三个弯，渡过一条河便是了。方才早晨，这里有一个矮子不知从哪里来的,吃了许多酒,也向我们问着要见荒江女侠。我们谁高兴领他去?他吃得烂醉了,一个钱也不付,狼狈而走。我们拦住他要钱,他反大骂女侠。是我的兄弟恼怒了,把他顺手一推,他倒在地上,索性不动了。我们遂缚了他去交给女侠,惩治他酒醉闹事的罪呢!"

剑秋道:"你们可自由拿人吗?"汉子道:"怎么不可以?在这里团围百十里地,那个不畏服荒江女侠?不论什么天大的事情,只要她出来说一句话,谁敢不服,她是女皇帝,女英雄……"玉琴在旁听着,只是摇头。

恰巧这时候,外面跑进两个短衣少年,手中都拿着棍棒,一见汉子便道:"那个矮子真是奇怪。我们抬着他一路走,他只是鼾声,鼻子里打着鼾声,我们不免大意一些。将近大熊寨时,那边有一带松林,不防那矮子突然跳起身来。从我们的手里挣脱躯体,向林子里一窜;我们连忙追进去时,却已不见影子。寻遍林子,终不可见。我们觉得难以交代,也就不敢去见女侠,只得空手回来了。"

汉子听说,便道:"这倒有些奇怪,便宜他了,横竖这些小事,不必去烦女侠的心。老弟,你且去休息吧。"说着话,和两人一起向外走去,也不再问玉琴、剑秋可要红旗了。

玉琴、剑秋二人心里都觉得十分疑奇,将饭吃毕,付去了账,取了行李,和众旅客同时登程。当他们骑在花驴和龙驹之上,走在后面时,旅客中间有人便问他们,为什么爱惜三钱银子,不肯收受红旗作为护符?二人笑笑,也没有回答。

玉琴跑了一里多路,要转弯了,故意将花驴缓辔而行,剑秋跟着也慢慢儿走。玉琴见旅客在前面走得远了,把手向右边一指,对剑秋说道:"我们转弯到大熊寨去吗?"剑秋点点头,一拉缰绳,跟着玉琴顺手转了一个弯。路径愈荒凉了,四顾无人,风吹松涛,溪水汨汨地从旁边流过。

玉琴便对剑秋说道:"想不到在此遇见了同名同姓同履历的姓方的人。世上只有一个荒江女侠,哪里有第二个?不知是哪个无耻的，窃取我的姓氏去欺骗愚民！不知者以耳为目，传说开去，我不要被人视为绿林女盗吗？幸亏被我们知道此事，现在不管大熊寨是什么虎穴龙潭，一定要去会会那个姓方的女子，责问她为何冒充我名？把是非洗刷一个清楚才好，师兄必能助我的！"

剑秋道："当然我极愿意随琴妹同去，把这个闷葫芦打破，免得人不明不白。"两人一路说，一路跑着，又转了一个弯。

前面有一条小河，一座小木桥架在河的两端，桥身甚狭。二人跳下马鞍，牵着坐骑从上面走过去。左面是山坡，右面是丛林，二人到了这地方，戒备着以防不测，回顾那帽儿山已在西边了。

忽听林子里有一声怪叫，音播山谷，好像野鹤寒鸣，又似老人狂狙笑然。二人不由一怔，停止脚步，再听已没有声音了。剑秋道："这是人声呢，还是鸟声？待我去探个明白。"一手拔出宝剑，跳进林中去。玉琴恐防剑秋要吃亏，跟着入林，二人蹑足窥探了一会儿，不见什么。

忽然前边松树里"泼喇喇"一声，有一只大鸟飞将出去。玉琴笑道："恐怕就是这东西吧？"二人遂回身出林，仍旧跨上坐骑，向前进行。又转了一个弯，方瞧见前面有一带房屋，傍山新筑，甚是高大。剑秋接着说道："这就是大熊山寨，我们等至黑夜进去窥探呢？还是现在便去找她？"

玉琴道："以前韩家庄、宝林寺、乌龙山、天王寺、邓家堡等诸役，都是黉夜入探，乘其不备。此次我是真的荒江女侠要和假的荒江女侠去理论，应该堂堂正正地见她，看他们如何对付？万一动起手来，谅他们的本领未必会胜过铁拐韩妈妈、四空上人、邓氏七怪等众人，凭着我们二人的剑术，总可对付得下的。"

剑秋听玉琴这样说，遂道："琴妹如此说，我就同你进去便了。"二人相近寨前，早有两个面目狰狞的健男子走过来，向二人喝问道："你们俩往哪里去的？这里大熊寨不容人乱闯乱跑的啊！"剑秋便说道："对不起，我们到此要拜见荒江女侠，烦哪位代为通报？"健男子道："你们要见女侠吗？从哪里来的，可有什么要事？"剑秋不好实说，只得谎语道："我们从帽儿山来，有要事须面告女侠。"

那健男闻言，又对玉琴、剑秋二人上下相视了一遍，带着惊奇的面色问道："你们从帽儿山来吗？咱们以前没有见过啊！"内中一个又向他的同伴凑在耳朵上低低说了两句话，尽向玉琴脸上注视。

剑秋只得含糊说道："不错，我们也是新到那边，承那边指点到此的。我们实在有要紧事情，非面见女侠不可，我们都姓天，有烦二位通报一声吧。"健男子道："既如此说，你们随咱来。"玉琴、剑秋遂跳下坐骑，牵着龙驹、花驴向前走去。

见前面庄门，气势甚是雄伟，都是石砌的；两旁站着两个大汉，手里都握着红缨长枪，睁圆着眼睛，向二人紧瞧。引导的健男子对他们说道："这两位姓天的是从帽儿山来，要见女侠，不知女侠见不见？让他们在此稍待，咱们进去通报了再说。"

壮汉点点头，往旁边一闪，让二人进去。玉琴、剑秋二人只得站在外等候，那两个守门大汉像死人一般地直挺挺地立着，并不和二人讲话，四只眼珠子骨溜溜地向玉琴紧瞧。

一会儿健男子早出来说道："女侠已允许你们见面，你们快进去吧。"玉琴、剑秋遂把龙驹、花驴拴在庄门口柳树之下，带着行李入内。大汉道："这行李不必带进去，留在这里，咱们代为看管，保你无事。"二人听说，也放下行李，大踏步随着健男子走到里面去，见屋宇很是深密。到得大厅之下，有二十多个大汉，手里各执武器，分站两旁，很是威武。

两个走上厅去，见正中椅子上坐着一男一女，剑秋瞧见那女的，不禁几乎失声而呼。因为容貌正和玉琴十分相似，鼻以下更像，只不过额上多一黑痣，身材没有玉琴纤细罢了。换了别人至此，稍不留神，必以为女侠无疑。玉琴看着女子暗暗发怔，这女子的容貌确乎酷肖自己，天下竟有这种咄咄怪事吗？同时那个冒称女侠和同坐的男子对着玉琴，也露着惊异之色来。

玉琴、剑秋没有开口时，那女子指着他俩问道："你们究竟姓什么，是否从帽儿山来？见我何事，快快直说，须知这里是平常人不易到此的啊！"玉琴指着她问道："你就是荒江女侠方玉琴吗？"

女子侃然答道："正是，这位便是岳剑秋师兄。"说时向同坐的男子一指。玉琴、剑秋二人对男子细看一下，见他身材比较真剑秋矮小，穿着一件紫酱绸袍子，面貌粗鲁狰狞，玉琴险些笑出声来。剑秋暗想：晦气晦气，这个人三分像人，七分像鬼，却也冒充我的名字起来；稍待说明白了，把他一剑两段，方快吾心。

玉琴跟着冷笑一声，向女子说道："你是方玉琴吗？她是昆仑门下的剑侠，天下只有她一个。"那女子闻言，脸上露出惊异之色，忙问道："你们是谁，莫非奸细？快说原由。"玉琴道："你要我说吗？我姓方，名叫玉琴。"

那女子听了"方玉琴"三字，立时变色。那男子却在旁叱问道："好大胆的奸细！你知道这里的荒江女侠姓方名玉琴，你竟敢冒充他的姓名吗？有这样的大胆，究欲何为？"

玉琴又冷笑一声，说道："我岂是要来冒充女侠的吗？你姓岳名剑秋，也是女侠的师兄吗？哼！可知我同来的却就是岳剑秋。世界上竟有两个女侠，两个剑秋吗？我今日前来，便要把这事办个明白的。"

两人此时方知今天来的便是荒江女侠和剑秋真的本身。但男子依然分辩道："你们也姓方、姓岳吗？真巧极，天下不许有同姓同名的人吗？你们也太认真了。"

玉琴道："同名同姓当然是或许有的；但不能说一样也是昆仑门下，一样也是杀虎诛三雄的，决没有这样巧的事。否则我有真刚宝剑，难道你姓方的也有一口真刚宝剑吗？那么不妨试试谁的利不利？"说着，便呛的一声，从她腰间拔出真刚宝剑来，横在手里，剑光闪闪。

那二人各吃一惊。也从身边抽出宝剑，说道："你们预备怎么样？须知大熊寨里不容外来人猖狂的！"

玉琴道："你们两个鼠辈究竟是谁？快快吐露真实姓名！我方玉琴是个行侠仗义的好女子，岂绿林之雄可比？你这厮假借我的名义，在这里欺世盗名，收取过路客商的变相买路钱；我既已觉察此事，岂能容忍你这样大胆胡行？你们若要性命的，快向你家姑娘磕三个响头，自认过错。即日起闭歇方家店，在大众面前切实公布；然后离开这里，以后不得再犯冒名之罪。否则不能饶恕了。"

女子听玉琴这样说，反羞为怒，冷笑一声道："你要我这样做吗？那是无异教你把方字倒写，你自问能不能吗？你姓方名玉琴，便不许人家另有一方玉琴吗？岂有此理！你有宝剑，我也未尝没有，我们拼一下子也好。"

玉琴点点头道："很好，你要和我较量吗？真是求之不得的事。"此时寨中钟声大鸣，诸健儿持械云集来的，周围都是人。

剑秋也抽出惊鲵剑，真剑秋、假剑秋，真玉琴、假玉琴，四个人一齐跳至庭中。真玉琴横剑喝道："快来剑下领死。"假玉琴又羞又怒，粉脸涨得通红，两袖卷起，挥动手中宝剑，直取真玉琴。真玉琴岂肯示弱，舞开真刚剑，和她猛扑；真剑秋、假剑秋也就动起手来。

四个人四柄剑飞舞上下，众大汉呼喊声声。真玉琴觉得这个假玉琴的武艺也不平常，一时难以取胜；便施展平生本领来对付，剑秋也是这样。于是一对假的渐渐不敌起来。

这时厅后忽然闪出一个老道，年纪约有五旬以外，一嘴连腮的胡须，用金钩钩起挂在两耳上。身披枣红道袍，手中横着一对铜人，宛如典韦再世！见了玉琴、剑秋二人，大喊："休得伤我女儿！"舞起铜人，杀向玉琴这边去。铜人来势很猛，质又沉重；玉琴知道，这种家伙真刚宝剑也削不动它，只可智取，不可力胜，也就用心抵敌。假玉琴便丢了真玉琴，来助假剑秋敌真剑秋。

那老道使开一对铜人，有"呼呼"风雨之声，骁勇无比。玉琴暗想：哪里来的老道，端的厉害！比较云真人、雷真人不相上下。莫小觑这大熊寨，也有能人。遂将手中剑舞成一道白光，悉力迎住。他们战得正酣时，又外面有一声怪叫，如枭鸟夜鸣。玉琴、剑秋二人方才已闻过此声，必非偶然。回头一看，只见一个矮冬瓜般的汉子，从外面飞跑进来，高声大喊："玉琴姑娘久违了！我来相助一臂之力。"二人看时，原来是闻天声，不由大喜。

闻天声早已舞动他腰边的黄金软剑，变成一道黄光，直取老道。玉琴遂让闻天声去战老道，自己舞剑仍向那假玉琴杀去。假玉琴心中一急，手里剑法渐渐散乱，玉琴觑个间隙，假作向后退让；假玉琴一剑劈进来时，玉琴突使一个蝴蝶斜飞式，一剑横扫过去，把那假玉琴削去了半个头颅，倒在血泊里死了。

玉琴见假玉琴已死，不由喊了一声："啊呀！"好像懊悔自己失手一般，因为她想着冒名的荒江女侠已死，自己不能得活口供了。何必定要把她杀死呢？幸亏还有个假剑秋，不可再让剑秋结果了性命。无论如何，此事必须调查一个水落石出，以明真相呢！遂掉转身来助剑秋。

假剑秋见同伴已死，更是惊慌，一边忙于招架玉琴的剑，一边剑秋的剑又从背后刺来；正想逃走，早被剑秋飞起一足把他踢倒在地，连忙把他手脚缚住。老道见二人一死一擒，自己又被闻天声的剑光绕住，不由大叫大跳。知道今日遇到劲敌，自身的性命也将不保，便将铜人向闻天声猛击一下，乘势跳上屋顶，往外飞跑。闻天声怎肯让他逃走？飞身上屋紧追。女侠知老道往后边逃的，也就一跃上屋，从右边墙上过去拦截。

老道大吼一声，将铜人猛扫两下，跳下墙去，往山径奔逃。闻天声和玉琴在后紧紧追赶。老道足下一滑，跌下地去，玉琴追上，正想动手去擒，老道突然跃起，一铜人已打向玉琴头上，玉琴险些着了他一下，连忙往旁边一跳，总算躲过。闻天声的剑光也到了老道头顶，老道把铜人向上迎住，三个人重又酣战起来。老道渐渐无力，又将铜人向二人下三路一阵猛扫，刚想跳出战围，重新逃生；而闻天声的剑光已乘隙而入，把老道劈为两半。

玉琴拿起老道的一对铜人，在手中称一称，约有一百数十斤重，对闻天声带笑说道："这铜人弃之可惜，且带回去再作道理。"

闻天声把老道尸首丢入林子中去，二人回身走转，见寨中的人都已纷纷逃走。剑秋的宝剑已插入鞘中，好整以暇地立着，一见二人回来，说道："我料有闻先生和师妹同去，老道虽勇，也逃不到什么地方去的了。"

玉琴把铜人安放地上，对剑秋说道："有了闻先生，还怕这老道逃生吗？只是老道的本领甚佳，死得可惜。"

剑秋道："这事很有些突兀，幸亏捉得一个活的在此，还好向他问个明白。只不知闻先生怎样到此的？"

闻天声笑嘻嘻地说道："我和二位自从大破天王寺后，多时不见面了，常常挂念。不知你们见过禅师之后，可曾成婚，还没有使老闻吃杯喜酒，云三娘又在何处？"

剑秋遂把自己和玉琴重下昆仑、漫游江南、普陀遇险、太湖歼盗等经过情形略述一遍。且说："此行是伴女侠回荒江扫墓的，不料在方家店里，闻得这里也有一个荒江女侠，动了好奇之心，来此查勘真相的。"

闻天声哈哈笑道："我也是为了这奇事而来探听的啊！我和你们别后曾往江南一游，又至粤东一行，住了半年。方又北上，出关到哈尔滨去拜访一位朋友，不料那朋友云游四海去了。我回到这里，途经帽儿山，闻山上有一伙强寇盘踞，但是只抢远而不掠近的，对于过路客商也能保护，所以没有去多事。

"恰才在方家店喝酒，听人谈起这店是女侠开设的，这使我恍惚迷离起来了。又闻女侠现在大熊寨，还有岳先生一同在此。我终是不信，然而人家言之确实。我要店中人领我去见女侠？店中人不肯应允；于是我借酒闹事，假被他们擒住，送到这里来。在庄前林子被我兔脱，悄悄地伏着，本想待至晚上出去，便在林间午睡一会儿。

"醒来时恰闻马蹄声，我掩在树林里向外偷窥，即见你们二位跨着马、驴而来，我不由更觉奇怪。暗想：你们二人果然做了这里的寨主吗？但照平日的行为而论，你们万万不会有此事的，然而眼见果是你们二位，这个疑窦教我怎能消除呢？初想出来相见，后来一想，不如暂且隐藏，偷看清了眉目再作计较。所以叫了一声，引起了你们的注意，入林窥探，我遂暗暗隐藏，不露破绽，尾随你们至此。见你们站在庄门前等候通报，这更使我莫名其妙了。

"待你们进去以后，我遂去见守门的大汉，想向他们盘问。谁知他们认我是奸细，反要动手拿我，我便杀了他们，进庄窥探。方见二位在此酣斗，内中一个女子面貌也像女侠，我就有些明白了，知是有人在此假冒女侠的芳名，被你们发觉，故来诛贼。后来老道杀出，我遂忍不住上前相助，这真是奇而又奇，巧而又巧。"

玉琴、剑秋二人闻言，方才恍然大悟。林间怪声果非无因，而店中人所说的矮冬瓜就是闻天声了。玉琴道："多谢闻先生又在此间帮助我们，得力不少，难得难得。"

剑秋道："只是我们还未知道，这一伙人究竟是何思想？为什么既假冒师妹，又顶替贱名？而天下竟有这样面貌相像的人，谁说不是奇事呢？"玉琴指着地下躺着的假剑秋说道："且问这小子再说。"于是剑秋把那地下假剑秋放去足上的索缚，使他立起身来，只反剪着他的双手。

玉琴把真刚宝剑指着他说道："你这个人有何本领，敢假冒昆仑门下姓岳的？现在真的剑秋、玉琴在此！燃犀铸鼎，你们这班妖魅无从遁形。快快老实告诉原委,饶你一命;否则一剑两段,莫谓吾龙泉不利啊!"

那人叹了一口气说道:"这也是气数使然,吾把其中实情告诉你吧。请你们留吾一命。"

玉琴道:"你说出来,自当饶恕。现在快说吧,我闷得好多时辰了,实在忍耐不住哩!这个闷葫芦,无论如何必要打破。"剑秋也道:"快说快说。"两人立逼着他招出口供来。

第八十七回

比剑术古刹飞银丸
庆新婚洞房遇刺客

这人只得说道："在下姓华，名剑啸，本是东省人氏。自幼喜欢刺枪弄棒，不务正业。在关内东飘西荡，加入了白莲教；到处想煽动愚民，厚结党羽，效陈胜、吴广揭竿起义的故事，教主也很迫切地期待着。谁知我们白莲教中的四大弟子，风、火、云、雷都被你们昆仑门下硬做对头，先后杀害，所以教主就再派金钩方道人出来活动。那金钩方道人便是已被你们杀死的老道，他是我的岳父，也是我的老师。他的本领很好，喜蓄胡须，用金钩来钩起，所以江湖上都唤他'金钩方道'。他有一个女儿名玉珍，精通武艺，却没有儿子，因此他就招我入赘东床，早在前年和玉珍成了婚。"

华剑啸说到这里，闻天声哈哈笑道："真剑秋、真玉琴尚没有团圆大喜，而你们一对蠢虫却先做了夫妇，岂有此理，岂有此理！"闻天声连说两声"岂有此理"，玉琴和剑秋不由面对面地一看；玉琴忍住了笑，回转头去。

华剑啸又说道："我们俩跟随着金钩方道到各处去调查，觉得势力尚属微小。方道想要代云真人、风姑娘等报仇，故特地出关，至荒江那边去找寻女侠。可是女侠不在家乡，而长工陈四见了玉珍，以为女侠回来了，上前欢迎；经我们辩别后，方知误认。我们也没有说明，就离开荒江。但我们知道，玉珍和女侠的面貌相似了。

"后来我们经过帽儿山时，忽逢着常小鹰一伙绿林好汉下山截劫，起初我和常小鹰接战；及至我妻舞剑杀向前去时，他们中间忽有一个伙伴指着玉珍喊道：'荒江女侠来了，我们快快投降吧！'常小鹰听了，也立即停战，大家向玉珍拜倒。我们因有以前陈四的误认，方知他们也和陈四一样，以为玉珍便是女侠了。

"那时我将错就错，自称岳剑侠，且指称'金钩方道'是我的父亲，他们完全深信不疑。常小鹰且请我们上山，设宴款待，要请玉珍做他们的领袖，我们遂想利用他们，所以一口答应。我岳父的意思，白莲教的事业最要秘密，不能公然为盗，首先须做些有益于农民之事，深结他们的欢心；得到他们的信仰，然后可以扩大势力。遂故意和他们分离，另在此间筑起大熊寨来居住。

"一面教常小鹰在山上招兵买马，积草屯粮，而不要行劫途人及附近乡民；万一山上缺乏钱财时，可以暗中到远处去饱掠，不给这里的人民知道。一面在村口开起方家店来，用红旗为表识，保护往来客商，传播声名；且借着那店刺探官中消息。因此半载以来，大得乡民的爱戴，人们都以为真的荒江女侠在此呢！原来在常小鹰身边有一个心腹姓浦的，以前是在青龙岗罗普安部下为大头目，罗普安被女侠歼灭时，姓浦的见机先遁，因此他见过女侠，自以为双目不虚，而认玉珍为女侠了。"

华剑啸说完后，又道："我已完全实告。我岳父已死，妻子已死，你们总可留下我一人的性命了。"剑秋方欲说话，忽闻寨外人喊马嘶，闻天声登屋一望，对玉琴、剑秋说道："有一伙盗匪，约百数十人，直奔寨前，大约是帽儿山的常小鹰了。"华剑啸在旁说道："果然是的，大概此处有人前去通信，所以他们杀来，我可以教他退去。"

玉琴道："谁怕他们！我等三个人难道敌不过那些草寇吗？"剑秋对玉琴说道："教他去说明一声，判别真假也好。"闻天声跳下屋来，三人押着华剑啸，走出寨门。

帽儿山的儿郎已把寨门围住，为首一人相貌狞恶，手舞双刀，当先冲入，一见他们，即时呆住了。

华剑啸挥手止住众人道："你们休要鲁莽乱冲，现在我把实情告知你们吧。我姓华，并非剑秋！我妻和女侠面貌相似，也并非女侠，不过同姓罢了。将错就错，欺骗你们，现在事有凑巧，真的女侠和剑秋来了。"

说到这里，将手向玉琴、剑秋二人一指道："便是他们二位。你们快快投顺，休要胡乱动手，我已被擒呢！"常小鹰等闻言，又对玉琴、剑秋仔细相视一下，大家一齐拜倒。

玉琴遂开口向他们说道："我姓方，名玉琴，大家称我为荒江女侠，世间只有我一人是昆仑门下。此番同我师兄剑秋回乡扫墓，谁知在这里听得也有一个荒江女侠和姓岳的，此事甚为蹊跷。所以，我亲自至此查问真相，才知他们是白莲教中的妖孽，冒充我名，在此作威作福，玩弄愚民，是可忍，孰不可忍？今天到此，把老道父女结果性命，你们若要甘心附逆，试试吾的宝剑也好；否则速自回山去，好好潜藏，不得滥肆劫掠，杀害人民。"

常小鹰诺诺连声，遂带着众儿郎退回帽儿山去。玉琴指着华剑啸对剑秋说道："这厮怎么办？"剑秋拔出宝剑，冷笑一声道："送这厮和他的妻子去会面吧，留在世上做甚？"将剑一挥，立即身首异处。

闻天声哈哈笑道："你们办得真爽快！"剑秋走去，见自己的龙驹、花驴都在原处，安然无恙，遂牵了过来。

二人进去，取出行李和一对铜人，向闻天声说道："我们可以离开这里了。"

闻天声说道："你们回荒江去，我可不必随你们同行，想到另一处去玩玩。"玉琴道:"闻先生,我们介绍你去一处游玩,好不好?"闻天声道:"哪一处?"玉琴道:"螺蛳谷。"闻天声道:"很好,那地方我久已闻名,本想去一游,只苦无人介绍。"

玉琴道:"现在谷中人才济济,已非昔比。除了袁彪夫妇之外,更有'小子龙'陆翔、'赛周仓'戴超,最近龙骧寨宇文亮遭害之后,李天豪夫妇也由我们介绍到螺蛳谷中去了。我们刚从那边来呢!"遂将鲍提督兵打螺蛳谷等事情约略告诉了一遍。

闻天声听得津津有味,说道:"我决计至那边一游。"玉琴道:"闻先生在螺蛳谷中多盘桓些时日,我们从荒江回来时,也要再到那边去一游。然后入关至曾家村,那边还有双钩窦氏和她的女儿宋彩凤,窦氏的丈夫便是虎牢关著名的'铁头金刚'宋霸先。我等也愿介绍闻先生彼此见见。"闻天声道:"正合吾意,我就先往螺蛳谷去。"

玉琴道:"那么我这对铜人也交给闻先生带与袁彪,作为进见的礼物。我因袁彪十八般武艺件件皆精,这家伙很好,弃之可惜,所以有烦先生带去吧。"

剑秋道:"闻先生是轻松惯的,烦他带这累赘的家伙,岂非不便?"闻天声道:"不打紧,由我带去便了。"玉琴遂把一对铜人交给闻天声,两人又向闻天声告别。大家离了大熊寨,闻天声到螺蛳谷去,琴、剑二人也取道荒江,直返家乡。

玉琴回至荒江,陈四等出见,因为小姐回来,不胜喜欢,杀鸡宰羊,做了酒食,敬奉主人。玉琴向陈四问问故乡情形,陈四回答说:"地方上十分安宁。不过有一笑话,将近一年之前,忽然有一女子前来,是找寻小姐的,自己目力不佳,以致误认。"玉琴听了陈四的话,便知那是方玉珍了,遂将诛灭假女侠的一番事告诉陈四听。

陈四笑道:"我们的姑娘,世间只有一个,哪里来的一个小丫头,胆敢冒充?恰被姑娘撞见,这真是孽由自作,死得应该啦！"住宿一夜，次日玉琴便教陈四备了酒菜，和剑秋到她亡父亡母墓上去拜祭。见墓上树木很是茂盛，打扫得也很清洁，足见陈四平日很留意看守，玉琴遂奖励数语。归家后，把银子重赏陈四，陈四推辞再三，方才千谢万谢的受了。

玉琴和剑秋乡居无事，天天出去石屋岭上射猎，耽搁了十天，方才重上征途；跨了花驴，和剑秋仍向螺蛳谷去。她见乡里无恙，心中甚是安慰。及至螺蛳谷，袁彪闻信，早和小鸾及天豪夫妇出谷相迎。彼此握手欢然，果见闻天声住在谷中等候他们回转。

袁彪天天开着整坛的美酒，请闻天声恣意狂饮，因此闻天声常在醉乡中度生活。袁彪、李天豪等知他是江湖异人，所以对他十分敬重。玉琴、剑秋重来时，大家更是快活，如锦上添花，朝朝欢宴。

剑秋道："满人昏聩庸愚，汉人醒觉者日多，志士仁人，忧时爱国，革命的爆发期亦不远。螺蛳谷地势绝佳，现在有袁彪兄、天豪兄等主持，将来必可在关外树义旗，响应关内，共覆清廷。我等也切盼有此一日，但我们志在剑仙，不欲在政治方面活动，视世事如粪土，胸中不留渣滓，还要上昆仑听训呢！"

天豪道："剑秋兄和女侠的婚缘如金如玉，如珠如璧；前既有云三娘为媒，理应早圆好梦，使我们大家吃杯喜酒。何以迟迟至今，尚没有大喜？令人望穿秋水了。"

闻天声道："是啊！人家都是一对对成就了夫妇，而女侠和剑秋依然如此，奔走南北，还不吃个合欢杯儿，这是什么道理啊？"

玉琴、剑秋笑道："我们视此事并不怎样急切，一切都听禅师训言。凡事水到渠成，自有这么的一日。承诸位好意，代我们急着也没有用的。"

闻天声道："我知道了，大概你们的成婚还须一明禅师来做主张。那么待闻某赶上昆仑去找禅师说话，好歹使你们早日成婚，了却一重公案。那时候我就醉死在洞房之外也情愿了。"

说得众人大笑起来。

玉琴、剑秋等又在螺蛳谷住了十余日,想起毓麟、彩凤,便和闻天声向袁彪、李天豪等告别。袁彪夫妇知道不可挽留,便设宴饯行。临别时,小鸾、蟾姑都握着玉琴的手,依依不舍。

小鸾道:"此后一别,不知何日再见?"蟾姑道:"只恨自己凡夫俗子,不能跟随姊姊到昆仑山去一见禅师。"玉琴道:"凡事自有机缘,不可勉强。你们在此图大事,前途有无限希望,而且群英会集,颇不寂寞。我等萍飘絮泊,奔走天涯,也不知如何归宿呢!"闻天声道:"聚散无常,有合必有离,有离必有合,我们何必效世俗儿女之态呢!也许不久我们可以重至关外,别后重逢,更增愉快。大家各自努力,将来如有需要我们孤云野鹤般的人,我也肯效力的。"

于是袁彪夫妇、李天豪夫妇和陆翔夫妇,以及欧阳弟兄、戴超、法明等众人一齐送至谷外。女侠和剑秋各有坐骑,惟闻天声没有,现在结伴同行,未免不便,所以袁彪把一匹白马赠送与闻天声代步,三人离了螺蛳谷,一路进山海关来。

闻天声在途中,每至店中打尖时,尽情大饮。玉琴是不会喝酒的,剑秋陪着他稍喝一些,但是闻天声的酒喝不到十分之三,而剑秋已然醉倒了。闻天声笑谓玉琴道:"若得你们的师叔余观海来和我对喝,那才是逢到敌手,饶有酒兴了。"玉琴道:"余师叔长久未遇见了,我们很是思念他,大概他也渴念闻先生呢!"

闻天声点点头道:"我们俩若得有一天聚首,必要喝他数百杯,醉乡之乐,世无伦比。我们是刘伶、阮籍之徒,你们不要笑我啊!"玉琴笑笑,扶着剑秋去睡,她又和闻天声讲了一刻话,也就各自安寝。赶了许多日子的路,这一天早到得曾家村曾家庄,曾氏弟兄听得女侠和剑秋苍至,且有隐侠闻天声同来,不由大喜,赶忙亲自出接。

玉琴遂介绍闻天声和毓麟、梦熊相见。闻天声见曾氏弟兄俩,一则文质彬彬,一则相貌丑陋,暗觉好笑。毓麟和梦熊见闻天声矮得稀奇，暗想：若非有此女侠介绍时，自己怎能知道这样一个人会有惊人的剑术呢！延至里面书室中坐，玉琴向毓麟问起彩凤，始知彩凤已于前二月临盆，诞生一位男孩儿，玉琴、剑秋二人一齐道贺。

玉琴更是快活，立刻跑到里面去，看见彩凤正坐在窗下看乳母喂奶给小儿吃，面貌较产前更是胖了一些。立即开口便说道："彩凤姊，恭喜恭喜，你生得一位男儿，居然做母亲了。红蛋在哪里？"

彩凤一见玉琴，忙笑脸起迎，说道："姊姊关外回来，想必有一番奇事异闻告诉我听的。"

玉琴点点头道："稍缓奉告，你诞生的男儿实在不错。"一边说，一边就乳母手中细细相视这小孩子的面貌，笑嘻嘻地说道："这小孩子的面孔别的都像毓麟兄，惟有一双眼睛却很像你，一样是凤目，真是美丽极了，可爱透了。"说着话，将自己的鼻子凑到小孩子的苹果般小颊上，嗅了一下，小孩子只顾吃奶，也不理会。

这时候，窦氏和毓麟的母亲都已闻声走来，见了女侠，一齐笑脸相迎。玉琴也向他们个个道贺，梦熊的夫人也走来了，大家有说有笑。玉琴道："我们此来带得一位隐侠，就是相助我们大破天王寺的闻天声，你们不可不彼此见见。"窦氏和彩凤早已闻名渴慕，遂说："这是很巧的机会，现在是不是在外边？"

玉琴点头称是，又说道："这小孩子真好玩，也让他们去见见。"说了这话，便从乳母手中抱起小孩子，揣在怀里，回头对他们说道："你快出来相见吧。"回身便走，大家跟在后面，走到外面客室中。曾翁已在那里款接贵客了，大家站起招呼，由毓麟一一代为介绍。窦氏母女等见闻天声这种奇形怪相，暗暗好笑。玉琴早把小孩子抱至剑秋面前，说道："你看这小孩子好不好？"

剑秋俯视一下，连连称赞道："好极了，活像毓麟兄的玉貌。"立即向毓麟父子拱手道贺。闻天声在旁瞧着，也说道："好一个美丽的孩子，真是灵秀之气钟毓成的。"毓麟听大家称美他的小孩子，满脸的笑容，曾翁也很得意。剑秋道："毓麟兄，你这位公子取的什么名字呢！"

毓麟道："海澄为字，小名却唤小麟，取其呼唤便当。"剑秋道："好个小麟小宝宝，你们是人间麟凤，所以有这么一个小孩子，恭喜恭喜。"玉琴说道："我们瞧了这么好的孩子，眼福不浅，总要出些见面钱。行装里恰有一只小玉兔，还是以前在红叶村贾家无意中拿下的，少停待我取出，送给小麟作个纪念。"彩凤笑道："这要谢谢你了。"

梦熊却在旁插嘴道："剑秋先生和女侠这段琴剑姻缘，怎样迟迟地还不举行？也好让我吃一杯喜酒。你们也可早生贵子，养个小剑侠出来，不是皆大欢喜吗？"

玉琴听了，马上对梦熊一白眼睛，说道："你别胡说，要想打趣人家吗？仔细吃我的苦头。"梦熊道："这是真心真话，怎敢打趣？姑娘本领高强，休要给我吃苦头，你要看在我兄弟的面上啊！"玉琴又给梦熊这么一说，脸上不禁有些微红，说道："傻子偏会说俏话，真令人没奈何他。"

曾翁道："闲话少说，女侠等远道而来，又有闻先生莅临，我等应该设宴接风，大家欢聚一番。"剑秋道："不错，今天算是补吃小麟的汤饼宴，你们红蛋多多端整着。"彩凤笑道："红蛋今天来不及吃了，明天再行补上吧。"毓麟遂去吩咐厨下，预备一桌丰盛的筵席。

这里玉琴抱着小麟，逗引他笑，小孩子居然会嘻开嘴笑，而且能笑出声来了。玉琴抱了一会，还给彩凤手中，彩凤遂去交与乳母，曾母及梦熊夫人都退到后面去。曾翁父子和窦氏母女陪着女侠玉琴、闻天声等闲谈一切。

傍晚时，厅上灯烛齐明，酒席早已备好，曾翁遂请众人入席。大家推闻天声上坐，闻天声也老实不客气地在上首坐下，挨着他坐的便是玉琴、剑秋二人，其余的随随便便坐了。毓麟首先敬酒,他们知道闻天声是个酒量洪大的人,所以今晚特地开了一瓮上等的竹叶青,请他痛饮。座上惟有梦熊还能喝几杯,其余众人却都是没有酒量之辈了。闻天声举着大杯,接连不断地喝酒,曾氏兄弟忙着代他斟,后来索性把青花缸盛着酒,放在闻天声面前,由他自己取了。

席间玉琴、剑秋把鲍提督兵打螺蛳谷的经过讲给众人听,又告诉假女侠的一回事,大家都是不胜惊异。闻天声道:"白莲教的势力无孔不入,散播于民间。去年我在岭南也曾遇见一个白莲教中的匪人,他在乡间迷惑愚民,剪纸成马,撒豆成兵,自号'天成将军',被我酒醉后跑去杀了他。在他箱箧搜出许多纸剪的小人,不知是何作用呢?"

玉琴道:"邪不胜正,那些都是邪术,我们有了正气,自能克胜邪恶。风、火、云、雷四大弟子不是都被我们结果去了吗?"

剑秋道:"话是这么讲,我们昆仑剑侠在外除暴诛恶,对于峨嵋派和白莲教结下的冤仇多了,怨毒之于人很大的。白莲教的领袖我不甚明悉,至于峨嵋派却是四川剑峰山万佛寺金光和尚的门下。听说那金光和尚也是有道高僧,只可惜收徒不慎,以致为非作恶,反为他声名之累。今春金光和尚寿诞,峨嵋派有一大集会,不知他们对我们昆仑派将行什么报复手段呢?"

玉琴道:"怕他做甚?我师父自有对付方法,金光和尚恐也有术难使呢!"闻天声只顾喝酒,不知喝去了多少,却依旧没有醉倒。玉琴遂又讲起贾三春家之事,以及神童瞿英和贾芳辰的夜探抱犊崮。闻天声听了,连连称叹。梦熊却先醉倒了,大吐大呕,由他的妻子扶去归寝。时已子夜,曾翁主妇也倦极欲眠,遂散席。闻天声方有些醉意,由毓麟招呼他们各归房下榻。

次日依然欢聚,彩凤特地染了许多红蛋,送给玉琴、剑秋和闻天声。玉琴也把一只小玉兔送给彩凤。曾氏父子竭诚招待,住了五六天,忽然李鹏自京师来庄上找寻女侠,且陪着一位昆仑大侠同来。这位昆仑大侠是谁呢？便是飞云神龙余观海。玉琴、剑秋二人拜见后，不胜惊喜。

闻天声和余观海握手大笑道："自从天王寺一别，我们两个酒鬼有好多时候不见了。每次痛饮时，常要思念余先生，几时能得重相狂饮？不料今日又在此间相逢，巧极了。"

余观海道："彼此彼此，闻先生这几时在何处云游？"闻天声道："新从关外邂逅女侠，一同至此的。"

玉琴又介绍毓麟、梦熊相见后，方才问道："余师叔怎样知道我们在此间的，可是从昆仑山上来吗？我师父可好，有什么训言吗？"

余观海道："我此来正是奉你师父之命而来召你的。我回昆仑后，休息了数月，天天和禅师静坐修道，或是山上采药。谁知一天，有一个和尚寻到山上来拜见禅师，问讯之下，方知是峨嵋派金光和尚遣他来此下书的。我和你师父一阅之后，遂知金光和尚在剑峰山万佛寺做寿的时候，他的门下从四方云集；大家要求金光和尚亲自出马，来和我昆仑派比赛剑术。

"这因为数年来，我们昆仑门下在外面常不满于峨嵋派的所为，歼除了他们好多人，积下了海一般深的冤仇，所以他们多数的主张要找禅师比赛剑术，彼此较量高下；想借金光和尚的力量为峨嵋派吐气。其中要求最力的就是少华山承天寺中的住持空空僧，他的徒弟'火眼猴'邓骐，就是河南洛阳邓家堡的邓氏七怪之一；还有一个朗月和尚，以前都在邓家堡先后死在你们手里的。空空僧得知他徒弟的死耗，探听得明明白白，一心想代他们复仇。一时找寻你们不得，因此记在心上，要求金光和尚必要和我们昆仑派决一胜负。"

玉琴道："原来如此。邓骐和朗月和尚确乎是死在我们手中的，当时云三娘也曾参与此役。他们峨嵋派中的人，如邓百霸、四空上人、赤发头陀等，被我们先后歼除，无怪他们要恨我们昆仑派中的人。但凡事有正有邪，有顺有逆，谁教他们荒淫邪恶，不归于正呢？金光和尚不能教育弟子，约束弟子，反听信片面之言，逞于血气之勇，要向我们昆仑派寻衅，这又岂是有道高僧，一派宗主所应做的事呢？我若是遇见金光和尚，一定要向他据理驳斥，不怕他厉害的。"

玉琴说得高兴，神色振奋。剑秋说道："那么，一明禅师可曾答允他们的要求吗？"

余观海道："禅师以慈悲为怀，怎肯轻易为残杀之举？所以起初要想不答应，但是金光和尚的来书措词十分傲慢，咄咄逼人；倘然不答允时，峨嵋派中人反要笑昆仑的无用，一吓就退呢！遂请虬云长老来一同商议。虬云长老是烈性的人，他说峨嵋派为非作恶，若不加以膺惩，恶势力更要增长；他们既来寻事，我们岂可示弱？不妨答应一试剑术。昆仑派中人功夫不错，胜利可操左券的。我也赞同这个意思，于是禅师不得已而答应。

"峨嵋派人遂又遣人来，约定在陕西少华山上最高峰比试剑术，便是在空空僧驻锡的承天寺相近，当然也是空空僧的主张了。我们遂和他约定本年十月尾为比剑之期，这因为禅师想要召集昆仑派中的人共同对付之故。禅师因你们二人和峨嵋派反对最力，又是禅师得意的弟子，此次比剑，不可不唤你们加入，遂教我出来寻你们回去。禅师一面又教寺中香火去请憨憨和尚等众师弟了。"

剑秋问道："云三娘呢，禅师可曾派人去请她？"余观海道："当然要请她的，但在我离山之前，云三娘却带了侍婢桂枝，以及新收一个徒弟名唤吕云飞的一同上山来会禅师了。这不是很巧的事吗？"剑秋、玉琴听说云三娘已在山上，心中一喜。

余观海又道："我下了昆仑，想到哪地方去寻你呢？遂想往龙骧寨去访问，或者你们在那里，也未可知。我遂跑到张家口去，谁知龙骧寨早已被官军剿灭，徒有其名而不得其门而入了。又至京师探访，有一个晚上在酒楼饮酒，微有醉意，和酒保游戏三昧。巧逢这位李鹏先生也在酒楼小酌，他向我问起姓名,在旁解劝,我遂老实告诉了他。他知我是昆仑派人,遂向他问起你们二位来。我遂说此次出来便是要寻玉琴、剑秋二人,若知他们的去处,即请见告。他说起这里曾家庄是你们常来的地方的所在,教我何不到这里来访问,或可得知踪迹。我很赞成他的说话,当夜便宿于他家,次日遂邀他同来,果然相见。这又不是巧事吗?"

余观海说到这里,李鹏也带笑道:"我也时常思念女侠和岳先生。那晚陪友人小饮,酒楼忽遇余先生酒醉后戏弄酒保,酒保认真,讥侮余先生。我知余先生必为异人,遂上前解劝,问起姓名,方知是女侠的师叔,特来寻女侠的。我遂引导他到此间来试问,幸亏没有走个空,怎不欢喜?"

玉琴道:"这要谢谢李先生了。我们这些人虽然萍水相逢,会散无常,然而彼此志同道合,相接以诚,所以相遇之巧有不期然而然者。"又对余观海说道:"多蒙师叔特来呼召,我们必须要去参与这事。这是昆仑、峨嵋两派的一个大决斗,料金光和尚虽精剑术,也非我师父等对手,他们不知自量,徒然自取其辱而已。我们在此,本来不过小会一月半月,也想再上昆仑的,现在我们就跟师叔同行也好。"

余观海道:"因为日期短促的缘故,禅师曾对我说,如若遇见你们,不必同往昆仑。由我一起引导到少华山中万福庵相会,那边庵中有一位有道高僧,名唤云上大师的,是禅师的好朋友。我们昆仑中人就借那地方作为集合之所了。"

玉琴点点头道:"不错,我师父的好朋友除了龙真人,要算云上大师哩!我在山上的时候,我师父常常去会他的,可惜我还没有见过哩!"

剑秋在旁说道:"我们若无须上昆仑,只消到少华山时,路途便减少大半了。"余观海道:"我们必在九月下旬赶到那里,现在已是八月尾,也不能再在这里多住了。我没有寻到你们时,心中非常焦急,现在心头安慰得多呢。"

大家说话时,彩凤母女在里面听得消息,也就出来和余观海、李鹏相见，彼此十分欢喜。当夜毓麟又特排筵席，为余观海洗尘，曾翁因微有感冒，所以没有陪坐。

席间男的只有余观海、闻天声、李鹏、剑秋、梦熊、毓麟，女的只有玉琴、彩凤、窦氏一共九人，坐了一圆桌。席间大家讲起比剑之事，甚是兴奋。梦熊、彩凤等都想随去一观，只因没有禅师之命，不敢孟浪。闻天声和余观海却是酒逢知己千杯少！两人各举大杯，尽量痛饮；你一杯我一杯的，连烫酒都来不及，吃着冷酒。

剑秋遂把酒闹太白楼的前事告诉窦氏母女、梦熊兄弟听。余、闻二人皆喝得酩酊大醉，方才散席，各人回客房安寝，一到榻上，早已鼾声如雷了。两大瓮好酒都已喝个精光，毓麟不由称奇，梦熊也连连称快。次日，大家又在庄上欢叙，毓麟仍预备着好酒请闻、余二人痛饮。一连三日，闻、余二人终日在醉乡之中。

玉琴心急，恐路途耽搁，所以要早些动身，和剑秋说了，剑秋也以为然。于是二人和毓麟说："他们要早日上少华山去。"毓麟夫妇知道这事是不可挽留的，不得不允许他们离去，只恨自己不能跟去一看两派比赛剑术，否则倒是极天下之奇闻壮观呢！玉琴遂定后天动身，李鹏先一日告辞回京，闻天声被余观海请去同谒禅师，所以一起走。

隔夜毓麟、梦熊又设宴送行。次日玉琴、剑秋带了花驴、龙驹和余观海、闻天声辞别了毓麟兄弟、窦氏母女，以及曾翁、曾母等人，出得曾家庄，离了天津，赶奔少华山去。

途中余观海雇了牲口代步，星夜赶程。玉琴因为急切要到少华山，所以途中不敢多管闲事，惟路过洛阳时，到谭太守衙门中去拜访公孙龙。公孙龙闻得女侠到来，不胜之喜，亲自出迎；又见闻、余二人，彼此在天王寺别后，直至今日方得重逢，一齐请到花厅上坐。玉琴问起韦虎，公孙龙便说："承女侠介绍，此子颇能干，现在此间相助公事。"遂命人把韦虎唤来。

韦虎闻女侠莅临，忙来拜见，且说："在此间多蒙公孙龙照拂指导，身心都安，将来如有上进，都是女侠再造之功。"玉琴遂对他说道："人能弃邪归正，天必佑之，现在你的父亲也有着落了。"韦虎惊喜道："我父亲在哪里？女侠怎会遇见？"玉琴遂将自己在洪泽湖经过的事约略告诉他听，且说道："此刻你父亲驻锡在湖中洗心寺，他的姓名也不叫韦飞虎，而称忘我和尚了。我已告诉他说你在洛阳，他闻你已有归宿，也很安慰。"

韦虎以手加额道："天可怜我！使我们父子各有个消息，且喜我父亲早已放下屠刀，隐身学佛，这是最好的事。我既知晓他的地址，却就要去一见了。"玉琴说道："很好，你们父子也该会见会见。"

这时候，谭永清也已知道女侠和剑秋等来到，便亲自出见，在霁月堂上摆下丰盛筵席，款待众剑侠。公孙龙又教他的夫人畹芳出见，韦虎也教梁红绡来拜见女侠，彼此各自喜悦。

谭永清请众人坐下，依次斟酒。剑秋问及洛阳的情形，谭永清约略报告一遍，大致安宁。惟曾一度有刺客行刺，乃是邓家堡的余孽，幸公孙龙保护周到，歼除一人，其中的人都逃窜而去。听说其中有一个姓杨名乃光，乃是潞安州的飞行大盗，很有本领；恐防他再要狙击，以后却没有来了。

剑秋闻说是杨乃光，便知是莲姑的夫婿，龙骧寨的毁灭便坏在这人身上的，李天豪曾经清清楚楚地告诉他经过。遂把杨乃光在龙骧寨捣乱的事告知公孙龙听。公孙龙也颇扼腕，便问女侠将到何处去？玉琴遂将少华山昆仑、峨嵋两派约期比赛剑术的消息告知。公孙龙听了，拍腿大悦道："这是千载难逢的事，不知道小子可能跟随女侠等同至少华山一见禅师，并观比剑？"

玉琴道："能得公孙先生前去，我们甚为欢迎的。"公孙龙道："幸蒙女侠慨许，小子定当附骥。"大家谈谈说说，惟有闻、余二人一见了酒，不肯舍弃的，鲸吞牛饮，把一瓮三十斤的陈酒喝个精光。谭永清生平没有见过这种酒量海一般深的人,更是奇怪。夜深时,始各回房安寝。

次日女侠等便要赶路,公孙龙遂向谭永清告假,要随女侠等同至少华山走一遭,留下韦虎在衙保卫。至于韦虎要去谒见父亲的事,那么要待公孙龙少华山归来之后了。

玉琴、剑秋、公孙龙、余观海、闻天声一行五人离了洛阳,一路向关中进发。这条路是他们常走的,因此沿途风景无足留连,在九月二十日过后,早到少华山麓。那少华山势果然雄峻深幽,为五岳之宗。朝晖夕阴,气象万千,远望山峰环抱,大石崔嵬。玉琴、剑秋等还是初次到此,惟有余观海是熟路,遂当先引导众人上山。

那万福庵是在少华山之阳,万佛岩上,绿树丛中,黄墙曲折;门前有一湾清泉,百株古松,松风飒飒,清泉潺潺。游人到此,顿觉俗念尽除,万虑都消。庵门前金字大书"万福庵"三字。

余观海上前一拉铜环,里面便有一个小沙弥出来开门。他是认得余观海的,便带笑说道:"余师父来了吗?"余观海点了头道:"正是。圆空,你家大师在庵吗?昆仑山上的一明禅师可已来此?"

圆空道:"一明禅师等已于三日前来庵中,我师父正陪着他们在见性室中谈天呢!"余观海道:"这样很好。"遂引众人入内。

玉琴、剑秋二人闻禅师已至,都很快慰。庭中有白鹤二头,见了客人到来,引吭长鸣,其声清远。绕过大殿,穿过回廊,前面是一个月亮洞门,花木扶疏,鸟鸣上下。门内有一间宽畅的禅房,便是"见性室"了。

余观海首先掀帘而入。室内正坐着一明禅师、虬云长老、云三娘三人。云上大师年有七十左右,银髯过腹,道貌岸然,手里拿着一串念佛珠,坐在下首相陪。

玉琴、剑秋忙上前拜见过禅师、长老和云三娘,又见过云上上人。云上上人知道禅师门下有一位得意的女弟子，就是荒江女侠方玉琴，今日见面，觉得婀娜刚健，不愧巾帼之英，不由啧啧称美。玉琴遂又介绍闻天声、公孙龙二人上前和禅师等相见。

二人见禅师容貌慈祥，佛骨清秀；长老状态古怪，又如伏虎尊者，都肃然起敬。云三娘是彼此相识的。禅师闻得闻天声是湖南隐侠，曾和玉琴大破天王寺的；而公孙龙也是道友清心道人的高足，所以也很看重，请二人坐下。

玉琴便把自己二次下昆仑后的事情大略报告与禅师听。禅师道："只因你们和峨嵋派人结下冤仇，他们的师父金光和尚经人怂恿之后，遂约我们到此比剑。其实这种事不免大开杀戒，不是我们所愿做的，我们也是实迫处此，他们若有转圜之道，我们也未尝不可接受的呢。"

玉琴道："峨嵋派人在外面为非作恶，多行不义，弟子一时仗侠好义，诛戮了数人；想不到他们竟会寻到师父身上来，这是弟子万分歉疚的。且喜师父能够知道我、宽宥我，此次比剑，弟子愿随师父之后，将他们击败；不但使他们知道昆仑未可轻侮，也使天下尽知邪正之分，心术不正的断难胜光明有道之人呢！"

禅师听玉琴说得虎虎有生气，不由微笑道："这终是不祥之事！此次我虽答应他们来此比剑，万一动起手来，我已抱定主意，少流一滴血才为上策。至于龙战于野，尸横于山，这是我所极不愿意见的事情啊！"云上大师在旁也说道："善哉！禅师之言，出家人本来戒杀，昆仑、峨嵋两派何必结下这样深的冤仇而自相残杀呢？"

虬云长老道："天下有邪正之分，邪者去之，未尝不合乎天道。峨嵋派的金光和尚妄收门生，在外多杀生灵，害人不浅！我昆仑派为正义计，不忍坐视；除去了他们中间几个败类，他们遂要求金光和尚亲自出来对敌了。此次我们是被动的，不得不和他们一试剑锋呢！"

剑秋问道："但不知金光和尚等一行可曾来此？"

云三娘道："听说金光和尚于昨天已到承天寺，晚上即有剑光两道上冲云汉，大约他们故意向这里示威的。"余观海笑道："这种行径，金光和尚的剑术也未必高明了。"

禅师遂对玉琴、剑秋等说道："你们远道而来，途上谅必辛苦，且请到外面去散坐，晚上我和你再谈。"玉琴听了，遂和剑秋、公孙龙、闻天声退至外面，仍由圆空等引到后面一个小轩中坐茶。

在那里有乐山、乐水，并有吕云飞、桂枝二人，他们见了玉琴、剑秋都很欢喜。玉琴又介绍公孙龙、闻天声给他们认识，他们知道这两位都是奇人，也甚敬重。大家闲话一切，晚上云三娘、余观海出来陪伴他们同用晚膳。

云三娘和玉琴、剑秋二人自太湖一别，也有多时，今天重逢，各谈些别后之事。玉琴把龙骧寨、螺蛳谷的事迹告诉三娘听，三娘也为之太息。不多时禅师差人将玉琴唤去云房中问询，玉琴恭恭敬敬对答一番，方才退出。

乐山、乐水、剑秋、云三娘、闻天声、公孙龙等又在大殿上座谈。忽然桂枝、吕云飞走进来对他们说道："你们快去看啊，那边的剑光又腾起了。"

众人遂一齐走到庵门前去看时，见东偏一座山峰上，黑黝黝地如巨灵神矗立天空，空中有一道白光如游鱼般倏来倏去，却也没有什么稀奇；接着嗤的一声响，峰上又飞起一道白光，其细如线，向那第一道白光缭绕不停。一会儿渐渐放大，粗如匹练，照耀人目；一会儿又有一道紫光如车轮般大，霍地飞起，迅如流电，白光便减色了。

桂枝道："一连两晚他们都有剑光飞舞，我们这里却黯然无色，未免太示弱了，我倒有些不服气。"云三娘笑道："桂枝，你太没有忍耐了，看我的来吧！"说时，便听"嗤嗤"两声，便有两棵银丸飞跃天际，在这边万福岩上前后飞舞。大家仰着头正在好看时，忽听一声巨响，从庵中飞起一道白光，寒光森森,在天空中忽大忽小,时上时下,矫捷非常。这剑光使人不可逼视,远非寻常可比。

云三娘指着道:"这是虬云长老的剑光。大概他在那里面看见了我的剑光,一时高兴,不甘寂寞,故略显其技。禅师的性情谦退和平,而长老却是疾恶如仇,性烈如火的。别瞧他残废的样子,似乎不在人家眼里,他的真实本领远在我辈之上呢!"玉琴大喜道:"有虬云长老在此,还怕金光和尚做甚?"

隔了一会儿,虬云长老的白光已倏地收去,对面的剑光却还飞腾不止。余观海早跑出庵来,对他们说道:"你们都在这里看着玩吗?禅师有命,教你等入内安睡,不要多管闲事,待到以后正式比剑时再显技能不迟。"于是云三娘收还银丸,大家跟着余观海入内,由圆空一一招待至客房安睡。

次日,金光和尚差一门下送书前来,约定本月三十日之夜在华山最高峰上比剑,两派宗主均须到临。一明禅师遂在来信背后批上"遵命献丑,按时必至"八字,让他带回去。

玉琴闻知,眉飞色舞,计算到月尾只有五天期限了,一场好看的戏剧到临不远;自己在这个里面,只好做一个预备小卒,要由她的师父和虬云长老、云三娘等去与金光和尚一决胜败了。公孙龙等也都渴盼这日子早临。

玉琴、剑秋二人因他们初至少华山,想至山上各处去探奇揽胜,将此意报告禅师。禅师虽然应许他们出看,但也叮嘱他们只可游览,不可管事;承天寺那边休要走近去,免多意外的纠纷。玉琴自然遵命,遂邀着剑秋、公孙龙、闻天声等到山中去游玩名胜。

一游两日,胜迹都已领略。回路时,见有三个头陀,服装奇怪,相貌凶狠,向峰上承天寺那边攀越而去;玉琴料想:这是峨嵋派中的人物,谒见金光和尚去的。头陀们也时时回头向他们怒目而视,似乎也知道他们是昆仑之流。玉琴因有师命,一笑置之。

等他们回转万福庵时,却见一明禅师的师弟憨憨和尚带着薛焕、滕固也赶到。薛焕、滕固和玉琴、剑秋、公孙龙等相见后，都觉欣喜。大家谈起龙骧寨的事情，薛焕把杨乃光的罪状痛加攻击，又很可惜宇文亮的惨死。玉琴把天豪夫妇在螺蛳谷加入袁彪一伙，同谋革命的事告知滕、薛二人。

二人闻得天豪已有安身之处，心上也觉宽慰，且说："此来为在师父身边，闻得一明禅师函召师父，来少华山同与金光和尚比剑。我们知道这是昆仑、峨嵋最后决赛之期，不可不随在后列，一开眼界。且知女侠等必然参与其间，和滕固再三恳求师父携带我们至此的。"

玉琴笑道："这一役自有要角，我们不过在旁做个摇旗大喊的小兵罢了。"少停，玉琴、剑秋都入内拜见憨憨和尚。和尚见了玉琴，大加称许；且知琴、剑姻缘，他可非常赞成的，玉琴、剑秋二人随即退出。这万福庵中平添不少剑侠，十分热闹。

转瞬间，已至月底。这一天晨间，一明禅师在大殿上召集众人，诰诫道："今晚我们要和峨嵋派金光和尚比剑了。虽然他们是不归正道，可是我们得以仁义为本，能够少所杀伤，未尝不是好事；所以请大家各自留意，非对方逼至无可退让时，不要好胜轻进，去杀伤他们的人。我们的宗旨，只要金光和尚知道我们未可轻侮，此后给他们一个忏悔的机会，不必世世相仇，留下杀伐的祸根。望大家善喻此旨。"

诰诫毕，又将自己人分为五队，按着金、木、水、火、土五行的方向准备列阵。自率玉琴、剑秋为中央戊己土，虬云长老率乐山、乐水为东方甲乙木，云三娘率桂枝、吕云飞为南方丙丁火，憨憨和尚率薛焕、滕固为西方庚辛金，余观海、闻天声、公孙龙三人为北方壬癸水；配成一个梅花阵势，以应峨嵋诸雄。

一明禅师部署已毕，众人正欲散去，待到夜间再去少华山峰比剑，忽见圆空和云上大师入报外面有两位道友，特来求见一明禅师。禅师不知是哪里来的道友，说声："请。"

圆空还身走至庭中时，早见有两位道人急匆匆地走向殿上来。一样都是长髯过腹，仙风道骨，黄冠玄裳，芒鞋节杖，迥非流俗。一明禅师连忙合十出迎道："原来是清心道人和龙真人来了，不知两位道友何由知我们在此而来相会。"

龙真人笑道："前月我们在崂山闻得赤溪子来言，峨嵋派约你们昆仑派在十月之末比剑于少华山峰。贫道暗想：这个杀戒开得不小，何苦以些微嫌隙致成水火？无论何方得胜，将来怨仇愈结愈深，何以解脱？所以贫道特约清心道人兼程赶来，专诚要代你们两派调解，愿作仲连第二，不知禅师意下如何？"

一明禅师听了龙真人之言，微微点首道："解铃还仗系铃人。道友，你们不远千里而来，代我们作息事宁人之计，未尝不感谢你的美意。但我昆仑并无和峨嵋火并之意，此事的发动起因还是由于峨嵋派，我们到此是勉强的；所以道友你若要停止我们的一场龙争虎斗，我们方面是不成问题的，最好请你先去峨嵋派那边一说就是了。"

龙真人点点头道："禅师之言确是不错，但我们先得请命于你，然后可以到那边去尝试。好在道友清心道人还曾和金光和尚相识的，有他前去，也许有七八分希望。"

禅师道："既如此说，我们且请到里面去座谈。"其时公孙龙已上前拜见他的师父清心道人。道人早知公孙龙在洛阳，想不到今天他也会在此处，遂约略问询数语。一明禅师早和云三娘、虬云长老、云上大师、憨憨和尚、余观海等招接着龙真人、清心道人都到后面去叙谈。外面剩下玉琴、剑秋、薛焕、滕固、公孙龙、闻天声等众人。

闻天声对玉琴、剑秋二人说道："我随二位至此，得见许多剑仙，这是很快活的。今夜我们本要去和峨嵋派比赛剑术，满拟有一场大决斗；好比龙吟虎啸，好看煞人。谁料凭空走出来这两位道人，要代双方作和事佬，若然成功时，未免大杀风景了。"说罢哈哈大笑。玉琴面上也微露失望之色，接口说道："且待他们谈过再说，我师父本是无可无不可的，但望虬云长老反对便好。"

剑秋摇摇头道："其中还有云上大师呢！他是佛心肠的人，对于昆仑、峨嵋两派比赛剑术是不甚赞成的，现在他俩势要加入作和事佬了。而且我师云三娘和师叔余观海都是惟禅师之命是听的，大约十九必将答应的了。"

外面众人议论纷纷，都是主张要和峨嵋派比赛到底的。里面的叙谈也已完毕，见一明禅师和云上大师、憨憨和尚亲自送两位道人出庵去，谅是到金光和尚那边去了。

少停，云三娘、余观海走过来时，大家围着问信。果然谈话中间，云上大师帮着龙真人等极力请命，只有虬云长老曾一度反对。而禅师的心理，以为能够息事罢争是最妙的事，所以允许可以不和峨嵋派人比剑，只要峨嵋派人能忏悔他们以前的罪过，改向光明的大道走去；从此各不相犯，解除宿仇。于是清心道人、龙真人立即往承天寺去向金光和尚劝解了。

玉琴道："但愿金光和尚那边讲不成功，我们仍可和峨嵋派比剑。"薛焕道："这事本在彼方发动的，大概峨嵋派中人主张要和我们决斗的，决不在少数；金光和尚一人也难作主张，他的门下未必肯悔过的。包管二位道人乘兴而去，败兴而归，你们等着看吧。"众人听了薛焕之言，略觉放心。待至下午，清心道人、龙真人翩然回来，入见禅师。

隔了一会儿，禅师又召集众人至大殿上讲话道："此次本约诸位到此和峨嵋派比剑，恰巧今天道友龙真人、清心道人光临，蒙他二位的美意，抱着一片真诚，要代我们劝解息争。我因此次比剑，本是被动之事，岂愿妄开杀戒？所以答应。倘然峨嵋派自知理屈，偃旗卷甲而退，我们也莫为已甚，不再去对付他们；双方各奉天道行事，以爱人为主旨。于是二位道友遂去承天寺访问金光和尚，劝他停止比剑之事。

"起初金光和尚不能允许，因他门下有许多已和我们昆仑派意见甚深；势成水火，极力反对。后经清心道人再三规劝，金光和尚省悟自己的不是，方才告诫他们，勿再意气用事，多结怨仇；千万不要和昆仑派人作对，自取其辱。遂答应二位道友，今夜比剑之举决定作罢，待后日便要回剑峰山去了。

"我得到道友的复音，十分快慰。既然彼方肯接受忠告，不再向我们挑衅寻仇，我们岂愿好勇斗狠，多所杀伤？所以今晚也就不必前去比剑了，大家只算来游一次少华山，彼此相会也好。并且老衲还有一个多年的心愿，想乘此时了去，让诸位快乐一下，明天便可发表的了。最后还有一句话要奉劝诸位转告同道，凡事适可而止，不要和人家多结仇敌，终非双方之福。"

禅师说完了，众人都知少华山比剑的事不能实现了，不无失望。然而禅师之言安敢不从，因此大家都没有话说，又听禅师说有一心愿要乘此时了去，不知是怎么一回事。惟有云三娘、余观海却已料到有八九分光景，也是他们所渴望之事呢！大家退出后，一明禅师等在里面陪着二位道人在内饮酒谈心，玉琴、公孙龙等心里却都异常懊丧，惟有剑秋听得禅师要了心愿之言，便觉有无限希望，瞧科到五六分了。

黄昏时，禅师特唤玉琴、剑秋二人入内训话，禅师面上充满着一团笑容，很温和地教二人坐了。对二人说道："你们这几年来在红尘中东奔西走，虽然做过许多诛恶除暴、扶善助贫之事，不失侠义的行为；也是学道一层，还是在宫墙之外，所以我和云三娘等赞成你们一对儿缔结良缘，但是迟迟至今尚未成婚，在我觉得终有一件心事未了。

"今日在这里，同门会集，胜地登临，化干戈为玉帛的时候，我想代你们二人成婚，好使你们的名义早早有定。好在同门联婚，喜上加喜，早已不成问题的。你们的心里如何？"

玉琴却渐渐低下头去，未即回答。剑秋暗想：果被自己料着了，遂答道："弟子悉听师父吩咐。"禅师点点头，又问玉琴道："玉琴你也同意吗？"玉琴也将蛾首微点。

禅师又说道："好了，我们不必遵守俗礼的，便定后日在山上成婚，让众人都吃杯喜酒，也不至于使他们白跑一次。庵中未能借为洞房，我已问过云上大师，在此山中可有地方暂借?他告诉我说,在妙珠峰下有一家人家姓吕的,也是山中的隐士,他那边房屋较多,可以会客,可以借住两间房屋。只要他一说定,定可允许的。至于一切费用,由我支付,你们不必多管,只预备做新人便了。"二人拜谢后,回到外面。

剑秋情不自禁,握着玉琴的柔荑,说道:"琴妹,方才禅师问你之时,你起初默默无语,我心里很有些惴惴不宁;后来见你答应了,我方欣喜。如今我与你可偿宿愿了,我很感谢琴妹的。"

玉琴微微一笑,恐防被人听见,也没答话。适巧云三娘和桂枝从那边廊下走来,见了二人,便带笑问道:"禅师唤你们进去是谈的这回事吗?我们要吃喜酒了。"剑秋不敢隐瞒,遂把禅师之意直告。

云三娘道:"方才禅师已和我谈过了,我当然是乐观婚礼的,禅师说媒人一席要推我和余师叔呢!"剑秋道:"多谢师父的玉成。"玉琴也向着云三娘微笑,一半儿含羞,一半儿示谢。云三娘握着她的纤手说道:"后天你准备做新妇,我们都快快活活地吃喜酒。大破天王寺的一伙人好在都到这里,连奇人公孙龙也在此,这可见天作之合,并非偶然了。"

次日,大家都已闻得喜讯,一齐欢喜说道:"我们本来是看比剑的,现在却有喜酒吃了。"于是大家不谈金光和尚的事,又谈到玉琴、剑秋二人的良缘。

云上大师在上午跑到妙珠峰下去访问吕太公,要借他的地方为玉琴、剑秋二人成婚。吕太公素和云上大师相知,也是信佛的人,听说昆仑派的荒江女侠要借他家举行婚礼,一口答应,愿把自己女儿的闺房腾出来,借给玉琴、剑秋做临时的青庐。

云上大师回复了一明禅师,禅师连忙取出钱来,交给余观海去主办一切。余观海拉着公孙龙相助,赶下山去,办了许多物件。新郎、新妇的衣服用品,一切都是租的租、买的买;咄嗟之间,立即办就。晚上又拉云三娘、桂枝去布洞房,忙了整天工夫。到后天便是佳期,因为事起临时,大家想不出什么礼物可送,只有老老实实地吃喜酒。惟有乐山、乐水,隔日到山上去采了不少花回来,编成十多只花篮,作为婚礼的点缀。

礼堂的陈设都由吕太公等家人代办,乐手、赞礼也都由他们去雇来的。在笙管齐鸣中,剑秋、玉琴各换上新人礼服,由傧相牵引着出来,在华堂上参拜天地。虽照着古礼而力求简单,参拜毕,遂拜见一明禅师、虬云长老、云三娘等众师尊,其余众人也都挨次见礼,奏着鼓乐,送入洞房。

闻天声、公孙龙等新房中闹笑了一会儿,因为人少,也就退出,晚上盛设筵席,众人大吃喜酒。玉琴、剑秋又换了便装,亲自到外边来敬酒,当然余观海、闻天声二人又要大饮而特饮了。酒阑时,因为吕家没有预备众多的客房,一明禅师、云三娘等第一批回万福庵去,薛焕、滕固、乐山、乐水等第二批回庵去,在吕家留下的只有这两酒人,还有公孙龙。他恐余、闻二人醉后,没人照料,所以就留在此间。

将过四鼓时,他送余、闻二人到客室中床上睡倒后,他自己也欲解衣安睡,打了两个呵欠,坐到床边,忽听后边连声嚷着起火。他向窗外一望,已见红光照耀,他想哪里来的火?一面唤醒余、闻二人,一面挟着两口宝剑,跳到屋上去瞭望。见火焰起处,正是玉琴、剑秋二人的洞房,心里不由大吃一惊。

原来在玉琴、剑秋二人洞房人静,携手而入罗帏之时,彼此数年奔走,形影不离,两心相契,相怜相爱,一旦克谐鱼水,当然不消说得情意绵绵,着意绸缪。

谁知这时候院落里,对面屋上忽然轻轻跳下一人,在黑暗里也不知他是谁,只是飞行功夫很好,全无声息;加以屋子里的新婚夫妇也没有防备到此,所以由他窥探。他用指沾着自己的涎沫,弄湿窗上的纸,戳成一个小孔,向里张望了多时;突从身边取出一个箭形的东西,就近在窗洞上,拨动机栝,唰的一声,向室中的大床射去。

红光一道,锦帐上立即起火。他跟着又放了一支,瞬息间,室中烈焰腾燃,立即冒穿屋顶。他在外边拍手大喜道:"玉琴、剑秋,今晚虽是你们最乐时期,也是你们命尽之夜,使你们葬身火窟,算你有通天本领也逃走不了。"他正在狂呼时,公孙龙早已看见,知道有了刺客,连忙飞步过去,拦住他说道:"哪里来的贼子?胆敢至此放火行刺,罪在不赦。"

那人见有人到来,也就从身边拔出宝剑,大声喝道:"玉琴、剑秋两人已死,怨仇已除,要你来管什么鸟事?"公孙龙大怒道:"饶你不得。"遂飞剑直取那人。那人提剑迎战,两人在庭中酣斗起来。

那人剑法虽然不属平庸,可是公孙龙的双剑施展开来,有如龙飞凤舞,那人怎能抵御?这时屋上又跳下一个贼秃,舞动剑光上前相助。公孙龙并无惧怯,他心里只是想念着女侠和剑秋,在洞房中不知究竟可曾脱险,还是像那贼子所说已葬身火窟呢?

这件事真可说平地风波,祸起不测,做梦也想不到的。其时吕太公家中人都已惊起,一见洞房起火,莫不惊奇;家人们都提着水桶、挠钩等赶来救火,七手八脚地把那火扑灭。吕太公要紧找寻一对新人,能不能逃出火窟,大家都不知道。却见剑秋、玉琴从后面跑来,都是怒容满面,手握宝剑,要寻放火烧洞房的人。

原来二人虽然上床,未寻好梦;在枕上喁喁谈话,回溯韩家庄初见时的一幕。不防帐上着了火,剑秋说声:"不好!"连忙拉着玉琴从床后跳将出来。玉琴的衣襟上已被火焰燃着,剑秋急代她扑熄;手指都烧痛一些,忙从背后小门里溜到后面去。

因为两人都穿着小衣,又是新婚之夜,未免羞答答难见人面。幸亏他们来的时候,所有行箧和宝剑都放在吕太公的房里;还是吕太公见了双剑说笑话,以为洞房中藏兵器,不免有杀气之嫌,所以连行箧也放在吕太公处了。想不到这也给了玉琴、剑秋莫大的便利,二人遂连蹿带跳,跑至吕太公房中。

吕太公和他老妻已披衣出来救火了,两人进去,打开行箧,个个换上外面的衣服,取了真刚、惊鲵二剑,回身跳出。剑秋对玉琴说道:"今夜этой火起得突兀,我似乎看见一道火光从窗隙中直奔我们床上来的。惊惶间,不暇细察,但这明明是有人在那里暗算我们,想把我们烧死,其心毒辣极了!"

玉琴咬紧银牙说道:"也许是峨嵋派中的人,有心来寻仇,我们誓不轻饶。"两人走至外面,见火势渐熄,吕太公的家人高擎火把,远远地站着。

公孙龙正挥双剑和一个黑衣少年、一个贼秃在那里酣斗。玉琴仔细一看,那贼秃并不认得,但那黑衣少年却是以前红叶村漏网而去的贾振威,心中即时明白。遂指着他骂道:"姓贾的小子,前次我们的金眼雕丧在你的手里,被你侥幸逃生;一向找不到你,今日却又前来暗下毒手。你一死不足蔽辜,再让你逃走,我们也不复为人了。"

贾振威满以为玉琴、剑秋二人已被自己的"九龙取火"烧死在洞房中,谁知二人依旧无恙,又惊又怒,也说道:"玉琴不要逞能,你们把我哥哥杀死,今夜特来复仇。"

玉琴、剑秋二人遂舞剑直取贾振威,腾出公孙龙独斗那和尚。而余观海、闻天声也摩挲醉眼,跑到这里来;见刺客不多,他们暂作壁上观,并不相助。战够多时,剑秋一剑扫向贾振威的头上,贾振威急忙招架时,玉琴早乘隙一剑向他后腰刺入。

贾振威躲避不及,大叫一声,倒于地上。玉琴加上一剑,把他的头割下。剑秋见贾振威业已授首,遂回身来助公孙龙。那和尚心虚胆怯,知道不敌,向二人猛刺一剑,乘势跳出圈子;一跃上屋,要想三十六策,走为上策。

余观海在一边看个清切,把手中的铁钵飞去,正中和尚的后背,一个倒栽葱跌下屋来。剑秋过去夺了他的剑,将他缚住。吕太公等见玉琴、剑秋等大战刺客,无不咋舌。火已完全熄灭,只烧去一间新房,其余的幸未波及,遂将那和尚带至外面大厅上去审问口供。

和尚老老实实地说道："我就是承天寺的空空僧。我的徒弟朗月和尚、邓麒等先后死在你们手里，所以一心要代他们复仇。方才死的贾振威本是红叶村中的侠士，前年他的哥哥贾振武也被你们杀死，一家尽毁，因此他投奔我，要我出来寻你们。我知道昆仑派人藐视我们峨嵋一派，遂乘我师金光和尚做寿之时，请求我师和诸同门一齐出来和你们决一胜败，于是有少华山比剑之约。

"却不料忽然来两个道人从中劝解，我师父到底答应了他们的请求，而将比剑的事作罢。我们心里最为愤愤，接着又探知你们二人就在山上成婚，这又挑起我们嫉妒之意。贾振威遂约我一同背着金光和尚，暗中前来行刺。他用他的暗器'九龙取火'，从窗隙射入，满拟可以把你们二人烧死，准知天不从人愿，竟被你们死里逃生。现在一死一擒，我也不想活了，想以后总有人代我们复仇的。"

大家听了这话，方知内幕。剑秋道："那姓贾的小子却在这里遇死，是想不到的。他的暗器'九龙取火'是一种特制的火箭，以前他仗了这利器脱身逃去，又烧死了我那可爱的金眼雕；今晚又要来烧死我们，其心狠毒极了，结果仍死在我们的剑下。这真是天诱其衷，作恶难逃呢！"闻天声道："两位今晚真险哪！未遭毒手，真是天意，恭喜恭喜！"剑秋笑道："出了这个乱子，还要恭喜，这要令人啼笑不得了。我们更是对不起吕太公的。"

吕太公道："只要新人无恙，焚去一间屋子总是小事，幸勿介怀。"公孙龙道："那么我们把空空僧怎样发落？"余观海道："今夜出了这件惊人的事情，明天必要禀告禅师知道，这贼秃不妨交与禅师，由他发落便了。"玉琴、剑秋都赞成这话，便将空空僧监禁在一间小屋中。闹闹嚷嚷，不觉天已大明，大家都没睡觉，吕太公恐众人腹饥，早命厨下煮好早饭，请众人吃。大家吃罢早餐，押着空空僧，一齐跑到万福庵去禀告一明禅师。云三娘等见众人一清早跑来，顿觉奇异，玉琴拜见后，谢了禅师，便将昨夜事情禀白。

禅师听了，叹道："我以为峨嵋派人认错醒悟了，大家可以从此息争，谁知还有这一场风波，未免太杀风景。幸你二人没有伤害，我心稍慰。"龙真人在旁听得这消息，也怪峨嵋派人失信背义，遂自愿前去问罪。禅师道："二位道友能去，这是最好的事了。"便将空空僧交与龙真人带去，交还金光和尚。

龙真人遂和清心道人带了空空僧，又至承天寺走一遭。午后回来复命，说此事金光和尚完全不知情，自认失察之咎；已罢去空空僧承天寺住持之职，托我代为道歉。且又当场告诫众门徒，不得再向昆仑派人寻仇，即日遣散回去。

禅师听得这报告，点点头道："金光和尚尚有诚意，我们也不愿节外生枝，就此了事也好。吕太公处烧去的房屋，待我出钱赔偿与他吧！玉琴、剑秋在外多年，今番成就良缘后，不妨随我回昆仑山，暂息尘影。山上别有精舍可以供你们住宿，也好多闻些真道。"

于是玉琴、剑秋一齐拜谢，遵禅师之命。大家又在山上欢叙一日，诸事已过，又要别离。龙真人、清心道人先走，憨憨和尚带着薛焕、滕固次行，云三娘也带桂枝、吕云飞回岭南去。余观海要到四川去，闻天声要游蜀中山水，二人结伴同行；公孙龙也就返洛阳。一明禅师遂和虬云长老携玉琴、剑秋、乐山、乐水，拜别云上大师，直返昆仑。而琴、剑姻缘终告圆满，刀光剑影，都成梦痕；逍遥于青山绿水之间，度其一生了。

正是：

云垂海立，虎啸龙吟。

良缘天缔，剑胆琴心。

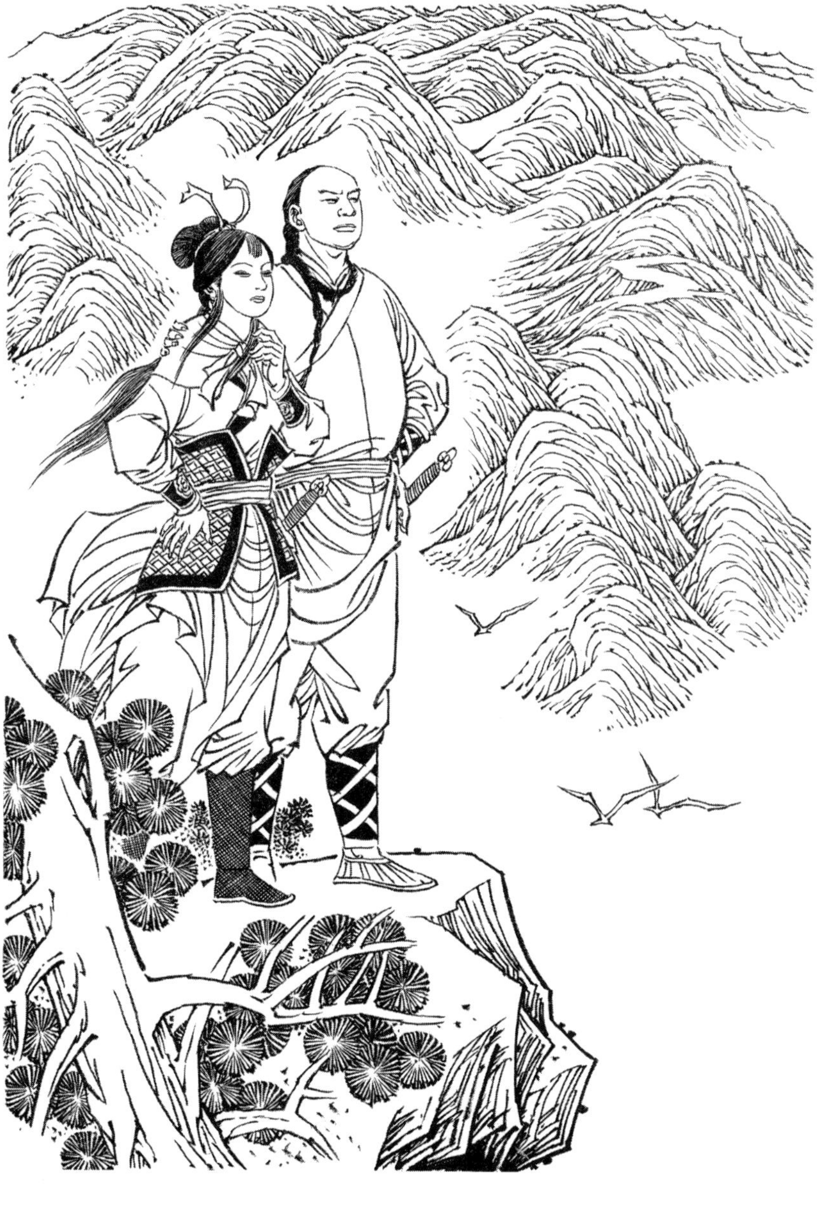